KB253922

미래의 서정에게

미래의
서정에게

김 종 훈 평 론 집

창비

어떤 비평가는 '서정'을 형식으로 규정한 뒤 그 안에 들어갈 내용에 시대정신을 설정했었다. 나는 이 의견에 대체로 동의한다. 그런데 시대정신의 구체적인 형상을 가늠해보면 거기에는 일말의 주저함이 있을 것 같다. 도전과 실패, 표현과 뜻, 침묵과 말, 몸과 정신, 직관과 회의, 은폐된 현실과 지연된 미래 사이에서 비롯되는 주저함, 이를 시의 부정성이라고 할 수 있지 않을까.

2000년대 중반부터 시와 관련된 글을 써왔다. 한국시와 시비평이 축복을 받았던 때에 글을 써서 고마웠다. 전통을 갱신하는 목소리와 전위를 확장하는 부정의 목소리를 함께 들으며 여러모로 시에 대해 생각할 수 있었다. 원고를 모아보니 그 시기를 풍요롭게 하는 데 기여했다기보다는 오히려 그 시기가 나에게 도움을 주었다는 느낌을 새삼 갖게 된다.

노동부터 전위, 서정부터 탈서정에 이르기까지 여러 경향의 시에 대해 썼다. 여기에는 어떠한 시들도 마주할 수 있다는 자신감보다는 어떠한 시선에도 견디는 시들을 마주하려는 마음이 있다. 책에서 다룬 시인과 시가 많이 중복되었다. 이것이 내가 시를 사랑하는 방식이고, 내 삶을 조금이라도 고양시키는 방식이다. 나는 이 시들과, 미처 싣지 못한 글 속의 시들에서 많은 위안을 받았다.

될 수 있는 한 주석을 줄이고 문장 속에서 '나'를 지우려 했다. 일인칭 화자의 열정이 드센 시를 앞에 두고 얼마 없는 지식을 나열하거나 일인칭의 열정으로 대응하기보다는, 납득할 수 있는 분석으로 시어에 담긴 마음을 갈피 짓고 싶었다. 신념을 확인하기보다는 깨뜨리려 했고, 내 마음을 전달하기보다는 시에 담겨 있는 마음의 결을 드러내려 했다. 미궁에 빠진 결론 앞에서는 비약하기보다는 차라리 중단하는 것을 택했다.

시를 쓰고 시를 비평하는 일의 긍지와 소명에 대해서는 잘 알고 있다. 하지만 외로운 것은 사실이다. 글을 쓰면서 상정한 독자가 처음에는 불특정 다수였으나 나중에는 시를 쓴 시인으로 줄어들었다. 간혹 시인 없이 혼자만 남기도 했다. 이 책이 시인과 나누는 외로움의 동병상련으로 받아들여졌으면 좋겠다.

다른 책의 서문에서 감사 인사를 수없이 받았을 최동호 선생님께 감사 인사를 보태게 되어 다행이다. 성인이 되어서 삶의 지침을 얻는 것은 행운이다. 그 행운을 모교의 은사께서 주셨다. 시 읽기의 자양분이 되어준 '빨간바지'와 꼼꼼히 원고를 봐주신 창비 편집부에도 감사드린다. 설, 재인, 효인, 가족들에게는 감사의 마음과 함께 미안한 마음이 크다. 이 두 마음을 합치면 사랑이 될 것이다. 첫 평론집 책머리에 두 시인의 이름을 꼭 적어두고 싶었다. 내 오래된 그들, 이상, 진이정.

2012년 6월
김종훈

차례

1부

시와 삶과 노동시의 재인식

◆

2000년대 노동시

1

　2000년대 노동시의 방향을 탐색하기 위해 먼저 한 일은 '노동'과 '시'를 떼어뜨린 것이다. '노동'과 '시'의 분리를 전제로 하되 이 둘이 만나려 하는 모습에 '오늘의 노동시'의 특성이 있다고 보았기 때문이다. 이미 붙어 있는 '노동시'는 어떤 특정한 실체와 역사를 가지고 있다. 1980년대 박노해와 백무산의 시가 정점을 이룬 노동시는 시간을 거슬러 근대시 초기의 시들 중 노동을 소재로 삼은 시에서 기원을 찾았고, 또 최근의 시에서 노동의 흔적을 다룬 시들을 포섭하여 계보를 만든다.[1] '노동'이라는 말은 이 계보를 선명하게 하지만, 1980년대의 노동시 둘레와 저변에 있는 가치, 가령 저항과 부정의 정신 등은 흐려진다. 그 결과 1980년대 저항시의 영역에서 노동시는 생각보다 협소한 영역만 남게 된다. 노동과 시를 분리하고 다시 이으려는 이 글의 시도는 이러한 기존 '노동시'의 특성이나 성과나

---

[1] 김윤태·맹문재·박영근·조기조 공편 『한국대표노동시집』, 도서출판 b 2003.

패착과 거리를 두기 위해서이다.

최근 문학과 삶, 예술과 정치의 관계를 묻는 논의의 일부는 '노동+시'의 구체적인 모습을 그리는 데 도움을 준다.[2] 한쪽에서는 떨어뜨리려 하고 한쪽에서는 붙이려 하는 차이가 논의의 성격을 가르기는 하지만, 기존의 인식에 거리를 두고 활력을 불어넣으려 한다는 점에서 그 목적은 비슷해 보인다. "사회참여와 참여시 사이에서의 분열"을 극복하려는 시도에서 최근의 논의는 시작한다.[3] 그리고 그것은 곧 시와 삶의 '자율성' 개념이 생기기 시작한 시기로 거슬러올라가 둘이 서로 다른 층위에 놓여 있다는 기존의 사유를 재고하게 하는 지점을 파고든다.

지금까지 시와 삶의 일치가 가능하다는 견해는 시와 삶의 교집합이 전혀 없다는 생각에 저항했고, 입장에 따라 자신의 토대를 굳건히 하면서 예술의 자율성에 대한 인식을 재고하도록 유도했다. 현실주의는 주로 예술을 삶의 영역 안으로 끌어내리려 했고, 낭만주의는 삶을 예술의 경지로 끌어올리려 했다. 하지만 최근의 논의는 끌어내리거나 끌어올리려 하지 않고 '문학 텍스트와 사회적 텍스트 간의 끊임없는 얽힘과 직조를 만들어내는 것'[4]이나 '시적 성애학'[5] 등을 요청한다. 예술의 영역 내에서 사유하지만 예술의 울타리를 허물어뜨려 자신의 감성을 삶의 영역에 개방시키려 하는 것이다. 논의 과정 중에 그와 같은 실험을 시도한 전대의 예들도 제출되었다. 이 글이 주목하는 곳은 바로 여기이다.

---

2 문학/예술과 삶/정치의 관계를 묻는 논의는 문예지를 가리지 않고 계속 확장 중에 있다. '시'와 관련된 내용 중 이 글을 작성하는 데 직접적으로 도움을 준 글을 추리면 다음과 같다. 진은영 「감각적인 것의 분배」, 『창작과비평』 2008년 겨울호; 이장욱 「시, 정치 그리고 성애학」, 『창작과비평』 2009년 봄호; 강동호 「존재론적 비명으로서의 시적인 것」, 『창작과비평』 2009년 가을호; 백낙청 「현대시와 근대성, 그리고 대중의 삶」, 『창작과비평』 2009년 겨울호.

3 진은영, 앞의 글 69면 참조.

4 같은 글 83면 참조.

5 이장욱, 앞의 글 311~14면 참조.

이장욱(李章旭)은 낭만주의 시대의 노력과는 정반대로 "미적 자율성의 소멸을 통해 예술을 삶 속으로 무화할 것을 의도했던" "정치와 문학의 접면에 대한 역사적 사례"를 소개한다.[6] 레프(Lef)와 『뗄껠』(*Tel Quel*)과 국제상황주의자들의 실험이 여기에 해당하는데, 그에 따르면 글쓰기를 구체적인 필요들과 결합시키려 했던 시도는 내적 균열로 사회주의 리얼리즘이라는 국가미학의 내부로 일원화되었고(레프), 사회언어 내부의 전위적 실험을 통해 정치성을 획득하고자 했던 시도는 실제 세계를 배제하는 결과를 낳았으며(뗄껠), 나날의 삶을 재창안하고 극단적인 반상품화를 지향했던 시도는 엘리뜨주의로 변질되어 자본에 휩싸이고 끝내 해체의 위기를 겪게 된다(국제상황주의자).[7] 삶의 굴곡을 만들고자 했던 이들의 실험은 기존의 평평한 삶으로 귀속되거나 삶과의 연결고리가 끊어져 고립되어버린 것이다.

앞서 살펴본 대로, 정치적 실험과 문학적 실험을 일치시키고자 했던 시도는 역사적으로 다양하게 존재해왔으되 문제는 지속성이었다. 개인적으로 나는 저 역사적 사례들이 오늘날 반복될 수 있는가에 대해서 답을 가지고 있지 않다. 많은 경우 그들의 선언은 그 자체가 이미 절정이었다. 그들은 안전한 문화적 세계에 상주하는 대신 위태로운 과잉과 결핍을 감수하며 나아갔으되, 그것은 불가피하게도 파국을 향한 도정이기도 했다. 하지만 이 경험들을 실패 사례라고 할 수 있을 것인가? 이 사례들로부터 모종의 암시와 열기를 느낀다는 것은 또다른 문제가 아닌가? 명약관화한 답을 제시할 수는 없으되, 그 없음으로써 더 나아갈 수 있는 것이 또한 문학이 아닌가? 백낙청은 지난호 글(「문학이 무엇인지

---

6 같은 글 304~305면.
7 같은 글 305~11면 참조.

다시 묻는 일」,『창작과비평』2008년 겨울호—인용자)에서 다음과 같이 말한 바 있다. "문제는 대개가 어떤 정답을 이미 전제하고 출발하거나 쉽게 정 답에 도달하고 만다는 것이다. 그러나 이 물음을 제대로 물을 때 정답 이란 없다." 아마도 우리는 이 문장을 뒤집어 이렇게 말할 수 있을지도 모른다. 정답이 없는 물음을 계속하는 것, 그것이 문학이다,라고.[8]

이장욱은 위의 사례들을 실패라고 단정하기 어렵다고 말한다. "파국 을 향한 도정" 자체가 질문의 과정과 겹쳐 있으며, 그것은 곧 문학의 특성 "정답이 없는 물음을 계속하는 것"과 상응한다고 보았기 때문이다. 하지 만 저 "암시와 열기"를 드러낸 이들의 표정에 파국 가까이 있는 이에게 있 을 법한 절망이나 초월의 태도가 읽혀지지 않는 이유는 무엇일까? 득의에 찬 미소가 그려진 이들의 얼굴이 연상되는 것은 왜일까? 더욱이 그 열정 을 느끼면서도 이들의 시도가 끝내 실패한 것이라고 생각되는 것은 왜일 까? 이 느낌은 이들의 시도를 반면교사 삼아 문학의 과도한 실험은 실패 할 수밖에 없으며 문학의 '안전한 규범' 안에서 그 깊이의 확보에 신경써 야 한다는 생각에서 비롯된 것은 아니다. 문제는 다른 데에 있다. 암시와 열기가 뿜어져나오는 과정이 정답이 없는 질문 과정과 대응하기는 하지 만 혹시 그 질문이 미리 마련된 '정답'을 향한 것은 아닐까? '글쓰기를 구 체적인 필요들과 결합'하려는 시도, '사회언어 내부의 전위적 실험을 통 해 정치성을 획득'하고자 했던 시도, '나날의 삶을 재창안하고 극단적인 반상품화를 지향'했던 시도, 이 모든 실험은 말 그대로 과정을 환기하고 있지만, 어느 순간 그것이 지향점이 되고 '정답'으로 바뀌어 질문의 지속 력이 상실될 수밖에 없었던 것은 아닐까? 그렇다면 이들의 실험이 "파국 을 향한 도정"이기는 하지만 그 파국은 질문밖에 없는 문학의 운명과 성

---

8 같은 글 310면.

격을 달리한다. 차라리 그것은 정답을 맞힌 것과 문제가 풀리는 것이 같은 뜻인 수학이나 과학의 기제와 상응한다.

시와 삶이 일치한다는 믿음은 해답의 역할을 하며 그 일치 가능성을 무화시킨다. 시와 삶은 일치할 수 없으나 일치할 수 있다고 생각하며 노력하는 것은 그 일치 가능성을 지속시킨다. 이때 드러나는 것이 그 사이에 놓인 심연이다. 질문의 역할을 하는 일치 가능성은 둘 사이에 놓인 심연을 뛰어넘을 수 없다는 인식에서 비롯한 부정성의 토대 위에서 형성된다. 건너편 삶을 바라보는 시인에게 주어진 길은 크게 네가지로 나눌 수 있다. 안정된 시의 규범 안쪽으로 몸을 돌리거나, 편집증이 만든 망상체계에 들어가 삶을 잊거나 하는 길에는 삶과 심연이 보이지 않을 것이다. 그 반대로 심연이 앞에 있는 줄 알지만 계속 나아가거나, 삶을 언어의 세계로 끌어들여와 가상이나마 둘의 일치를 지향하는 길에는 삶과 심연은 지속적으로 시쓰기에 간섭할 것이다. 하지만 그 어떤 경우라도 실제로 놓여 있는 심연은 메워지지 않는다.

캄캄한공기(空氣)를마시면폐(肺)에해(害)롭다. 폐벽(肺壁)에끄름이앉는다. 밤새도록나는몸살을앓는다. 밤은참많기도하더라. 실어내가기도하고실어들여오기도하고하다가잊어버리고새벽이된다. 폐(肺)에도아침이켜진다. 밤사이에무엇이없어졌나살펴본다. 습관(習慣)이도로와있다. 다만내치사(侈奢)한책이여러장찢겼다. 초췌(憔悴)한결론(結論)위에아침햇살이자세(仔細)히적힌다. 영원(永遠)히그코없는밤은오지않을듯이.
　　　　　　　　　　—이상 「아침」(『카톨릭靑年』 33호, 1936. 2)[9]

---

9 '몸살'은 발표 당시 '옴살'로 제시되었으나 오식으로 판단해 바꾸었다. 가독성을 높이기 위해 원문의 뜻을 해치지 않는 범위 내에서 표기는 현재 표준어를 사용했고 한자 표기는 한글과 병기하되 괄호 안에 넣었다. 띄어쓰기는 이상 시의 개성으로 여겨 그대로 두었다.

국문시를 발표할 당시의 이상(李箱)처럼 삶의 영역이 좁고 단순한 시인은 찾기 힘들다. 끊임없는 글쓰기는 노동과 휴식의 경계를 지웠고, 나라 잃은 시대는 둘레의 삶에 대해 말하지 못하도록 금지했으며, 훗날 병은 시의 관심사를 한쪽으로 몰아갔다. 이전에 보였던 수학과 과학에 대한 관심은 이미 그에게는 사치였다. 그가 말할 수 있는 삶이란 병든 몸이 거의 전부였다. 결과적으로 불가능한 것이기는 했지만 이 때문에 시와 삶의 간극을 지우려는 고투의 흔적이 명료하게 드러났다.

이상은 결코 낭만주의자가 될 수 없었다. 동떨어진 세계에 도취되기에는 실제 삶이 말과 몸을 갉아먹으며 그의 실존을 위협했고, 병을 감상적으로 그리기에 그의 몸은 실제로 병들었었다. 그는 '은화처럼 맑은' 이성을 지녔기에 삶을 외면할 수도 없었다. 그는 삶을 시의 영역으로 끌어올리기보다는 시를 삶 속에 침투시키고자 하였다. 거기에는 거대한 심연이 있었다. 그 심연을 확인한 이상의 절망을 후대의 독자는 거꾸로 시 속에 드러난 몸과 병의 흔적에서 발견할 수 있다.

「아침」에서 그는 독자가 자신의 병을 볼 수 있도록 결핵을 "끄름"으로, 폐를 아궁이 같은 공간으로, 기침으로 잠들지 못한 몸을 "초췌한 결론"으로, 신체를 책으로 바꾸어 제시한다. 책을 매개로 그의 몸/삶이 시 안으로 들어온 것이다. 시로 삶을 바꾸려 했던 실험은 일문시 창작 때 했던 일이다. 둘 다 시와 삶을 만나게 하려는 노력의 일환이다. 책으로 바뀌어 몸이 시 안으로 들어왔는데, 결과는 "초췌한 결론"이다. 그 결론의 내용은 아마 절망적인 것일 게다. 이 절망은 질문을 계속하게 한다. 영원한 죽음이건 한순간의 삶이건 고통을 해소할 수 있는 방안으로 "영원히그코없는밤"이 제시되어 있다. 하지만 바로 옆에 "오지않을듯이"가 붙어 그 과제가 쉽게 해결되지 않는 것임을 암시한다. 이 부정 진술은 질문을 계속하게 하는 원천이다.

문학/예술과 삶/정치의 일치를 지향하는 노력은 그 노력 자체로 가능성을 보여주며, 전제된 그 사이의 간극으로 부정성을 보여준다. 부정성을 토대로 한 일치 가능성은 결국 '파국의 과정'을 드러내주겠지만 이 파국의 인식으로 두 영역은 각각 형질 변화를 일으킨다. 노동과 시의 관계도 그러할 것이다. 노동과 시는 일치될 수 없지만 일치되려는 노력으로 그 사이의 심연을 드러내줄 것이다. 여기에는 어떤 형태로든 절망이 배어 있게 마련이다. 이 절망, 불일치, 파국 등 부정적인 말들은 일치하려는 노력과 함께 문학을 '정답 없는 질문'으로 바꿔 말할 수 있게 한다. 또한 이 일치하려는 노력은 시와 노동의 규범 안쪽에서 안주하는 태도를 '노동시'에서 제외시키는 역할도 한다. 한계를 인식하는 것에서 부정성의 토대가 생기고, 불가능한 한계를 극복하려는 시도에서 절망적인 가능성이 생기는 것이 삶에 침투하려는 시의 성격이다.

2

'시' 앞에 붙는 수식어에는 삶의 영역에서 추출된 것이 많다. '생태'나 '여성'이나 '노동' 같은 말이 그렇다. 이들은 시에 불일치의 부정성과 일치의 가능성을 불어넣는 역할을 맡는다. 반대로 시는 삶의 한 부분인 수식어로 인해 그 부정성과 가능성을 선명히 한다. 유의해야 할 점은 수식어의 특성이 삶의 특성과 포개지면 그 수식어가 쓰일 필요가 없어지는 반면, 수식어의 특성이 시의 특성을 배반하거나 압도하면 그것이 시로 쓰일 이유가 사라진다는 것이다. 2000년대의 노동시가 1980년대의 노동시를 그대로 따르기 어려운 까닭도 이와 무관하지 않다. 노동과 삶의 특성과 영역이 포개지는 순간 노동이라는 말은 시 앞에 붙을 이유가 없어지며, 노동의 부정성이 시의 부정성을 압도하는 순간 그 내용을 담을 형식이 꼭 시일 필요가 없어진다.

　2000년대 노동시의 개념에 부정성이 깃들게 하려면 노동의 부정성과 아울러 시 일반의 부정성까지 고려해야 할 것이다. 자본의 여전한 폭압은 노동의 부정성을 보증하지만 그것만으로 '노동시'의 부정성을 보증할 수는 없는 일이다. 어제의 부정성을 지닌 시가 오늘의 부정성을 지닌 시가 될 수 없는 이유는 오늘의 부정성은 어제의 부정성과 차이를 두는 것으로 부정성을 계승하기 때문이다.

　노동의 개념에 집중해서 노동시를 갱신하려는 시도는 계속 있어왔다.[10] 이들은 대개 노동의 영역을 확장하거나 노동의 조건을 명확히 하는 데 힘썼다. 노동 개념을 확장하려는 시도는 우선 노동의 상황 변화에 주목한다. 노동의 유형은 물질 노동과 비물질 노동, 정규직 노동과 비정규직 노동 등으로 나뉘고 확장되었다. 이는 재래의 노동 영역이 상대적으로 줄어든 것을 뜻한다. 시대에 맞는 노동 개념이 필요한데, 이 모두는 그 안에 속할 자격이 있다. 하지만 이 모든 영역을 포괄하게 되면 자칫 '노동'과 '삶'의 구분이 사라지게 된다. 노동시의 '노동'이 쓰일 필요가 없어지는 것이다. 노동이 삶 전체로 확산할 때 노동의 바깥은 없다는 지적이 나온 이유가 이와 같다.[11] 다른 문제점도 있다. 그것은 저 많은 노동들이 노동의 목록으로 등재되는 데 그칠 것 같다는 우려에서 나온다. 이러한 시각을 가진 이들은 노동이 에피소드로 전락하는 것을 경계했으며 주체적인 감각과 미학을 소유하는 것을 지향했다.[12] 노동 목록의 등재는 에피소드 성격을 짙

---

10 문학의 장 안에서 '노동' 개념에 대한 논의는 다음에서 찾을 수 있다. 조정환『카이로스의 문학』, 갈무리 2006; 조정환 외『민중이 사라진 시대의 문학』, 갈무리 2007; 김수이「얼굴 없는 노동, 자본주의의 역습」,『창작과비평』2006년 겨울호; 박수연「1987년, 노동자 대투쟁, 한국문학」,『실천문학』2007년 가을호; 박수연「노동시의 확장」,『창작과비평』2007년 가을호.

11 고봉준「문제는 실감이다」,『창작과비평』2007년 봄호 363면 참조.

12 김수이, 앞의 글 253~54면 참조.

게 한다. 따라서 이들은 노동을 대상이 아닌 사건이나 행위로 인식한다. 어느 곳에서도 노동은 생겨날 수 있다. 하지만 특정한 조건에 부합하거나 상태에 이르러야 노동이라 부를 수 있다.

노동 개념의 확장이라는 면에서 '노동'을 '삶'으로 인식하는 시도도 같은 맥락에 있다. 이들이 보는 노동의 세부적 특성은 미래의 혁명을 믿기보다는 개인의 비균질성이나 다수성이 보존된 잠재성을 이끌어내어 나날의 혁명이 되도록 애쓰는 것이며, 국가에 포섭되지 않기 위해 지역 네트워크를 신뢰하며 각자의 반란성으로 주체적 세계를 재구성할 수 있는 것이다.[13] 이는 모든 이에게 있는 잠재성을 끌어올려 주체적 상태에 이를 때 노동은 갱신될 수 있으며, 그 노동의 갱신이야말로 자본에 귀속되지 않는 자율적인 상태로 나아간다는 것이다. 에너지의 재충전, 가족생활까지도 포함될 수 있는 이 노동은 잠재성의 측면에서는 삶과 구분되지 않는다. 사회적 노동이라고도 불리는 이러한 노동의 형태는 다원성을 지향한다는 점에서 '다중'과 깊은 연관이 있으며, 지역 네트워크를 주장한다는 점에서 자본과 국가의 압력을 벗어난다.[14]

난쟁이는 우선 작은 녀석을 뜻하지만 감춰진 몇 개의 의미를 가지고 있고
다락방, 가루, 가루 속의 난쟁이 난쟁이의 외투 외투 속의 구름 구름 속의 배지 배지와 낚시 낚시와 목이 긴 장화
사람들은 모두 저마다의 비밀을 한두 개쯤 간직하고 있지만
그것이 음악이 되기 전엔 차가운 동전이거나 혹은 주머니 속의 밀떡

---

13 조정환 『아우또노미아』, 갈무리 2003, 31~32면 참조.
14 같은 책 47면 참조.

　　오스본, 메기와 부기주니어 그리고 떠나간 냐라키 우리는, 우리들이
　찾는 것은, 우리들이 도망치듯 찾아 헤매는 것은
　　굴 속의 사람들
　　굴 속의 노래
　　음악이 되기 위해 발버둥 치는
　　아름다운 센텐스.

—황병승「눈보라 속을 날아서(하)」

(『트랙과 들판의 별』, 문학과지성사 2007) 부분

황병승(黃炳承)의 다변은 충만한 에너지가 표출된 결과이다. 한편의 시 안에서 글꼴을 달리하여 나타나는 여러 주체의 목소리는 비균질성과 다수성을 대변한다. 또한 거기에는 대개 국가에 맞서는 소수자의 연대가 형성되어 있다. 무엇보다도 잠재성이라 할 만한 것들이 그의 시 도처에 깔려 있다. "음악"이 되기 전의 상태가 위의 시에는 "감춰진 몇 개의 의미" "저마다의 비밀" "차가운 동전" "주머니 속의 밀떡" "아름다운 센텐스"로 제시되어 있다. 이것이 음악이 되었다고 하더라도 국가나 자본에 포획되지는 않을 것 같다. 그는 단독성의 뜻이 담긴 "굴 속의 사람들" "굴 속의 노래"로 그 상태를 표현하고 있다.

이처럼 황병승의 시는 존재 자체로 주류 계급에 대한 저항의 의미가 있다. 그는 그 의미를 여러 주체의 입을 빌려 효과적으로 들려주고 있다. 오랫동안 중심을 지켜온 1980년대 노동시 계열에 속하는 시들과 달리, 그의 시는 '사회적 노동'이 제시하는 새로운 노동시의 새로움을 보여주기에 적절한 역할을 한다. 그러나 새로운 노동시의 예로 황병승의 시를 지목했을 때 생겨나는 문제는 '노동'이라는 수식어의 필요성 여부이다. 노동시의 새로움을 말하는 데에는 황병승의 시가 필요할지 몰라도 황병승 시의 새로움을 말하는 데에 노동이라는 개념이 꼭 필요한 것은 아니다. 이 점은

‘사회적 노동’ 논의와 연관이 깊은 ‘다중’의 이중성에 주목해 개념상의 문제를 제기하는 것보다 심각한 문제인 것 같다. 적어도 시를 말하는 자리에서는 그렇다.

다른 한편에 노동의 조건을 명확히 하려는 시도가 있다. 일상까지 확장한 자본의 위력에 노동은 어떤 자세를 취해야 하는가? 이것이 이들이 지닌 기본적인 물음이다. 이들은 노동이 삶의 영역으로 확장한다고 해서 자본의 압박에서 벗어나지는 못할 것이라고 판단했다. 앞에서 확인했듯이 노동의 특성만 흐려질 것이기 때문이다. 이들의 선택은 ‘사회적 노동’이 간과하는 국가의 문제를 끊임없이 환기하는 것이다. 억압 대상인 자본가와 국가를 환기할 때 노동의 주체 구성이 가능하다는 판단에서이다. ‘잉여노동의 제한’ ‘정치적 소통’ ‘인권의 정치’ 등은 국가의 문제를 환기하면서 제출되는 세부 과제들이다.[15]

그런데 시 안에서는 이들이 제기하는 국가의 환기나 소통의 강조를 보여주기가 쉽지 않다. “노동시가 ‘노동’시일 수 있는 한가지 조건은 ‘시’의 영역에서일지라도 ‘노동’의 관점에서 ‘국가’의 문제를 환기하는 것”이라는 제안을 어떻게 구현할 수 있을까?[16] 국가의 문제를 직접 말할 때 노동의 주체성은 경직된다. 소통의 문제도 어렵기는 마찬가지이다. 위계가 없는 곳에서 소통은 자유롭게 이루어진다. 하지만 시는 일인칭의 독점을 용인한다. 또한 시어와 시어 간의 소통 여부는 개인마다 다르다. 한 독자의 해석 영역이 곧 만인의 해석 영역과 일치하고 또한 그 영역이 불변한다는 것을 전제했을 때 소통은 공통의 의제가 될 수 있지만, 실상은 그렇지 않다. 소통은 시 해석 과정에서 전제가 아니라 목적의 위치에 있다. 자폐적

---

15 박수연 「노동시의 확장」 424~25면 참조.
16 같은 글 424면 참조.

이라고 판단되었던 시가 미래의 비평가와 소통하고 있었던 경우를 문학사에서는 흔히 볼 수 있다. 불변하는 위치에 자신을 놓고 소통을 강조하는 길을 피해 소통을 담론화할 수 있을까, 이것이 소통을 강조하는 시각의 과제라고 할 수 있다.

노동에 대한 새로운 언어표현이 그 가설로서의 억압에 대한 강박에서 벗어나, 그리고 노동의 경제학을 넘어서서 이데올로기와 국가의 영역을 표상할 수 없다면 그것은 노동시가 갖춰야 할 요건의 한가지 핵심을 놓쳐버린다는 사실을 의미한다. 동시에 이것은 자본주의적 현실의 상징적 보편성을 노동재생산에서의 국가와 이데올로기 문제로 환기하지 못한다는 것을 의미한다. 젊은 시인들의 시가 소통의 부재라는 비판에 노출되는 사태가 바로 이 문제와 간접적으로 관련된다. 그들의 시에서는 공통의 현실을 재구성하려는 시도가 별로 보이지 않는 것이다.

사고의 대상과 현실의 대상을 혼동할 때 나타날 수 있는 문제가 바로 여기에 있다. 현실의 대상이 과학적 개념으로 정리되고 사고의 대상이 철학적 개념으로 정리될 때, 미학적 감각을 통한 관념 비판은 바로 사고의 대상을 개념화하는 것이라고 할 수 있다. 젊은 시인들 개인의 내면세계와 감각을 통한 무의식적 저항이 결국은 자기가 자기 자신과 맺는 관계의 언어적 순환에 지나지 않는다는 앞서의 지적은 바로 이런 사태를 가리킨다. 젊은 시인들 특유의 감각이 특히 최근에 이르러 환유적 언어표현으로 나타나고 있다면, 이것이 노동시의 현실적 실천성과 맺을 수 있는 관계는 그리 많지 않다고 여겨지는 것이다.[17]

박수연(朴秀淵)의 시각을 따르면, 노동시 바깥에 "자기가 자기 자신과

---

17 같은 글 436~37면.

맺는 관계의 언어적 순환"을 반복하는 '젊은 시인'들의 시가 있다. 노동시의 영역에 들기 위해서는 소통되면서 동시에 "공통의 현실을 재구성하려는 시도", 즉 "노동재생산에서의 국가와 이데올로기 문제"를 끊임없이 환기해야 한다. 다시 말해, '소통'은 '공통의 현실'을 경유하여 '국가'의 문제와 함께 묶이고 있다. 그가 우려하는 부분을 이 글의 논의에 맞춰 다음과 같이 바꿀 수 있을 것이다. 삶과의 불일치를 극복하려는 분투를 그치고 뒤돌아 언어 규범의 세계에 안주하는 것은 적절치 못하다. 현실을 외면하고 자신의 생각 속에서 안주하는 것이나 삶을 외면하고 언어 관습에 빠져 있는 것이나 거의 비슷하기 때문이다. 하지만 이러한 주장에 해당하는 실제의 예는 차이가 난다.

그는 대개의 '2000년대 젊은 시인들'의 목소리에 대해 우호적이지 않다. 노동시의 가능성을 여전히 신뢰하고 더 까다로운 조건으로 그 기제를 계승하려는 시각에서는 '젊은 시인'들의 개성적인 목소리는 뭉뚱그려져 노동시의 바깥에 있을 수밖에 없다. 이들 중에는 삶과의 불일치를 드러낸 예가 있고 관습의 세계 안에서 안주한 예도 있을 텐데, 그 세부를 살펴볼 여유 없이 이들이 노동시의 바깥에 있는 이유는 소통할 수 있는 '공통 현실'과 억압 대상으로서의 '국가'를 환기하지 않았기 때문이다. '공통 현실'이라는 개념에 미래 독자와의 소통이 배제되듯, '국가'의 환기에는 부재로써 존재 증명하거나 존재로써 부재 증명하는 시들이 배제되는 듯하다. 이상이 국가를 말하지 않은 것으로 말하지 못하게 했던 시대를 환기한 예도, 황병승이 비주류의 심드렁한 목소리를 내는 것으로 주류에 위협이 되는 예도 이러한 시각이 조성한 영역에서는 배제된다. 그러므로 "환기"라고 했으나 그것은 직접 말하는 방법이나 직접 비슷하게 말하는 방법을 뜻한다.

직접 말하거나 에둘러 말하거나 공통 현실 위에서 국가의 문제를 제기하는 발화 주체의 자리는 매우 좁다. 그 주체는 노동의 자부심을 지닌 채 노동을 억압하는 국가에 대해 항변한다. 그에게 노동은 숭고한 대상으로 고정되어 있으며 어쩌다 노동이 지겨워질 때 그는 자신을 돌아보기보다는 국가를 탓한다. 노동 주체가 국가와 짝을 이룰 때 예상되는 일이다. 국가가 시의 저변에 있기를 그치고 대상의 위치에 오를 때 그것과 짝을 이루어 고정되는 노동의 자리는 주체이기보다는 대상이기 쉽다. 더욱이 이와 같은 시의 기제는 오늘의 노동시가 아니라 직접 국가에게 말하는 일이 시급했던 전대의 노동시가 많이 보여주었던 것이다. 이와 같은 노동시의 모습은 규범을 벗어나 삶과의 불일치를 경험하는 시가 아니라 규범 안쪽으로 발길을 돌리는 시의 모습과 유사하다. 그것은 오늘의 시를 토대로 그 개성을 선명히 하기보다는 어제의 시가 이루었던 성취와 포개지기 때문이다. 노동시의 조건을 명확히 하려는 의견이 봉착하는 문제가 여기이다. 노동의 개념을 흐트러뜨리지 않은 채, 노동의 주체성을 확보하면서 어떻게 시적 개성을 뚜렷이 할 수 있는가. 또는 시와 삶이 다르다는 사실을 앞에 두고 이들과 접면하기 위해 취해야 할 노동의 자세는 무엇인가.

3

'노동'과 '시'의 분리는 '2000년대 노동시'의 조건과 모습을 단편적으로나마 보여준다. '시'는 삶과의 좁힐 수 없는 거리를 인식하면서 그 거리를 좁히려 하고, '노동'은 시가 평평한 관습의 세계에 안착하지 않게 하기 위해 삶의 최전선에 서 있다. 부정성의 기반 위에서 일치를 꿈꾸는 시와 노동은 그 꿈으로 시와 삶의 영역에 굴곡을 만든다. 그러기 위해서는 '노동시'는 일반시와 이전 노동시의 관습에 저항해야 한다. 여기에 삶의 영역에서 추출한 노동성까지도 선명히 해야 하는 과제가 추가된다.

1980년대 노동시가 덜 읽히는 까닭이 이와 무관하지 않아 보인다. 전대의 노동시는 권력의 폭압에 즉각적으로 응전해야 했다. 노동의 연대를 위해 그 목소리는 시 안에서 새로운 실험의 길보다는 이미 나 있는 전통의 길을 택했다. 그리고 그 안에서 저항의 정신과 정열을 드높였다. 시간이 흘러 정열은 사그라졌고 관습은 남아 있다. 일상화와 파편화로 요약할 수 있는 1990년대 이후의 삶이 저항정신이 응축된 그 당시의 부정성을 이해하지 못하는 측면도 있을 것이다. 하지만 거기에는 1980년대의 노동·민중시가 타성에 젖은 관습적인 시적 발화를 따르는 이유도 있을 것이다. 현재 노동시의 과제는 독자에게 일상에 포진한 자본의 위력을 직시하지 못한다고 탓하는 것이 아니라 그런 독자들까지 아우를 수 있는 자기갱신의 노력을 거듭하는 것이다.

2000년대 들어 가장 낯선 시는 리얼리즘 시라는 우스갯소리에 담긴 비판의식은 낯섦이 관습화된 2000년대 시단의 경향을 겨냥한다. 여기에 오늘의 노동시를 그리는 데 도움을 주는 부분이 있다면 그것은 오늘날 리얼리즘 시의 위상이 아니라 관습의 타파가 획득하는 현재성이다. 오늘의 노동시는 같은 어조로 같은 내용을 담는 어제의 노동시를 극복하는 것으로 현재성을 얻는다. 하지만 노동의 주체성을 보여주면서 동시에 전대의 관습을 타파한 노동시의 전형을 제시하기는 힘들다. 대답으로 닫기보다는 질문으로 확장하는 문학의 장에서 ‘해답’은 없기 때문이다. 다만 부분적으로 그와 같은 모습이 보이는 시들에서 가능성을 탐지할 수 있을 것이다.

시를 쓸 수 없다
3류지만 명색이 시인인데
꽃이나 새나 나무에 기대
세사에 치우치지 않는
아름다운 이야기도 한번 써보고 싶은데

자리에만 앉으면
새도 둥지를 틀지 않을 곳에서 목을 매단 미포조선 비정규직을 위해
겨울 바닷가 조선소 100미터 공장 굴뚝에 올라
십 수일째 고공 단식농성 중인 이들이 먼저 떠오르고

한 자라도 쓸라치면
병원 안 성탄미사 자리에서 쫓겨나
병원 밖에서 눈물 시위를 하던
강남성모병원 비정규직들의 눈물이 먼저
똑똑 떨어지고

한 줄이라도 나가볼라치면
1년 내내 삭발, 삼보일배, 고공농성
67일, 96일 단식을 하고서도
다시 옷깃 여미며 겨울바람 앞에 나앉은
기륭전자 비정규직 동지들의 한숨이
저만치 다음 줄을 밀어버리고

(…)

미안하다. 시야.
오늘도 광화문 청계광장 변에서 달달달 떨고 있는 시야
서울교육청 앞에서 오들오들 떨고 있는 시야
YTN 앞에서, MBC 앞에서 바들바들 떨고 있는 시야
용산 참사 현장 골목에 앉아 바득바득 떨고 있는 시야
까닭 모를 경제위기로 생존권을 박탈당하며

이 땅 어느 그늘진 곳에서 부들부들 떨고 있을 수천만의 시야

나도 알고 보면 그냥 시인만 되고 싶은 시인
하지만 이 시대는 쉽게, 시를 쓸 수 없는 시대
          —송경동 「미안하다. 시야」(『실천문학』 2009년 여름호) 부분

　노동 개념의 조건을 명확히 한 논의에 부합하는 예 중 하나가 송경동(宋竟東)의 시이다. 미포조선, 강남성모병원, 기륭전자 비정규직과 YTN, MBC 노조, 용산 참사의 호명은 국가의 문제를 환기한다. 이들은 시인이 시를 쓰지 못하는 이유로 나란히 제시되며 서로 연대를 형성한다. 또한 시인의 말은 현장에서 들리는 듯 소통을 방해하는 시적 장치 없이 실감나게 독자를 향한다. 하지만 송경동의 시가 2000년대 노동시의 대표로 거론되는 까닭은 이 때문만은 아닐 것이다. 위의 조건들을 채운 내용은 시의 형식을 빌릴 필요가 없다. 주목할 것은 송경동의 시에서 노동시의 관습적인 측면을 깨는 부분이다.

　인근 장르인 서사의 특성들을 끌어들여 노동자 인물을 설정하고 그 인물의 내력을 재구성하고 사건을 제시하는 것, 이를 통해 꿈꾸었던 희망이 어떻게 좌절되는지 또는 분노를 어떻게 표출하는지 드러내는 것, 비유나 상징이나 아이러니의 효과를 마지막에 배치하여 보편적 전언의 위치를 확보하는 것은 어느새 노동시의 관습이 되어버렸다. 전언에 부정성이 드러나지만 그것이 노동시의 부정성으로 이어지지 않는 까닭은 이와 같은 관습의 굴레 때문일 것이다.

　인물을 빌려 시대의 고통을 말하기보다는 시인 화자를 내세워 직접 그 고통을 말하는 것이 송경동의 시이다. 시인으로서의 자의식과 현장의 목소리가 충돌을 일으키며 시 전체에 아이러니의 효과가 나타난다. 또한 그의 시에는 인물이나 사건이 재조직되어 관습화된 이미지를 띠기보다는

현장의 모습이 날것으로 드러난다. 그가 의식하지 않았을지라도 그의 시는 노동시의 관습을 뚫고 나온다.

그가 적극적으로 의식했던 것은 일반시의 관습이다. 초반부에 "꽃이나 새나 나무에 기대/세사에 치우치지 않는/아름다운 이야기도 한번 써보고 싶은데"라고 했을 때 그가 상정하는 일반적인 시인의 모습이 그려진다. 그는 그런 시인이 되고 싶다는 뜻에서 "새도 둥지를 틀지 않을 곳에서 목을 매단 미포조선 비정규직을 위해" 쓰는 자신을 3류 시인이라고 말하지만 이를 곧이곧대로 받아들이기는 힘들다. 마지막에 앞에서 비쳤던 바람을 "나도 알고 보면 그냥 시인만 되고 싶은 시인"이라고 다시 한번 반복하고 있으나 또한 수많은 삶의 현장을 "이 땅 어느 그늘진 곳에서 부들부들 떨고 있을 수천만의 시"라고 하고 있기 때문이다. 그는 그 "수천만의 시"를 반영하고 싶은 시인이다. 자연과 삶 중 하나를 선택하는 길에 놓여 있다면 그는 전쟁 같은 삶의 현장을 찾아갈 것 같다. 그의 고민은 삶과 시의 일치 가능성에서 비롯한다. 송경동의 시는 이처럼 전대의 노동시와 시 일반의 관습을 극복하는 것으로 2000년대 노동시의 낯선 풍경을 연출한다.

공장과 공장 사이에 있는 화장실
흰 문짝은 오랫동안 페인트를 벗으면서, 깨알 같은 글씨를 토해내고야 말았다

똥을 싸면서도 뭔가를 열심히 읽고 싶었던 이 못난 필적은 필시
쾌활한 자지를 바나나처럼 그려놓고 슬펐을 것이다

작업복을 벗고 자지를 타고 올라가 그 바나나를 하나 따다, 미끄러졌다

위험한 기계를 움직이는 몸에서는 주기적으로 뭉친 피가 흘러나왔을
것이다
　가려운 벽을 긁었던 소녀의 머리핀은 은밀한 필기구

　잔업이 끝나고 처음 만난 기계와 잠을 잤다
　기계의 몸은 수천개의 부품들로 이뤄진 성감대를 갖고 있었다

　기계가 나를 핥아주었다, 나도 기계를 핥아먹었다, 쇳가루가 혀에 묻
어서 참지 못하고 뱉어냈다,
　기계가 나에게 야만스럽게 사정을 한다고, 볼트와 너트를 조여달라
고 했다

공장 후문에 모인 소녀들
붉은 떡볶이를 자주 사먹는 것은 뜨거운 눈물이 흐를까 싶어서이다
아니다, 새로 들어온 기계와 사귀면서부터이다
— 이기인 「알쏭달쏭 소녀백과사전 — 흰 벽」
(『알쏭달쏭 소녀백과사전』, 창비 2005) 전문

　삶이 곧 시라고 거침없이 말하는 송경동의 시에는 시와 삶의 불일치의
한계에서 비롯하는 부정성이 간혹 누락되어 나타난다.[18] 시인이라는 자의
식으로 노동시의 관습을 깨뜨려나갔고, 시의 전언으로 일반시의 관습을
야유했으나, 목소리를 내는 방식은 이때 일반시의 관습과 닮게 된다. 이기
인(李起仁)의 시는 단일한 목소리에 균열을 일으켜 노동시의 외연을 확장
한다. 여기에는 노동자의 굳센 신념도, 시적 대상에 대해 왕성한 소화력

---

18 박후기 「미안하다, 경동아!」, 『실천문학』 2009년 여름호 271면 참조.

을 가진 전통적 시적 자아의 모습도 찾기 힘들다. 노동의 신성성을 찾기에는 시의 외설적 내용은 처참하며, 대상과 주체의 동일성을 찾기에는 확신에 찬 발언은 이내 부정된다. 휴식 시간까지 침범한 규제와 감시는 화장실 문에 남근이나 그리게 할 만큼 사람을 황폐화시켰고, "뜨거운 눈물이 흐를까 싶어서"로 단정했던 떡볶이 먹는 이유는 곧 "아니다"로 부정된다. 활력이 넘치는 노동을 상상하기에 시의 상황은 매우 안 좋다. 생성과 활력이라는 말은 기계와 섹스하는 자포자기의 상상에서나 찾을 수 있는 가치이다. 이 시에 진심이 담긴 발화가 있다면, 페인트칠이 벗겨진 화장실 문에 그림 그리는 사람의 심정을 "슬펐을 것이다"라고 추측하는 부분일 것이다. 노동의 결과가 상상 속 기계와의 섹스이고, 그리기(시쓰기)의 결과가 화장실 문의 남근이라면, 인용시는 삶과 시 사이의 심연을 부각시키는 역할을 한다고 할 수 있다. 이 도저한 부정성에서 일치의 가능성은 없다고 봐야 할 것이다.

기계와의 섹스 장면, 볼트와 너트의 비유 등은 내용상 일치의 모습을 보이고 있으나 이를 불일치의 상황 위에서의 일치 가능성의 예라고 말하기는 어려울 것 같다. 대상과 대상의 이 일치된 모습은 관습화된 비유에서 비롯한 것처럼 보이기 때문이다. 이 경우 불일치의 부정성은 약화된다. 노동은 이 부분에서 주체성을 발현하기보다는 화자의 말에 의해 규정되며 대상의 위치에 머문다.

"소수 집단의 문학이란 자신이 사용하는 언어를 파헤쳐서 언어로 하여금 혁명적이되 절제된 방향으로 흘러들게 하는 것이다. 그런 의미에서 자신이 사용하는 언어로부터 소수 집단의 문학을 구해내는 일은 우리 모두의 문제이다"[19]라는 잘 알려진 말은 시 안에서 노동의 주체성을 상상하는 데 참조가 된다. 노동자를 소수 집단으로 묶는 것이 적절하지 않다든지,

---

19 들뢰즈·가타리 『소수 집단의 문학을 위하여』, 조한경 옮김, 문학과지성사 1992, 39면.

또 글의 전체 논지가 주체의 목소리를 구성하는 것에 동조하지 않을 것이라든지, 전체 맥락이 '사회적 노동자' 논의에 닿아 있다든지 등을 따지는 일은 일단 접어두고, 저 말에 소개된 평평해진 주류 언어에 굴곡을 만드는 방법에 주목해보자. 과잉된 말이나 결핍된 말은 주류 언어에 흠집을 낸다. 이에 부합하는 예 중 하나가 매 맞고 돈 빼앗긴 뒤 어느 이주노동자가 했다던 말 "사장님, 사랑해"일 것이다. 쫓겨날지도 모르는 불안감, 그럼에도 불구하고 이렇게 말해야 하는 것에서 환기되는 저들의 처지, 간단하고 서툰 말이 놓칠 수밖에 없는 그들의 복잡한 기억과 감정들, 그리고 '사랑'이라는 말의 타락에 대한 재확인까지. "우리 세 식구의 밥줄을 쥐고 있는 사장님은／나의 하늘이다"(박노해「하늘」,『노동의 새벽』, 풀빛 1984)와 견주어 저 말은 정확하지도 매끄럽지도 않지만, 그 거칢과 서툶은 우리가 믿어 의심치 않는 시와 삶의 규범에 흠집을 낸다. 이전의 다급한 저항의 목소리 외에도, 또 저 서툰 말 이외에도 또다른 노동 주체의 목소리가 있을 것이다. 그 목소리들이 삶과 시 두 영역의 굴곡을 만들 수 있으며, 2000년대 노동시를 다채롭게 할 것이다.

—『실천문학』 2010년 봄호

정치적인 말의 모습과 조건

◆

2000년대 '시와 정치' 논의에 부쳐

1

최근 진행되고 있는 시와 정치에 관한 논의는 십여년 전에 있었던 리얼리즘과 모더니즘의 회통(會通)에 관한 논의를 떠올리게 한다. 말하고자 하는 대상들이 서로 다른 층위에 놓여 있음을 확인한 뒤, 그 둘의 소통 가능성을 모색하는 순서가 그러하다. 당시 최원식(崔元植)은 리얼리즘과 모더니즘이 대별될 수밖에 없었던 한국의 역사적 상황에 주목하며 글을 시작했다.[1] 최근 진은영(陳恩英)은 집회에 참석하는 일 등 시민으로서의 참여는 상대적으로 수월하지만, 시를 통한 참여는 어렵다는 말로 시와 정치의 간극을 드러냈다.[2] 최원식은 좋은 작품에는 두 사조가 이미 회통하고 있기 때문에 "비평담론 안에 갇힌 리얼리즘/모더니즘 논쟁을 창작측으로 방(放)"해야 한다며 글을 맺었다.[3] 진은영은 글의 마지막에서 "삶과 정

---

1 최원식 「'리얼리즘'과 '모더니즘'의 회통」, 『문학의 귀환』, 창비 2001, 42~48면 참조.
2 진은영 「감각적인 것의 분배」, 『창작과비평』 2008년 겨울호 69면 참조.
3 최원식, 앞의 글 58면 참조.

치가 실험되지 않는 한 문학은 실험될 수 없다"고 하며 제 분야의 자유분방한 실험과 접합을 제안했다.[4]

그러나 이 두 논의가 꼭 포개지는 것은 아니다. 최근의 시에 관한 논의는 모더니즘과 리얼리즘이 구획한 영역을 교란하고 있고, 정치에 관한 논의는 삶의 문제와 밀착해 있다. 이는 진은영의 모색을 최원식의 부름에 대한 응답이라기보다는 회통론을 촉발시켰던 논의 중 하나인 진정석(陳正石)의 부름에 대한 응답으로 여기게 한다. 진정석은 리얼리즘과 모더니즘을 포괄하는 '광의의 모더니즘'과 추상화 이전의 근대적 경험에 밀착한 '리얼리티'를 설정한 뒤, 이 둘을 기반으로 한 새로운 주체들의 출현을 요청했다.[5] 거칠게 대입하자면 이때 '광의의 모더니즘'은 문학적 텍스트로서의 시와 대응하고, '리얼리티'는 삶과 경험을 경유하여 사회적 텍스트로서의 정치와 대응한다.

십여년 전의 논의가 지금 본격적이고 전면적으로 개진되는 까닭은 우선 2000년대 이후 여러 개성적인 목소리가 시에 출현했기 때문일 것이다. 비평은 이 새로운 목소리들을 이해하려 분주했다. 그때와는 다른 정치적 상황도 이 논의를 부추겼다. 2008년에 '촛불'이 일어났고 사람들은 다시 거리로 나왔다. 2008년 겨울, 진은영은 시와 정치에 대한 고민을 드러냈다. 2009년 1월에 용산에서 여섯명이 죽었고, 5월에 김해 봉하마을에서 한 사람이 죽었으며, 6월에 작가들이 성명을 발표했다. 시와 정치에 관한 논의는 이어졌다. 논의는 2000년대의 시와 비평이 알게 모르게 미적 자율성의 권위를 높이는 쪽으로 흘러간 것은 아닌지, 정치적인 것이 거기에서 소외되고 있지 않은지 되물었다.

잠재된 삶의 부면(部面)을 시에 끌어들여야 한다거나, 기존의 것과 단

---

4 진은영, 앞의 글 84면 참조.
5 진정석 「모더니즘의 재인식」, 『창작과비평』 1997년 여름호 152~62면 참조.

절하고 질서를 초과하는 자리에서 시와 정치의 만남을 모색해야 한다거나, 말과 사유와 삶의 자리를 지상의 다른 자리로 옮겨 익명의 힘을 맞이해야 한다거나, 시와 정치의 제휴를 가능한 불가능성으로 인식해야 한다는 의견은 크게 보았을 때 같은 기제를 지닌다.[6] 이질적인 것의 표현이 다를지라도, 출현하는 시의 장소와 모습과 시기가 다를지라도, 이들은 모두 '정치적인 것'을 시쓰기의 영역에 포섭하려는 시도로 읽을 수 있다.

과거 회통론과 관련된 논의와 최근의 비평이 제출한 결론의 성격 또한 닮아 있다. 이들은 모두 당면한 과제를 해결할 수 없다고는 말하지 않지만, 또한 당장 해결할 수 있다고 단언하지도 않는다. 이것은 불가피한 일이다. 미적 자율성의 권위에 대해 회의를 품을 수는 있으나 미적 자율성 자체를 부정할 수는 없고, 시와 정치의 거리를 좁히려 할 수는 있으나 그 차이를 부정할 수는 없다. 문학의 장에서는 문제를 푸는 과정이 대개 정답이 아니라 전망을 제시하는 식으로 진행된다. 끊임없는 질문을 요구하는 문학의 장 안에서 제시된 정답은 임시방편일 경우가 많다.

이 글은 '정치적인 것'을 시쓰기의 영역에 포섭하려는 최근의 논의를 따라간다. 특별히 주목하는 지점은 거기에 인용된 시와 그 분석들이다. 인용된 시는 2000년대의 것으로서 이 시대의 고민을 반영하며 시에 출현한 '정치적인 것'의 모습을 언뜻 보여준다. 시 분석을 함께 다루는 까닭은 최근의 논의를 보완하기 위해서이다. 이것은 또한 그 논의가 요구하는 시의 조건과 관련이 있다.

---

6 이장욱 「시, 정치 그리고 성애학」, 『창작과비평』 2009년 봄호; 함돈균 「잉여와 초과로 도래하는 시들」, 『창작과비평』 2009년 겨울호; 신형철 「가능한 불가능」, 『창작과비평』 2010년 봄호; 심보선 「'천사-되기'에서 '무식한 시인-되기'로」, 『창작과비평』 2011년 여름호.

2

진은영은 거듭해서 1980년대 박노해와 백무산의 시를 새로 도착할 정치시의 귀감으로 삼았다.[7] 순정한 언어로 감동을 줄 수 있는 시의 모습으로, 또는 당시의 감성체계를 재편한 미학적 주체의 모델로 그들의 시는 등장한다. 이로써 새로운 정치시는 공동체의 문제를 환기하는 동시에 시적인 것의 관념에도 충격을 주는 것을 조건으로 갖추게 된다. 그러나 이것이 1980년대 시인 중 황지우(黃芝雨)와 이성복(李晟馥)과 최승자(崔勝子)가 배제된 까닭의 전부는 아닐 것이다. 『새들도 세상을 뜨는구나』(문학과지성사 1983)의 황지우와 『뒹구는 돌은 언제 잠 깨는가』(문학과지성사 1992)의 이성복과 『즐거운 日記』(문학과지성사 1984)의 최승자는 폭압적인 현실의 문제를 시집 여기저기에 흩뿌려놓았고, 비시적인 언어와 이미지를 시에 끌어와 시적 개성을 구축했다. 하지만 이들은 자신만의 스타일을 지닌 기성시인이었다. 새로운 주체의 출현을 요청하는 목적에는 박노해와 백무산이 더욱 부합했던 것이다.

박노해와 백무산은 시인으로서 개성적인 목소리를 냈다기보다는 시인이 아니라서 개성적인 목소리를 냈다. 그들은 예상치 못하게 등장했고 예상치 못한 목소리로 독자에게 감동을 주었다. 그들의 말투는 덜 세련되었고 투박했으나, 목소리에 담긴 힘과 메시지는 세련됨과 투박함을 가르는 기준을 의심하게 했다. 하지만 이들의 말은 곧 낯익은 것이 되었다. 이러한 정치시의 운명은 시와 정치를 함께 성찰하는 시인에게 시쓰기를 포기하게 하는 것이 아니라 무(無)에서 다시 시작하도록 종용한다. 지금은 낯익지만 당시에는 낯설던 주체의 등장이 노동시와 민중시를 형성했듯이,

---

7 진은영, 앞의 글 67면; 진은영 「한 진지한 시인의 고뇌에 대하여」, 『창작과비평』 2010년 여름호 25~29면 참조.

지금 시와 정치를 함께 고려하는 일이 철 지나고 부질없어 보이지만 이러한 모색을 거쳐 출현하는 새로운 시가 기존의 감성체계를 재편할 수 있으리라는 믿음이 그의 선택에는 담겨 있다.

공동체의 문제를 환기하는 정치시는 아닐지라도 민주주의와 평등을 기반으로 한 새로운 주체의 출현이라는 측면에서 심보선(沈甫宣)은 진은영이 가능성으로 남긴 자리를 구체적인 이미지로 채웠다. '평론가, 시인, 문맹자의 문학적 정치들'이라는 부제가 달린 그의 글은 평론가를 '천사-되기', 김수영(金洙暎)과 진은영 같은 시인을 '지게꾼-되기', 문맹자들을 '무식한 시인-되기'와 연결하여 각각의 성격과 임무를 부여했다.[8] 그에 따르면 '천사-되기'의 시는 기존의 분할선을 토대로 하지만 '지게꾼-되기'는 그것을 가로질러 새로운 다수성, 새로운 시간과 장소를 세운다. 이는 추상화된 리얼리즘의 개념을 풀어 삶의 리얼리티 속으로 침투하는 시인의 모습을 떠올리게 하며, 마지막 '무식한 시인-되기'는 시인/비시인 같은 기존의 분할선을 무화시키는 제도권 밖 시들의 출현과 대응한다.

그는 기성시인의 시보다는 그것을 분석하는 비평가들의 작업을 문제 삼았다. 그가 보기에 비평가들은 성취할 수 없는 목표를 설정한 뒤 시인에게 정언명령의 형식으로 고뇌를 지속하라고 계속 주문하고 있다. 그 주문이 이어질수록 기존의 인식체계와 정언명령의 권위는 점점 굳건해진다. 문학과 정치를 함께 고민해야 한다는 말을 되풀이할수록 문학과 정치는 별개의 것으로 인식된다는 것이다. 기존의 시들은 비평가들에게 인용되고 분석되며 이 작업에 동원된다. 이 악순환을 벗어나기 위해, 기존의 분배방식을 재편하기 위해 필요한 것은 기성시인의 시가 아니라 제도 바깥에서 출현하는 시이다. 문맹자들의 시, 즉 '무식한 시인-되기'의 시는 이렇게 그의 글에 등장한다.

---

8 심보선, 앞의 글 248~66면 참조.

시는 아무나 짓는 게 아니야

배운 사람이 시를 써 읊는 거지

가이 갸 뒷다리도 모르는 게

백지장 하나

연필 하나 들고

나서는 게 가소롭다

꽃밭에서도 벌과 나비가

모두 다 꿀을 따지 못하는 것과 같구나

벌들은 꿀을 한보따리 따도

나비는 꿀도 따지 못하고

꽃에 입만 맞추고 허하게 날아갈 뿐

청용도 바다에서 하늘을 오르지

메마른 모래밭에선 오를 수 없듯

배우지 못한 게 죄구나

아무리 따라가려 해도

아무리 열심히 써도

나중엔

배운 사람만 못한

시, 시를 쓴단다

—— 한충자 「무식한 시인」

(『벌 나비 날아들면 열매 맺는다』, 시갈골문학회 2010) 전문[9]

---

9 같은 글 262~63면에서 재인용.

‘무식한 시인’은 문맹자이면서 동시에 시인의 자리를 왕복하며 기존의 분할선을 교란한다. 억압되었던 문맹자의 ‘말하려는 의지’는 시인의 자리에서 발화되는데, 심보선은 이전에는 듣지 못했던 낯선 표현이 거기에서 출현한다고 보았다. 그것은 배운 사람과 못 배운 사람을 구분하여 ‘치안적 질서를 재확인’하는 것에서 시작하는 인용된 시의 구도를 깨뜨린다. 구체적인 그의 언급은 다음과 같다: “그렇다면 이 시는 늙은 문맹자의 슬픈 고백에 불과한가? 만약 그렇다면 비참한 현실을 확언하는 시의 처음과 마지막 사이에 있는 “가이 갸 뒷다리” 같은 허구적 말, “꽃밭”“바다”“메마른 모래밭” 같은 허구적 장소, “벌”“나비”“청용”(청룡—인용자) 같은 허구적 동물을 상상하는 역량, 그리고 이 모든 것들로 허구적 이야기를 짓는 역량은 도대체 누가 소유한 감성적 역량인가?”[10] 문맹자의 자리에 머문다면 저 허구적 말과 허구적 장소와 허구적 동물은 시에 나타나기 어렵다. 무식한 시인이었기 때문에 ‘치안적 질서’를 재편할 ‘딴사람의 감성적 역량’이 발휘되어 이들이 나타날 수 있었다는 것이다.

꽃밭의 꿀을 흠뻑 흡수하는 벌과 그렇지 못한 나비는 각각 기성시인과 무식한 시인을 비유한다. 또한 하늘로 오르는 청룡과 그렇지 못한 자신의 토대는 각각 바다와 모래밭으로 설정된다. 메마른 땅 위에 있는 자신은 결코 청룡 같은 시인이 될 수 없다는 자괴감이 이 시에 놓인 주된 정서인데, 이 완강한 시의 구도 안에서 심보선이 주목하는 것은 시인과 문맹자를 대변하는 시어들이다. 그런데 좀더 논의가 필요한 “가이 갸 뒷다리”를 제외한 다른 시어들은 오히려 기존의 질서에 포함되는 과정 초기에 드러나는 현상은 아닐까.

하늘로 올릴 수분이 많은 바다와 그렇지 못한 모래밭은 풍족함과 메마

---

10 같은 글 263면.

름을 오래도록 대변해왔다. 벌과 나비와 청룡 또한 많이 보고 들어왔다. 시를 몰라도 익히 알 수 있고, 글을 몰라도 들은 바 있는 말이다. 이것은 기존의 감성체계를 재편할 새로운 상상력에서 출현했다기보다는 그 체계를 지키는 관습에서 비롯되었다고 보는 편이 적절할 듯하다. '무식한 시인'은 시적인 것이 무엇인지 학습하는 과정 초기에 자신의 밑천을 활용하는 중이다. 이제 막 시를 배우기 시작한 그는 아직 그 미묘한 감정상태를 표현할 개성적인 목소리를 지니지 못했다.

이 시에서 감성체계의 재편 가능성을 찾을 수 있다면, 그 지점은 말하려는 의지가 누추하게 표현될 수밖에 없는 데에서 오는 갑갑함이다. 이 갑갑한 마음은 당장은 아니더라도 체계가 재편될 가능성을 실패의 형식으로 드러낸다. 중요한 것은 말을 표현하는 주체의 위치가 아니라 말에 걸려 있는 세계의 모습이다. 어느날 느닷없이 출현한 유령이 산 자와 구별되지 않고, 어느날 느닷없이 도착한 외계인이 인간과 구별되지 않는다면 그들의 느닷없는 출현과 도착은 곧 기억 속에서 사라진다. 기존의 것을 재편하는 것은 다른 세계를 거느린 말이다. 다른 곳에서는 낯선 말이 출현할 가능성이 높다. 하지만 이곳에 있는 사람은 낯선 말을 경유하여 다른 곳을 느낄 수 있다. 그제야 비로소 그 자신이 낯설어지고 이곳은 재편될 수 있다.

3

심보선은 '딴사람-되기'를 설명하면서 여분의 것과 초과의 것을 구별했다. 그에 따르면 창작자는 자신에게 주어진 시간과 장소를 초과의 것으로 받아들여 거기에 끊임없이 사유와 열정을 채워넣어야 한다.[11] 함돈균(咸燉均)은 그 이전에 이미 글의 제목에 '초과'를 넣어 논의를 개진했다.[12]

그는 한계를 뛰어넘으려는 것이야말로 시인이 추구해야 할 자세이며 이는 시에서뿐 아니라 윤리와 정치의 장에서도 요구되는 것이라 했다. 확실히 '초과'라는 말에는 '여분'과 달리 기준이나 한계가 극복할 수 있는 대상으로 설정되어 있다. 그런데 이 '초과'의 뜻을 헤아리기 위해서는 약간의 부연이 필요할 것 같다. 시인의 입장에서는 그것이 시쓰기의 자세를 일깨우는 말로 인식되지만, 독자의 입장에서는 텍스트에 나타난 수다스러운 말로 오해할 수 있기 때문이다.

수다스럽게 보이는 말로써 기존의 시적인 것을 넘어선 예는 한국시사에서도 드물지 않다. 정치적인 것을 환기하는 시로 범위를 제한해도 그렇다. 김수영은 「거대한 뿌리」에서 청계천 가의 "무수한 반동들"을 하나하나 호명하며 기존에 형성된 시적인 것을 초과하는 동시에 정치적인 것을 선명(宣明)했다. 진이정은 「거꾸로 선 꿈을 위하여」 연작에서 파국을 앞에 두고 떠오르는 모든 상념을 끌어모으려 애썼는데, 어지럽게 배치된 이미지의 논리를 형성한 것 중 하나가 정치적인 상상력이었다.

더듬거리고 어눌한 것처럼 보이는 말로 기존의 분할선을 재편하는 모습을 찾기란 상대적으로 어렵다. 낱말들은 의사소통에 참여하지 않겠다는 듯이 스스로 고립되어 있다. 하지만 그것들은 제각각 다른 세계를 거느린다. 그 세계는 이 세계를 초과하고 재편할 수 있는 힘을 지녔다. 그것들에 고여 있는 세계는 다른 장소이거나 다른 시간일 수 있다. 외국의 한인거리나 서울의 퇴락한 골목에 보이는 주점들의 상호는 '은하수' '무지개' '달밤'처럼 촌스럽다. 그것은 외국어나 외래어나 세련된 말들에 포위되어 있다. 그러나 거기에는 간판을 내걸었을 당시의 인식과 사회상이 보존되어 있다.

---

11 같은 글 260~61면 참조.
12 함돈균, 앞의 글 38면 참조.

　고립된 말은 처음 그것을 꺼낸 시인의 감정에서, 매끄러운 의사소통의
국면에서, 지금 이 시대가 거느린 맥락에서 거리를 두며 딱딱해진다. 정
치적인 것을 환기하는 말이 이 같은 방식으로 기존의 체계를 재편하기 위
해서는 거기에 들러붙은 여러 감정과 맥락을 떨쳐버릴 필요가 있다. 간혹
그 메마르고 딱딱한 모습은 이 세계를 외면하는 것처럼 보이기도 한다.

　　　동사무소에 가자
　　　왼발을 들고 정지한 고양이처럼
　　　외로울 때는
　　　동사무소에 가자
　　　서류들은 언제나 낙천적이고
　　　어제 죽은 사람들이 아직
　　　떠나지 못한 곳

　　　동사무소에서 우리는 전생이 궁금해지고
　　　동사무소에서 우리는 공중부양에 관심이 생기고
　　　그러다 죽은 생선처럼 침울해져서
　　　짧은 질문을 던지지
　　　동사무소란
　　　무엇인가

　　　동사무소는 그 질문이 없는 곳
　　　그 밖의 모든 것이 있는 곳
　　　우리의 일생이 있는 곳
　　　그러므로 언제나 정시에 문을 닫는
　　　동사무소에 가자

두부처럼 조용한 오후의 공터라든가

그 공터에서 혼자 노는 바람의 방향을

자꾸 생각하게 될 때

어제의 경험을 신뢰할 수 없거나

혼자 잠들고 싶지 않을 때

왼발을 든 채

궁금한 표정으로

우리는 동사무소에 가자

동사무소는 간결해

시작과 끝이 명료해

동사무소를 나오면서 우리는

외로운 고양이 같은 표정으로

왼손을 들고

왼발을 들고

— 이장욱 「동사무소에 가자」(『생년월일』, 창비 2011) 전문

함돈균은 '불가능한 이야기들'이라는 소제목을 달고 이장욱(李章旭)의 시 두편을 집중적으로 분석하는데, 「동사무소에 가자」에서는 특히 "동사무소란/무엇인가"라는 질문에 초점을 맞춘다.[13] 그가 보기에 이 질문은 "공적 지식더미들의 허구성을 역설적으로 야유"하는 기능을 한다. 대개의 사람들은 이 질문을 하지 않는다. 그들은 이 공적 지식더미에 기입되는 항목에 맞춰 자신의 삶을 재단하기 때문이다. 이 질문은 그 같은 허구

---

13 같은 글 48면 참조.

적 삶을 비판하는 기능을 수행한다는 것인데, 질문 없는 삶에 대한 상세한 설명은 다음과 같다: "간결하면서도 무한한 이 서류더미의 세계는 기입될 수 있는 말과 그렇지 못한 말의 형식을 갈라 정보('공적 지식')로 등록하고, 희로애락의 복잡하고 모순적인 생의 부면들을 일사불란하고 매끄러운 서류적 코드로 가공하고 분류하며, 그럼으로써 삶을 '합리적'으로 규율하고 관리한다. (…) 가공된 지식과 승인된 언어, 인지착오적 믿음의 체계를 통해 구성된 이 세계에서 '(승인된) 주체'는, 기왕에 주어진 노동의 사회적 분할을 자진해서 수행하고 세계와 거짓화해를 함으로써 '낙천적'으로 삶을 살아간다."[14] 이 맥락에 따르면, 초과하는 것은 문제적 질문이며 분할된 것은 질문이 없기 때문에 낙천적일 수밖에 없는 삶이다.

기존에 조성된 사회적 분할선을 대변하며 일상에 침투한 대상으로 동사무소는 잘 어울린다. 동사무소는 파출소와 함께 관공서 중 가장 흔하게 눈에 띄는 곳이지만 파출소 같은 위압감이 없다. 동사무소는 범죄를 다루는 곳이 아니라 일상을 다루는 곳이다. 그곳을 향해 던지는 질문이 낙천적 삶에 대한 역설적인 야유로 보이고, 기존에 형성된 분할선을 초과하는 말로 여겨지는 까닭이 여기에 있다. 하지만 시의 맥락은 이 질문을 역설적인 야유로 여기는 과정에 제동을 건다.

문제적인 질문 "동사무소란/무엇인가"의 해석을 다르게 보는 이유는 크게 두가지에서 비롯한다. 첫째, 질문을 접했을 때 기대되는 수용자의 반응이다. 처음 읽거나 들었을 때 수용자는 수긍하거나 놀라기보다는 웃을 것 같다. 물론 그것은 쓴웃음도 아니다. '인생이란 무엇인가' '문학이란 무엇인가'라는 질문과 '동사무소란 무엇인가'라는 질문을 견주어보자. 더구나 이 질문은 중간에 한 호흡이 끊겨 있다. 이 구절은 전 시집 『정오의 희망곡』(문학과지성사 2006)에 실린, 문득 자신이 의아해진 느낌을 적은 「영

---

14 같은 곳.

뚱해」의 마지막 구절 "엉뚱해 역시/펭귄이란"이나, 정처 없는 삶을 그린 「근하신년―코끼리군의 엽서」의 마지막 구절 "널 사랑해"를 떠올리게 한다. 앞 시의 마지막 독백은 엉덩이가 뚱뚱한 펭귄을 연상시켜 많이 웃기고, 뒤 시의 마지막 고백은 시의 전체 맥락과 동떨어져 조금 웃기다. '동사무소'와 '무엇인가'를 분리한 채 그 의미를 헤아리면 '동사무소'는 기존에 형성된 분할선을 가리키고, '무엇인가'는 그 분할선에 구멍을 뚫는다고 할 수 있다. 그러나 의미뿐 아니라 표현까지 고려하면 여기에서 비판적 시선이 개입된 야유를 읽기는 어렵다. 그렇다고 시인이 동사무소가 상징하는 세계와 반목을 풀고 화해했다는 뜻은 아니다. 풍자에 담긴 비판, 해학에 담긴 화해의 감정은 모두 긴장과 갈등을 전제로 한다. 그러나 이 구절에는 긴장과 갈등 자체가 마련되어 있지 않다. 거기에서 느껴지는 것은 외로움과 허허로움이다. 그 까닭은 이어서 살펴보는 삶의 위력과 연관된다.

둘째, 질문의 역할이다. 제목이기도 한 구절 "동사무소에 가자"는 시에서 네번 반복된다. 동사무소는 일상에 침투해 있으나 그렇다고 일상 그 자체는 아니다. 시에서 동사무소는 있는 곳이 아니라 가는 곳으로 설정되어 있다. 시인은 "외로울 때"나, "두부처럼 조용한 오후의 공터"에 있을 때나, "어제의 경험을 신뢰할 수 없"을 때 동사무소에 가자고 한다. 그는 공동체에서 누락되었다고 느끼는 중인데, 자신의 정체성마저 흐릿해질 때 생겨나는 무력감을 떨쳐내고자 찾는 곳이 동사무소이다. 거기에는 간결하고 뚜렷한 분할선이 있고 무한한 과거와 미래가 있다. 하지만 그곳을 찾았다고 무력감이 해소될 리는 없다. 그곳은 "인지착오적 믿음의 체계를 통해 구성된 세계"이기 때문이다. 그러므로 질문은 야유하는 주체의 힘보다는 그 주체를 가두는 삶의 위력을 드러낸다.

이장욱 시의 일인칭은 낙관적인 삶을 살지 않는다. 대신 낙관적일 수밖에 없는 삶을 산다. 간혹 "소문"(「근하신년―코끼리군의 엽서」)이나 "좀비"(「좀비 산책」)와 같이 떠도는 일인칭의 모습이 나타나는 것도 이와 관련되어 있을 것이다. 안식하고 싶지 않지만 안식을 강요당하는 삶을 살며 '나'는 미약해진다. 초과하고 싶지만 초과하기 힘든 삶 안에서 '나'는 분산된다. 그러나 이 미약해지고 분산되는 주체의 모습은 그것으로 긍정적이고 강인한 주체를 조성하는 낙관적인 삶과 대비된다.

주체의 이 미약한 힘은 대상의 선택 범위에도 영향을 미치는 것 같다. 그의 시에는 사적인 것과 공적인 것, 현실적인 것과 환상적인 것이 함께 나타난다. 이를 구분하고 분류하는 작업도 강인한 주체의 몫이라는 듯, 대상들은 기존의 분할선을 넘나들며 미약한 주체와 접속한다. 따라서 그것들은 이 세계에서의 맥락이나 거기에서 생겨나는 정념과도 거리를 둔다. "우리는 엉뚱하게/年金을 부었다/갑자기 미래가 시작되었다"(「엉뚱해」)의 미래가 밝지 않게 느껴지는 것도, "부르주아에 대한 고전적인 적의 같은 것"(「근하신년─코끼리군의 엽서」)의 적의가 뜨겁지 않게 느껴지는 것도 이와 연관될 것이다. 이장욱의 시어는 의사소통에서 고립된다고 말하기는 어렵지만 일인칭의 정념과는 거리를 둔다고 말할 수 있을 것이다. 또한 딱딱하다고는 말할 수 없지만 건조하다고 말할 수 있을 것이다. 그의 시에 들어 있는 이 평등하고 건조한 말들은 기존의 감성체계를 재편할 징후이기도 하다.

4

신형철(申亨澈)의 말을 빌리면, 진은영의 고민은 "직접적으로 정치적이면서 첨예하게 미학적인" 시의 창작이다.[15] 앞부분은 대상 시의 성격을 규정하고, 뒷부분은 대상 시의 가치를 문제 삼는다. 우리가 지금까지 살펴

---

15 신형철, 앞의 글 370~71면 참조.

본 말의 조건은 '첨예하게 미학적인' 시의 조건과 어느정도 겹친다. 진은영은 거듭 박노해와 백무산을 언급하면서도 '직접적으로 정치적'인 것에 대해서는 기존의 공동체를 환기한다거나 당대 현실을 반영한다거나 하는 식으로 느슨하게 다루었다. 그것들은 김수영과 진이정과 이장욱을 언급하는 부분에서 에둘러 제시되었을 뿐이다. 여기에는 불가피한 면이 있다. 그리고 그것은 아마 신형철이 '시인은 무엇을 원하는가'와 '비평은 무엇을 해야 하는가'로 나누어 논의를 전개한 까닭과 관련이 있을 것이다. 시가 출현하는 시간을 기준으로 이 둘은 나뉜다. 시인은 시를 비평에게 건넨다. 시인은 예감을 말로 드러내고 비평가는 그 말을 전제로 다음 말을 생각한다. 비평가의 예상은 어렴풋하다. 뚜렷한 것은 시인이 건넨 말이다. 직접적이고 정치적인 것이 뚜렷해야 한다면 그것은 비평가의 다음 말이 아니라 시인의 말이어야 한다. 이 글이 취한 방법은 에두른 길이지만 뚜렷한 길이기도 하다.

　신형철은 다른 방법을 선택했다. 먼저 그는 두가지 질문을 나누고 그에 대해 답변한다. 시인에 관한 질문의 답변은 위의 '직접적으로 정치적이면서 첨예하게 미학적인 시의 창작'이고, 비평에 관한 질문의 답변은 '첨예하게 미학적인 시들에서 우선 그 미학적 것의 핵심을 정확하게 읽어내고, 그 이후에 거기에서 정치학적인 것까지를 읽어내는 일'이다.[16] '정치적인 것'과 '정치학적인 것'을 구분한 그의 논의에 대입하면 이 글은 '정치적인 것'을 따라간 것이고, 그의 글은 '정치학적인 것'을 제시한 것이다.[17] '정

---

16 같은 글 370, 385면 참조.

17 같은 글 374면 참조. 신형철은 '정치적인 것'과 '정치학적인 것'을 다음과 같이 구분한다: "특정 작품이 현실정치의 의사소통 장(場)에서 특정한 입장을 대변하는 발언을 포함할 때 그것을 '정치적인' 것으로 '가치판단'하고, 특정 작품이 (예컨대 '생체-정치' '성-정치' 혹은 '정체성-정치' 등의 용례에서 보듯) 넓은 의미의 '정치'와 연계되어 있어 정치학적 토론의 대상이 될 만한 논점을 내장하고 있을 때 그것을 '정치학적인' 것으로 '사실판단'하자는 것이다. (…) 요컨대 이렇다. 정치적·윤리적·미적인 것은 기존

치'는 이 글에서는 시인이 건넨 말에 걸려 있고, 그의 글에서는 비평가가 포착해야 하는 임무에 해당된다. 이 비평의 임무는 신해욱(申海旭)의 시가 인용되며 구체적인 모습을 띤다.

> 이목구비는 대부분의 시간을 제멋대로 존재하다가
> 오늘은 나를 위해 제자리로 돌아온다.
>
> 그렇지만 나는 정돈하는 법을 배운 적이 없다.
> 나는 내가 되어가고
> 나는 나를
> 좋아하고 싶어지지만
> 이런 어색한 시간은 도대체 어디서 오는 것일까.
>
> 나는 점점 갓 지은 밥 냄새에 미쳐간다.
>
> 내 삶은 나보다 오래 지속될 것만 같다.
> ──신해욱 「축, 생일」(『생물성』, 문학과지성사 2009) 전문

「축, 생일」은 신형철의 글에 인용된 신해욱의 시 두편 중 하나이다. 이 시가 수록된 시집 『생물성』과 전작 『간결한 배치』(민음사 2005)까지 고려했을 때 신해욱은 다분히 건조하고 미니멀한 시어를 구사하는 시인이라 할 수 있을 것이다. 그의 시어가 일인칭의 감정이나 의사소통의 국면에서 완전히 고립된 것은 아니다. 하지만 낱말의 개수가 별로 없는 반면 그 뜻 사

장에서 특정한 입장을 채택하면서 개입하고, 정치학적·윤리학적·미학적인 것은 최상의 경우에 앞의 것들이 근거하고 있는 장 자체를 성찰하게 만드는 의제를 제기한다."

이의 여백은 크기 때문에 고립의 정도는 상대적으로 크게 느껴진다. 고립된 그의 말이 주로 흠집을 내는 것은 시 속에서나 현실세계에서나 가장 중요한 '나'이다. 신형철은 신해욱 시의 미학을 '투명성의 시학'이라 명명하고 거기에서 이 시대에 만연한 주체성의 위기를 읽어낸다. 이어지는 부분은 다음과 같다: "'잃어버린 나'를, 더 나아가, '잃어버린 나를 잊어버린 나'를 아파하는 신해욱의 시는 오늘날 우리들 마음의 현황이자 주체성 위기의 한 징후라고 말이다. 이 지점에서부터 신해욱의 투명성의 시학은 미학적이기만 한 어떤 것이기를 멈춘다. 그것은 지적한 대로 사회학적이기도 하고, 더 나아가 그 주체성의 위기가 오늘날 한국사회의 신자유주의적 패러다임과 결부되어 있을 뿐 아니라 현정부의 퇴행적 통치형태의 한 배후가 되기도 했다는 점을 고려할 때, (정치적이라고까지 하기는 어렵더라도 최소한) 정치학적이다."[18] 주체성의 위기는 신자유주의와 퇴행적 현실정치와 연결된 뒤 정치학적 영역에 배치된다.

신해욱의 시에는 신형철의 말대로 '정치적'이라고 할 만한 것이 드물다. 대신 '정치학적'일 수는 있으나 그것이 기존에 조성된 분할선을 재편하거나 초과하는 것 같지는 않다. 신해욱의 시를 다시 보자. 주어와 보어와 목적어와 관형어의 위치에 있는 각각의 '나'가 생일날 한자리에 모인다. '나'는 정돈하는 법을 모른다고 했는데, 정작 흩어져 있는 것은 '나'들이다. 그것들은 여러 곳에 흩어져 있을 뿐 아니라 앞으로 여러 시간에 흩어질 것도 같다. 어떤 '나'는 또다른 어떤 '나'보다 오래 살 것 같다고 하기 때문이다. 생일은 같지만 모든 것이 다른 일인칭은 여러 장소와 시간에 배치되어 있다. 이 시에서 힘센 일인칭의 모습을 연상하기란 어려운 일이다.

이 같은 신해욱의 시에서 주체성의 위기를 읽어내는 일은 자연스럽다. 그리고 근대 초기의 한국시에도 분열된 자아가 보이는 것을 염두에 둔다

---

18 같은 글 384~85면.

48

면 이것이 근대의 보편적인 현상을 대변한다는 해석에도 이의가 없다. 그러나 이것이 최근의 신자유주의적 패러다임과 현정부의 퇴행적 통치형태의 배후와 결부된 뒤 정치학적 장에 놓일 때부터 재고의 필요가 생겨난다. 현실정치와 경제적 상황에 대한 언급은 정치학적 장으로 넘어가기 위한 경유지이지 종착지는 아닐 것이다. 그것이 종착지라면 의미 해석의 확장 가능성은 일찍 차단될 수밖에 없을뿐더러 일찍이 자아의 분리를 통해 주체성의 위기를 보여준 1930년대 이상(李箱)의 시는 그 정치학적인 장에 놓이지 못하게 된다. 정치학적인 장에 신해욱의 시는 옮겨질 수 있다. 많은 시들이 신해욱의 시가 있는 곳으로 자리를 옮길 것이다. 시에서 주체성을 다루지 않기란 어려운 일이다. 고정되고 완강한 주체의 모습을 보이는 시들은 그 같은 성질을 표나게 드러내는 것 자체가 위기의 방증이라는 평가를 얻을 것이다.

질문은 그다음부터다. 신해욱의 시가 놓여 있는 정치학적 장은 이미 있는 것인가, 기존의 장을 초과하고 재편한 것인가. 여기에서 확인할 수 있는 것은 재편된 체계가 아니라 기존의 체계이다. 시에 정치적인 것의 자리를 만들려고 애썼던 비평의 공통점은 기존의 체계를 초과하고 재편하는 시에 대한 신뢰이다. 기존 체계의 재편을 즉각적이고 선명하게 확인할 수 있는 대상은 독자, 비평가이다. 정치와 관련된 비평의 목적은 그의 글에 제시되어 있는 대로 말의 미학적 핵심을 파악하고 거기에서 정치학적인 것을 읽어내는 일인지도 모르겠다. 하지만 그러기 위해서는 먼저 그 정치학적인 것 또한 재편된 체계의 요구에 부응해야 할 것이다.

5

시에서 정치적인 것을 모색하는 세 논의에 힘입어 그 말이 기입되는 장소를 떠올려보자. 먼저 문예지나 시집, 다음에는 행사시나 추모시가 놓일 언론매체나 단상 위. 오래전부터 시가 그곳에 있었기 때문에 기존의 분할선을 넘기가 쉽지 않다. 다른 곳을 찾아보자. 지하철 스크린도어, 아파트 담벼락, 화장실 타일벽 등등. 서울의 몇몇 지하철역 스크린도어에는 현재 시가 붙어 있다. 어떤 구청은 몇몇 아파트 사이를 '시의 거리'로 지정해 담벼락에 시화 액자를 걸어두고 있다. 몇몇 화장실 벽면에는 잠언풍의 시가 걸려 있다.

그곳에 걸려 있는 시의 창작자는 기성시인, 비등단 시인, 학생, 승려 등 다양하다. 그 시들의 내용은 대체로 따뜻하고 따분하다. 연령이나 등단 여부와 상관없이 일정한 목소리를 내고 있는 것을 보면 완고한 체계가 작품 선정 과정에 개입한 것 같다. 그곳은 분할선이 초과된 곳이 아니라 분할선이 연장된 곳이다. 하지만 그곳은 저항선이기도 하다. 지워버리면 다른 것으로 대체될 것이다. 지하철 스크린도어의 시는 상업광고에 저항하고 있다. 아파트 담벼락의 시는 관공서 행사 안내문에 저항하고 있다. 화장실의 시는 장기판매안내 전화번호와 외설적 낙서에 저항하고 있다.

분할선을 재편하기 위한 가장 좋은 방법은 걸려 있는 시를 바꾸는 것이다. 새로 걸리는 시는 이미 있는 시의 완고한 체계와 경제·정치·외설적 폭력을 동시에 넘어선다. 이때 분할선과 저항선은 동시에 재편된다. 분할선을 재편하는 다른 방법은 아직 공개되지 않은 곳을 찾아내 그러한 시를 기입하는 것이다. 무수한 곳에서 동시에 변화가 일어날 것이다. 그런데 그 같은 시의 출현이 전제조건이라면 시집, 문예지, 신문, 스크린도어, 담벼락, 화장실 등을 굳이 구분할 필요는 없을 것 같다. 어떤 말에는 어떠한 곳도 재편할 수 있는 정치성이 있다. 고립된 말에는 다른 세계를 제시하는 정치성이 있고, 어지러운 말에는 다른 것들과 연대하는 정치성이 있다.

—『창작과비평』 2011년 가을호

탈서정 생존기

◆

1. '탈서정'의 운명

　2000년대 시담론에서 '탈서정'은 어떻게 부상할 수 있었을까. 시와 서정시가 같은 뜻으로도 쓰이고 있으며, 세계를 빨아들이는 일인칭 자아의 힘을 용인하는 시의 영역을 고려하면 이 현상을 이해하는 것이 쉬운 일은 아니다. 시에서 탈서정은 제 글꼴이 확인시켜주듯이 서정이란 말에 의존한 채 상정되어야 하는 불완전한 운명을 타고났다. 서정과 탈서정이 나란히 놓여 있다고 해도, 그것은 공존의 관계가 아니라 배척의 관계로 읽힌다. 탈서정은 온전한 제 이름도 얻지 못하고, 다시 서정으로 회귀할 일시적인 이탈 현상을 뜻하는 것 같다.

　논의의 장이 시라면 탈서정은 타율성의 운명을 벗어나기 힘들다. 어느 정도 그 안에서 입지를 다진 말을 활용하여 탈서정에 힘을 주려 하여도, 가령 서정을 전통으로 탈서정을 실험으로 상정하거나 서정을 은유의 작동으로 탈서정을 환유의 작동으로 이해한다고 해도 2000년대 '탈서정'의 시들은 그 틀에 부합하지 않는다. '탈서정시'들은 서정이란 글자 속에 들어 있는 감정이 메마르기 때문이 아니라 들끓어서 문제이며, 자아가 은유의 형식으로 묶어놓는 이것과 저것의 동일성을 그들도 구현하고 있다는 것이 더욱 문제이다.

탈서정의 영역을 좌우하는 서정의 개념은 고정된 것이 아니다. 서정은 '동일성의 시학'에서 '세계의 자아화'로 변화하고, 또 그 '세계'가 '대상으로서의 자연'으로 인식되며 의미가 점점 뚜렷해지는 한편 영역은 축소되었다. 탈서정의 영역은 그에 반비례해서 점점 넓어졌다. 시 장르에서 서정의 영역이 축소되고 탈서정의 영역이 넓어진다는 것은 무엇인가 잘못되고 있다는 표시이다. 서정을 부각시키느라 영역을 축소시킨 시도의 잘잘못을 여기서 따질 필요는 없다. 탈서정의 실효성에 대한 인식은 서정과 탈서정을 배척의 관계로 파악한 곳으로 문제의 초점을 옮겨놓는다.

탈서정은 서정에 기생한다. 이것을 인정할 때 시 안에서 탈서정은 살아남을 수 있다. 탈서정은 서정에 기생하는 대신 서정의 영역이 축소되는 것을 막는다. 이것을 인정할 때 세계를 참조하지도, 세계를 창조하지도 못한 채 점점 응고되고 있는 서정의 권위는 회복된다. 탈서정의 고유한 영역은 없다. 단지 서정이 누락시키는 주변부를 밝힘으로써 존재를 인정받을 뿐이다. 하지만 탈서정을 상정함으로써 서정의 영역은 변화하는 삶이나 현실을 고려하며 유연해진다. 기생하는 운명을 지닌 탈서정에 대한 인식이 시 안에서 살아남는 길은 이것밖에 없는 듯하다.

이 글에서 탐색하는 탈서정의 시는 서정의 바깥이 아니라 주변에 있다. 이들은 그곳에서 영역으로 상정되는 서정과 탈서정의 구획을 교란시킨다. 이들은 서정의 중심과는 어떻게든 다른 모습을 지니고 있다. 욕망과 규율이 잘 융화된 어른의 자아가 서정의 중심에 있다면, 이들에게는 크건 작건 욕망과 규율이 빚어낸 불화의 흔적이 보인다. 몸은 성장했으나 아이의 마음을 지닌 어른의 시, 어른의 권위를 부리지 않는 어른의 시, 그 권위를 기존의 어른이 미처 생각하지 못했던 곳에 부리는 어른의 시 들이 중심의 권위와 서정과 탈서정의 경계를 풀도록 유도한다.

2. 어른 자아의 불안

　2000년대 시 속의 부정성은 주장이 아니라 존재의 성격을 띤다. 전대의 목소리를 거스르는 내용보다는 존재 자체만으로 기존 체제를 위협하기 때문이다. 주장하며 생겨나는 부정성은 반대할 기존의 영역을 필요로하는데, 이 경우 두 영역은 닮은 점이 없다. 따라서 그것은 이쪽과 저쪽의구획을 전제로 한다. 존재하는 것만으로 생겨나는 부정성은 그렇지 않다. ‘2000년대 탈서정 시’에서 보이는 이 부정성은 경계를 교란한 뒤 기존에나뉜 영역이 적절한 것인지 묻도록 유도한다. 그와 같은 시는 주장이 아닌 제시의 방식으로 굳건한 믿음의 주변부를 조명한다. 황지우(黃芝雨)와김행숙(金杏淑)의 시는 서로 다른 부정의 모습을 보여주는 하나의 예이다.

　　아무도 사랑해본 적이 없다는 거;
　　언제 다시 올지 모를 이 세상을 지나가면서
　　내 뼈아픈 후회는 바로 그거다
　　그 누구를 위해 그 누구를
　　한번도 사랑하지 않았다는 거

　　젊은 시절, 내가 自請한 고난도
　　그 누구를 위한 헌신은 아녔다
　　나를 위한 헌신, 한낱 도덕이 시킨 경쟁심;
　　그것도 파워랄까, 그것마저 없는 자들에겐
　　희생은 또 얼마나 화려한 것이었겠는가

— 황지우 「뼈아픈 후회」

(『어느 날 나는 흐린 酒店에 앉아 있을 거다』, 문학과지성사 1998) 부분

1980년대를 관통한 황지우가 1990년대 말에 발표한 이 시는 후일담문학의 시적 버전으로 흔히 언급된다. '잔치는 끝났다'는 말이 1980년대를 마감하는 표지라면 「뼈아픈 후회」는 잔치가 끝난 뒤 밀려오는 회한에 집중한 시이다. 이때 필요한 것은 회한하고 후회할 과거이다. 과거를 부정하는 곳에서 회한과 후회의 감정이 솟아오른다. 그러나 이 부정의 정신이 아무리 세다고 해도 후회와 회한을 만들어낸 자아를 겨냥하지는 않는다. '과거의 나를 부정하는 것'과 '과거의 나를 부정한다고 말하는 나'는 구별되어야 한다. 그가 부정하면 할수록 그 부정하는 자아는 커질 수밖에 없다.

남이 아니라 자기를 사랑해서 '나'는 후회한다. 남을 사랑하는 것도, 자기를 사랑하는 것도 굳센 자아가 전제된 행위이다. 그에게는 자아라는 유리컵이 약한 것이 아니라 큰 것이 문제이다. 사랑의 감정이 타인에게 흘러넘치기에는 '나'라는 유리컵이 너무 크다. 사랑의 감정은 결국 자기애에 갇힌다. 남을 사랑한 줄 알았는데 실제로는 나를 사랑한 것에 지나지 않았고, 남에게 헌신했다고 믿었는데 실제로는 나를 위한 헌신에 지나지 않았으며, 남을 위해 희생한 줄 알았는데 실제로는 도덕이 시킨 경쟁심에 지나지 않았다는 "뼈아픈 후회"의 이 실제는 크고 강한 자아를 전제로 두고 감정의 방향을 거꾸로 튼 데에서 생겨난 깨달음이다. 여기서 문제 되는 것은 방향이지 존립이 아니다. 크고 강한 자아를 향해 방향을 틀었을 때 반성이 생겨나며, 그 방향을 고수할 때 고행이 수반된다.

이 자아는 두가지 이미지를 만든다. 하나는 수도자의 이미지이다. 그것은 황지우가 도달하려 했으나 실패했다고 말하는 과정에서 생겨난다. 뉘우침과 깨달음을 수반하는 이 이미지는 약하거나 작은 자아를 지닌 이들에게 비장미와 존경심을 불러일으킨다. 다른 한가지는 동일성의 시학이

다. 그는 황폐화된 자신의 상태를 "사막"(「뼈아픈 후회」)에 비유하거나, 고행의 자세를 "자기를 매질하여 一生一代의 물 위를 나는 그 새"(「오늘날, 箴言의 바다 위를 나는」, 『겨울-나무로부터 봄-나무에로』, 민음사 1985)에 비유할 수 있게 된다. '사막'이거나 날아가는 '새'이거나 그는 자책할지언정 이들과의 동일시 자체를 의심하지 않는다. 동일시에서 비롯하는 감정은 자아와 대상 사이의 굳건한 관계를 기반으로 생겨나는 것이다.

그런데 2000년대 시는 이 동일시에 대한 믿음을 주저하기 시작한다. 믿음 위에서가 아니라 믿음 자체에 대한 불확신에서, 믿음과 믿음 사이의 사소한 것들에서 감정은 솟아난다. 기존 세계를 배경으로 거기에 있는 대상을 비판하거나 아쉬워하고, 또 그 대상과 닮아 안심하거나 닮지 못해 안타까워하는 것이 이전 시의 기제라면, 자신이 딛고 있는 세계에 대해 의심하고, 또 자기 자신에 대해서 의심하는 것이 2000년대 시의 기제이다. 이들은 이전의 시각에서 보면 낯설고 사소하다. 그래서 이들은 서정이 아닌 탈서정의 영역에 세워지기도 한다. 낯설고 사소함은 탈서정의 영역으로 배치되며 서투름으로 오해받기도 한다. 김행숙의 시에 대한 평가도 그랬다.

아주 조용하죠. 내 머릿속에서 훌쩍임들이 멎고 흘러나오던 콧물도 얼었어요.
꺽, 하는 뭔가 한꺼번에 넘어가는 소리가
고요를 분할했지요. 다음에 온 고요는 쌔근거렸어요. 여진일까요?
정말 아이들은 잠에 빠져버렸나 봐요. 내 머릿속은 보육원이죠. 아이들의 악몽을 덮을 이불을 준비해야겠어요.
아이들의 악몽은 모퉁이에서 불쑥 튀어나오는 자동차 같아서 피하기가 어려워요. 자동차가 통과해 갔는데 내가 어떻게 콩나물을 사고 두부를 사겠어요?

더 이상 울지 않는 아이는 위험해요. 아주 조용하지만

조용히 내린 눈이 마을을 고립시키죠. 그리고 아무도 그 마을에 대해
들어본 적이 없다면,

— 김행숙「울지 않는 아이」(『사춘기』, 문학과지성사 2003) 전문

김행숙의 어른 자아는 귀신과 여자와 아이가 목소리의 주인공으로 자주 등장한다는 점을 차치하고서라도 전형적인 어른 자아의 모습과 조금 다르다.「울지 않는 아이」에는 어른 자아의 흔적이 보인다. "내 머릿속은 보육원이죠"가 그렇다. 머릿속과 보육원이 어떤 유사성으로 이어졌는지 되짚는 과정에서 어른 자아는 상처를 받는다. 둘을 잇는 것은 우선 "고요"이다. 울고 난 '나'의 머릿속은 고요해졌다. 잠에 빠져든 아이들도 고요하다. 그런데 '나'의 머릿속에는 이 아이들이 곧 꾸게 될 악몽처럼 다시 공포가 찾아올 것 같다. 이 공포는 사라지지 않는 것이다. 공포를 물리칠 부모가 없는 보육원 아이들의 근원적인 상실감이 고요를 매개로 머릿속까지 유입되었기 때문이다. 보육원 아이들의 고요가 결코 평화가 될 수 없듯이 머릿속도 결코 평온해질 수 없다. '나'는 '보육원'과 엮이며 오히려 불안해지고 힘들어진다.

「울지 않는 아이」가 환기하는 자아는 분명 어른의 것이다. 제목의 '아이'는 보육원에서 잠든 대상이지 머릿속과 보육원을 동일시한 주체와는 다르다. 하지만 '아이'가 환기하는 부모 상실의 불안, 잿빛으로 물들기 쉬운 희망, 불투명한 미래 등의 예감은 어른 자아의 권위를 흔든다. 황지우의 '사막'이 기지의 사실을 확인하기 위해 쓰였다면, 김행숙의 '보육원'은 미지의 가능성을 예감하는 데 할애된다. 그 미지의 영역은 '서정의 바깥'에 있는 것이 아니라 '서정의 주변부'에 있다. 즉, '탈서정'이라고 부를 수 있는 바로 그곳에서의 예감이 어른 자아인 '나'를 불안하게 하는 것이다. 이 불안한 위치를 2000년대 시들은 서정의 주변부에서 그대로 보여준다.

3. 서정의 옆쪽, 사소한 자의 '탈서정'

성숙한 어른에게는 기존의 세계를 해석하고 소화할 넉넉한 자아가 있다. 그는 이 말과 저 말의 유사성을 유추할 수 있으며, 그 유추 능력은 거꾸로 그가 관장하는 세계의 밑거름이 된다. 인식 바깥에 있는 것, 자신의 힘이 미치지 못하는 것은 그의 세계에서 누락된다. 따라서 거기에서 생성되는 의미 또한 그의 세계에서는 타자가 된다. 그의 세계에 놓여 있는 대상들은 인식의 끈으로 긴밀히 연결되어 있기 때문에 이것과 저것을 함께 고려하는 동일성의 시학이 그의 사고 바탕에 깔려 있다고 할 수 있다. 진은영(陳恩英)의 시는 동일성의 시각을 기본으로 하고 있다는 점에서 어른 자아 모습과 유사하나, 그 권위에 대해 의심한다는 점에서 그것과 차이가 난다. 그는 말한다. "은유는 없다／그것은 푸른 얼음／따스한 구멍 속에서 녹아버렸다"(「Summer Snow」, 『우리는 매일매일』, 문학과지성사 2008).

'은유 = 푸른 얼음'이라는 은유의 기제를 따른다는 점에서 진은영의 시에는 어른 자아의 흔적이 남아 있다. 그러나 그가 쥐고 있는 유사성의 한 축인 "푸른 얼음"은 곧 녹아버릴 운명에 처해 있어, 그가 구축한 동일성의 세계가 안전한 것이라 말하기는 어렵다. 그는 포획되지 않은 대상을 은유로 포획하려 하고 있다. 이 착종의 현상은, 그의 표현을 빌리면 '의미의 문법' 안에서는 이상한 것이지만 '감각의 문법' 안에서는 자연스러운 것이다. 지금은 물기가 남아 있겠지만, 이후에는 흔적조차 사라지는 지점에 그의 은유가 있다. 그의 자아는 굳건한 형태로 녹는다. 이것이 서정과 탈서정의 구분에 균열을 내는 진은영의 방식이다. '나'를 지키되, 그것의 사소함에 대해 말함으로써 자아의 불안한 감정들, 휘발되는 감정들이 조명을 받는다. 직접 '나'에 대해서 말하는 시 「나는」을 확인해보자.

너무 삶은 시금치, 빨다 버린 막대사탕, 나는 촌충으로 둘둘 말린 집,
부러진 가위, 가짜 석유를 파는 주유소, 도마 위에 흩어진 생선비늘, 계
속 회전하는 나침반, 나는 썩은 과일 도둑, 오래도록 오지 않는 잠, 밀가
루 포대 속에 집어넣은 젖은 손, 외다리 남자의 부러진 목발, 노란 풍선
꼭지, 어느 입술이 닿던 날 너무 부풀어올랐다 찢어진

—「나는」(『우리는 매일매일』) 전문

'나'는 은유의 형태를 띤 채 변주된다. 시는 비유의 대상을 비워둔 채
끝나며 다른 말들이 올 수 있는 여지를 남겨두었다. 빈자리를 채울 수 있
는 조건은 대략 초라하고 쓸모없어 보이는 것인 듯하다. 사소한 모든 것
은 이 목록에 등재될 수 있다. 한때 뜨거운 열정을 몸 안에 지녔으나, 지금
은 차가운 현실을 바깥에 두른 것들이라면 무엇이든지 거기에 들어설 수
있다. 시금치는 너무 삶아 맛이 사라졌고 막대사탕은 누군가 빨다 버렸다.
가위는 부러졌고 나침반은 자력을 잃어버렸다. 하지만 자신의 처지를 스
스로 비참하게 여기거나 그로 인해 슬픔을 토로하는 모습을 보이는 것은
안된다. '나'는 감정이 거세된 장소이다. 슬픈 감정에 한때의 열망과 회복
의 희망이 포함되어 있다면 여기에 등재될 수 없다. 물론 진은영의 「나는」
의 '나'도 좋았던 때를 기억한다. 하지만 그것은 회복으로 대치되는 대신
기억 그 자체로 방치되는 성격을 지녔다. 방치되어야만 시간을 운명으로
받아들이며, 시간과 함께 흘러갈 수 있다.

이 흘러가는 모습은 '사소한 나'의 단면 중 하나에 속한다. '나의 사소
함'은 '나'를 사소한 물건들과 동일시해서 생기는 것이 아니다. 동일시에
는 동일시시키는 '큰 나'가 전제되어 있다. 자신을 하찮게 여기는 것의 진
실은 '큰 나'가 감지되는 '그러므로 나는 사소해'라는 말을 지연시킴으로
써 생겨난다. 진은영 시의 '나' 역시 '나는 사소해'라고 결론 내리지 못하
게 함으로써 사소해진다. 이 사소함의 특성은 예전 최승자(崔勝子)의 시와

58

견주어보면 조금 더 뚜렷해진다.

일찍기 나는 아무 것도 아니었다.
마른 빵에 핀 곰팡이
벽에다 누고 또 눈 지린 오줌 자국
아직도 구더기에 뒤덮인 천년 전에 죽은 시체.

아무 부모도 나를 키워 주지 않았다
(…)

내가 살아 있다는 것,
그것은 영원한 루머에 지나지 않는다.
—최승자 「일찌기 나는」(『이 時代의 사랑』, 문학과지성사 1981) 부분

「일찌기 나는」은 오늘날 최승자를 있게 한 첫 시집 『이 時代의 사랑』의 첫 시이다. 「일찌기 나는」은 진은영의 「나는」의 주제와 화법을 선점하였다. 시에는 '나는'을 대신하는 말들이 나열되고 있다. 그것들, 즉 "곰팡이" "오줌 자국" "시체" 등은 대체로 사소한 것들이라 할 수 있다. 하지만 이들을 설명하는 말로 사소함은 무언가 부족해 보인다. 사소함에 사소함을 더한 하찮은 것이라 해야 괜찮을까? 최승자의 하찮음이 진은영의 사소함과 다른 까닭은, 시의 처음과 끝에 자신의 사소함을 선언한 사실과 무관하지 않다. "일찌기 나는 아무 것도 아니었다" "내가 살아 있다는 것,/그것은 영원한 루머에 지나지 않는다"는 직접적인 자기비하의 말은 시의 처음과 끝에서 그 사이의 말들에 영향을 끼친다. 최승자의 "곰팡이" "오줌 자국" "시체"는 진은영의 "시금치" "막대사탕"과 견주어 얼마나 비참하게 느껴지는가. 최승자의 말은 그의 강한 자의식을 대변하는 쪽으로 수

렴되지만, 진은영의 말은 자의식의 희미한 흔적들을 언뜻 보여준 뒤 다시 메시지 이면으로 잠입한다. 그래서 이 두 시인의 말이 독자에게 위로를 주는 방식은 다르다. 최승자의 시는 자신보다 더 큰 고통을 겪는 이가 있다는 사실을 환기하는 것으로 위로를 주지만, 진은영의 시는 자신과 같은 고통을 견디는 이가 있다는 사실을 환기하는 것으로 위로를 준다. 최승자는 고통의 순례자이지만, 진은영은 아픔의 동반자인 것이다. 그것은 자아의 크기와 관련되어 있다. 하지만 자아의 크고 작음을 촌스러움과 세련됨으로 환원하여 인식해서는 안된다. 최승자의 시는, 그리고 이 글에서 언급되는 이전의 시들은 촌스러웠던 것이 아니라 그런 자아를 낳은 그 시대에 충실했던 것이다.

4. 서정의 뒤쪽, 노회한 자의 '탈서정'

어른 자아 옆에는 진은영의 시에서 보았던 것과 같이, 자신이 사소하다고 생각하는 다른 어른이 있다. 그런데 시간의 축을 따라 뒤로 가보면, 권위를 놓아버린 또다른 어른이 있다. 그에게는 한때 자신이 통과했던 동일성의 흔적이 남아 있다. 여기에서 중요한 것은 '동일성'이 아니라 '흔적'이며 '한때'이다. 물론 그에게는 단일한 목소리로 이것과 저것을 문면에 끌어들여 시를 관장하는 힘이 남아 있다. 하지만 그의 말이 가리키는 내용은 대개 이전의 권위와 자신의 욕망이 사라진 상태에 대한 것이다. 그의 자아는 늙어 있다. 노회한 그의 목소리는 권위를 강요하지 않아 지혜롭게 들린다. 이치를 고정시켜놓고 변화하는 세계를 설명하려 할 때 노인의 말은 곤혹스럽다. 권위로 짓누른다고 해서 세계가 멈춰질 리 없기 때문이다. 세계를 끌어들여 자아의 변화를 꾀하는 시도가 불편한 지혜로운 자는 세계 속에 자아를 부려놓는 쪽을 택한다.

'잡담'이나 '오해'라고 자신을 인식하는 이장욱(李章旭) 시의 '나'가 이렇게 읽힌다. 그의 시에서 들리는 세계를 마주한 목소리는 늘 한 사람의 것이다. 세계를 소화하는 자아를 가지고 있다는 면에서 그의 시는 서정의 중심에 놓여 있다. 하지만 그는 그곳에서 그 틀을 유지한 채 자아가 세계에 흩어지는 모습을 그린다. 그는 자아의 균열을 들려주지 않고 제시한다. 단정한 어투로 흩어짐에 대하여 말하기 위해 필요한 자아는 권위를 앞세우는 전형적인 어른의 것도 권위를 체험하지 못한 아이의 것도 아닌, 권위의 정점을 지나친 노회한 자의 것이다. 그렇다고 "살찐 소파"(황지우 「살찐 소파에 대한 日記」, 『어느 날 나는 흐린 酒店에 앉아 있을 거다』, 이하 같은 책)가 되었거나 "흐린 酒店에 혼자 앉아 있"(「어느 날 나는 흐린 酒店에 앉아 있을 거다」)는 자아는 여기에 어울리지 않는다. 그들은 소파에 눕거나 주점에 앉아 회한에 휩싸여 있지만, 이 자아는 감정 없이 어디론가 이동하는 중이다.

  나는 코끼리의 귀가 되어 펄럭거리고
  너는 개의 코가 되어 먼 곳을 향하고
  우리는 공기 중을 부드럽게 이동하였다.

  活命水를 마시고 있는 약국 안의 사내와 함께
  머리를 말리고 있는 여자의 거울 속에서
  우리는 우리의 배경이 되어
  무한히 지나갔다.

  오늘 아침의 세계는 역사와 무관하고
  어젯밤의 세계는 다만 어젯밤의 세계,
  우리는 어지럽고 아름다웠다.
  먼지처럼

음악처럼

오늘은 누군가 성수와 뚝섬 사이에서 사라지고
누군가 병든 유태인처럼 창문에 머리를 기대고
누군가 박물관의 입구처럼 조용해지고
아침에는 추리 소설 속의 탐정처럼 깨어났다.

노련한 사서들은 언제나 음악의 비유를 경계했지만
우리는 미래의 음표로 나아가기 위해 현재에
집중해야만 하는 피아니스트와 같이

나는 내일도 기린의 목처럼 부드럽게 휘어졌다.
너는 모레도 하마의 입처럼 무거워졌다.
우리는 삼십 년 후에도 가득한 먼지처럼
천천히 이동하였다.
　　　　　——이장욱 「먼지처럼」(『정오의 희망곡』, 문학과지성사 2006) 전문

「먼지처럼」의 화자는 단일하고 그의 목소리는 단정하다. 내용만 제외하고는 모든 것이 서정의 중심부에 있다. '나'와 '너' 그리고 '우리'를 대신한 "먼지"나 "음악"은 세계로 흩어지는 자아의 사소함과 움직임을 동시에 대변한다. 이들은 실제로 세계와 '나' 사이를 부유할지라도, '나'에게는 이미 사라지거나 이내 사라질 것들로 인식되기 때문에 없음의 세계로 "천천히 이동하"는 노회한 자아를 시에 불러들인다. 이제는 거대 역사와 권위있는 자아와 무관한 위치에 놓인 자아가 "우리의 배경이 되어" "역사와 무관"한, 그리고 어제와 무관한("어젯밤의 세계는 다만 어젯밤의 세계") "오늘 아침의 세계"를 맞이하는 것이다. 「먼지처럼」은 한가지만 제

외하고 모든 것이 서정의 전형적인 특성을 따르지만, 그 한가지, 노회한 자아의 모습으로 결국 서정의 주변부를 더 선명하게 하는 시이다.

그가 먼지가 되고 음악이 되자 떠돌고 사라질 공간이 필요해졌다. 스쳐 지나가거나 어렴풋하게 짐작되었던 이 세계는 그 과정에서 비로소 구체적인 모습을 띤다. 그곳은 서정의 세계에서 중시되는 "먼 곳"이 아니다. 그곳을 향해 이동하는 "코끼리의 귀"가 펄럭거리는 세계이다. 그곳은 먼 곳을 향해 머리를 튼 "개의 코"가 킁킁대는 세계이다. 그의 시에는 목적지가 흐려지고 배경이 전경화한다. "活命水를 마시고 있는 약국 안의 사내"와 "머리를 말리고 있는 여자의 거울"이 주목을 받는다. 시에서 뚜렷한 곳은 세계를 자아로 끌어들여 생겨난 것이 아니라 자아를 세계에 투영시키며 생겨난 것인데, 그로 인해 서정의 세계를 떠받치던 원근법과 소실점은 사라진다. 앞으로 남게 될 오늘의 "역사"는 시에서는 사소한 것에 머물지만, 지금 사라지고 있는 복수의 "누군가"는 "병든 유태인처럼 창문에 머리를 기대고" "박물관의 입구처럼 조용해지고" "추리 소설 속의 탐정처럼 깨어"나는 모습으로 주목받는다.

이 점이 서정의 옆과 서정의 뒤가 보이는 차이일 것이다. 두 곳은 모두 서정의 중심에서 사소해 보인다. 진은영은 '사소한 나'를 말한다. 하지만 이장욱은 '사소해지는 나'를 말한다. 진은영은 '나'를 사소하게 하기 위해 '나'를 증식시키거나 쪼개었다. 하지만 이장욱은 '나'를 둘러싼 세계의 시공간을 바꾸어 그의 힘을 뺀다. 진은영의 시에서는 '나'의 여러 모습들이 미끄러짐을 연출하고 있으나 그 하나하나는 기존의 세계를 배경으로 정지해 있다. 하지만 이장욱의 시에서는 단 하나의 '나'를 유지하지만 그 하나는 다른 세계 안에서 움직인다. 그 다른 세계는 이전의 세계를 기억하고 있는 다른 세계이다.

5. 서정의 앞쪽, 아이 어른의 '탈서정'

서정시의 주변부를 황병승(黃炳承)의 시만큼 잘 보여주는 예를 찾기는 어렵다. 심지어 황병승 시의 자아는 어른의 것이 아니라 아이의 것처럼 보인다. 계속해서 미끄러지고 있는 의미, 외국어의 대담한 사용, 서사의 도입, 퀴어 세계에 대한 핍진한 묘사, 다른 필체로 전달되는 목소리들의 수군거림 등은 서정시를 지지하는 모든 조건의 바깥에 놓인 자아를 상상케 한다. 하지만 그의 목소리는 어른이 되고 싶지 않은 어른의 것이다. "나는 어른으로서 이 시간을 견뎌야 한다 어른으로서"(「코코로지CocoRosie의 유령」, 『트랙과 들판의 별』, 문학과지성사 2007)라고 다짐한 그는 아이인 어른의 모순된 처지를 고수한다. 그의 시에서 보이는 자아의 위치는 어른 자아의 앞이라 할 수 있다.

물론 이전의 장정일(蔣正一)도 그랬다. "실과(失果) 이래 자라난 우리는 망명세대/다가서지 않은 미래로부터도/쫓겨났다"(「텅 빈 껍질」, 『햄버거에 대한 명상』, 민음사 1987)라고 하며 그는 미래로부터 유배된 세대의 일원임을 자처했다. 이때의 '망명'은 미래, 어른으로부터 쫓겨남을 뜻한다. 그 또한 인물과 사건을 끌어들여왔고, 외국어를 사용했고, 서로 다른 글씨체를 함께 섞어 썼다. 장정일과 황병승의 자아는 어른 세계의 주변부에 놓여 있다. 하지만 황병승은 자신의 처지에 대해 심드렁한 태도를 유지하는 반면, 장정일은 쫓겨난 세대라 자처할 만큼 어른 세계에 대한 피해의식이 크다. 자신의 위치에 대해 말로 표현하는 것과 그렇지 않은 것의 차이는 크다. 그것은 두 시인의 개성 차이에서 빚어졌겠지만 근본적으로는 그들이 살았던 시대의 차이를 염두에 두지 않을 수 없다.

가끔씩 우상이 만들어진다. 여기서
하지만 볼 만한 희극도 비극도 이젠 상연되지 않는다.

한때 숱한 영웅들이 이 무대 위에서

자신의 운명 결정하곤 했지만

오래전에 세계는 지긋지긋해졌다. 겨우

동성연애자, 보험가입자, 개업한 정신과 의사

따위가 우리들의 배우. 우리들에게 맡겨진

배역인 것. 수박만큼 두 눈을 크게 치뜨더라도

여기 없는 주인공을 나는

찾을 수 없다

— 장정일 「입장권을 만지작거리며」(『햄버거에 대한 명상』) 부분

장정일은 첫 시집 『햄버거에 대한 명상』에 수록한 이 시에서 영웅에 대해 말을 꺼낸 뒤, 동성연애자, 보험가입자, 정신과 의사가 영웅을 대신해 무대에 곧 오를 것이라고 예감한다. 그 배역은 "입장권을 만지작거리"는 "우리에게 맡겨진" 것이다. 무대와 객석의 경계가 뚜렷하고 영웅이 활약했던 전근대와 그가 살고 있는 시대가 동일시되고 있다. 이제는 '사소한 사람'이 무대에 오를 것이라 했으나 무대와 객석의 구분이 무의미해진 것은 아니다. 영웅이 주목받았던 만큼 이 시대에 사소한 사람이 주목받을 수 있을까. 누가 누구에게 매달리는 시대가 아직도 유효하다고 할 수 있을까. 장정일은 주목받을 수 없다고 하면서도 무대와 객석의 경계를 긋는 것 같다. 장정일이 살았던 시대에는 그러한 인식이 여전히 유효하다고 할 수 있을 것이다. 배역이 교체되고 경계가 지워지는 시점에 살고 있는 그의 관심사는 배역을 맡게 되는 국면이지, 무대 그 자체의 효용성이 아니다. 따라서 그는 무대에 있으나 조명은 받지 못하는 상황에 집중한다.

무대에는 어른이 있고 객석에는 소년이 있다. 소년은 장차 어른이 되어 무대에 오를 것이라고 장정일은 생각한다. 그의 시각에 따르면, 소년은 자본에 얽매인 보험가입자가 되거나 정신병을 치료하는 의사가 되거나 동

성연애자가 되어야 할 갈림길에 놓여 있다. 자본의 논리를 거스르거나 미친 사람 취급받는 이들, 체제에 누락된 소수자들은 타고난 동성연애자 이외에는 무대에 오를 수 있는 기회조차 박탈된 것이다. 소수자의 위치를 고수하며 어른이 되는 길, 즉 무대와 객석을 지우고 계속 그 자리에 있는 것을 고수하는 방법은 시의 구도 안에는 마련되어 있지 않다. 시의 구도 자체가 어른의 시선으로 조성된 것이기 때문이다. 장정일의 몸은 소년이지만 그의 예감은 어른의 것이다.

장정일은 굳건한 자아를 지닌 어른의 목소리로 소년의 입장을 대변하고 있으나, 황병승은 자아 자체를 의문시하며 아이 어른의 목소리로 소년의 입장을 들려준다. 이때의 소년은 하위계층, 소수자 등 이 시대의 약자들 모두가 포함된다. 황병승은 소년의 입을 빌려 그들의 목소리를 가다듬는 것이 아니라 그 여러 목소리를 한곳에 풀어놓는다. 그가 아이 어른에 걸쳐 있는 까닭은 자기가 원해서가 아니다. 세월은 그를 어른으로 만들었으나 여전히 그는 아이의 시선을 가지고 있다. 영웅과 어른과 서정적 자아가 보지 못하는 곳에서 그의 목소리가 들리기 시작한다.

> 큰오빠, 내 귀여운 숟가락아
> 우리 마미 로봇은 글쎄 내가 아기였을 때
> 이상하게 기어다는 모습을 보고, 시간이 흐르면
> 곧 일어서게 되고 또 걷고 달리게 된다, 그렇게 믿어버렸지만
> 나는 오빠, 어쩐 일인지 일어설 수조차 없게 되었고
> 마미 로봇은 배신감에 치를 떨며 스팀을 뿜었다! 그 후로
> 맛있는 빵 대신 나에게 검은 오일oil을 주고
> 파티에 데려가는 대신, 가슴 판을 뜯어 스위치를 내렸지
> 어찌 보면 살아간다는 것, 때때로 누군가 완전히 죽여주는 것
> 큰오빠, 내 부러진 숟가락아

　　오빠는 마비가 된 후에 이름을 얻었지, 나는 이름을 얻고 나서 마비
가 되었다
　　그러니까 큰오빠, 우리를 사라지게 하고 우리를 떠먹을 수 있는 건,
쇠심줄의 마미 로봇뿐
—황병승 「썸 비치some bitch들의 노래」(『트랙과 들판의 별』) 부분

두번째 시집 『트랙과 들판의 별』에 수록된 이 시의 제목에서 확인할 수
있듯이, 황병승의 시에는 욕설이 자연스럽게 들린다. 수많은 욕설이 그의
시에 있다. 하지만 이상하게도 거기에서 반감이라고 부를 만한 어떤 것을
찾기는 힘들다. 그의 욕은 남을 공격하기 위해서라기보다는 아이 어른인
자신의 처지를 드러내기 위해 쓰인다. 어른을 직접 공격하지 않으므로 거
기에서 감지되는 강한 자아 역시 없다. 그러나 그의 욕이 소통 불가능성
이나 자폐성을 띤다고 보는 것은 비약이다. 그는 약한 자아와 여러 언어
와 여러 형태의 글꼴과 다양한 욕을 드러내지만, 정서적인 유대로 이편과
저편을 가르는 사투리는 결코 쓰지 않는다. 그의 시는 그런 면에서 오히
려 보편성을 지향한다.
　“목구멍에 고무호스를 달고 사는” 큰오빠와 “마미 로봇”과 살고 있는
‘나’는 나이가 차 어른의 세계에 어쩔 수 없이 편입되었다. 그는 일어서
고 걷고 달리는 어른 세계에 일어설 수조차 없는 몸으로 남아 있다. 그는
빵 대신 오일을 먹고, 파티에 가는 대신 스위치가 내려지는 또 하나의 로
봇이다. 오일을 받고 가슴에 달린 스위치가 내려지며 ‘나’는 로봇이 되고,
‘썸 비치’라는 타인의 욕설에 의해 여자가 되었다. 어른인 그에게 어른의
자아가 있다고 말하기는 힘들다. 말하기보다는 보여주기로 관철되는 인
용 부분은 그가 자신의 생각을 말하는 데 주저하고 있다는 것을 일러준
다. 가끔 중요하다고 생각한 말을 할 때, 가령 “살아간다는 것, 때때로 누
군가 완전히 죽여주는 것”과 같은 말을 할 때에는 확신을 미루는 표시인

"어찌 보면"을 앞에 단다. 생각이 덜 여문 것이다.

그러나 그는 성숙한 사고의 세계에 편입되기를 원하지 않는 것 같다. 그에게 어른이 된다는 것은 마비의 상태를 의미한다. "오빠는 마비가 된 후에 이름을 얻었지, 나는 이름을 얻고 나서 마비가 되었다". 이름으로 대변되는 언어는 생각을 정돈하는 한편 감정의 일부분을 억압한다. 그는 억압된 감정의 편에 놓여 있다. 마비되지 않기 위해, 어른이 되지 않기 위해, 결국 그에게는 엄마 로봇에게 기생하는 길밖에 없다. 그것은 아이 어른이 살아가는 유일한 길이기도 하다.

6. 어른의 결단

이 글은 서정시의 앞과 옆과 뒤를 서정의 주변부로 상정하고 그 부분을 '탈서정'이라는 말로 명명했다. 중요하기 때문이 아니라 인정해야 한다는 뜻으로 사용한 '탈서정'은 이 시대에 쓰이고 있는 시의 모습을 이해하는 데 유용할 것이다. '시적 주체'라는 개념의 출현도 이 '탈서정시'와 연관되어 있는 것 같다. '서정적 자아'가 배척하고, '시의 화자'가 은폐하는 영역을 '시적 주체'는 포섭할 수 있다. 하지만 이 글은 용어만 따진다면 '서정적 자아'의 시각을 고수한 것이 되어버렸다. 용어의 보수성을 감안하고서라도 자아라는 개념을 중심으로 2000년대 시를 살펴본 까닭은 그 자아의 변화에 주목하고 싶어서이다. 폐기되는 것이 아니라 변화하는 것, 안에서의 변화뿐만 아니라 밖에서의 변화도 주목해야 한다는 것이 '자아'에 대해 이 글이 취한 입장이다. 어른 자아의 권위는 자신의 권위를 스스로 무너뜨리겠다는 결단에서 유지된다. 그 결단에서 시는 변화무쌍한 세계의 국면들을 참조하게 되고, 그 지점에서 또한 새로운 세계가 창조될 것이다.

—『키워드로 읽는 2000년대 문학』, 작가와비평 2011

그들이 사는 세상, 그들이 쓰는 시

◆

2000년대 서정시

1

　그들(= 2000년대의 서정시인)은 어리둥절하다. 자신들이 어떤 성격으로 규정되는지 잘 모르기 때문이다. 우선 서정시 옆에 예전처럼 서사와 극이 있지는 않을 것이다. 만약 이처럼 장르를 대변하는 개념으로 쓰이고 있다면 서정시가 아닌 그냥 시라고 불려도 충분하기 때문이다. 이 시대에 서정시가 호출되었다면 주관적인 감정의 분출이나 낭만적인 감수성과 같은, 유서가 깊은 자아의 감정을 강조하는 뜻이 담겨 있을 것이다. 이때의 서정시는 장르의 중심에 있는 시를 뜻한다. 그들은 이 중심의 시를 쓰는 시인이다.

　그들은 더욱 어리둥절해진다. 중심을 오랫동안 지켜왔던 시라면 전통과 역사가 강조될 텐데, '2000년대 서정시'는 계승보다는 차이를 전제로 논의될 주제라는 생각이 들기 때문이다. 1990년대에도 있었던 것이 아닌, 1990년대와는 다른 2000년대의 서정시를 글은 요구한다. 그들은 그래서 자신들의 서정에 전통의 계승보다는 갱신과 부정의 뜻이 더욱 짙게 배어 있다고 생각한다.

그들이 이렇게 스스로를 규정하자 그 외양은 명확해졌다. 그들은 이전의 시 영역의 중심 자리를 지키면서 전대와는 다른 색채를 끊임없이 갱신하는 시인이다. 하지만 그 내용이 개인의 부정 정신이 발현된 것을 뜻한다면, 개인의 노력 여부로 서정의 원인이 모여 '2000년대'라는 말이 필요 없게 된다. '전대와 다른 현재'가 요구하는 점은 서정의 갱신을 야기한 토대와의 관계를 시와 접맥하라는 것이다.

그들은 자신들의 공통 감각을 확인하기 위해 1990년대의 서정시를 되짚어본다. 많은 서정적인 시가 있었으나 이들은 흔히 다른 이름으로 불렸다. 생태·일상·정신주의·여성·신서정 등, 서정시는 분화하거나 승화한 이름을 얻었다. 이 중에는 서정시라고 생각하기 어려운 시도 포함되었다. 그것은 '중심의 서정'과 '주변의 실험' 같은 이분법적 구도 설정이 당대에 생산적인 논의를 이끌지 못했음을 에둘러 말해준다. 이들의 분화는 1980년대의 거대담론에 대한 반발의 성격을 띠었다. 그래서 그들은 자신들이 다시 '서정시인'으로 불리는 것은 분화된 종들을 끌어모을 만한 어떤 시대적인 요청이 있었기 때문이라고 상정하기 시작했다.

그들에 관한 1990년대의 호명과 2000년대의 호명은 다른 까닭에서 비롯되었다. 그들은 전대에 대한 반항이 아니라 당대 스스로 주변에 배치한 시들에 대한 대응으로 형성되었다. 2000년대 '새로운 감각들'의 시가 출현하였고, 이들을 묶는 비평적 시도가 있었으며, 이들은 반항을 일으켰다. 이들의 시도는 시의 중심으로 들어가기 위한 것이 아니라 시의 영역에 자신의 목소리를 인정해달라는 투쟁이었다. 시비평은 이들에게 여러 이름을 선사했다. 각개의 영역이 형성되자 중심이 자각되었고, 중심이라고 생각했던 시들은 이들을 주변에 배치하고자 했다. 이것은 위기에 대한 대응이었다. 효과적인 방법은 시의 중심을 면면이 지켰던 '서정'이라는 말을 서둘러 소환하는 것이었다. 유래가 깊지 않은 '전통 서정'이라는 말에 힘이 실린 것도 이 때문이다.

그들이 함께 모여 확인한 것은 남루한 현실이거나 커다란 위기였다. 주변에는 힘센 새로운 감각의 시들이 있었고, 발밑을 바라보니 서정의 발원지는 결딴나 있었다. 이것이 2000년대의 '서정시'에 중심과 전통을 지녔던 권위와 함께 모종의 다급함과 위기감이 느껴지는 이유이다. 그들은 이분법적 구도를 다시 설정해서 주변의 위기를 막으려 했고, 결딴난 세상을 운명으로 받아들이고 그 안에서 살길을 모색했다. 앞의 길은 비평이 주로 택했고, 뒤의 길은 시인들이 주로 택했다.

2

누구는 시의 중심에 서정시가 있다고 생각하고, 누구는 서정시를 시와 동일시하고, 또 누구는 서정시는 한물갔다고 생각한다. '2000년대 서정시인'이라는 이름으로 모인 그들은 첫번째 누구의 생각에 의해서 생겨난 시인들이다. 이 말은 그들에게 안겨진 과제가 '서정의 권위'에 대해 재고해보라는 것을 뜻한다. 이때 '서정'은 시 전체가 아닌 중심의 영역에 있게 되고 그에 따른 권위가 생겨난다. 일인칭의 장르인 시에서 그것은 '자아의 권위'로 연계된다. 시야를 넓혀 모든 시에는 자아의 권위가 있다는 의견이나, 이 시대의 시에는 자아보다는 주체가 발화자의 명칭으로 어울린다는 의견은 서정시와 시를 동일시하는 두번째 누구의 생각이다. 이들의 생각은 시의 중심에 좁은 서정의 영역을 설정한 입장에서는 논외의 것이기도 하다.

'서정'을 정의한 많은 의견들이 기댔던 헤겔이나 슈타이거의 의견도 여기에서는 참조 정도의 역할만을 한다. 이들의 말은 정통한 것이다. 하지만 그것들은 부정과 부정을 거듭하여 갱신을 이루는 서정의 시대성, 즉

'2000년대 서정시'의 특색을 갈라 말하는 데에는 유용하다고 보기 힘들다. 더욱이 이들이 '서정적인 것'과 나란히 세운 것은 시의 주변부가 아니라 서사와 극이었다. 그래서 2000년대 서정시인들은 '부분적인 감정과 자아가 종합된 통일된 표상과 총체'(헤겔)나 '돌연 솟아올랐다 형체 없이 이내 사라지는 찰나의 정조'(슈타이거) 등의 정의를, 자아가 서정시에서 매우 중요하고 '서정의 권위'는 '자아의 권위'로 이어진다는 것을 확인시켜주는 의견 정도로 받아들인다.

2000년대 이 '자아의 권위'는 자아가 세상과 관계하는 여러 모습에서 확인된다. 문제는 이들이 관계하는 그 섬세한 양태의 관찰이다. 자아의 권위가 줄어들었다거나 세상에 균열이 났다는 것으로 2000년대의 서정시를 규정하는 것은 너무 성급하거나 헐겁다. 그들의 선배 시인인 박용래(朴龍來)의 「저녁눈」이나 더 오래된 선배인 김소월(金素月)의 「산유화」는 그런 관점에 모두 포섭된다. 균열이 난 세상이 아니라 회복 불능의 세상의 위나 안이나 앞에서 그들의 줄지 않는 권위가 어떻게 쓰이는지, 이를 주목해야 그들의 공통 감각에서 비롯한 여러 양상을 되짚을 수 있을 것이다.

무너진 그늘이 건너가는 염부 너머 바람이 부리는 노복들이 있다
언젠가는 소금이 雪山처럼 일어서던 들

누추를 입고 저무는 갈대가 있다

어느 가을 빈 둑을 걷다 나는 그들이 통증처럼 뱉어내는 새떼를 보았다 먼 허공에 부러진 촉 끝처럼 박혀 있었다

휘어진 몸에다 화살을 걸고 싶은 날은 갔다 모든 謀議가 한 잎 석양빛을 거느렸으니

바람에도 지층이 있다면 그들의 화석에는 저녁만이 남을 것이다

내 각오는 세월의 추를 끄는 흔들림이 아니었다 초승의 낮달이 그리
는 흉터처럼
바람의 목청으로 울다 허리 꺾인 家長

아버지의 뼈 속에는 바람이 있다 나는 그 바람을 다 걸어야 한다
—신용목「갈대 등본」
(『그 바람을 다 걸어야 한다』, 문학과지성사 2004) 전문

하지만 한편의 시에서 2000년대 시인들의 공통 감각을 파악하기란 쉬
운 일이 아니다. 개인의 개성과 전대의 유산과 시대적 감각은 한편의 시
에서 고립되기를 거부하고 서로 견고틀며 의미를 생성하려들기 때문이
다. 신용목(愼鏞穆)의「갈대 등본」은 이 상황을 선명히 보여준다. 우선 시
의 정조를 따라가보자. 그가 파악하는 세상은 심정적으로 어둡다. 갈대는
"누추를 입고" 저물고 있고, 새는 "통증처럼 뱉어"져 있고, 바람은 "저녁
만이 남을" 미래의 지층을 지니고 있고, 아버지는 "바람의 목청으로 울다
허리 꺾"여 있다. 마음이 슬픈 사람에게 세상이 슬퍼 보이듯 저 수식어들
은 모두 비관적인 색채를 띠고 있다. 누추하고 통증이 있고 허리 꺾인 마
음은 세상의 것이면서 동시에 개인의 것이다. 그래서 황량한 세상과 동병
상련하고 있는 상태에서 나온 그의 마지막 말, "나는 그 바람을 다 걸어야
한다"의 전언에는 선구자가 지닌 비장한 의지가 아니라 개별자에 깃든 수
난의 운명이 담겨 있다.
그러나 이를 그들의 감각이라고 선뜻 말하기는 어렵다. 개별자의 수난
과 부정적인 세상은 저 멀리「산유화」에도 암시되어 있다. 염전 주위의 갈

그들이 사는 세상, 그들이 쓰는 시 73

대와 새와 바람과 아버지를 시에 불러들이고 이 개별 대상에 모두 의미를 채운 힘센 자아의 모습은 서정시의 전제를 확인시켜주는 단서로는 어울 릴지 몰라도, 이를 '그들의 특성'이라고 말하기에는 범위가 너무 넓다. 각 각의 대상들에 씌워진 수식들의 빽빽함은 거꾸로 신용목 시의 개인적인 개성을 파악하는 데 더욱 어울린다는 점에서 범위가 너무 좁다. 그렇다면 제목 '등본'에서 추출할 수 있는 가족에 대한 환기는 어떤가. 개인의 감정 이 둘레 사람을 감싸는 현상은 그들의 시에서 많이 보인다. 또 여기에 회 복 불가능한 공동체에 대한 그리움 때문이라는 이유를 달 수 있을 것 같 다. 그러나 지금은 그렇게 단정하기보다는 서정의 메커니즘을 그대로 따 르는 시에서 2000년대의 공통 감각을 찾기가 어렵다는 점, 좀더 일반화하 기 위해서는 몇가지 추론과 유형화 작업이 필요하다는 점을 확인하는 것 에 만족하자.

3

여기 그들이 지닌 권위가 있고 그들이 사는 세상이 있다. 그들의 권위 는 '서정시'의 울타리 안에서 보존된다. 그러나 그들이 그 권위를 함부로 부릴 시기는 지났다. 권위의 남용은 대개 사실보다는 논리에 기대어 깨달 음을 빨리 생산하는 것으로 나타나는데, 이 과정에서 소외된 지금 이 세 상은 자양분이 되기에는 거의 회복 불가능한 상태에 이르렀기 때문이다. 이제 권위의 남용은 세상의 현실을 은폐하는 당의(糖衣)가 되었다.

세상의 균열은 이전의 서정시에서도 보였다. 그러나 이전에는 그 옆에 역사의 시간과 빈자리가 있었다. 이들은 긍정적으로 반응하건 부정적으 로 반응하건 서정의 양식(糧食)이었다. 그들은 세상의 균열 위에서, 역사 의 시간 안에서, 역사의 빈자리 앞에서 서정의 회복을 기원했다. 지금 그들에게는 역사의 빈자리도 역사의 시간도 없다. 남아 있는 것은 손상된 세상이다. 그래서 그 손상의 정도와 균열의 틈새는 더욱 커 보인다.

그들은 이제 자신의 권위를 시의 문면에 대상들을 초대하는 데 쓰고 나머지는 최후의 모습으로 그들 안으로 잠입한 세상을 그리는 데 쓴다. 그들의 권위는 이전의 세상을 찾아가거나 기억하거나 만들거나 대리인을 세우는 데 쓰인다. 그것은 세상이 다시 온전해지기를 기대한다는 뜻이 아니라 결딴난 세상을 껴안고 그 안에서 자신이 취할 길을 모색한다는 뜻이다.

그 양상을 유형화해보자. 공간을 이동해 손상되지 않은 세상을 찾아가거나, 시간을 거슬러 손상이 덜 된 세상을 회상하거나, 손상되지 않거나 손상이 덜 된 세상의 복제본을 제 주위에 두르거나, 손상되지 않거나 손상이 덜 된 세상의 대리자를 내세우는 길. 이 말은 앞에 놓인 네가지 길이 보인다고 해서 그것이 곧 2000년대 서정시를 보증하는 단서라는 뜻을 가지고 있지 않다. 네가지 길에 놓인 시들에서 2000년대 서정시의 특색이 좀더 선명해진다고 이 말을 이해하자. 그리고 시간과 공간을 이동하는 두 길 위에 서 있는 그들의 모습을 확인해보자.

    장미정원을 걸었다

    내 시는 이 한 줄이 전부여야 하는데 무어라 더 쓸 말을 찾는다
    그 한 줄의 시는 장미정원에 핀 한 송이 장미가 만들어낸 그늘 때문
이었으므로
    지난겨울 만난 그늘 한평 이야기를 꺼내려 한다
    이를테면 이런 이야기

    카리브해 어느 섬나라에 피아노 치는 한 노인이 살았다
    팔순 노인은 이십여 년 동안 피아노를 치워뒀다는데

누군가 다시 음악을 해보자 했을 때
그냥 관절이 아프다며 그럴 수 없다 했다

(…)

다시 비행기를 타고 그가 산다는 섬나라에 도착해 바싹 마른 소리로
그를 만나러 왔다고 했을 때
누군가 그가 큰 집에 살고 있다며 지도에서 짚어준 곳은 묘지

그의 손을 심장에 찔러넣고 한달쯤 울고 싶어했던 한 사람은 커다란
그늘 한평인 그의 집에 도착해 기웃거렸는데
기둥도 처마도 꽃밭도 없는 집은
기둥도 처마도 꽃밭도 있었다

마침내 도착하여 마주하였다
한세상을 펴두어도 되겠다 싶은 피아노를 치운 자리, 그늘 한평

그것이 전부인 이야기
장미정원을 걸은 것뿐인데
자꾸 떠밀 것이 있는 이유처럼 그 그늘 오래 나를 따라다닌다
나 오늘 장미의 그늘을 밟았다는 건 내 훗날을 선뜻선뜻 봐버렸다는
이야기는 아닌가
모든 훗날들 그늘로 와서 날 가만히 만지고 가려는 건 아닌가
—이병률 「장미의 그늘」(『바람의 사생활』, 창비 2006) 부분

공간을 이동해 그들이 쓰는 시에는 대개 경이감이나 허무감이 배어 있

다. 서로 다른 반응이지만 그들의 기원은 이곳과 그곳의 회복 불가능한 격차이다. 그리움은 있을지언정 재충전이나 피로 회복의 여지는 없다. 그래서 반성이나 깨달음도 끼어들지 못한다. 그들은 풍경을 소화할 여유가 없고, 그들이 사는 세상은 회복의 기미가 없다. 그들과 이곳의 상황을 염두에 둔다면 낯선 곳에서 빨리 반성하고 빨리 깨닫는 태도는 대개 거짓이거나 자신의 비천함을 덜 인식한 경우거나 권위의 남용으로 보인다. 여행이라는 명목으로 그들은 낯선 곳을 찾지만, 사실 공간의 이동은 그들에게 귀향을 전제로 둔 여행이 아니라 귀향의 결핍을 확인하는 유랑이다.

이병률(李秉律)의 여행 시에는 깨달음으로 자신의 기존 생각을 재확인하는 과정이 없다. 오히려 그는 그 과정에서 자신이 지닌 기존의 생각이 흔들리는 것을 확인한다. '부에나 비스타 소셜 클럽'의 연주를 듣고 찾아간 꾸바는 사람들이 가난해도 거리에서 춤을 추고, 노인들도 심금을 울리는 음악을 연주하는 나라이다. 꾸바는 그가 사는 세상의 영원히 채워지지 않는 결핍이 무엇인지 넌지시 말해준다. 그는 꾸바를 찾아 장미정원과 장미의 그늘을 밟는다. 연주자는 묘지로 갔고 그 묘지에는 장미가 피었다. 자아는 이 풍경을 다 장악한 것처럼 말한다. "그것이 전부인 이야기". 하지만 이 "전부"란 말은 사건의 종결을 알리는 단호한 목소리와는 거리가 멀다. 그의 시는 "한 줄이 전부여야 하는데 무어라 더 쓸 말을 찾"고 있다. 그는 말을 마쳤지만 장미의 그늘은 꾸바에서 돌아온 그를 계속 따라다닌다. 그리고 그의 "훗날"이 시에 말을 건다. 그는 '전부'란 말로 시를 닫고자 했으나 시는 "만지고 가려는" "훗날" 덕분에 의미가 열린 채 기묘하게 마무리된다. 이때와 "훗날"의 저때로 변용되어 이곳과 저곳의 회복되지 못하는 격차가 확인된다.

　　본질적인 사랑이 때로는 밤하늘에 새로운 별자리를 만들기도 하지,
　　그게 바로 사랑의 증座라네

나는 그때 파리의 뤼 뒤 바크를 걷고 있었지

나는 그때 바크街로 귀향한다고 생각하고 있었으니까, 파리 북역을 청량리역 정도로 뤼 뒤 바크 역을 정선역 정도로 생각하고 있었으니까

(…)

때론 거칠고 격렬하지만 좀 더 부드럽고 본질적인 것을 향해 나아가는 거, 그게 귀향의 감정이겠지

나는 그때 파리의 뤼 뒤 바크를 걷고 있었지

감정의 무한을 향한 도보 여행 혹은 영혼의 은밀한 야간비행, 그대가 아주 먼 곳을 꿈꾸고 있을 때 나는 먼 곳을 꿈꾸는 그대의 내면에 고요히 불시착하고 싶은 거겠지, 그대 눈동자에 비친 고요한 평원을 풀잎의 내면으로 흔들리고 싶은 거겠지

(…)

그대에게 고백할 게 있어, 하늘을 날아다니는 새들의 생을 빌려 내 바라보던 열두 개의 계절과 바람의 풍경에 대해 말해 줄게

(…)

자 이제 촛불을 끄자 로맹 가리, 여기가 고향이야, 술을 다 마셨으니!

—박정대 「감정의 귀향」(『사랑과 열병의 화학적 근원』, 뿔 2007) 부분

박정대(朴正大)는 간혹 '그들'에 포함된다. 그는 인유와 환유의 수사로써 은유로 대표되는 서정시의 영역을 벗어나곤 했지만 그를 지탱하는 낭만적인 감수성은 그들의 영역 안으로 그를 다시 인도한다. 몇년 새 그의 이동이 잦아졌다. 그것은 실제로 수평적인 이동이지만 수직적인 이동처럼 느껴진다. 그는 이 땅을 떠나 다른 땅을 밟는데, 그의 자아가 있는 곳은 땅이 아니라 공중인 것 같기 때문이다. 그에게는 "도보 여행"이 곧 "야간 비행"이다. "감정"과 "영혼" 속에서의 여행이기 때문이다. 그는 지금-여기를 떠난 눈을 가지고 지금-여기의 세상과 자신을 본다. 그는 이곳과 저곳의 격차를 실감하는 것이 아니라, 그곳에서 자신이 지향하는 근원과 자신의 눈앞에 놓인 실상과의 격차를 실감한다.

세상을 아래로 굽어보는 그의 눈은 세상의 모든 것을 빨아들인 후 변별성 없이 다시 배치하는 자아의 권위를 추정케 한다. "파리 북역을 청량리역 정도로 뤼 뒤 바크 역을 정선역 정도로 생각하고 있"을 정도로 그에게는 이곳과 저곳의 차이가 없다. 물에 잠길 뻔했고 아직도 위험한 동강 주변이 고향인 그는(「격변, 칼잡이들의 이야기」, 『현대문학』 1999년 6월호) 자신의 고향을 마음속에 집어넣은 듯하다. 이 세상에서 그의 고향은 위태롭다. 여기에서 그는 "격렬하지만 좀 더 부드럽고 본질적인 것을 향해 나아가는" "귀향의 감정"을 지니고, 모든 곳을 고향으로 상정해버린다. 모든 곳이 고향이 되자 그의 원 고향은 후광을 잃는다. 이것이 허무하지만 위태로움에 대응하는 그의 선택이다. 술을 마시고 촛불을 켜면 모든 곳이 타향이 되고 모든 곳이 고향이 된다. 그는 어떤 곳이라도 마음의 지도 안으로 끌어들여 소화한다. 그는 커다란 자아를 가지고 있다. 그 권위가 남용되지 않아 보이는 것은 세상을 떠난 그의 눈과 그 안에 배어 있는 허무감 때문일 것이다.

4

그들 중에 많은 이들이 시간을 거슬러 이동한다. 그들의 자양분을 제공했던 세상은 주로 그들의 기억 속에 남아 있다. 과거를 회상하는 그들은 기억들을 재조정할 수 있는 특권을 지니고 있다. 기억은 자아를 크게 하는 밑천이다. 자아는 감당할 수 있는 한도 내에 기억을 많이 지니고 있을수록 더욱 강해진다. 그는 엉터리일 수밖에 없는 기억의 순서를 사실처럼 여기고 신념에 맞춰 기억들을 재배치하도록 유혹받는다. 이 유혹에 넘어간 결과가 자아의 남용이다. 반대로 기억이 자아를 삼키는 경우가 있다. 기억의 힘은 매우 크다. 그러나 자아를 손상시킬 만한 기억이 시에 나올 때, 그 시를 쓴 시인은 이미 그들이 아니다. 그들은 대개 자신이 충분히 다룰 수 있는 기억을 시의 제재로 취한다.

그들은 기억을 여전히 마음대로 다룰 수 있으나, 그들의 기억이 기댔던 세상은 허물어졌다. 그가 취할 가장 손쉬운 방법은 허물어진 세계를 과거의 기억으로 위로하는 것이다. 세상은 변할 리 없으나 그의 작업으로 잠시 좋아진 것처럼 보인다. 이 경우 문제는 한순간의 위로가 실상을 가리는 역할을 한다는 것이다. 이보다 더 큰 문제는 모든 기억들이 위로라는 전제에 맞춰 변모한다는 것이다. 좋은 기억도 나쁜 기억도 모두 좋은 것이 된다. 이처럼 기억을 주로 다루는 시인은 권위를 남용하는 유혹에 가장 많이 노출되어 있다. 그들에게 가장 어려운 작업이 기억을 다루는 것일지도 모르겠다. 조심스러운 그들은 기억의 대상들을 문면에 초대하고 그것들을 되살리는 것 자체에 자신의 권력을 쓴다. 이때 자아의 권위는 남용이 아니라 존중에 의해서 지켜진다.

아픈 아이를 끝내 놓친 젊은 여자의 흐느낌이 들리는 나무다

처음 맺히는 열매는 거친 풀밭에 묶인 소의 둥근 눈알을 닮아갔다
후일에는 기구하게 폭삭 익었다
윗집에 살던 어름한 형도 이 나무를 참 좋아했다
숫기 없는 나도 이 나무를 좋아했다
바라보면 참회가 많아지는 나무다
마을로 내려오면 사람들 살아가는 게 별반 이 나무와 다르지 않았다
　　　　　　　　—문태준「개복숭아나무」(『맨발』, 창비 2004) 전문

문태준(文泰俊)의 시에서 자아를 줄이고 대상을 존중하는 모습이 선명하게 보인 시는 「가재미」(『가재미』, 문학과지성사 2006)였다. 그는 나란히 누워보는 것으로 '그녀'를 위로했다. 사실 서정의 권위를 대상의 존중에 할애하는 태도는 이전부터 그가 계속 추구한 것이다. 그의 회상은 커다란 자아를 확인하는 데 쓰이기보다는 대상들을 문면에 초대하고 그것들의 개성을 새기는 데 쓰인다. 그로 인해 기억이 만든 길은 일직선의 시간에서 굴곡이 있는 시간으로 변형된다.

그의 시가 백석(白石)의 시와 종종 견주어지는 이유도, 그의 말투에 있는 것이 아니라 그가 시에 초대한 대상들의 결을 섬세하게 드러내는 데 있다. 백석의 시가 그렇듯이, 문태준의 시도 시각에 따라 낡게 보이기도 하고 세련되게 보이기도 한다. 이들의 세련된 면모는 '낯설게 하기'에서 비롯된 것인데, 백석이 주로 방언인 낡은 언어들을 발굴해 시를 낯설게 했다면, 문태준은 '뒤란'으로 대변되는 스러져가는 농촌의 풍경들을 초대해 시를 낯설게 한다.

「개복숭아나무」는 나무의 결이 섬세하게 드러난 시이다. 한곳에 오래 있는 동안 맞이했던 마을 사람들의 삶이 그 결을 새겨넣었다. 나무를 매개로 마을 사람들은 서로 연관되고, 마지막의 연관 관계에 나무도 포함된다. 앞서거니 뒤서거니 태어났다가 스러지는 운명으로 이들은 서로 묶인

다. 그래서 이 연관 관계는 애잔하다. 이들의 공동체 자체가 이제는 매우 드물어졌다는 점이 애잔함을 더욱 깊게 한다. 동병상련의 관계는 모두 회상에 의해 이루어져 있다. 그가 지닌 자아의 권위는 나무를 존중하는 데 쓰이거나 애잔한 운명을 확인하는 데 쓰인다.

시에 드러난 그도 어느정도 제약을 받고 있다. 그의 모습은 개별 장면들을 통제하는 위치에 있지 않고 마을 공동체의 각각의 삶, 즉 여자와 소와 형의 장면과 나란히 "숫기 없는 나도 이 나무를 좋아했다"로 배치되어 있다. "바라보면 참회가 많아지는 나무다"와 같은 그의 깨닫는 말에는 애환이 깃들어 있다. 덧붙여 말할 것은 이 애환이 나무에 기대어 토로된다고 해서 대상 예찬의 시들과 궤를 같이하지 않는다는 점이다. "별반 이 나무와 다르지 않았다"는 나무를 감상하는 마지막 말로서, 나무는 동네 사람들의 삶, 즉 여자와 소와 형과 나의 일생을 환기하는 보조 역할로 내려앉는다. 모든 대상들이 평등해지는 순간이다.

　　뇌성마비 중증 지체·언어장애인 마흔두살 라정식 씨가 죽었다.
　　자원봉사자 비장애인 그녀가 병원 영안실로 달려갔다.
　　조문객이라곤 휠체어를 타고 온 망자의 남녀 친구들 여남은 명뿐이다.
　　이들의 평균수명은 그 무슨 배려라도 해주는 것인 양 턱없이 짧다.
　　마침, 같은 처지들끼리 감사의 기도를 끝내고
　　점심식사중이다.
　　떠먹여주는 사람 없으니 밥알이며 반찬, 국물이며 건더기가 온데 흩어지고 쏟아져 아수라장, 난장판이다.

　　그녀는 어금니를 꽉 깨물었다. 이정은 씨가 그녀를 보고 한껏 반기며 물었다.
　　#@%, 0%·$*%ㅐ #@!$#*? (선생님, 저 죽을 때도 와주실 거죠?)

82

그녀는 더이상 참지 못하고 왈칵, 울음보를 터트렸다.
$#·&@\·%, *&#…… (정식이 오빠 좋겠다, 죽어서……)

입관돼 누운 정식씨는 뭐랄까, 오랜 세월 그리 심하게 몸을 비틀고
구기고 흔들어 이제 비로소 빠져나왔다, 다 왔다, 싶은 모양이다. 이 고
요한 얼굴,
일그러뜨리며 발버둥치며 가까스로 지금 막 펼친 안심, 창공이다.
　　　　　　　　　　　—문인수 「이것이 날개다」(『배꼽』, 창비 2008) 전문

문인수(文仁洙)의 「이것이 날개다」는 '정식씨'의 과거를 추측하는 곳에
서 회상이 도입된다. "오랜 세월 그리 심하게 몸을 비틀고 구기고 흔들"었
다는 구절을 회상으로 처리했으나, 정식씨의 회상이라기보다는 시인의
추정이라고 할 수 있을 정도로 시인의 목소리가 많이 개입되었다. 그래서
인지 저 말들은 짧고 불투명하다. 이 시는 이외에도 자아의 권위가 넘쳐
흐를 소지가 많이 있다. 시적 대상은 장애인이고, 시의 결말과 제목은 단
정적이다. 즉, 감정은 일방향으로 흐르기 쉽고, 판단은 빠르게 내려지기
십상인 것이다. 존중은 쌍방향의 감정 교류를 전제로 한다. 그는 권위 남
용의 유혹 앞에 노출되어 있다.
　장애인 한명이 죽었고, 같은 장애인들이 문상 왔고, 그중 한명이 자원
봉사자에게 "정식이 오빠 좋겠다, 죽어서……"라고 하고, 그는 장애인의
죽음을 "날개"라고 말하고 있다. 그는 이 과정 사이사이에 여러가지 연민
의 차단막을 설치한다. 우선 그는 최대한 객관적인 시선을 유지한다. 그는
감정이 쉽게 노출될 '나' 대신 '그녀'를 자신의 대리인으로 세운다. 이제
흘리는 눈물은 '나'가 아닌 '그녀'의 몫이 된다. 말도 신중히 고른다. 가령
이들과 다른 '그녀'를 지칭하는 말은 '정상인'이 아니라 '비장애인'이다.
'정상인'이란 말을 쓸 경우 이들은 '장애인'이 아닌 '비정상인'이 되기 때

문이다. 끝 연 "몸을 비틀고 구기고 흔들어 이제 비로소 빠져나왔다, 다 왔다"와 같이 죽은 장애인의 과거를 단정하는 경우에도 그 단정 뒤에 "싶은 모양이다"라는 추정의 말이 덧붙어 있다. 여기에는 함부로 단정 짓기 조심스럽다는 뜻이 담겨 있다. 이 추정이 회상과 견주어 죽은 장애인의 과거를 불투명하게 드러내는 것은 사실이다. 하지만 여기에는 장애인과 비장애인의 틈을 함부로, 일시적으로 봉합하지 않겠다는 뜻도 담겨 있다. 그는 정식씨의 과거를 함부로 회상하지 않는다. "이것이 날개다"라는 그의 판단을 본문에 넣지 않고 제목으로 밀어올린 것도 조심스러웠기 때문인 것 같다. 끝 행의 "지금 막 펼친"으로 판단하건대 저 말이 있을 자리는 그 다음 쉼표가 있는 자리이다. 종합하고 판단하는 자리에 저 말이 있을 경우, 모든 대상과 사건과 말 들은 저 말을 도출하기 위한 수단이 되어버린다. 이를 막기 위해 저 말은 본문과는 떨어진 제목의 자리에 오른다. 제목은 대개 시의 모든 부분을 통어하는 자리이지만, 여기에서는 고육지책의 자리인 것이다.

5

　그들이 살았던 세상은 점점 사라지고 있다. 그들이 쓰는 세상은 지금 이곳과 다를 수밖에 없다. 그렇다면 그들이 쓰는 시는 어때야 할까. 아니, 어떤 시가 전대와는 조금이라도 다른 그들을 존재하게 할까. 이 글에서의 '그들'은 서정의 중심을 유지하되 서정의 관습을 타파하고, 자아의 권위를 유지하되 그것이 남용되는 것을 막으면서 형성되었다. 이 말은 역설적이다. 타파하는 것이 곧 막는 것이라니. 그들은 이 역설을 받아들일 수밖에 없는 운명을 가지고 태어났다. 그들은 중심을 향하는 구심력과 주변을 향하는 원심력을 동시에 가지고 있어야 형성되기 때문이다. 그래서 그

84

들은 외로워 보인다. 대부분의 눈은 원심력과 구심력의 경계에 있는 시보다는 원심력이 많이 작동하는 시를 주목하기 때문이다. 그러나 그들은 자신의 운명을 가지고 조금씩 자신의 지형을 변화시키는 중이다. 그 조그만 움직임, 미미해 보이는 혁신, 그러나 그 안에 담긴 커다란 노력은 존중되기에 충분한 것이다.

—『열린시학』 2009년 봄호

갈라진 자아와 부서진 시간

◆

2000년대 시에 담긴 불안의 모습

　오래도록 개인의 감정을 다룬 장르가 시이지만 예나 지금이나 그 표출의 경로가 순탄하지만은 않았던 것 같다. 주술적인 목소리를 낼 때에는 개인이 소외되었고, 공동체가 형성되었을 때에는 감정이 배척받았다. 이데아의 위치에 신이 있건 국가가 있건 시인은 처음부터 고난의 운명을 짊어진 채 견뎌야 했다. 이와 같은 시인의 수난은, 현대시에 이르러 조금 더 확연히 드러나 보인다. 자아의 균열상은 뚜렷해졌고 감정은 혼란상을 연출한다. 이 혼란을 어떻게 이해해야 할까. 공동체가 해체되고 이치가 사라졌기 때문일까. 이상(李箱)은 거울을 매개로 분열된 자아를 예리하게 보여주었으나(「거울」, 『증보 정본 이상문학전집 1; 시』, 김주현 주해, 소명출판 2009) 동시에 자신의 문패가 걸린 집 문고리를 잡은 채 공동체 안에서의 생활을 그리워했다(「가정」, 『증보 정본 이상문학전집 1; 시』). 윤동주(尹東柱)는 이상과 달리 공동체의 윤리를 깊이 숙고한 모습을 보여주었으나(「쉽게 씌어진 시」,

---

＊ 이 글은 『시와사상』(2011년 여름호)과 『시와시』(2011년 여름호)에 발표했던 글을 합쳐서 개고한 것임을 밝힌다.

『육필원고 대조 윤동주 전집─하늘과 바람과 별과 詩』, 최동호 엮음, 서정시학 2010), 한 나절 교회당 앞에서 서성거리며 신처럼 희생하지 못하는 자신을 자책했다(「십자가」, 『육필원고 대조 윤동주 전집─하늘과 바람과 별과 詩』). 공동체의 윤리에 아랑곳하지 않는 사람도 소통을 원하고, 자신의 윤리가 투철한 사람도 신을 모신다. 번민의 감정이 이 시대에 심하게 요동치는 것은 공동체의 결속력이 사라지거나 신에 대한 믿음이 없어졌기 때문이 아니라 그것들을 약하고 흐릿하게 보이게 하는 시간에 대한 관념이 크게 달라졌기 때문은 아닐까.

둥글게 말려 있던 시간이 쭉 펴지자 처음과 끝의 시간은 주목을 받았다. 태어나면 언젠가는 죽는다는 사실이 진리의 자리를 차지하고 사람들은 그 때문에 조급해졌다. 생성의 시간은 축복의 형식으로, 소멸의 시간은 애도의 형식으로 사람들의 조급함을 대변하였는데, 주로 앞의 시간에 주목한 이들은 세상은 진보를 거듭할 것이라고 믿는 낙관론자들이었다. 불안은 뒤의 시간을 배경으로 조성되었으나 진보적인 시각에 의해서 억압되었다. 어쩔 수 없는 일이었다. 인간이, 그중에서도 인간의 이성이 무한한 신뢰를 받았을 때였다. 불안은 감정에 속해 있다. 이성의 힘이라면 무엇이든지 이룰 수 있다는 생각이 합당한 것으로 인식될 때였다. 이성은 세상을 변혁시키는 원동력으로 부상했고, 감정은 그와 같은 세상의 변모에 거리를 두며 인간의 내면에 침잠했다. 그렇게 내면과 세상의 거리는 점점 더 벌어졌다. 불안을 안에 두고 감정을 다루는 문학도 그럴수록 세상과 거리를 둔 것처럼 보였다. 설명할 수 없지만 일상적인 것이 된 불안처럼 문학도 말할 수 없는 것을 배경으로 두고 일상적인 것이 되었다.

나는 가끔 후회한다
그때 그 일이
노다지였을지도 모르는데……

그때 그 사람이
그때 그 물건이
노다지였을지도 모르는데……
더 열심히 파고들고
더 열심히 말을 걸고
더 열심히 귀 기울이고
더 열심히 사랑할걸……

반벙어리처럼
귀머거리처럼
보내지는 않았는가
우두커니처럼……
더 열심히 그 순간을
사랑할 것을……

모든 순간이 다아
꽃봉오리인 것을,
내 열심에 따라 피어날
꽃봉오리인 것을!

──정현종 「모든 순간이 꽃봉오리인 것을」

(『사랑할 시간이 많지 않다』, 세계사 1989) 전문

　정현종(鄭玄宗)의 시는 드물게도 생성의 시간에 주목하며 문학의 지형도에서 예외적인 위치를 확보할 수 있었다. 하지만 그가 펼쳐낸 생성의 즐거움을 지속적인 진보에 대한 믿음과 연루시키기는 어렵다. 인용시 「모든 순간이 꽃봉오리인 것을」은 시의 영역에서 생성의 즐거움이 어떠한 특

성을 지니는지, 문학의 몫이 감당할 수 있는 즐거움이 어디까지인지 선명하게 보여주는 예이다. 후회하는 말과 그 후회가 생겨난 원인을 되짚는 말로 구분되는 시에서 주목할 지점은 마지막 연이다. "모든 순간이 다아/꽃봉오리인 것을"이라는 말에는 모든 순간에 생성의 기미가 숨겨져 있다는 뜻이 담겨 있다. 그 기미를 미처 알지 못하고 앞만 보고 달렸다는 것을 시인은 앞부분에서 후회하고 있는 것이다. 시인이 발견한 그 생성의 기미는 인간의 이성에 기대어 펼친 진보에 대한 신뢰와는 성격이 다른 것이다. 즐거움을 주는 원인이 시에는 매 순간 걸려 있으나 진보적 시간관에는 결코 도달할 수 없는 미래에 걸려 있다. 정현종의 시에서 즐거움은 현재에 잠재된 미래에 있으나 진보적 시간관에서 그것은 도달할 수 없는 먼 미래에 있다.

소멸의 시간을 다루는 방식도 이 둘은 차이가 난다. 정현종의 즐거움은 소멸의 시간을 바탕에 두고 있다. 한번 지나가면 다시 올 수 없기 때문에 시간은 소중해지고 두터워진다. 하지만 진보적 시간은 소멸의 시간을 무시한다. 소멸을 끊임없이 유예하는 것으로 진보의 신념은 조성되는 것이다. 정현종은 소멸의 시간을 인식의 바탕으로 두되 거기에 압도되어 허무주의에 빠지지 않고 즐거움을 얻었다. 만약 그가 허무주의에 빠졌다면 말을 포기하고 침묵에 투항했을 것이며, 진보적 시간에 기댔다면 미덥지 못한 즐거움을 설파했을 것이다. 하지만 그는 침묵을 곁에 둘지언정 말을 포기하지는 않았고, 즐거운 감정을 드러내되 그 바탕의 불안함을 감추지 않았으며, 종교적인 영원성에 기대 이 시간을 떠나지도 않았다. 주어진 시간 안에서 지나간 모든 기억을 모아 자신에게 주어진 시간의 질을 높이는 것은 문학이 찾은 하나의 길이었다.

문학에서 즐거움은 이처럼 가까스로 느껴진다. 생성의 시간에 주목하지만 진보적 시간과 차이를 나타내는 곳에 문학의 즐거움이 있다. 아마 반대편에 소멸의 시간에 주목하지만 허무주의에 빠지지 않은 문학이 있을 것이다. 그곳에 있는 문학의 목소리에는 괴로움이 섞여 있을까. 괴로움이건 즐거움이건 욕망의 부산물이라는 점에서 둘은 같은 위치에 있다. 뜨거움이 가라앉은 최승자(崔勝子)의 시는 욕망을 통과한 자의 허허로움을 보여주며 소멸의 시간 가까이 있는 문학의 목소리를 들려준다. 그의 모습이 일견 신비주의자 또는 초월주의자처럼 시간의 축을 떠나버린 것처럼 보이기도 하지만 은연중에 내비치는 불안은 이러한 추측이 미덥지 않다는 것을 증명한다. 그가 있는 곳은 시간을 벗어난 영역이 아니라 침묵과 말의 경계이다.

통과해야만 할 아득한 봄날의 시간이
저 밖에서 선혈처럼 낭자하다.
베란다 앞 낮은 산을 뒤덮으며
패혈증처럼 숨가쁘게,
어질어질 피어오르는 진달래.
눈물이 나 더는 못 보고
쪽문을 소리내어 쾅 닫는다.

어떻게 견뎌야 할지,
내 앞에 펼쳐질
봄 꽃, 여름 잎
가을 단풍, 겨울 눈꽃.

닫혀버린 집안 한구석에서
인조 장미 몇 송이가
무게도 없이 깊이깊이 가라앉는다.

─최승자 「아득한 봄날」(『연인들』, 문학동네 1999) 전문

최승자의 「아득한 봄날」에는 두개의 시간이 나뉘어 있다. 밖에 있는 봄날의 시간이 있고, 쪽문 안에서 그 시간을 바라보는 '나'의 시간이 있다. 낮은 산을 뒤덮으며 선혈처럼 꽃이 피고 있는 바깥의 시간이 있고, "닫혀버린 집안 한구석에서" "깊이깊이 가라앉는" '나'의 시간이 있다. 나란히 놓여 있지만, 저 바깥의 시간을 "통과해야" 도달하는 시간이 안의 시간이다. 최승자가 있는 곳은 삶의 시간을 통과한 자리, "인조 장미 몇 송이"뿐만 아니라 자신도 "무게도 없이" 있는 자리이다. 젊은 시절 시간과 고투했던 흔적을 제 몸에 새기고 그 시간을 떠난 최승자는 소멸의 시간 가까이에서 지상을 굽어보고 있다.

이 시선의 소중함은 지상의 시간을 떠난 여느 시와 견주었을 때 도드라진다. 시간을 초월한 자의 목소리를 들려주는 시에는 너그럽거나 자부심이 묻어 있기 쉽다. 최승자는 침묵에서 가까스로 빠져나온 목소리를 지닌 채 무연히 이 지상을 내려다보고 있다. 거기에는 너그러움도 자부심도 없다. 너무 무덤덤해서, 독자는 불안을 느끼지 않을 수도 있을 것 같다. 그러나 그의 이 무덤덤한 목소리는 불안을 피해서가 아니라 통과해서 조성된 것이다. 시간의 흐름을 인식하고 내뱉은 말 "어떻게 견뎌야 할지"에는 지난날의 기억과 앞날에 대한 불안이 여전히 스며 있다. 문학 속의 시간은 생성에 가까이 있건 소멸에 가까이 있건 불안의 흔적을 보여준다.

최정례(崔正禮)와 같은 시인은 불안을 떨쳐내기 위하여 자신의 시간과 순환의 시간을 접목하기도 한다. 둘 다 진보적 시간관에 의해 소외된 것이다. 개인의 시간이 이 시대에 진보적 시간과 함께 있다가 소외된 것이라면 순환의 시간은 진보적 시간보다 앞서 있다가 물러난 것이다. 최정례의 시에서 잘게 쪼개진 개인의 시간은 물러난 순환의 시간에 도움을 청하며 온전한 모습으로 복원되고자 했다. 자신의 기억이건 전생의 기억이건 어느 하나도 확실한 것은 없지만 그렇게 결속하여 무언가 해결되기를 바랐다. 불안이 가중될 수도 있고 조금 진정될 수도 있으나 단정이 아니라 추측으로 말을 이어나가는 최정례의 시는 이 두 소외된 시간의 동병상련 을 그리고 있다.

거울 속에 거울 속에 거울 속에 거울 속에

갇힌 것처럼

다른 생의

언젠가 아득한 곳에서도

이런 똑같은 풍경 속에 잠겨 있었던가

쓸데없이

지나간 시간들을 내 몸에 쌓아두고

차들이 내 앞으로 흘러 흘러

가고

업힌 아이 울다 잠든 지 오래고

오래고 오래 전이라서

뚜렷하진 않지만

그때도 바람이 불었던가

바람이

내 얼굴 한쪽을 때리면

내 몸에서 삭은 종이 부서져

가라앉는 소리 났던가

새들

추워 눈 못 뜨고

깜깜한 곳으로 아득하게

날아 날아 오르려고

울면서

――최정례 「거울 속에 거울 거울 거울」

(『햇빛 속에 호랑이』, 세계사 1998) 부분

아이는 무럭무럭 크겠지만 아이를 업은 엄마는 어떨까. 아이의 성장을 보는 보람도 클 것이지만 자신의 육신이 그 성장과 대비되지는 않을까. 양쪽에 있는 거울에 비친 상은 평면에 깊이감을 부여한다. 중첩된 상들은 점점 작아지는 것으로 소실점 또한 마련한다. 그러나 소실점이 마련한 그 깊이를 시간의 것이라고 단정하기는 힘들다. 기억이 아니라 현재를, 다양한 모습이 아니라 단일한 모습을 되비추며 거울은 끊임없이 작아지는 상을 보여줄 뿐이다. 성장이 멈춘 육체를 대신하여 시간의 깊이를 가늠하고 거기에서 다른 전망을 찾고자 하는 그의 시도는 프레임 속에 갇힌 거울들 앞에서 망연자실해진다. 그것은 깊이의 형식을 제시하지만 불안을 해소하지는 못한다.

그의 불안은 전망이 부재한 자신의 처지를 더욱 뚜렷이 하는 대상에 의해 가중된다. 업혀 있는 아이도 여기에 해당할 것이다. 아이에게는 성장의 시간이 남아 있겠으나 그에게는 쇠락의 시간이 남아 있다. 하지만 아이는 전망의 부재에 대한 확인 이외에도 업혀 있는 그 모습 자체만으로 남편의 부재와 같은 처연한 풍경을 연출하는 역할을 맡고 있다. 그와 직접적으로 대조되는 대상은 아마 자동차의 행렬일 것이다. "쓸데없이/지나간 시간들을 내 몸에 쌓아두고/차들이 내 앞으로 흘러 흘러/가고"의 구절에는 기억을 지닌 자신과 앞으로 가는 자동차가 대조되어 있다. 그것은 기억 자체를 "쓸데없이"라고 간주하게 하는 데 기여한다. 이때의 자동차는 앞으로 나아가는 것으로 생성과 소멸을 양극단에 둔 시간의 흐름을 환기한다. 내면의 기억은 더욱 초라해지며 기억밖에 가지지 못한 그는 전생의 기억까지 헤집어본다. 그의 시도는 보통 자유와 희망을 상징하는 새마저도 거울의 틀에 가두어 "추워 눈 못 뜨고/깜깜한 곳"을 비상의 최종 목적지로 두게 한다. 기억을 압박하는 현재의 구속은 결국 부서진 자아를 확인하는 쪽까지 나아가는데, "바람이/내 얼굴 한쪽을 때리면/내 몸에서 삭은 종이 부서져/가라앉는 소리 났던가"와 같은 느낌이 드는 것도 이 때문이라 할 수 있다.

이처럼 이 시대의 불안은 내면의 시간을 쪼갤 뿐 아니라 이 시대를 대변하는 말인 '생각하는 나'를 위협하는 데까지 나아간다. 자아가 "부서져/가라앉"을지도 모른다는 위기감은 이성 중심의 사고가 낳은 부작용이며 동시에 소외된 감성이 일으킨 반란이기도 하다. 자기 자신을 향한 이 반란을 통해 행복해지는 것은 없다. 불안은 이 시대의 개인이 앓고 있는 만성병이다. 부정의 뜻을 품은 어근〔不〕으로 제 자신을 드러내는 불안은 편안하지〔安〕 않은 모든 곳을 자신의 좌표로 삼고 있다. 정주하지 못한 채, 고정되지 못한 채, 규정되지 못한 채, 떠도는 모습은 바로 이 시대에 불안을 안고 사는 개인의 자화상이라고 할 수 있다. 있어야 할 곳이 없기 때문에 있어야 할 곳에 있지 못하는 모습이 극단적으로 드러나는 곳은 바로 자아 내부이다. 최정례의 시는 바로 이러한 자아의 균열상과 실패로 귀결될 그것의 극복상을 여실히 보여주고 있다.

누군가의 꿈속에서 나는 매일 죽는다

나는 따뜻한 물에 녹고 있는
얼음의 공포

물고기 알처럼 섬세하게
움직이는 이야기

나는 내가 사랑하는 것들을

하나하나 열거하지 못한다

몇 번씩 얼굴을 바꾸며
내가 속한 시간과
나를 벗어난 시간을
생각한다
　　―신해욱 「끝나지 않는 것에 대한 생각」(『생물성』, 문학과지성사 2009) 부분

「끝나지 않는 것에 대한 생각」은 신해욱(申海旭)의 시에서 드물게 '나'가 등장하는 시이다. 그런데 "나는 내가 사랑하는 것들을"에서 확인할 수 있듯이 '나'는 두가지 층위로 갈라져 있다. "내가"의 '나'는 사랑하는 주체 역할을 한다. 그러나 그렇게 이루어진 구문은 "나는"이 관할하는 문장에 안기며 대상에 머문다. "내가"의 '나'는 사랑하는 주체이지만, "나는"의 '나'는 남의 꿈속에 등장하며 매일 죽거나 물에 녹는 객체이다. 하지만이 객체는 "섬세하게/움직이"고 있기도 한데, 이 움직임과 죽음 사이의혼란상을 갈피 지으려는 흔적이 문장의 격뿐만 아니라 한정의 뜻까지 포함한 "나는"의 '는'에 새겨져 있다. 이 한정의 시도에 의해 열거할 수 있는사랑과 열거하지 못하는 사랑이 나뉘고, "내가 속한 시간"과 "나를 벗어난 시간"이 나뉘고, 매일 죽어가는 꿈속의 '나'와 그것을 지켜보는 '나'가나뉜다. 이 어긋남에는 무연함보다는 안타까움이 배어 있다. 신해욱의 시에서 균열상은 일인칭과 그 밖의 인칭 사이에 있는 것이 아니라, 일인칭과일인칭 사이에 있다. 균열을 야기한 주체와 대상은 '나'와 '나'인 것이다.

　'얼음에 녹고 있는 공포'를 보자. 녹고 있는 대상도 '나'이고 공포를 느끼고 있는 주체도 '나'이다. 이 두 '나'는 정확히 포개지지 않는다. 최정례의 시에서 일인칭이 부서지는 것과 같은 공포와 신해욱의 시에서 일인칭이 녹고 있는 공포는 같은 의미라고 할 수 있다. 최정례의 시에서 그 균열

상은 앞으로 흘러가는 자동차와 대조되어 나타난다면, 신해욱의 시에서
는 "내가 속한 시간"과 "나를 벗어난 시간"의 대조에 의해서 극대화된다.
신해욱의 시에서 어떤 것이 내면의 시간이고 어떤 것이 물리적 시간인지
구분하는 것은 어렵다. 다른 사람의 꿈에 나타난 시간과 내 안에 있는 시
간 중 어느 하나도 물리적 시간을 비껴간다. 내 안에 있는 시간은 내면의
시간이 확실한데, 꿈의 시간은 어떤가. 그것은 다른 사람이 파악하는 시간
이라는 점에서 외부의 시간 즉 물리적 시간이지만, 꿈의 시간이라는 점에
서 다른 사람이 지닌 내면의 시간이라 할 수 있다. 신해욱의 시는 내면과
외부의 시간 사이의 엇갈림뿐만 아니라 내면과 내면의 시간 사이의 엇갈
림까지도 보여준다. 그는 여러 시간의 겹고 트는 장면을 연출하는 것으로
이 시대의 가장 미세하고 깊숙한 불안에 도달한다.

어느새 우리는 구름의 영토 끝까지 날아왔구나

무구한 검은 동공이 소용돌이치며
연관 없는 어휘들의 밤 위로 날아오를 때

너는 어리지 않다
너는 늙지 않았다
너는 아직 늙지 않았다

(…)

발밑에는 줄지어 누워 있는 녹색의 풀
구름의 무덤 곁에선 녹색의 목소리가

나는 이 생을 두 번 살지 않을 거야
완전히 살고 단번에 죽을 거야

(…)

나는 지구의 회전을 믿지 않는다
나는 나의 여백을 믿는다

나무의 수맥을 따라 흐르는 물결 너머
테두리를 잊은 마음이 밀려온다
— 이제니 「알파카 마음이 흐를 때」(『아마도 아프리카』, 창비 2010) 부분

　이제니의 불안은 낭만적 정서와 접목하여 출현한다. 이상향을 동경하고 영혼의 들림을 기다리고 천재와 아이의 목소리를 시에 불러오는 낭만적 정서의 표출 기제는 이성에 의해 억눌렸던 감정이 제 살길을 모색하여 얻어낸 구체적인 방편이라 할 수 있다. 개인의 기억과 관계없이 먼 곳과 시간을 시에 끌어들여 도취되었던 승리감에서, 꿈꾸었던 먼 곳과 시간이 잿빛으로 물들어 있음을 확인하는 쪽으로 낭만적 정서가 변화한 까닭도 이와 무관하지 않다. 이상향을 꿈꿀 밑천인 개인의 기억이 파편화되었는데, 그것을 기반으로 쌓아올린 이상향이 허약하지 않을 수 없다. 최근의 한국시에서 이근화가 칠레를 그리고(「칠레라는 이름의 긴 나라」, 『칸트의 동물원』, 민음사 2006) 이제니가 남미와 아프리카를 그릴 때 그것은 구체적인 지명이라기보다는 낭만적 정서가 찾아낸 장소 중의 하나이다. 그곳에서 확인할 수 있는 것은 낭만적 염원이 결국 실패로 끝날 것이라는 후기 낭만주의의 정서이다.
　알파카가 있는 남미 어느 곳으로 간 이제니의 의식은 먼 곳을 떠나 있

는 사람의 마음과 겹친다. "구름의 영토 끝"이기도 한 그곳은 대체로 조용하다. 그가 상상하는 곳은 안정되어 있다. 그와 같은 안정감은 물리적 시간의 진행이 멈춰 있는 데에서 비롯하는 것 같다. 그가 그리는 곳은 "너는 어리지 않다 / 너는 늙지 않았다 / 너는 아직 늙지 않았다" "나는 지구의 회전을 믿지 않는다"의 진술을 이끈다. 여기에서 시간은 멈춰 있다. 또한 그곳에서는 내면의 시간이 활기를 찾는다. 빈 공간까지도 그림의 일부인 것을 염두에 두면, 또한 내면과 외부를 구획하는 "테두리를 잊은 마음이 밀려온다"고 말하는 것을 보면, "나는 나의 여백을 믿는다"의 '여백'에 담겨 있는 시간은 자신을 옥죄는 물리적 시간이 아니라 자신이 일구는 또다른 내면의 시간인 것이다.

하지만 시에 불안감이 완전히 사라졌다고 보기는 어렵다. 이는 저곳의 고요함이 이곳의 불안함을 전제로 조성되었을 것이라는 막연한 추측에서 내린 판단만은 아니다. 알파카가 거닐고 있는 곳에는 멈춰 있는 시간과 흐르고 있는 시간이 동시에 있다. 강건한 자아의 마음이 드러나는 곳은 무덤에 난 풀의 목소리로 다짐하는 대목이다. "나는 이 생을 두 번 살지 않을 거야 / 완전히 살고 단번에 죽을 거야"는 시간이 멈춰 있는 세계에서는 불필요한 진술이다. 단호한 다짐 밑에는 생성과 소멸을 바탕으로 한 물리적 시간이 있다. 생성과 소멸의 시간을 일러주는 것은 저곳에 있는 무덤 속 주인이자 이곳에 있는 불안한 생활이다.

어디서나 목청 높여 사람들 마구 윽박질러대는 설움, 5월 그때 너는 어디 있었지…… 벌써 20년이 훨씬 넘은 그때를 잊지 못하는 설움

(…)

버럭 소리라도 질러대고 싶은 설움, 와락 엉덩이라도 꼬집어대고 싶

은 설움, 탁탁 종아리라도 때려주고 싶은 설움, 아직도 붉은 얼굴로 붉
은 가슴이나 자랑하는 설움, 면소재지 버스 정류장 근처 낡은 리어카
바퀴처럼 삐걱대는 설움

(…)

이놈에게는 미래가 없다 언제나 과거를 살고 있기 때문이다
더러는 내 가슴까지 미어터지게 하는 설움, 철렁 가라앉게 하는 설
움……

언제나 이놈은 물가에 내놓은 어린애처럼 불안하다.
　　　　　　　　　　── 이은봉 「설움」(『책바위』, 천년의시작 2008) 부분

　이은봉(李殷鳳)의 인용시는 이제니의 시가 있는 곳의 반대편에서 불안
을 드러낸다. 이제니의 시가 개인의 낭만적 정서를 기반으로 조성되었다
면, 이은봉의 시는 집단의 기억을 기반으로 조성된다. "어디서나 목청 높
여 사람들 마구 윽박질러대는 설움, 5월 그때 너는 어디 있었지…… 벌써
20년이 훨씬 넘은 그때를 잊지 못하는 설움"의 구절은 시인이 겪고 있는
설움의 영역에 많은 이들이 포함되어 있다는 것을 일러준다. 그의 설움은
내면의 불안에서 비롯된 것이라기보다는 외부의 충격에서 비롯된 것이
다. 또한 그것은 이 시대를 사는 이들이 지속적으로 겪는 물리적 시간과
내면의 시간이 보여주는 간극에서라기보다는 한번 일어난 특별한 사건에
의해 비롯된 것이다. 이와 같은 차이는 설움을 바라보는 시각, 그리고 자
아의 모습 등 여러 방면에서 지금까지 살펴본 시들과 다르다. 설움은 "언
제나 이놈은 물가에 내놓은 어린애처럼 불안하다"에서 확인할 수 있듯이
자신의 감정 밖에 있는 대상으로 있다. 불안의 원인 또한 자아 밖에 있으

며 그 모습이 뚜렷이 제시되어 있다. 파편화된 시간이라고 하기에는 그의 기억은 뚜렷하며, 설움의 양상을 지목하는 자아 역시 굳건하다.

그러나 한편으로 그의 불안 역시 이 시대의 다른 시인의 시와 비슷하다. 솟구쳐오르는 압도적인 기억이 있다는 점에서 그러하다. 그가 설움을 지켜보는 대상으로 설정한 까닭은, 이제 거리를 가질 정도로 안정된 상태가 되었기 때문이라기보다는 아직도 자아를 위협할 정도로 그 힘이 세서 이런 방법으로라도 진정시켜보려고 했기 때문이라고 봐야 할 것이다. 불안은 아직 힘이 세다. 그의 시에서 보이는 자아의 굳건함은 그와 같이 힘이 센 불안의 기억에 맞서려는 시인의 안간힘이다.

최근의 시에서 불안의 형상을 확인해보았다고 해서 그것이 최근에 일어난 일이라고 말하기는 어렵다. 이상이나 윤동주 이외에도 일찍이 한국 근대시의 맨 앞에 놓인 김소월의 「산유화」 중 한 구절 "저만치"에서도 자아의 불안은 그 기미를 보였다. 균열이 난 자아는 일찍이 우리 시에 도착해 있었다. 불안을 가중시킨 것은 이 시대의 시간이 지닌 속성이다. 우리는 만인에게 공평하고 정돈된 것처럼 보이는 시간을 배경으로 산다. 문학이 보존하는 개인의 시간은 순서와 방향이 없는 것으로 절대적·물리적 시간에 저항한다. 개인에게는 처음과 끝을 지닌 시간이 있는 것도 사실이지만 이내 솟구쳤다 사라지는 시간이 있는 것도 사실이다. 무사태평해 보이는 세상이지만 그 안에 부서지고 흩어지는 자아가 있다는 것을 시는 불안을 드러내며 보여주고 있다.

오늘의 시에는 이러한 불안의 모습이 조금 더 선명하다. 생성의 기쁨을 보여주는 정현종의 시와 소멸의 허허로움을 보여주는 최승자의 시가 양극단에 있다. 그 사이에 다양한 시들이 놓여 있다. 기억의 기원을 향해 나아가는 최정례의 시에, 자아의 균열을 세밀하게 포착하는 신해욱의 시에, 낭만적 정서로 불안을 탈피해보고자 하는 이제니의 시에, 집단의 기억에서 비롯한 불안과 거리를 두는 이은봉의 시에, 불안을 떨쳐보고자 하는 시인의 노력이 담겨 있다. 이들의 시는 오늘날 불안의 스펙트럼이다. 하지만 이들의 시마저 불안한 것은 아니다. 오늘의 모습과 오늘을 살고 있는 우리 내면의 모습이 여기에서 정직하게 드러나기 때문이다.

—『시와사상』 2011년 여름호, 『시와시』 2011년 여름호

'우리'의 분화

◆

2000년대 시의 '우리' 모습

1

'나'와 '너'가 접촉하며 생겨난 '우리'는 뜨겁다. 이들은 사랑이라는 이름 아래 '나는 너다'라는 기적의 순간을 체험하는데, 그 순간이 짧은 까닭은 '너'가 이내 '그'로 바뀌기 때문이다. '나'와 '너'와 '그'가 접촉하며 생겨난 '우리' 역시 뜨겁다. 이들은 더 나은 미래라는 이름 아래 뭉치고, 서로의 위치가 바뀔 수 있다는 사실을 인정하며 공동체를 형성한다. 그 시간이 오래가지 않는 경우는 '나'의 독단이나 '그것'의 출현이 삼각형의 균형을 무너뜨릴 때이다. 시에서 '우리'의 모습은 대개 '나'를 중심으로 연출된다. 좋은 시는 '나'와 '너'가 합일하는 순간이나 '나'와 '너/그'가 서로 조명하며 생기는 미지의 영역이나 '그것'이 출현했을 때의 위력 중 적어도 하나를 그대로 보여준다. 그러나 평범한 시는 '나'가 '그'를 '너'로, '그것'을 '그'로 착각하거나, '너'와 '그'의 자리까지 빼앗은 모습을 보여준다. 평범함은 대개 시에서 전대의 관습으로 인식된다.

이광호(李光鎬)는 이근화(李謹華)의 시집 『우리들의 진화』(문학과지성사

2009) 해설에서 전대의 '우리'와 2000년대의 '우리'를 나누고 그 특성을 다소 길게 설명했다: "(이근화 시의) 그 조용한 전위성은 '우리의 감정'에 대해 적극적이고 투명하게 발언함으로써 오히려 그 집단적 주체화의 무게를 비워버리는 익명적 차원을 획득한다. '우리의 서정성'은 '우리'라는 호명의 반복과 무한 증식을 통해 오히려 '타자'와의 차이를 무화시킨다. 그곳에서 일어나는 것은 '우리의 서정성'의 내파이다. '우리'와 '감정'이라는 집단적 동일성과 낭만적 진정성의 권위는 비인칭의 공간 속으로 가볍게 흩어진다. 거기서 '우리의 감정'은 아주 이상한 방식의 '진화'를 경험한다. 그 진화는 생물학적 의미의 진화가 아니라, 역(逆)진화와 퇴화를 포함하는 진화, 감정의 주체화를 무너뜨리는 '시적인 것' 자체의 이행이다. 이 진화는 이근화의 진화가 아니라, 2000년대 한국시가 이루어낸 또 한번의 경쾌하고 불길한 도약이다."[1]

'집단적 동일성'과 '낭만적 진정성'의 권위는 사적 전개 과정에서 나타난 시의 특성 중 대표적인 것 두가지로 인식되고 있다. 이는 다시 '집단적 주체화'와 '감정의 주체화'로 요약할 수 있는데, '나'의 독단과 '나'의 착각이 접합하며 이루어낸 결과 또한 이와 같다. 2000년대에 새로운 목소리를 낸 시인들은 거의 이 특성을 벗어난다. "아주 이상한 방식의 진화"가 이근화의 시에서만 이루어진 것은 아니라는 뜻이다. 이 이상한 방식이 수행되기 위해서는 흐트러뜨릴 뚜렷한 '우리'가 필요하다. 그것은 '나'와 '너/그'가 희미해지는 방식으로, '우리'가 놓인 세계 또한 모호해지는 방식으로, 지금까지 구분할 필요가 없었던 화자와 '나'나 청자와 '너' 사이를 갈라놓는 방식으로, 또는 '나'와 '너'와 '그'의 위치가 뒤바뀌는 방식으로 분화한다. 2000년대 시의 '우리'는 대개 이와 같은 방식 중 적어도 하나

---

1 이광호 「진화하는 우리들의, 명랑하고 모호한 감정들」, 『우리들의 진화』 해설, 문학과지성사 2009, 134~35면.

를 택하며 이상한 모습을 보인다.

2

　2000년대 중반 시단에는 낯선 일인칭이 출현하였다. 모든 세계를 빨아들이는 일인칭의 모습에 익숙했는데, 일인칭의 힘을 누그러뜨리거나 아니면 바깥세계에 뿌려놓는 시들이 나타난 것이다. 기존의 일인칭은 세계로 뻗어나가 연대를 돈독히 한 반면, 새로운 일인칭은 자기를 지우거나 바깥으로 투사되어 세계의 모습과 질감을 변화시켰다. 앞의 활약 무대가 오버그라운드였다면, 뒤의 활약 무대는 독립리그였다. 앞의 일인칭은 시의 역사를 튼튼히 한 반면, 뒤의 일인칭은 그 주위에 파편이 되어 배치되었다.
　시가 일인칭의 장르라서 그렇겠지만 다채로운 모습을 띠었기 때문에 ‘나’는 더욱 주목받았다. 그사이 ‘우리’ 역시 다른 모습으로 나타나기 시작했다. 뜨거운 두 사람의 사랑이나 지금보다 좋은 공동체의 전망을 상징하지 않는 ‘우리’가 출현하기 시작한 것이다. 그것들은 대개 일인칭의 힘이 빠지면서 동시에 힘이 빠지거나, 일인칭이 삼인칭으로 바뀔 수 있음을 보여주는 방식으로 열기를 식혔다. 이 새로운 ‘우리’가 등장한 시는 여러 시 분석에 그 글의 의도와는 별도로 끼어들었다. 그렇게 ‘우리’는 지금 이 세계에 잠입했다.

　배를 쥐고 구역질을 하는 사람들 때문에 골목이 마구 꿈틀거렸어요. 멀리 있는 강이나 바다를 생각해봤지만 가루비누, 참 아득하게 내렸죠. 우리가 순수에 대해 생각해야 했을까요? 우리는 도무지 웃을 수가 없었어요.

가루비누, 7일을 내릴 듯이 퍼붓고 군인들이 마침내 물청소를 시작했
어요. 사람들은 얌전했지요. 그런데 더러운 강아지들이 사라지고 우리
가 이윽고 발가벗은 기분이 들면, 거지와 집에서 아침저녁으로 세수하
는 사람들을 구별할 수 없으면,

그때는 실종된 사람들도 보일까요? 우린 점점 유리처럼 투명해졌어요.
— 김행숙 「대청소의 날들」(『사춘기』, 문학과지성사 2003) 부분

하늘에서 가루비누가 내리고 '우리'는 그 모습을 보고 있다. 김행숙(金
杏淑)은 첫 시집 『사춘기』에서 '나'의 느낌에 집중했다. 기억을 의심하고
느낌을 신뢰하는 동안 '나'는 모호하고 불길해졌다. 그러다 가끔 '우리'가
등장하기도 했다. 「대청소의 날들」에서 '우리'는 누구일까. 이 이상한 세
계의 풍경 속에 있는 '우리'의 모습은 대청소 후에 밝혀질 것 같다. 묵은
먼지를 씻어내면 세계의 본모습이 선명히 드러나기 때문이다. 사람들은
이를 "순수"하다고 여기고 그때가 되면 밖에서 떠도는 거지와 집에서 "세
수하는 사람들"을 구별할 수 없으리라 생각한다. 조물주가 "7일" 동안 창
조한 세계의 최초 모습이 마치 그럴 것이다. 하지만 그런 일은 일어나지
않았다. '우리'의 실체가 드러나기는 했는데, 그 모습이 선명해지기는커
녕 "유리처럼 투명해졌"기 때문이다. 순수의 개념에 대한 불신은 청소를
하는 이들이 군인이라는 점에서도 환기된다. 실체가 투명해지는 곳에서
'우리'의 정체는 불문에 부쳐진다.
  '우리'에 대한 물음은 두번째 시집 『이별의 능력』(문학과지성사 2007)에
적극적으로 제기된다. 그 모습은 「대청소의 날들」의 연장선상에서 파악
할 수 있는데, 「대청소의 날들」에서 '우리'는 투명해졌으나 이제부터는
희미해지고 모호해진다는 차이가 있기는 하다. 하지만 이 두 '우리'는 모

두 처음에는 뚜렷했으나 나중에 희미해지고 있다. 이 '우리'의 변화는 자신의 기억을 의심하는 과정에서 모호해지는 '나'의 모습과 포개진다. 「다정함의 세계」에서는 작은 목소리가 줄어들며 "우리는 함께 희미해진다". 「한 사람 3」에서는 투명테이프처럼 이름을 "붙였다, 뗐다" 하다가 "우리들은 사랑스럽고 드디어 모호해진다". 「닭고기 파티」에서는 "우리는 스며드는 습기처럼. 바다를 건너온 바람처럼. 조금 따뜻하고 조금 더러운. 우리는 음악처럼. 핑크색 봄처럼" "이상한 나라에서 이상하지 않은 나라"로 건너간다.

　　강변에 서 있었네
　　얼굴이 바뀐 사람처럼 서 있었네
　　우리는 점점 모르는 사람이 되고

　　친절해지네
　　손님처럼
　　여행자처럼
　　강변에 서 있었네
　　강물이 흐르고
　　피부가 약간 얼얼했을 뿐
　　숫자로 헤아려지지 않는 표정들이 부드럽게 찢어지고 빠르게 흩어질 때마다
　　모르는 얼굴들이 태어났네
　　물결처럼, 아는 이름을 부를 수 없네
　　피부가 펄럭거리고

　　빗방울을 삼키는 얼굴들

강변에 서 있었네

아무도 같은 얼굴로 오래 서 있지 않네

―「모르는 사람」 전문

‘우리’는 “모르는 사람”이 되어간다. 존재 자체가 모호해지는 앞의 ‘우리’와 견주어 차이가 있어 보이지만, 이름을 붙였다 뗐다 하며 모호해졌다고 하는 「한 사람 3」을 떠올리면 이 둘은 비슷한 성격을 지녔다고 할 수 있다. 둘 다 이름과 실체를 구별하고 있다는 점에서 그러한데, 여기에서 ‘우리’는 ‘너’와 ‘나’를 가두는 것으로 상정되어 있다. ‘우리’였던 서로가 모르는 사람이 되어버리자 상대에게 친절해진다. ‘우리’라는 명칭으로 얼마나 많은 불친절한 일들이 자행되고 있는가. 서로의 이름을 부를 수 없게 되자 매 순간 “모르는 얼굴”이 태어난다. ‘이름’이라는 명칭으로 얼마나 많은 실체들이 왜곡되고 있는가. 하지만 모르는 사람이 되는 것이 마냥 좋은 것은 아닌 것 같다. “아무도 같은 얼굴로 오래 서 있지 않네”라는 말은 무심하게 내뱉어졌지만, 또한 그것이 느낌에 대한 김행숙의 신뢰를 떠올려주지만, 그 신뢰가 기억이 확립하는 정체성 대신에 오는 것이라면 안타까워하지 않기는 힘들다. 그는 이름이 사라진 순간을 “피부가 펄럭거리고”라고 묘사했다.

기존의 기억은 의심을 받고 새로운 느낌은 신뢰를 받는다. 정체성은 모호해지고 익명성은 두드러진다. 하지만 김행숙은 이 기억과 정체성을 부정하지 않는다. 이는 처음에는 뚜렷했으나 점차 희미해지고 모호해지는 ‘우리’의 모습에서도 확인할 수 있다. 또한 ‘우리’는 그의 시에서 늘 구체성을 띠고 있다. 그것은 ‘우리’를 구성하는 한 축에 늘 화자와 포개지는 ‘나’를 염두에 두고 있기 때문이다. ‘나’는 ‘우리’에서 소외되지 않으며, 또한 화자를 환기하는 곳에 있다. 무엇보다 비록 가루비누가 내리거나 이름을 붙였다 뗐다 하는 ‘이상한 세계’이기는 하지만 그 세계의 모습은 명확하며, 그 안에 '우리'가 놓여 있다. 김행숙의 시에서 '우리'의 실체는 모호해질지라도 그 좌표는 뚜렷하다.

이장욱(李章旭)이 '우리'를 자주 사용한 것은 두번째 시집 『정오의 희망곡』(문학과지성사 2006)부터이다. 그의 '우리'는 애초에 모습이 희미하고 모호하다. '우리'뿐만 아니라 '너'와 '나'의 기억이 없는 것으로 제시되었기 때문이다. 과거의 기억이 없는 곳엔 미래의 전망도 없다. 미래는 엉뚱하게도 연금을 부어야만 생기는 것이 되었다("우리는 엉뚱하게/年金을 부었다/갑자기 미래가 시작되었다", 「엉뚱해」). 현재를 부유하는 '우리'는 같은 세계를 공유하지도 않는다. 그곳은 소실점이 사라지고 원근법도 착종된 모습으로 드러난다. 단일한 일인칭의 힘이 사라지면서 나타난 결과이다. '우리'의 한 부분인 '나'가 화자를 환기하면서도 의미상 대격에 놓여 있기 때문이기도 하다. 보통 '나'는 시에서 구문상뿐만 아니라 의미상 주격에 있기 마련인데 이장욱의 시에서 그것은 대격으로 밀려나곤 한다. 이와 같은 엇갈림 때문에 간혹 '우리'는 '요괴'로 보이기도 한다("우리는 결국 요괴들처럼 눈뜰 것이네", 「오늘도 밤」).

나는 코끼리의 귀가 되어 펄럭거리고
너는 개의 코가 되어 먼 곳을 향하고
우리는 공기 중을 부드럽게 이동하였다.

活命水를 마시고 있는 약국 안의 사내와 함께
머리를 말리고 있는 여자의 거울 속에서
우리는 우리의 배경이 되어
무한히 지나갔다.

오늘 아침의 세계는 역사와 무관하고

어젯밤의 세계는 다만 어젯밤의 세계,
우리는 어지럽고 아름다웠다.
먼지처럼
음악처럼

—「먼지처럼」부분

'너'와 '나'는 배경이 되고, 약국 안의 사내나 머리 말리는 여자는 '우리'를 배경으로 도드라져 있다. "역사와 무관"하게 된 '너'와 '나'는 뿌리를 잃고 헤매 다니고 사내와 여자는 활명수를 마시거나 머리를 말리는 것으로 뚜렷해져 있다. 의미상 '우리'는 대격이 되고 '그'는 주격이 되는 이 상황에서 구문은 의미상 대격에 있는 '나'가 이끈다. 그렇다고 해서 '우리'가 익명의 세계에, '그'가 기명의 세계에 빠져드는 것은 아니다. '그'는 클로즈업을 받는 위치에 있을 뿐, 화자의 위치에는 '나'가 있다. 즉, '그'는 의미상 대격에 머물면서 구문상 주격에 있는 반면, '우리'는 의미상 대격에 있으면서 구문상 주격에 위치한다. 온전한 주체의 자리는 비어 있다. 모두가 혼란한 상황이며 '우리'와 '그'의 관계는 끊어져 있다. 우리는 "먼지처럼/음악처럼" 떠돌고 있다. '나'와 '너'의 자리 역시 비어 있어서 누구든지 올 수 있다. 이 세계에서 떠돌고 있다는 느낌을 기억하는 사람일 경우에 그렇다.

서로 다른 사랑을 하고
서로 다른 가을을 보내고
서로 다른 아프리카를 생각했다
우리는 여러 세계에서

드디어 외로운 노후를 맞고

드디어 이유 없이 가난해지고
드디어 사소한 운명을 수긍했다

(…)

우리는 마침내 서로 다른 영혼이 되어
서로 다른 계절에 돌아왔다
무엇이든 생각하지 않으면 물이 돼버려
그는 零下의 자세로 정지하고
그녀는 간절히 기도를 시작하고
당신은 그저 뒤를 돌아보겠지만

성탄절에는 뜨거운 여름이 끝날 거야
우리는 여러 세계에서 모여들어
여전히 사랑을 했다
외롭고 달콤하고 또 긴 사랑을

—「우리는 여러 세계에서」 부분

　"외롭고 달콤하고 또 긴 사랑"을 사랑이라 부를 수 있을까. 적어도 '우리'를 조성한 '나'와 '너'의 사랑은 아닌 것 같다. 그들은 "서로 다른 사랑"을 하고 지금 '우리'로 뭉쳐 있다. 그들은 여러 세계를 떠돌다 각자 "사소한 운명을 수긍했다". 「먼지처럼」에서도 그랬지만 여기에서도 '우리'의 기억은 삭제되어 있다. 과거가 없는 그들에게 미래는 "사소한 운명을 수긍"하는 것으로 겨우 밝혀진다. 함께 꿈꿀 미래가 없으므로 그들이 공유하는 이 세계 또한 없는 것이다. 이 세계는 "서로 다른 계절에 돌아왔다"고 할 정도로 어긋나 있다. 단일한 시점이 낳는 소실점과 원근법이 그의 시에서는 무시되고 그 결과 '우리'는 떠돌게 된다. 그는 일인칭의 단일한 시선을 뒤집어 이 세계를 재편한다. 거기에서 그는 이렇게 묻기도 한다. "우리들은 자란다./(…)/누군가 이해할 수 없는 外國人처럼 묻지.//지금, 당신들은, 어디에, 있습니까?"(「식물성」) 이장욱의 시적 매력은 물론, 세계를 뒤집었기 때문이 아니라 세계를 뒤집은 데에서 발산한다. 자신의 미래가 "외롭고 달콤하고 또 긴 사랑"에 닿을 것을 알면서도, "零下의 자세로 정지하"는 자세를 취하거나 "간절히 기도를 시작하"는 것과 같은 부분에서.

'우리'의 힘이 빠지는 과정은 소실점과 원근법을 상실한 '나'의 권위 상실 과정을 거의 그대로 따른다. 그러나 '우리'와 '나'는 다르기 때문에 이 과정에서도 '우리'는 자신만의 흔적을 남겨놓는다. '우리'는 비록 뒤집혀 있더라도 '세계'라는 말을 시에 드러낸다. 가령 「먼지처럼」에서는 비록 "역사와 무관"하기는 하지만 "오늘 아침의 세계"와 "어젯밤의 세계"로 제시되어 있고, 「우리는 여러 세계에서」에서는 제목에서 그대로 노출되어 있다. '우리'는 이 안에서 이상한 연대를 형성한다. 이는 "우리"가 등장하는 그의 시에서 비록 "운명을 수긍"하는 의미와 맥락을 같이하지만 "바그다드의 폐허"(「여름의 인상에 대한 겨울의 메모」)나 "부르주아에 대한 고전적인 적의"(「근하신년―코끼리군의 엽서」)나 "강북경찰서"(「칼」) 등의 공동 세계를 환기하는 시어가 등장하는 것과 무관하지 않다.

3

진은영(陳恩英)의 『우리는 매일매일』(문학과지성사 2008)과 이근화의 『우리들의 진화』에 이르러 '이상한 우리'는 시집 제목에 등재되기 시작하였다. 이근화의 '우리'는 누구든지 그 자리에 들어갈 수 있다는 점에서 이장욱의 '우리'와 비슷하지만 확고한 이 세계에 자리 잡고 있다는 점에서 갈라진다. 또한 이 점 때문에 이근화의 '우리'는 김행숙의 '우리'와도 갈라진다. 이근화의 '우리'는 확고한 이 세계를 배경으로 있지만, 김행숙의 '우리'는 이상한 세계를 배경으로 있다.

우리는 이 세계가 좋아서
골목에 서서 비를 맞는다
젖을 줄 알면서
옷을 다 챙겨 입고

지상으로 떨어지면서 잃어버렸던
비의 기억을 되돌려주기 위해
흠뻑 젖을 때까지
흰 장르가 될 때까지
비의 감정을 배운다

단지 이 세계가 좋아서
비의 기억으로 골목이 넘치고
비의 나쁜 기억으로
발이 퉁퉁 붇는다

외투를 입고 구두끈을 고쳐 맨다
우리는 우리가 좋을 세계에서
흠뻑 젖을 수 있는 것이
다행이라고 생각하면서
골목에 서서 비의 냄새를 훔친다
　　　　　　　—이근화「소울 메이트」(『우리들의 진화』, 이하 같은 책) 전문

「소울 메이트」에서 이근화의 '우리'는 시인을 환기하는 '나'와 이 세계에 놓여 있는 익명의 '너' 사이에 있다. '우리'가 끌어들이는 '나'는 분명하지만 '너'는 불분명하다. 시인은 '우리'를 매개로 '너'를 호명하지만 그 호명의 어조는 선동이 아니라 단정에 가깝다. 시인은 텅 빈 '우리'의 행동뿐만 아니라 그 마음까지도 헤아린다. 맞은편 '너'의 자리에 있는 누군가는 구두끈을 고쳐 매고 "우리가 좋을 세계에서/흠뻑 젖을 수 있는 것이/다행이라고 생각하"는 것이다. 확실한 그의 행동과 마음이 확실하지 않은 '너'의 자리와 만나 일으키는 긴장이 시를 이끌고 있다. 또한 이 비어 있는 '너'의 자리에 주체의 행동과 마음을 넣음으로써 오히려 그 빈자리가 강하게 노출되기도 한다.

왜 이렇게 되었을까. 어떻게 빈자리를 환기하면서 동시에 '너'의 마음과 행동을 단정할 수 있게 되었나. '너'가 누구이든지 '우리'는 공동 운명에 처해 있다. 지금 이 세계에는 비가 내리고 있다. 그 비는 '나'와 '너'를 가리지 않고 내린다. '나'와 '너'를 구별하는 것 중 하나인 "기억"과 "감정" 또한 비의 것이다. "우리"는 "비의 감정을 배"우고, "비의 나쁜 기억으로/발이 퉁퉁" 불으며 그것의 잃어버린 기억 속으로 편입된다. "구두끈을 고쳐 맨다"와 같은 주체의 결단을 환기하는 말이 등장하지만, 그 결과는 비에 "흠뻑 젖을 수 있는 것이/다행이라고 생각하"게 되는 수동적 인식으로 수렴된다. 즉, 그의 단정은 자발적인 것이 아니라 떠밀린 것이다.

이 세계는 '우리가 좋아하는/좋아할 수 있는' 것이 아니라 "우리가 좋을" 것으로 제시되어 있다. 이 '우리'는 구문상 주격이지만, 의미상 거의 대격에 가깝다(대격의 위치에 있는 시도 있다. "우리를 만들어보자", 「그림자」). 이광호는 이 시를 해설하면서 '비가 온다'는 말의 주어는 부정의 대명사를 주체로 하기 때문에 비인칭의 영역에 속하며, 또한 그 때문에 '우리'라는 "취향과 감정의 공동체는 아주 불안한 지위를 가질 수밖에 없다"고 하였다.[2] 영어와 같은 외국어에서 이 문장의 주어는 비인칭(It)이지만, 한국어에서는 '비가'이다. 한국어에서 '비'를 비인칭으로 보는 것도 어렵지만, 그렇다고 하더라도 '비'가 부정의 대명사는 아니기 때문에 곧바로 'It'의 세계로 환원되지 않는다. 더구나 '비가 온다'라는 구문은 시에 없다. 시 구문의 주어는 대개 '우리'이다. 구문상 주격이면서 의미상 대격인 '우리'와 구문상 대격이면서 동시에 의미상 주격인 '비'가 엇갈리면서 우리의 운명을 환기하는 것이 이근화의 '우리'이다. '우리'는 비인칭의 세계에 있기 때문에 모호한 것이 아니라 운명을 적시는 비의 세계에 있기 때문에 힘이 빠져 있다. '너'는 비어 있는 자리이지만 '비'에 의해 '우리'로 결속된다. 시의 제목인 '소울 메이트'는 그래서 영혼을 나눌 만큼 친한 친구가 아니라 영혼을 나눌 수밖에 없는 친구를 뜻한다.

이근화는 '이 세계'를 거의 매번 '우리' 옆에 둔다. 인용시뿐 아니라 "우리는 한몸이 아니지"라고 강변하는 「괴물들」에도 "이 세계는 똑같이 푸르게 보일까"라고 하며 '세계'가 등장하고, "사람들의 팔과 다리를 잡아먹는/프레스기(機)의 진화에 대해 생각"하는 「우리들의 진화」에도 "우리는 세상에서 가장 단단한 동그라미가 되어간다"라고 하며 그것은 '세상'으로 변주되어 나타난다. '세계' '세상'은 개별성을 무화시키는 운명의 완강함을 환기한다. 이장욱의 '우리'는 세계의 소실점을 지워 재편된 세계의 결과로 나타나지만, 이근화의 '우리'는 세계를 뚜렷하게 인식한 뒤 그 세계의 위력에 압도당한다.

당신에게 조금 더 많은 말을 하고
가끔은 어깨나 팔꿈치를 툭툭 쳐보기로 할까
말을 하면서 마음을 만들고

그렇게 만들어진 마음을
선물처럼 줄 수 있다면 좋겠지
더 자주 더 열심히 생각한다는 것이
당신에게 위로가 될까
위로의 끝에 새로운 이름이 고개를 들까

우리는 서로 다른 속도로 취하고
가로등이 두 개로 세 개로 무너지고
모서리가 둥글어지고
신발이 숨을 쉰다
우리는 같은 이름으로 자전거를 타자
바퀴를 굴리면 쏟아지는 달콤한 풍경들이
우리를 지울 때까지
우리의 이름이 될 때까지

―「우리는 같은 이름으로」 부분

　"우리는 서로 다른 속도로 취하고" 있지만 "같은 이름으로 자전거를 타자"고 그는 청한다. 서로 사랑하기 때문에 각자의 개별성을 지우자고 하지는 않았을 것이다. 시에서는 그 결과가 "바퀴를 굴리면 쏟아지는 달콤한 풍경들이／우리를 지울 때까지／우리의 이름이 될 때까지"로 제시되어 있다. 풍경이 '우리'의 이름이 된다고 했지만 실제로는 '우리'의 이름이 풍경으로 용해되는 것 같다. 같은 마음을 확인하는 것은 기쁜 일이지만, 같은 이름을 확인하는 것은 기분 나쁜 일이다. 처음의 권유는 그래서 반어로 읽을 수밖에 없다. 결국 같은 이름이 되겠지만, 그때까지 그래도 그 상황 안에서 같은 마음이라도 나누자는 뜻으로.
　"풍경"은 '이 세계'와 뜻을 같이한다. '모든 것이 제자리로 돌아가는'

바로 그 풍경이다. 인용 부분을 이끄는 생략한 말은 "나는 하나의 이름을 가지고 있는데/당신도 그렇지 않은가"란 질문이다. '나'가 있고 '나의 이름'이 있으니 '당신'도 '당신의 이름'이 있지 않겠는가. 이 비어 있는 이름의 자리를 채우기 위해 그는 노력하는데, 그 결과 "새로운 이름"이라는 말로 노력이 보상될 것도 같은데, 그것마저도 풍경에 용해될 것이라고 예감한다. 풍경은 그래서 여기에서도 완강한 뜻을 가진다.

이근화 시의 매력 역시 세계에 대한 부정적 인식과 시의 구도를 파악하는 데에서 직접 오는 것이 아니라 오히려 이를 토대로 발산된다. 실체가 있고 관계가 생기면서 공동체는 형성된다. '나'와 '너'가 있고 '나'와 '너'의 이름이 뒤에 붙으며, 그 이름을 대신한 인칭이 위치에 따라 교환될 가능성을 수긍하면서 공동체가 생긴다. 그 공동체는 개별성을 누락시키고 또다른 개별성을 포섭하면서 유지된다. 이근화는 이를 운명으로 받아들이며 수긍한다. 하지만 그는 형성 단계를 뒤집어 인칭과 이름을 토대로 개별성을 확인하기도 한다. 풍경이 '우리'를 지우고 같은 이름만 남길지라도, '우리'는 그 이름을 토대로 마음을 만든다. 또한 "그렇게 만들어진 마음을/선물처럼 줄 수 있다"고 하면서, 그는 "새로운 이름"을 예상한다. 이근화는 한계 상황 속에서 생성된 개별성이 공유되기를 바란다. 이 상상의 구체성, 서로의 이름을 확인하는 것이 아니라 서로에게 마음을 선물하는 것, 서로를 쳐다보는 것이 아니라 서로의 냄새를 맡는 것에 이근화 시의 미덕이 있다. "거울 속의 나는 항상 모자라거나 넘친다/부끄럽거나 아름답거나/나는 좀더 친해지기로 마음먹는다/우리는 서로의 냄새를 오래 맡을 수 있으니까"(「우리의 우정은 언제부터 시작되었는가」). 이를 '우리들의 진화'라고 할 수 있지 않을까.

4

제목에 등재되어 있다고 하더라도 진은영의 '우리'는 이근화와 견주어 덜 눈에 띈다. 이근화가 '우리'를 의미상 대격으로 옮겨 궁금하게 하는 반면, 진은영은 그것을 온전히 주격으로 둔다. '우리들의 진화'는 그 말과 뜻을 헤아리게 유도하지만, '우리는 매일매일'은 그 '우리'의 행동과 느낌을 채우도록 유도한다. 진은영의 '우리'는 기억과 역사를 가지고 있어서 뚜렷하다. 이장욱과 이근화는 '우리'의 과거를 지우며 느낌을 풀어놓는 한편, 진은영은 '우리'에 기억과 역사를 기입한다. 그래서인지 진은영의 '우리'는 연애를 말하는 시와 이 세계에 대해 말하는 시로 나뉜다. 이는 진은영의 시가 일인칭의 힘을 드러내는 시 장르의 전대의 특성과 포개진다는 뜻으로 읽힐 수 있다. '우리'의 한 측인 '너'의 자리가 뚜렷하고, 무엇보다도 '나'가 뚜렷하기 때문이다. 그리고 무엇보다 한국시가 조성한 '낭만적 진정성'과 '집단적 동일성'의 영역과 그의 시적 특성이 포개지는 것으로 읽힐 수 있다. 연애에 관한 시를 앞의 것과, 이 세계에 대한 시를 뒤의 것과 연결시켰을 때 그렇다.

너는 나의 목덜미를 어루만졌다
어제 백리향의 작은 잎들을 문지르던 손가락으로.
나는 너의 잠을 지킨다
부드러운 모래로 갓 지어진 우리의 무덤을
낯선 동물이 파헤치지 못하도록.
해변의 따스한 자갈, 해초들
입 벌린 조가비의 분홍빛 혀 속에 깊숙이 집어넣었던
하얀 발가락으로

우리는 세계의 배꼽 위를 걷는다

그리고 우리는 서로의 존재를 포옹한다
수요일의 텅 빈 체육관, 홀로, 되돌아오는 샌드백을 껴안고
노오란 땀을 흘리며 주저앉는 권투선수처럼
　　　　　　—진은영「연애의 법칙」(『우리는 매일매일』, 이하 같은 책) 전문

‘우리’가 걷는 “세계의 배꼽”은 이근화가 말한 그 ‘세계’와 성격이 다르다. 이근화의 ‘우리’에 모든 이가 들어설 수 있는 것은 ‘세계의 운명’을 공유하기 때문이다. 진은영의 ‘세계’에는 ‘너’와 ‘나’ 단둘만이 있다. 사랑하는 모든 사람에게 세계의 중심은 바로 그들이다. 이근화의 ‘세계’는 ‘우리’를 두르고 있으나, 이 시의 ‘우리’는 ‘세계’와 같은 뜻이다. 사랑하는 사람에게 ‘너’와 ‘나’가 따로 있을 수 없기 때문에 이 둘의 위치와 특성은 뚜렷하다. 마주보고 있는 이 둘은 서로를 애무한다. ‘너’는 ‘나’의 목덜미를 어루만졌고 ‘나’는 손가락으로 ‘너’의 잠을 지키며 ‘우리’는 발가락으로 ‘세계’의 배꼽 위를 걷는다. 이들은 어루만지고 문지르고 비록 조가비 속이지만 “깊숙이 집어넣었던” 것으로 무시간의 영역에 들어서는 것 같다. 이와 같은 시간은 시적 순간과 같아서 흐르지 않는다.
　무시간의 영역에 진입한 둘의 사랑에 균열의 흔적이 보이기 시작한다. 홀로 샌드백을 껴안고 주저앉은 권투선수에게서 사랑하는 모습을 그리기는 어렵다. ‘우리’가 포옹하는 것이 실체인 ‘서로’가 아니라 실체에서 빠져나온 “서로의 존재”였을 때부터 균열은 시작된다. 아니, 신형철(申亨澈)의 말에 따르면 그 앞인 “그리고”부터이다. 신형철은 ‘그러나 우리는’이 아니라 “그리고 우리는”으로 시작하는 것에 주목하여 2연이 1연의 흐름을 전복하는 것이 아니라 완성하고 있으며, 그렇기 때문에 저 권투선수의 모습에서 쓸쓸한 고독만이 아니라 ‘충만’과 ‘허망’이 ‘병발’한다고 읽었

다.[3] 그러고 보니 진은영은 '사랑의 순간'이 아니라 '연애의 법칙'을 말하고 있다. 연애를 개괄하는 그의 시는 사랑의 순간에 이별의 기미를 포착한다. 1연의 저 에로틱한 장면 속에도 균열이 나 있는 것 같다. 낯선 동물을 경계하면서 '나'가 지키는 것은 "부드러운 모래로 갓 지어진 우리의 무덤"이다. 죽고 난 뒤에도 사랑하겠다는 뜻일까, 아니면 연애를 완성하는 이별을 상징하는 것일까. 어느 것이라도 상관없다. 뒤의 경우는 물론이고 앞의 경우도 그 다짐은 무시간의 영역에서 빠져나온 것이다. 그는 사랑의 당사자가 아니라 연애의 개괄자였다. '우리'의 '나'는 이와 같은 과정을 거치며 화자와 갈라진다. 전통적인 동일성의 시의 영역에서 빠져나오는 까닭 역시 이 때문이다.

'너'와 '나'의 인력으로 조성된 '우리' 이외에도 진은영의 시에는 '집단적 동일성'을 환기하는 '우리'가 있다. 그 안에는 역사라고 할 만한 공동의 기억과 미래에 대한 전망이 있다. 이 '우리'는 앞의 '우리'보다 영역이 넓고 뚜렷하다. 이 '우리'에는 '너'를 포함하여 '그'도 있고, 말하는 이도 '나'와 동일시된다. "우리는 목숨을 걸고 쓴다지만/우리에게/아무도 총을 겨누지 않는다/그것이 비극이다"라고 한 「70년대産」에서 '우리'는 '70년대産'이라는 공통 역사를 가지고 있는 이들이다. 시인도 여기에 포함되어 있다. 더욱이 '우리'는 총을 겨눌 상대까지 감지하고 있다. 명확하게 누구인지 몰라 "결국/서로 쏘았다"고 하지만, 다른 시에서 그것은 '이 세계'를 참상으로 물들이는 이들로 제시된다.

가령 「문학적인 삶」의 한 구절 "우리를 가르치기 위해?"의 '우리'는 "고통과 비명의 자유로운 확산과 교역"을 위해 결정을 서두르는 관료들의 반대편에 배치되며 뚜렷해진다. 「Quo Vadis?」도 마찬가지이다. 이주노동자 열명이 사망한 여수 출입국 보호소 화재사건을 굵은 글씨로 시에 삽입한

---

3 신형철 「아름답고 정치적인 은유의 코뮌」, 『문학동네』 2009년 봄호 403면.

그는 이 세계를 네로 폭정 시대와 겹쳐놓고 있다. 따라서 "어디로 갔나"(Quo Vadis?)의 주체인 "울던 아이들"과 '신'도 겹쳐진다. 아이들은 조그만 상실의 체험에도 눈물을 흘리는데, 그것은 따뜻한 동심의 세계를 완성한다. '우리'는 그 세계를 잃어버렸다. 세계의 폭압과 그에 대한 차가운 시선이 이 세계의 한 부분을 구성하며 '우리'를 결속시킨다.

그런 남자랑 사귀고 싶다.
아메리카 국경을 넘다
사막에 쓰러진 흰 셔츠 멕시코 청년
너와
결혼하고 싶다.
바그다드로 가서
푸른 장미
꽃봉오리 터지는 소리가
폭탄처럼 크게 들리는 고요한 시간에
당신과 입맞춤하고 싶다,
학살당한 손들이 치는
다정한 박수를 받으면서.

크고 투명한 물방울 속에
우리는 함께 누워
물을 것입니다
지나가는 은빛 물고기에게,
학살자의 나라에서도
시가 씌어지는 아름답고도 이상한 이유를.

—「러브 어페어」 전문

　자신의 목소리가 조금 더 좋은 세계에 대한 믿음과 연결된다는 점에서, 이 세계에 놓인 ‘우리’를 공동운명으로 묶기보다는 그 안에 폭압적 대상과 ‘우리’를 구분한다는 점에서, 진은영의 ‘우리’는 이근화의 것과 갈라진다. 진은영의 ‘우리’가 저 ‘집단적 동일성’과 구분되는 지점은 그의 시적 개성과 연관되어 있다. 진은영은 이방의 것들과 이방의 환경과 거기에 닿는 시인의 손길을 섬세하게 그려낸다. 이 점은 「연애의 법칙」 중 백리향의 감촉과 해변의 풍경을 그리는 모습에서 고스란히 나타났다. 그가 이렇게 조성한 세계는 대체로 따뜻한 느낌을 준다. 그런데 그는 현실로 불리는 ‘이 세계’와도 접속하기를 원한다. 이때의 ‘우리’가 거느린 영역은 앞의 ‘우리’와 겹치지 않는다. 그는 이 둘을 병치시킨다.

　진은영은 일인칭이 잇대는 은유의 영역에 세계의 참상을 포함시키기보다는 그 옆에 나란히 놓아 둘 사이의 긴장을 조성한다. 「Quo Vadis?」에서 그는 어린 시절의 추억과 이 시대의 참상을 구별해놓았다. 「러브 어페어」에서 그는 이 둘을 조금 더 섬세하게 구별해놓았다. 1연의 “푸른 장미/꽃봉오리 터지는 소리가/폭탄처럼 크게 들리는 고요한 시간에”와 2연 전체는 이 두 세계가 얽혀 있는 것처럼 보인다. 1연은 직접 “꽃봉오리”와 “폭탄”이 연결되어 있으며, 2연은 “은빛 물고기”에게 묻는 방식을 매개로 바닷속 풍경과 “학살자의 나라”가 연결되어 있기 때문이다. 하지만 꽃봉오리는 폭탄의 위력을 끌어들여 전쟁 같은 개화의 모습을 연출하기보다는 폭탄이 터지는 전쟁 상황에도 고요한 시간이 있음을 드러내고 있으며, 바닷속 풍경은 학살자의 나라에 감염되어 폭풍의 시간을 연출하기보다는 학살자가 침범하지 못하는 “크고 투명한 물방울 속”에 신성한 공간이 있음을 확인시켜준다. 온 세상이 살생으로 물들어도 그 세계 어딘가에 지켜야 할 소중한 시공간이 있다. 진은영의 ‘우리’는 여기에서 마땅히 보호받아야 하는 따뜻한 세계와, 차가운 세계 사이에 있다.

「러브 어페어」의 '우리'에는 따뜻한 세계를 일구는 '나'와 차가운 세계에서 버려진 멕시코 청년 '너'가 있다. '나'는 '너'와 연애하고 결혼하고 싶어한다. 하지만 그 욕망이 성취되기는 어려워 보인다. 그들의 만남이 물방울 속에서 이루어졌기 때문만은 아니다. 상반된 세계를 배경으로 있는 '나'와 '너'는 각각의 세계를 등지기 어려울 것 같다. 진은영은 "학살자의 나라에서도 / 시가 씌어지는 아름답고도 이상한 이유"를 물었다. 상호 융합이 아니라 상호 존재를 전제로 제기된 이 물음은 시인의 곤혹스러움을 그대로 드러낸다. 그리고 이 곤혹스러움이 유지되는 곳에서 진은영의 시적 개성이 형성된다. 상호 융합하는 것이 아니라 거리를 둔 채 상호 투영하는 것으로 그의 시는 '집단적 동일성'의 틀에서 벗어난다.

5

지금까지 이상한 방식으로 분화하는 2000년대 시의 일부 '우리'를 살펴보았다. 김행숙은 이상한 세계를 배경으로 기억을 의심한 채 모호해지는 '우리'의 모습을 보여주었다. 이장욱은 뒤집힌 세계를 배경으로 떠도는 텅 빈 '우리'의 모습을 연출했다. 이근화는 확고한 세계를 배경으로 공동 운명을 견디는 '우리'의 모습을 드러냈다. 진은영은 이 세계를 차가운 세계와 따뜻한 세계로 나눠 둘의 긴장 속에서 곤혹스러워하는 '우리'의 모습을 드러냈다.

분화는 계속된다. 신해욱(申海旭)은 『생물성』(문학과지성사 2009)에서 '우리'의 이물감을 가장 첨예하게, 김소연(金素延)은 『눈물이라는 뼈』(문학과지성사 2009)에서 '우리'의 연대감을 가장 은밀하게 보여주었다. 신해욱의 「스톱모션」이나 「방명록」에는 최대한 삭제된 세계를 배경으로 '나'까지 배제시킨 '우리'의 목소리가 타자의 목소리에 실려 들려온다. 김소연의

「침묵 바이러스」「그날의 일들」「만족한 얼굴로」「식탐을 기리다」 등에는 비밀을 공유하는 '우리'가 나오는데, 고양된 감정으로 누락되었으나 이 세계가 준 상처가 '우리'를 감싸거나 '우리'가 공유하는 비밀에 침투되어 있다.

다양한 '우리'를 하나의 개념으로 묶기는 어렵다. 이 '우리'는 기존의 '우리'를 제각각의 방식으로 이탈하며 생겨난다. 이들은 새로운 미학을 공유하는 곳에 수렴되지 않고, 기존의 미학을 부정하는 곳에서 발산한다. 하지만 이 '우리'가 별개의 것이라고 하더라도 '우리'의 '세계'가 별개의 것은 아니다. 시인들은 평평해 보이는 이 세계의 안쪽을 탐사한 흔적들로 자신의 '세계'를 일구었다. 지금까지 '우리'가 지닌 전대의 미학적 특성에 기대 어떤 시에는 미래 전망이 보이지 않으며, 또 어떤 시에는 이 세계에 대한 인식이 지워져 있다고 말했지만, 사실 미래를 지운 시에도 전망은 있으며, 이 세계를 지운 시에도 이 세계에 대한 의식은 있는 것이다.

―『문학동네』 2010년 가을호

비평의 회귀와 지양

◆

2000년대 시비평

1. 2000년대의 비평

문학은 그 자체에 후일담의 요소를 가지고 있음에도 불구하고 1990년 대에 당대의 문학을 '후일담문학'이라고 표 나게 내세운 데에는 그만큼 1980년대의 거대담론이 사라진 것에 대한 아쉬움이 들어 있는 것은 아닐까. 저항의 문학이기도 한 1980년대 문학의 여파는 그 이후 비평담론에도 영향을 끼쳤다. 거대담론이 남긴 공백의 지대에 비평은 먼저 후일담문학이라는 말로 이에 대응하였고, 또한 같은 크기의 담론으로 그 자리를 메우려 했다. '여성'과 '일상'과 '생태'와 '도시'는 1990년대 문학의 수식어로서 민족·민중문학을 대체하고자 제시되었던 또다른 거대담론의 키워드였다. 2000년대 문학비평의 전반적인 흐름을 규명하고자 하는 시도는 이와 같은 대체 거대담론의 성격이 사라진 데에 주목하는 것에서 비롯한다.

2000년대에 주목을 받았던 비평담론은 '문단 권력' '미래파' '문학의 종언' '디아스포라' '시와 정치' 등이다. '미래파' 논쟁을 제외하고는 당대 창작물의 성격을 규정하려는 시도가 겉으로 드러나 있지는 않다. 텍스트

를 분석하며 담론을 생성하는 것이 아니라 담론 생성의 장이 편중되어 있
는 것에 이의 제기를 하거나, 제출된 텍스트의 성격을 규정하는 것이 아
니라 앞으로 도착할 텍스트의 성격을 모색하고 있는 것처럼 보이는 것이
2000년대 비평의 특성이다. 물론 '문학의 종언'과 관련된 논의는 2000년
대 문학을 규정하는 성격이 짙다. 하지만 그것은 한국의 문학 현장이 아
니라 일본의 문학 현장을 대상으로 촉발된 논의였으며 거대담론을 이끌
었던 문학의 소명을 부정하는 성격을 띤 논의였다. 현장의 문학을 규정하
려는 시도가 드물다는 것은 곧 당대의 문학을 규정하는 거대담론의 부재
를 뜻한다. 2000년대의 비평은 그와 같은 문학의 소명에서 벗어났다고 할
수 있는 것이다. 따라서 이 자리에서 2000년대 비평의 성격을 한꺼번에 규
정하는 일은 부질없어 보인다. 그와 같은 일은 2000년대 비평 그 자체가
효용성에 의문을 제기했던 거대담론 설정 방식의 범주에 속하는 것이기
때문이다. 지난 십년이 마감된 지 얼마 지나지 않아 얼마만큼 적절한 규
정이 있을지도 의문이지만, 그와 같이 규정하는 일이 얼마나 쓸모있는지
도 의심스럽다.

거대담론이 부재한다고 해서 2000년대 문학비평이 당대의 문학 텍스트
를 외면했다는 뜻은 아니다. 현장의 비평은 현장의 목소리를 파악하는 큰
틀을 제시하지는 않았으나 그 목소리를 기반으로 해서 비평적 논의를 펼
쳤다. 거대담론을 설정하지 않은 까닭은 그와 같은 담론 설정의 효용성이
떨어졌다고 판단했기 때문이다. 2000년대 비평에는 새로운 목소리, 새로
운 주체 들의 출현에 대한 기대와 걱정이 스며들어 있다. '미래파' 논의는
말할 것도 없고, 심지어는 '문학의 종언' 논의도 그 종언을 암시하는 한국
문학이 있었기 때문에 그만큼 활발히 진행되었다고 할 수 있다.

2000년대 문학은 각 담론의 찬반양론의 논거가 되었다. 그렇다고 해서
2000년대의 비평 논의를 정리하는 이 자리에서 찬반양론의 어느 한쪽을
편드는 것은 뒤늦은 일이라 할 수 있다. 이 글은 2000년대 비평담론의 성

격을 규정하거나 그 비평 논의에서 갈라졌던 의견 중 어느 한편을 들지 않는다. 2000년대의 비평이 예견했던 미래의 모습이 어떻게 귀결되었는지, 2000년대 비평담론을 전대의 성격과 갈라놓았던 원인은 무엇인지 탐색해볼 뿐이다. 담론의 성격을 하나하나 다시 조명하기보다는 그 담론이 어떠한 토대에서 형성되었는지 그 토대의 특성을 조명하거나 그 뒷모습을 보고자 하는 것이다.

2. 외국문학 전공자의 소외와 외국이론에 대한 경도

1990년대 비평과 2000년대 비평의 차이는 비평가들의 변화에서 비롯했다. 일군의 젊은 비평가가 젊은 작가, 시인의 목소리를 분석하고 평가했다. 그들은 탄탄하게 다진 외국이론을 토대로 자신의 의견을 개진했다. 2000년대 비평계를 거쳐간 외국 이론가는 한두명이 아니다. 들뢰즈를 기점으로 해서 지젝, 아감벤, 바디우, 랑시에르 등, 이들은 유행처럼 2000년대 비평계에 도착했고 떠나갔다. 이들의 견해는 2000년대 비평이 기대었던 중요한 참조틀이다.

주목할 것은 이들이 비평의 장에서 직접 소개되기보다는 주로 번역물로 소개되었다는 점이다. 이전에는 외국문학 전공자이기도 한 비평가가 자신이 주목하는 외국이론을 직접 소개하는 과정도 비평의 과정에 포함되었으나, 지금은 그와 같은 과정이 배제되었다고 할 수 있다. 이 점은 몇 가지 이전과는 다른 결과를 야기했다. 첫째는 정보 독점이 사라졌다는 것이다. 외국 언어에 서툴더라도 외국이론을 참조할 기회가 늘어났다. 실제로 외국이론을 참조하며 비평담론에 참여했던 신진 비평가의 대부분이 한국문학 전공자였다. 둘째는 한국문학 비평의 장에 외국문학 전공자가 출현하지 않고 있다는 점이다. 이를 두고 외국문학 전공자들은 번역이라는 전문적인 영역에 참여하고 있기 때문이라고 진단할 수도 있다. 하지만 번역에 대한 처우가 매우 열악하다는 점을 염두에 두면 그와 같은 추측은 설득력이 떨어진다. 또한 2000년대의 한국 시와 소설이 그들에게 흥미를 주지 못했기 때문일 수도 있다. 하지만 그렇게 추정하기에는 2000년대의 문학은 주목할 만한 전대와의 차이를 생성해냈다. 이 차이는 외국 문학이론과 한국문학이 접목하여 산출한 비평이 스스로 입증하고 있다. 학문의 영역과 비평의 영역이 겹치는 한국 상황은 다른 원인들을 가늠하게 한다.

비평가들은 대개 학자이기도 하다. 학자의 업적을 계량화해서 관리하는 곳은 예전의 학술진흥재단, 지금의 한국연구재단이다. 2000년대 들어 연구재단의 권위는 높아졌다. 연구재단은 학술지를 등재지와 미등재지로 나누고, 연구기관과 대학 들은 등재지 항목의 학술지에 한정하여 연구 성과로 인정하고 있다. 연구자들은 적정선의 연구 성과 지표에 맞추기 위해 역량을 집중하고 있다. 일반 문예지에 발표하는 글은 평가 대상에서 대개는 제외된다. 학술논문으로 인정받지 못하기 때문에 그만큼 또는 그보다 더 공력이 드는 비평문을 쓰는 데 상당히 부담을 느끼게 된다. 현장의 문학이 언젠가 전공 대상이 되는 한국문학 전공자들은 부담을 느끼면서도 비평 현장에 참여한다. 외국문학 전공자들에게 학술논문 작성과 한국현대문학은 직간접적으로 연관이 없다. 그들에게는 자의 반 타의 반 한국비평의 현장에 참여하는 길이 차단되었다.

외국이론과 관련하여 벌어진 2000년대의 현상들은 일견 모순된 모습으로 나타난다. 비평 현장에서 외국문학 전공자들의 목소리가 사라졌다. 그런데 외국 문학이론은 상당한 영향력을 끼치고 있다. 빠른 주기로 소개되었고, 또 빠른 주기로 대체되었다. 이 빠른 주기의 소개와 대체의 과정은 검증할 만한 시선의 부재를 환기하는 것은 아닐까. 번역물이었기 때문에 쉽지만 잘못 소화될 수 있는 가능성을 내포하는 것은 아닐까. 이는 번역에 대한 철학적 테제에 골몰하고 또한 번역물 자체에 대해 검증하고 있는 소수의 외국이론 전공자와 철학자 들의 최근 작업과 연관된다.

3. 근대문학의 종언

2000년대 국내 인문학자들은 '인문학의 위기'를 선언했고, 카라따니 코오진(柄谷行人)은 '문학의 종언'을 선언했다. 위기라는 말에는 극복의 의지가 내포되어 있으나 종언이라는 말에는 단념의 뉘앙스가 짙게 배어 있다. 일본에서 비롯한 종언 선언이 한국 문단에 반향을 일으킨 까닭은 그말이 지닌 파괴력 때문이기도 하지만 한편으로는 그와 같은 결론이 한국 문단의 상황을 참조하여 도출된 것이었기 때문이다. 카라따니 코오진은 문학비평에서 사회적 실천으로 활동의 장을 옮긴 한국의 평론가 김종철(金鍾哲)의 예를 들어 문학의 근대적 사명이 끝났고, 이제는 오락의 기능밖에 남지 않았다고 했다. 한국의 반응은 문학의 본질적 속성을 환기하며 그와 같은 주장을 부정하거나, 아니면 인정하되 오락으로서의 문학에 대해 숙고하는 것이었다.

부정하건 숙고하건 그 주체는 대개 작가가 아니라 비평가들이었다. 실제로 종언 선언으로 가장 큰 타격을 받은 이들은 비평가였다. 근대문학이 끝났다는 것을 받아들이며 하던 일을 멈추고 다른 일을 시작한 이는 코오진이건 김종철이건 작가가 아니라 비평가였다. 작가는 문학이 오락으로 전락한 것에 대해 아쉬워하며 계속 시와 소설을 쓰면 된다. 하지만 텍스트에서 의미를 추출하고 그 의미들의 가치를 헤아리는 일을 하는 비평가는 가치가 없다는 종언 선언 앞에서 글을 쓸 이유를 찾기 힘들게 된다.

문학의 종언은 실제로 비평의 종언이었다. 이 사실은 인근 장르인 영화 비평의 실상이 선명히 보여준다. 문학이 종언 선언을 들었을 때 영화는 종언을 체감하고 있었다. 여전히 관객의 사랑을 받고 있지만 예전과 달리

비평이 설 자리는 점점 축소되고 있었던 것이다. 몇몇 잡지의 폐간과 맞물려 담론을 생성할 만한 지면이 확보되기 힘들었다. 간단한 리뷰나 프리뷰가 영화 분석을 대신했고 미학적 가치는 별점이 대신했다. 당시 비평가들은 이와 같은 현상에 대해 걱정했으나 수년이 지난 지금 상황이 나아진 것 같지는 않다. 문학비평도 종언 선언을 통해 그와 같은 운명을 걱정했던 것 같다.

종언 선언이 있은 후 수년이 지났다. 여전히 작품은 생산되고 있으며 비평 또한 꾸준히 발표되고 있다. 하지만 비평글은 일반 독자뿐 아니라 같은 비평가에게도 잘 읽히지 않고 있다. 같은 주제는 여러 필자들이 같은 결론을 내며 공진하는 경우가 많으며 하나의 텍스트 해석을 두고 의견이 첨예하게 대립되는 경우는 찾기 힘들다. 서로의 글을 잘 읽지 않는 상황을 고려하면 비평은 점점 각자 왜소화되고 있고 점점 서로 돌보지 않는 것 같다.

코오진이 말한 '근대문학의 종언'이 사실은 근대소설의 종언을 뜻하기 때문에 근대시와는 관련이 없다고 말할 수도 있다. 시는 근대소설이 누렸던 영화를 누리기도 했으나 그와 같은 영화는 언제나 예외적인 것이었다. 시는 '가난하고 외롭고 높고 쓸쓸한' 모습을 띠며 시류를 타지 않고 언제나 창작되었고 읽혔다. 그러므로 '근대'와도 상관없어 보인다. 그러나 저 '근대문학의 종언'을 '근대비평의 종언'으로 고쳐 읽을 때, 문제는 시가 아니라 시비평이라는 것이 부각된다. 한국 문단에서 소설비평과 시비평이 점점 포개지지 않는 것은 전문 영역의 심화로 읽을 수 있기도 하지만 한편으로 각 분야의 고립을 뜻하는 것이기도 하다. 각 장르의 비평이 연대하고 함께 문학의 종언을 고민할 때, 이 비평의 종언 혹은 비평의 위기에 대해 숙고할 수 있을 것이다.

4. 미래파

‘미래파’ 논쟁은 문학사에 남을 것이다. 황병승, 김행숙, 김민정, 이민하, 김이듬, 장석원, 이근화 등의 시인은 미래파로 호명되었다. 이와 같은 호명은 그들의 의지와는 상관없는 것이었다. 그들에게는 결속력이 없었으나 각자 새로운 주체의 모습을 시에 보여주었다는 공통점이 있었다. 새로운 목소리는 동시다발적으로 출현하였다. 시비평은 이들을 끌어안든지 거부하든지 선택의 기로에 놓이게 되었다. 소통과 자폐 사이를 오갔던 여러 해석이 결국 감정적인 목소리를 내며 일단락되었을지라도 이들의 시는 전대의 실험시 계열처럼 일시적인 현상으로 정리되는 것에 저항하였다. 1950년대의 후반기 동인, 1990년대의 환상시 계보의 운명과 이들을 포개놓기에는 이들의 개성은 뚜렷했다. 그 차이는 시의 핵심 기제이기도 한 일인칭의 목소리를 일컫는 개념의 변경을 요청한 것으로 드러난다.

이들 시의 출현은 시의 일인칭을 일컫는 용어인 ‘시의 화자’의 쓰임에 제동을 거는 역할을 했다. 대체 개념은 ‘시적 주체’였다. 이 이행은 ‘서정적 자아’에서 ‘시의 화자’로 바뀌었던 과거의 점진적인 변화를 환기한다. ‘서정적 자아’는 상상된 일인칭인 ‘자아’를 목소리의 주인으로 설정했었다. ‘서정적 자아’는 텍스트를 관장하는 목소리의 권위를 충실히 대변했으나 솟아올랐다 사그라졌던 불안 등의 일시적인 감정들까지도 나타내기는 힘들었다. 감정의 균열이 보이지 않는 매끄러운 자아는 곧 권위있는 자아이다. 서정적 자아는 처음에 불안을 감추고 있으면 끝내 불안을 들추어내지 말아야 하고, 한번 저항하면 끝내 저항의 마음을 놓지 말아야 한다. 자아는 애써 조성한 분위기를 깨는 목소리를 담아내는 데 부담을 느낀다. 경건한 분위기에서의 욕설, 뉘우침 속에서의 자부심 등의 예가 그러하다.

서정적 자아의 권위가 흔들리면서 '시의 화자'가 그 자리를 대신했다. 목소리를 내는 사람이라는 뜻의 화자는 다분히 중립적인 성격을 지녔다. 자아에 균열을 일으키는 목소리가 나와도 화자는 목소리를 내는 사람이라는 뜻이기 때문에 타격을 받지 않는다. 하지만 중립적인 뜻을 가졌다고 하더라도 '시의' 화자이기 때문에 그것은 단일한 일인칭의 목소리를 전제로 한다. 한편의 시에 여러 목소리 주체가 등장할 때 이 '시의 화자'는 그 개념에 혼란을 겪는다. 자아에서 화자로 바뀔 때에도 그 정조의 변화를 인정했을 뿐, 복수 화자를 인정한 것은 아니었다. 하지만 2000년대의 새로운 목소리들은 여러 주체의 목소리를 한편의 시에 드러냈다. 중립적인 개념이라고 하더라도 '시의 화자'가 감당하기는 힘들었다.

'시적 주체'는 2000년대의 시들과 함께 등장했다. 주체는 위치를 일컫기 때문에 특정한 일인칭을 상정하지 않는다. 주체의 자리에는 어떤 것도 들어설 수 있으며 또한 빠져나갈 수 있다. 언술 구조 위에서 그것은 대격과 위치를 바꿀 수 있으나 언술 구조 바깥에서 그것은 타자와 바뀔 수 있다. 여러 목소리를 시에 불러들일 뿐만 아니라 불가해한 목소리까지도 텍스트에서 환기할 수 있다. 2000년대의 새로운 목소리가 나타나지 않았다면 이와 같은 개념도 등장하지 못했을 것이다. 새로운 목소리에 대한 찬반 입장이 기존의 비평담론을 바탕으로 표명된 견해라면 시적 주체에 대한 개념은 기존의 비평담론을 재편하는 견해라고 할 수 있다.

그러나 이 '시적 주체'라는 말이 등장했기 때문에, '서정적 자아'가 그랬던 것처럼 '시의 화자'가 쉽게 일인칭을 뜻하는 지위를 놓지는 않을 것 같다. '주체'는 수식어 '시적'의 힘을 받아 자신이 놓인 곳이 시라는 것을 환기하고 있으나, 그 자체에 담겨 있는 여러 목소리를 용인하는 것으로 시가 지닌 일인칭의 힘을 부정하기도 한다. 시와 주체는 양립할 수 있는 것인가, 일인칭으로 대상의 힘을 끌어들이는 인력과 목소리의 위치 이동을 용인하여 그 힘을 약화시키는 척력은 양립할 수 있는가. '시적'과 '주체'의 결합은 긴장을 일으키는 것인가, 임시방편의 봉합인 것인가. 이러한 질문이 앞으로의 시와 비평이 풀어나가야 할 과제로 판단된다.

5. 미래파 이후

'미래파'에 속한 시인들은 계속 시를 발표했다. 이후에 발표된 시에 대해 평가하는 것 역시 아직은 성급한 일이다. 하지만 그들의 목소리가 어떤 경로를 거쳐 출현했고 그다음에는 또 어떤 경로를 밟았는지에 대해 말하는 것은 어느정도 의미가 있을 것 같다. '미래파'라고 불리는 시인들의 첫 시집은 시인들이 시집을 내고 싶었던 출판사에서 나오지 않았다. 시집을 출판한 곳은 시집선에 한정해서 생각한다면 시집을 발간하고 싶어하는 곳이 아니었다. 그곳은 시집선이 계속해서 발간될지 걱정이 되는 곳이기도 했다. 실제로 황병승의 『여장남자 시코쿠』(2005)나 김경주의 『나는 이 세상에 없는 계절이다』(2006)를 발간한 '문예중앙시선'은 출판을 중지하였다가 최근에 다시 시집을 발간하기 시작했다. 김민정의 『날으는 고슴도치 아가씨』(2005)나 이민하의 『환상수족』(2005)을 발간한 열림원의 '문학·판ㅣ시' 시리즈 역시 그후에 뜸하게 시집을 발간하다가 최근 다시 단행본 시집 시리즈를 기획하고 있다고 한다. 김이듬의 『별 모양의 얼룩』(2005)을 낸 '시작시인선'은 그 당시 시집 시리즈로는 후발 주자라고 할 수 있다. '문지'나 '창비'로 대변되는 주요 출판사에서 첫 시집을 낸 시인은 『아나키스트』(문학과지성사 2005)의 장석원 정도였다.

이는 그들의 첫 시집 원고가 주요 출판사에 들어갔으나 발간이 유보되었다는 것과 그로 인해 한동안 출판사 이곳저곳을 떠돌아다녔음을 환기한다. 이들의 시집을 낸 출판사는 주요 출판사와 견주어 차선책의 성격이 짙다. 이 차선책의 시집들이 2000년대 시 지형도의 여러 굴곡을 만들어냈다. 한편 많은 시인들이 출판하고 싶어 하는 출판사는 시집 발간을 거절하는 것으로 그 주류의 성격을 보존했다. 주요 출판사의 선택이 잘못됐다는 것을 입증이라도 하듯 이들의 두번째 시집은 모두 같은 출판사에서 출간되었다. 황병승『트랙과 들판의 별』(문학과지성사 2007), 김경주『기담』(문학과지성사 2008), 김민정『그녀가 처음, 느끼기 시작했다』(문학과지성사 2009), 이민하『음악처럼 스캔들처럼』(문학과지성사 2008), 김이듬『명랑하라 팜 파탈』(문학과지성사 2007), 장석원『태양의 연대기』(문학과지성사 2008), 이근화『우리들의 진화』(문학과지성사 2009).

이들의 목소리가 두번째 시집부터 주류의 목소리로 바뀐 것은 아니다. 지금은 시의 성격이 아니라 시집 출판사에 대해 말하고 있다. 이는 결국 새로운 목소리가 낯익은 시집선의 지면을 통해 들리게 되었다는 것을 뜻하며, 새로운 목소리를 담았던 새로운 시집선의 중단 또는 폐지와 연관된다. 전통의 부정은 짧은 역사를 지니고, 부정의 전통은 긴 역사를 지닌다. 시집 출판사에 한정해서 말한다면 시단은 다시 굴곡 없이 평평해졌다. 차이에 주목하는 시비평이 상대적으로 이들의 두번째 시집에 적극적으로 발언하지 않은 것은 이 평평함 때문은 아닐까.

현재 시집 출간 출판사들은 재도약을 마련하고 있다. 시집을 소홀히 다루었던 주요 출판사도 시집 출간에 공을 들이고 있고, 새로운 출판사도 자신의 역사를 축적하고 있다. 그곳을 새로운 목소리를 담아내는 장소로 여길 수 있을까. 2000년대 초반의 상황이 2010년에 다시 열리는 것은 아닐까. 이제 몫은 새로운 목소리를 내는 시인과 그것에 주목하는 시비평으로 다시 넘어갔다.

6. 시와 정치

 ‘시와 정치’에 관한 논의는 왜 시작되었을까. ‘미래파’를 비난한 표현을 빌려, 2000년대 시의 자폐성이 한계에 부딪혀 시인들이 바깥세계로 눈을 돌린 결과인가. 일견 타당해 보이지만 이는 사실과는 많이 다른 판단이기도 하다. ‘미래파’의 시들이 자폐적으로 보일지는 모르겠으나, 문학의 자율성에 기대어 그 안에서 안주한다고 보기는 어렵다. 결속력이 약한 그들의 시 중 어떤 시는 새로운 하위 주체들의 목소리를 시에 선보였고, 어떤 시는 정치적인 것과의 조우를 힘껏 모색하기도 했다. ‘시와 정치’의 제휴에 대한 논의 반대편에 미래파 시를 설정하는 것 자체가 사실과 부합하지 않는다는 것이다. ‘시와 정치’와 관련된 논의는 당대의 시담론 내부에서 파생된 것이 아니라 시 바깥쪽의 상황과 연결되어 촉발되었다.

 ‘시와 정치’ 논의는 문학이 무엇을 할 수 있는지를 논의하는 과정 중에 출현하였다. 이 질문은 ‘문학은 쓸모없기 때문에 쓸모있다’라는 명제의 반대편에 있다. 현실이 불만족스럽다는 느낌이 강해질수록 질문의 효력은 강화된다. 현실을 개선하기 위해 문학은 쓸모있어야 한다. 이 논의가 다양한 시각을 유도하며 한동안 지속된 까닭은 질문의 형태가 낯선 것이었기 때문이라기보다는 그 안에 담긴 개념 자체가 이전의 것과 차이를 보였기 때문일 것이다. ‘시와 정치’의 ‘정치’는 이전의 현실정치의 뜻을 벗어났고, 이 논의와 맞닿아 있는 ‘시와 윤리’의 ‘윤리’도, ‘시와 현실’의 ‘현실’도, ‘시와 타자’의 ‘타자’도 예전의 것이 아니었다.

 랑시에르의 말을 빌려 진은영은 기존에 정치라고 여겨졌던 개념을 ‘치안’으로 바꾸고 기존의 인식체계를 재편하는 것을 ‘정치적인 것’으로 설정하며 문제를 제기했다. 정치적인 것에 대한 판단은 재편 여부와 관련이 있다. 시간이 지나봐야 알 수 있는 것이기 때문에 정치적인 것의 여부는 사후적이다. 이는 시와 정치가 제휴된 시의 모습을 담론 내에서 제시하지 못했다는 것을 뜻한다. 기존의 인식을 재편할 새로운 주체, 새로운 목소리를 요구했으나 그 새로운 것들이 아직 현실에 도착한 것은 아니었다.

'시와 정치'에 관한 논의가 진행되던 중에 정치적인 것도 중요하지만 치안도 중요하다는 보충 논의가 뒤따랐다. 불만족스러운 현실을 개선하는 데 시는 어떠한 역할을 해야 하는가, 시와 정치를 함께 고려하게 된 원인을 되짚어보면 이와 같은 지적은 처음의 문제제기를 다시 한번 환기하는 것으로 의미가 있다고 할 수 있다. 치안적인 것을 외면할 때 이 문제는 문학의 자율성 영역 내부에서 휘발될 수 있기 때문이다. 중요한 점은 문학의 자율성을 보존하면서 동시에 치안적인 것을 고려하는 이 불일치의 현상 자체가 시대적인 요구에서 왔다는 것이다.

이를 문학의 타율성과 자율성 중 어느 한편을 택하게 했던 예전 논의의 반복이라고 말하기는 어렵다. 2000년대 후반 한국의 현실정치는 정치적인 것을 다시 고민하게 유도했으되, 새로운 주체와 새로운 목소리를 지닌 시들은 거대담론으로 그것을 규정하지 못하도록 막고 있다. 시와 시비평의 장 안에는 이전과 비슷한 논제를 다르게 생각하도록 유도하는 기제가 조성되어 있다. 시비평은 모순을 끌어안은 채 구체적인 형상을 기다리고 있다. 시와 정치가 제휴하는 시를 찾기 힘들다는 사실은 이 점에서 아쉽기도 하지만 한편으로는 미덥기도 하다. 풀어나가야 할 과제는 미지의 영역에 놓여 있다. '시적인 것'도 미지의 영역에 놓여 있다. '시와 정치'에 관한 논의는 회귀가 아니라 지양의 과정을 따른다.

7. 그리고 2010년대

2000년대 비평 중 '근대문학의 종언' '미래파' '시와 정치' 담론을 아울러 살펴본 이 글은 그 안에서 전대의 비평을 계승하는 한편 극복하는 모습에 주목했다. 문학의 자율성에 기대고 있으나 다시 문학의 참여를 고민하는 최근의 시비평은 일견 반복과 회귀의 모습을 띠고 있는 것 같다. 그러나 토대의 변화와 당대의 문학은 이를 지양의 과정으로 이해하도록 이끌었다. 문학의 영역은 점점 축소되고 있으며, 비평의 영역은 더욱 왜소해졌으나, 그것을 한계로 인식하고 극복하고자 하는 모습이 2000년대의 시비평에는 담겨 있다.

하지만 이 시대의 시비평에서 아쉬운 것이 없지만은 않다. 앞에서 말한 것처럼 2000년대의 시비평은 담론을 대상으로 이견을 보이는 경우는 많았으나 시 분석을 대상으로 이견을 보이는 경우는 적었다. 1950년대 서정주와 김종길과 김동리 등이 김소월의 「산유화」의 한 구절 "저만치"를 두고 해석의 차이를 보이거나, 1960, 70년대 김수영의 「풀」의 주체의 성격과 시적 정황을 대상으로 다양한 견해들이 제출되거나, 2000년대 전후 정지용의 「비」를 두고 최동호와 장경렬과 이상숙이 각자의 의견을 개진한 경우 등을 최근에는 찾기 힘들다.

당대의 시를 대상으로 하나의 구절에 집중하여 각자의 생각을 드러낸 뒤 이에 대해 서로 다른 의견을 경청할 만한 여유가 부족해진 것일까. 정치가 정치적인 것으로, 거대담론이 미시담론으로, 새로운 목소리가 새로운 토대로, 눈에 띄지 않지만 점진적인 변화가 일어나고 있다. 이와 같은 요청에 대한 응답 또한 반복과 회귀의 과정에 포함되지는 않을 것이다. 같은 시대에 살고 있는 타인의 말을 경청하는 일은 초라해 보이지만, 실제로는 고귀한 시와 시비평의 가치를 증명하는 첩경이다.

—『서정시학』 2011년 겨울호

2부

문학이 할 수 있는 말과 할 수 없는 말

　　김수영(金洙暎)에게 1960년은 여러모로 뜻깊은 해였다. 전해인 1959년, 그의 첫 시집이자 유일한 시집인『달나라의 장난』이 발간되었다. 1960년은 그에게 재도약의 해였다. 그리고 4·19가 일어났다. 그는 이해「하……그림자가 없다」부터「永田絃次郎」까지 소재를 가리지 않고 열네편의 시를 창작하고 발표했는데, 이 모든 시의 곳곳에 때로는 직접적으로 때로는 우회적으로 자유에 대해 고심한 흔적이 배어 있다. 발표한 편수를 고려하건 시에 담긴 내용을 고려하건 이 시기의 그는 거침없이 자유를 실험했다고 평가할 만하다. 적어도 2008년까지 그렇게 인식되었다.

　　2008년은 김수영의 40주기였다.『창작과비평』은 40주기를 추모하며 김수영의 미발표작 몇편을 수록하였다. 시인지 산문인지 분별하기 어려운 작품들도 포함되어 있었으나, 누구도 시가 아니라고 부정하기 힘든 작품도 있었다.「'金日成萬歲'」가 대표적인 예이다. 원고 형태는 시쓰기가 마무리되면 원고지에 정서했던 다른 시들과 같았으나, 이 시는 다른 시들이 그러했던 것처럼 1960년 당시 발표되지도, 전집에 수록되지도 않았다. 김수영은 이 시를 쓴 뒤 서랍 속에 감춰두었고, 유족들은 그 원고를 1981년

9월 『김수영 전집』이 발간될 때에도 꺼내놓지 않았던 것이다.

  ‘金日成萬歲’
  韓國의 言論自由의 出發은 이것을
  인정하는 데 있는데

  이것만 인정하면 되는데

  이것을 인정하지 않는 것이 韓國
  言論의 自由라고 趙芝薰이란
  詩人이 우겨대니

  나는 잠이 올 수밖에

  ‘金日成萬歲’
  韓國의 言論自由의 出發은 이것을
  인정하는 데 있는데

  이것만 인정하면 되는데

  이것을 인정하지 않는 것이 韓國
  政治의 自由라고 張勉이란
  官吏가 우겨대니

  나는 잠이 깰 수밖에
     —김수영 「‘金日成萬歲’」(『창작과비평』 2008년 여름호) 전문

시를 보면 김수영이나 그의 유족이 발표를 미룬 까닭이 이해된다. 당대뿐만 아니라 현재에도 '김일성 만세'와 같은 말은 허용되지 않는다. 수십 년 동안 이 원고를 보관한 서랍 속은 이 위험한 발언을 숨겨준 은신처였다. 그러나 이를 이분법으로 나누어 문학은 자유로운 것이고 현실은 구속하는 것이라 이해하는 것은 성급해 보인다. 시의 여러 정황이 그와 같은 판단에 제동을 건다.

먼저 현실을 보자. 1960년은 이전과 견주어 자유가 흘러넘쳤던 시대였다. 자유당 정권이 물러나고, 민주당 정권이 들어섰다. 당대의 문제는 자유의 성취가 아니라 성취한 자유의 활용 방안이었다. 구속하고 억압하는 현실로 규정하기 힘든 시대가 이때이다. 김수영이 "言論의 自由" "政治의 自由"를 가로막는 인물로 상정한 이들, 조지훈(趙芝薫)과 장면(張勉)을 떠올려보자. 그의 다른 시에서 별명을 대며 비꼬았던 이승만(李承晚)이나 홍진기(洪璡基)와 견주어 장면과 조지훈은 억압이나 구속을 대변하기 어려운 인물들이다.

자유를 방해하는 것은 불의입니다. 파시즘은 불의입니다. 자유하의 발전은 모두 전체주의적 사상의 파멸까지는 그와의 항쟁을 병행하지 않을 수 없는 곳에 우리의 고민이 있는 것입니다. 분명히 우리의 자유를 구속하는 폭력사상이 자유주의를 역이용하려는 간계인 줄 알면서도 그를 관용하고 그와 타협함으로써 자유는 스스로의 자유를 자승자박할 것인가. 문학의 자유는 마침내 쓰기 싫은 문학을 하지 않을 수 있는 자유를 필요로 합니다. 그것은 바로 저항의 자유입니다. 이것은 어떠한 흥정에도 우리가 양보할 수 없는 문학이 향유하는 바 기본적 자유이기 때문입니다.

—조지훈 「문학과 자유옹호—그 한국적 양상에 대하여」

(『조지훈 전집 3—문학론』, 나남출판 1996, 37~38면) 부분

　　조지훈은 문학과 자유에 대해 논하는 이 글에서 우리 민족의 특수한 상황에 먼저 주목했다. 그에 따르면 광복 이후 공산주의 문학이 끼친 반예술성과 반자유성의 폐해는 '4월 혁명' 이후에 주요 논제로 떠오른 '자유'의 성격과 향방을 모색하는 과정에서 잊어서는 안되는 참조 사항이다. 무엇이건 표현하고 누릴 수 있는 것이 자유이지만 '자유를 제한하는 자유'까지 허용해서는 안된다는 것이다. 그것은 "스스로의 자유를 자승자박할" 수 있는 결과를 낳기 때문이다. 그가 말하는 "저항의 자유"는 "쓰기 싫은 문학을 하지 않을 수 있는 자유"이다. 따라서 그가 저항하고 싶고 쓰기 싫은 문학은 곧 공산주의 문학이 된다. 조지훈은 '김일성 만세'와 같은 말을 금지하자고 한 것이다. 김수영은 '김일성 만세'와 같은 말을 허용하자고 하였다. 모두 더 큰 자유를 위해서이다. 조지훈이 말한 자유는 현실에서 이루어질 수 있는 것이고, 김수영이 말한 자유는 서랍 속, 또는 자신의 이상 속에 펼쳐질 수 있는 것이다.

　　그렇다면 「'金日成萬歲'」의 구도를 자유와 구속의 대립이 아니라 이상과 현실의 대립으로 보아야 하는 것은 아닐까. 김수영은 가장 금기시되는 말을 이상적인 자유로 설정하여 자유가 보장되는 것처럼 보이는 현실을 흠집 내고자 하였다. 현실의 말은 이상과 부딪치며 숨겨진 경직성이 드러나고, 이상의 말은 현실과 부딪치며 훼손된 모습으로 등장한다. 시에 드러난 말은 이 상처의 흔적을 담고 있다. 자유는 시 안에서 고정된 의미로 수렴되기보다는 현실과 긴장하며 진동한다. 현실에서의 자유와 문학에서의 자유는 이렇게 차이가 난다.

　　이는 「'金日成萬歲'」의 제목에 있는 인용 표시에서도 확인할 수 있다. 따옴표 때문에 김수영은 저 말을 인용한 것에만 책임을 진다. 그 메시지의 책임을 지닌 화자는 끝까지 베일로 자신의 얼굴을 감추고 있다. 말은 있

142

으나 주체가 사라진 곳에서 긴장은 발생한다. 물론 저 말을 거리낌 없이 할 수 있는 날이 오면 인용 표시가 벗겨질 수도 있을 것이다. 그때에는 말에 대한 모든 책임을 시인이 지겠지만, 또한 현실과 이상의 차이도 한층 줄어들겠지만, 이상을 현실화한 까닭에 그 말은 문학의 영역을 벗어나게 될 것이다.

 김정일 만세! 만만세!
 김정일 만세! 만세! 만만세!
 김정일 만세! 만세! 만만세!

 1944년에 태어난 작곡가 김정일의 호는 예산이며
 가수 김상아의 아버지이다!
 주요 작품으로는 〈사랑했어요〉, 〈못 잊을 건 정〉, 〈흙에 살리라〉 등이 있다!

 김정일 만세! 만세! 만만세!
 김정일 만세! 만세! 만만세!

 1908년대 태어난 독립운동가 김정일의 호는 황파이며
 평양점원상조회를 조직하여 항일운동을 했다!
 1935년 평양 형무소에서 순국하셨고 1968년 건국훈장 독립장이 추서되었다!

 김정일 만세! 만세! 만만세!
 김정일 만세! 만세! 만만세!
　　　　　　　　　　　─권용만「김정일 만세」(『실천문학』 2011년 겨울호) 전문

2011년에 발표된 권용만의 「김정일 만세」도 김수영의 시와 비슷한 기제를 띠고 있다. 김수영의 시가 '김일성 만세'에 인용 표시를 달아 말의 지시적 기능을 비껴갔다면, 권용만의 시는 '김정일'의 동명이인을 제시하는 것으로 독자의 예상을 벗어났다. 김정일은 시에서 북의 최고 지도자가 아니라 대중음악 작곡가와 독립운동가를 뜻한다. 김정일에 대한 찬양은 그럴듯한 알리바이를 가지게 된 것이다. 표현이 지칭하는 대상과 독자의 기대 사이에 생겨난 공백의 자리로 권용만의 말은 부정성을 확보한다.

「김정일 만세」가 지닌 부정성의 기제는 단순한 편이다. 독자의 기대를 한쪽으로 유도하고 이를 배반하는 것에서 형성된 아이러니는 그 배반의 의미를 제외하고는 더이상 의미를 생성하지 못하는 것처럼 보인다. 하지만 '김정일 만세'라는 말은 한순간이나마, 그러니까 동명이인이라는 것이 밝혀지기 전까지, 김수영이 말했던 이상적인 '언론의 자유'의 끝까지 다녀온다. 그 말은 투박하지만 위험한 것이기도 하다. 이 두가지 성질은 이상이 성취되지 못하고 있는 '현실의 언론'을 일깨운다. 또한 그것은 '현실의 문학'까지도 환기한다.

권용만의 목소리는 문단 밖에서 출현해서 시의 영역에 들어왔다. 제도의 견고함을 겨냥하는 제도 밖의 말이 대개 그러한 것처럼 이 목소리의 생김새 자체는 뚜렷하다. 이 점은 '서랍 속'을 제도 밖으로 설정한 김수영의 말들이 그러한 것과 같다. 2000년대 중반 낯선 주체들의 목소리가 그 존재만으로 시의 영역을 넓힌 것과는 사정이 다르다. 그들의 말은 누락된 현실을 창조한 것이지만, 이들의 말은 현실에서 금기시되는 부분을 건드린 것이다. 이들의 말은 시적인 것이라 생각되는 인식 영역을 직접 타격한다.

김수영의 「'金日成萬歲'」나 권용만의 「김정일 만세」의 말보다 미시적으로 '이상적인 자유'를 보여주는 시는 활동 중인 기성시인의 시에서 찾을

수 있다. 의미의 확정을 지연시키는 동시에 현실의 권위를 흠집 내는 말
들의 모습이 그 안에서 출현한다. 그것은 '시와 정치'가 제휴하는 모습이
면서 현실 안에서 이상적 자유를 추구하는 문학의 모습이기도 하다.

朝刊은 訃音 같다
사람이 자꾸 죽는다

(…)

죽은 사람은,
죽을 것처럼 哀悼해야 할 텐데

죽인 자는 여전히
얼굴을 벗지 않고
心臟을 꺼내놓지 않는다

여전히 拉致中이고
暴行中이고
鎭壓中이다

計劃的으로
卽興的으로
合法的으로
사람이 죽어간다

戰鬪的으로

錯亂的으로
窮極的으로, 사람이 죽어간다

아, 決死的으로
總體的으로
電擊的으로
죽은 것들이, 죽지 않는다

죽은 자는 여전히 失踪中이고
籠城中이고
投身中이다

幽靈이 떠다니는 玄關들,
朝刊은 訃音 같다

— 이영광「유령 3」(『아픈 천국』, 창비 2010) 부분

"朝刊은 訃音 같다"는 인상적인 첫 구절로 이 시는 회자되고 있는 것일까. 2009년 용산 참사를 배경으로 한 이영광(李永光)의 「유령 3」은 뚜렷한 말로 공권력의 폭력성을 보여주고 있다는 점에서 기존의 현실을 참조한 시라고 할 수 있다. 죽인 자는 "여전히 拉致中이고/暴行中이고/鎮壓中"이고, 사람들은 "計劃的으로/卽興的으로/合法的으로" 그리고 "戰鬪的으로/錯亂的으로/窮極的으로" 죽어가고 있다. 이영광은 뚜렷한 말을 골라 죽이는 사람과 죽는 사람의 실상을 낱낱이 드러내려 하고 있다.

그러나 이 명료한 말들의 조합과 반복까지 뚜렷한 뜻을 만들어내는 것은 아니다. 낱말의 반복은 마치 문 앞에 서성이는 유령처럼 계속해서 음산한 분위기를 연출한다. 현재형으로 서술되는 구절들의 반복은 용산 참

사를 독자가 접했던 과거의 사건에 가두지 않고 독자가 겪고 있는 현재의 일, 그리고 겪을 수 있는 미래의 일로 확장시킨다. 참사는 어제의 일로 신문에 실렸다. 하지만 그 신문은 현관문을 통해 오늘 내 앞에 배달된다. 고통의 연대는 여기에서 형성된다. 현실을 참조한 말은 의미를 지연시키며 시의 말로 등재되기 시작한다.

한자 표기는 이 반대편에서 현장성과 긴장한다. 한자는 한글과 견주어 공식 언어로 보이고 싶은 곳에서나 쓰일 만큼 용도가 제한되어 있다. 한자는 현장의 언어가 아니라 역사의 언어이다. 다시 유령에 대해 주목해보자. 문 앞에 있는 유령은 산 자들과 망자들의 연대를 이끌어냈다. 하지만 유령은 억울하게 죽어도 애도받지 못한 망자들의 증상이기도 하다. "죽은 사람은,/죽을 것처럼 哀悼해야 할 텐데"에서 확인할 수 있듯 산 자의 애도가 유령을 쉬게 할 수 있을 것이다. 그때에야 비로소 현장의 슬픔은 더 크고 긴 기억이 있는 역사의 자리에 기입될 수 있을 것이다. 한자는 시인이 선택한 '애도'의 방법이다. 명료한 뜻을 지닌 낱말은 반복되며 현장감을 살리고, 그 현장감은 한자 표기로 역사에 기입된다. 문학의 언어는 이와 같은 과정 사이를 오가며 쉽게 현실에 안착되기를 거절한다.

공사장 모래더미에
삽 한 자루가
푹,

꽂혀 있다 제삿밥에 꽂아놓은 숟가락처럼 푹,

이승과 저승을 넘나드느라 지친 귀신처럼
늙은 인부가 그 앞에 앉아 쉬고 있다

아무도 저 저승밥 앞에 절할 사람 없고
아무도 저 씨멘트라는 독한 양념 비벼 대신 먹어줄 사람 없다

모래밥도 먹어야 할 사람이 먹는다
모래밥도 먹어본 사람만이 먹는다

늙은 인부 홀로 저 모래밥 다 비벼 먹고 저승길 간다
—유홍준 「모래밥」(『저녁의 슬하』, 창비 2011) 전문

현실을 기반으로 하는 시의 주된 관심사 중 하나가 노동이다. 노동시는 지금까지 자본과 권력이 감추려 했던 진실을 드러내며 현실의 허구성을 폭로해왔다. 이들의 말은 한편으로는 완고한 현실을 타개하기 위해 날이 서 있었고, 다른 한편으로는 천대받은 노동의 가치를 고귀한 것으로 뒤바꾸기 위해 곡진했다. 상이한 성격을 지녔다고 해서 그 말이 분열된 모습으로 나타나는 것은 아니다. 기존의 현실 안에 있는 언어와의 소통이 절박했기 때문에 그들의 모습은 대개 평이하다. 시가 일상 지각의 측면에서 낯섦을 제 미학으로 두고 있다면, 노동시의 낯섦은 말의 모습이 아니라 말이 가리키고 있는 은폐된 진실에서 비롯한다. 노동시의 말은 뚜렷하고 말에 담긴 삶은 적나라하며 말과 삶이 엮은 가치는 고귀하다.

유홍준(劉烘埈)의 「모래밥」에 담긴 말도 대체로 평이하고 뚜렷하다. 하지만 모든 말이 그런 것은 아니다. 모래더미는 제삿날 고봉밥과 겹쳐 그 뜻이 모호하고, 그 앞에 앉아 있는 늙은 인부는 "이승과 저승을 넘나드느라 지친 귀신"과 뜻을 공유한다. 귀신은 노동의 신성함을 강조하기 위해 천상에서 내려온 것이 아니라 끝나지 않는 고단한 삶을 강조하기 위해 저승에서 출몰하였다. 정확히 말하면 귀신이 저세상에서 출몰한 것이 아니라 삶의 고단함이 저세상까지 이어졌다고 해야 할 것이다.

보통 삶의 과정 중 일부로 인식되는 노동이 인용시에서는 죽음과 연루되어 있다. 그것이 어떤 의미인지 파악하기 위해서는 시가 마련한 의미의 영역으로 들어와야 한다. 의미를 파악하기 위해 기존의 완고한 인식의 틀을 버리고 시가 마련한 장으로 들어오는 과정 자체가 유홍준의 노동이 시의 말임을 증명한다. 시의 세계에서 볼 수 있는 것은 고정된 의미가 아니라 의미의 운동이기 때문이다. 이 확실치 않은 노동의 의미는 진술이 일반적인 깨달음으로 나아가는 것을 가로막는 역할을 맡기도 한다. 시의 마지막 "늙은 인부 홀로 저 모래밥 다 비벼 먹고 저승길 간다"는 진술이 관찰의 모습을 띤 까닭도 그 때문이다. 말들은 마무리되었으나 의미는 아직 정착하지 않았다. 유홍준에게 노동의 의미는 삶과 죽음 전부에 걸쳐 있다. 맥락은 다르지만 김수영에게 자유의 영역 또한 그러했을 것이다.

해마다 작가회의에서 주던 작가수첩이
올해는 오지 않는다. 나는 그 수첩에다가
내 일당을 기록하곤 했다.
잔업을 하면 끝난 시각과 공을 치면
공친 날에 가위표를 해놓았다.
그달 치 임금이 나오면 작가수첩을 펼쳐놓고
계산을 한다. 공수를 정확히 따져서,

한국시인협회에서도 수첩이 나왔다.
작가와 시인은 다르던가?
그 수첩에 일당을 표시할 곳은 없다.
가도 가도 시인들의 주소뿐이다.
이제는 그 좆같은 노동을 그만두라는 듯,

(…)

시인들은 말한다. 시는
권력도 돈도 되지 못하는 것이라고 그렇다면,
나는 시인들의 마빡에다가 내 일당을 기록하고 싶다.

노동이야말로 권력도 돈도 되지 못하는 것이다.
뭐? 지구온난화, 환경 파괴, 생태시라고?
자연은 인간이 자연에 순응함으로써만 정복되는 것이다.
노동은 자연에 순응하는 것이어야 한다. 인간의 손아귀에서
노동을 구출하자. 시로부터 빼내자.
시는 무장한 것이다. 노동은 알몸이다.
　　　　　　　　　　—최종천「작가수첩」(『고양이의 마술』, 실천문학사 2011) 부분

　최종천(崔鍾天)의 시에서 노동은 시와 불화하고 있다. 비록 현실에서 멸시받더라도 노동은 그에게 절대적인 가치이다. 그는 그 가치를 시를 통해 보여주려 했었다. 작가수첩에 매일 임금을 적은 것도 그 때문일 것이다. 이때 시와 노동의 관계는 화목했다. 하지만 지금 가지고 있는 시인수첩에는 임금을 적을 곳이 없다. 오직 시인 주소록만 나열되어 있을 뿐이다. 시인수첩에 쓸 곳이 없는데 시에 생각할 곳이 있겠는가. 노동의 가치를 높일 수 없고 생각의 자유도 누릴 수 없다면 시는 왜 필요한가. 그는 노동의 반대편에 현실과 시를 함께 두었다. 시는 타락한 것이다.
　'작가'수첩일 때는 안 그랬는데 '시인'수첩일 때는 그랬기 때문에 불화의 원인을 '시'에 둔 그의 생각을 사려 깊다고 말하기는 어렵다. 그의 말과 생각은 대체로 직설적이고 단순하다. 그것은 "좆같은 노동"과 같은 욕설이나 "노동을 구출하자. 시로부터 빼내자"와 같은 구호뿐만 아니라 "시

는 무장한 것이다. 노동은 알몸이다"와 같은 단정적 진술에서도 확인할 수 있다. 욕설, 구호, 단정은 모두 대상이나 상대방을 뚜렷이 드러내는 데 유용한 어법이다. 그 뜻은 발화되는 즉시 전달된다. 이는 일상언어의 전형적인 모습이기도 하다. 최종천의 힘은 이처럼 뚜렷한 말에 시의 흔적을 남기는 데 있다.

최종천의 말은 직설적이다. 하지만 그 말의 맥락은 중첩되어 있다. 가령 "좆같은 노동"이라는 욕설에는 그렇게 말하게 하는 현실에 대한 원망과 함께 고귀한 노동에 대한 믿음이 담겨 있다. 알몸인 노동과 무장한 시를 분리시키자는 구호와 단정 또한 그러하다. 진술에 따르면 노동은 자연스럽고 고귀한 것인 반면, 시는 인위적이고 타락한 것이다. 이 구분은 명확해 보인다. 하지만 자연스러운 노동의 회복과 시의 타락한 현실은 모두 시에 담겨 표현되고 있다. 노동과 시는 갈라설 수 없으며, 타락한 시라도 그것을 폐기할 수는 없는 것이다. 노동과 마찬가지로 시 또한 그에게 절대적이다. 그는 이상적인 노동과 시를 마음에 담아두고 있다.

분단 상황, 공권력의 폭력, 노동의 현실 등 기존의 현실을 참조한 시의 말은 많은 부분 지시적 기능을 충실히 따르는 문학 바깥의 말과 모양새가 닮아 있다. 하지만 시 안에 있는 이들의 말과 시 바깥에 있는 현실의 말이 포개지지 않는 까닭은 시 속에 들어 있는 이상적인 자유, 절대적인 자유 때문일 것이다.

이 자유에 대해서라면 그 운신의 폭이 넓은 곳을 우리는 이미 알고 있다. 가령 '문학의 말은 쓸모없기 때문에 쓸모있다'고 생각하는 곳, 현실을 부정하는 것에서 나아가 부정의 현실을 확립한 곳에 이들의 말이 있다. 기존의 현실 안에 있는 독자는 이들의 말을 어리둥절하게 받아들인다. 그러나 곧 그 어리둥절함의 현실이 확립된다. 그 말들은 현실의 바깥에 위치해 있는 것으로 현실을 확장한다. 벌거벗은 자나 소수자 들의 목소리는 그렇게 실험으로 다가왔다가 전통으로 인식된다. 이들의 목소리는 존재 자체만으로 이상적인 자유를 환기한다.

그 반대편에 앞의 시들이 있다. 여기에서 의미가 움직이는 폭은 상대적으로 적다. 하지만 그 말이 1920년대의 '뼈다귀 시'처럼 단일한 의미로 확정되는 것은 아니다. 이들은 기존의 현실 바깥에서 금기를 건드리기도 하며, 그 안쪽에서 고정된 의미를 흔들기도 한다. 앞의 예들을 '서랍 속' 김수영의 목소리에서나 '문단 밖' 권용만의 목소리에서 확인했다. 뒤의 예들은 고통의 위로와 연대를 말한 이영광의 목소리에서나 노동의 의미를 되새긴 유홍준, 최종천의 목소리에서 확인할 수 있었다. 이들은 현실 안팎에서 안착하지 못하는 말들의 떨림을 보여주었다. 그 떨림을 이 글에서는 '자유'라고 말했다. 이때의 자유는 표면에 드러났기 때문에 불완전한 자유이며 실패한 자유이다. 하지만 이 실패는 이상적인 자유를 환기한다. 문학이 할 수 있는 말은 문학이 할 수 없는 말을 전제로 표현된다. 문학이 할 수 없는 말의 모습은 문학이 할 수 있는 말을 전제로 상정된다. 어느 한쪽이 사라지면 문학은 기존의 현실에 포획될 것이다.

—『실천문학』 2012년 봄호

조지훈, 김수영, 움직이는 의미들

조지훈(趙芝薫)과 김수영(金洙暎)은 1968년에 세상을 떠났다.『현대문학』은 그해 7월과 8월에 차례로 조지훈과 김수영을 추모했다. 그러나 2008년에는 김수영만이 홀로 사후 40주기를 맞이하고 있다. 문예지 40주기 추모 특집을 놓고 보면 그렇다.『창작과비평』『세계의문학』『문학동네』는 2008년 여름 오직 김수영만을 추모하고 있다. 조지훈은 우연찮게도 『창작과비평』이 수록한 김수영의 미발표시「‘金日成萬歲’」의 한 구절에 김수영이 비판하는 기존의 견해를 대변하는 시인으로 등장한다. 조지훈의 침잠과 김수영의 부상이 두 시인의 생명력과 우열을 대변하는 것으로 보일 수도 있을 것이다. 하지만 당대의 상황과 이들의 시론과 시의 입지점을 고려해 볼 때, 이와 같은 판단은 성급한 것이라는 결론에 다다른다.

「‘金日成萬歲’」의 전언은 간단하다. 조지훈이 등장하는 전반부는 ‘언론의 자유’를 위한 전제조건이 다루어진다. “韓國의 言論自由”를 위해서는 “‘金日成萬歲’”를 인정해야 한다는 것이 김수영의 견해이다. 그런데 “이것을 인정하지 않는 것이 韓國/言論의 自由”라고 말하는 이도 있으니, 그가 바로 “趙芝薫이란/詩人”이다. 시에서 조지훈에 대한 김수영의 인식은 단

선적으로 보인다. '김일성만세'의 차단이 '언론자유'의 전제라는 의견은, 당연히 체제를 유지시키고자 애쓰는 주류 보수계층의 견해이다. 조지훈은 당대 문단의 주류였던 문협 정통파의 일원이었다. '김일성만세'의 허용이 언론자유의 전제라고 말하는 이가 있다면 그는 체제의 개방을 요구하는 비주류 진보세력에 속할 것이다. 전대에 김수영은 문학가동맹에 속하지는 않았지만 문협 정통파에도 속하지 않았다. 의용군과 포로 경력이 있는 그의 위치는 명성과 관계없이 비주류였다. 그가 비주류의 위치에서 주류를 비판하는 시를 썼으나 발표하지 않았던 것을 보면 그를 두고 당대 현실에 대해 거침없었다거나 자유로웠다고 말하기는 어려울 것 같다.

시는 사회적으로 새로움의 요청이 높았던 시기, 4·19가 일어난 1960년에 창작되었다. 광복 이후 민족주의 진영, 즉 문협 정통파를 중심으로 남한 시단의 주류가 형성되었고, 서정주(徐廷柱)와 청록파가 이들 중 대표적인 시인으로 꼽혔다. 한국전쟁 이후 일군의 모더니스트들은 '새로움'을 기치로 시단의 주류에 반항하며 '현대시'를 요청했다. 문단에서는 1960년에 앞서 새로움의 요청이 높았던 것이다. 당대의 모더니스트들은 서구의 시론을 전범으로 삼아 기존의 전통, 순수 개념에 대항하며 아직 도착하지 않은 '현대시'의 반대편에 '근대시'를 설정했다. 기존의 모든 한국시는 이들이 보기에 '근대시'였다. 김소월(金素月)은 물론이고 1930년대의 모더니스트인 김기림(金起林)마저도 "'모던이즘'의 방문객"에 불과하다며 낡은 시와 시론 속에 포함되었다.[1] 1920년대의 쎈티멘털 로맨티시즘과 1930년대의 시문학파, 1950년대의 서정주와 청록파의 시들 모두가 모더니스트에게는 낡은 것이었다.

모더니스트들은 직접 '현대시론'과 '현대시'를 펼쳤다. '후반기' 동인이 이를 주도했다. 1950년대 조향(趙鄕), 김규동(金奎東), 이봉래(李鳳來),

---

1 이봉래 「한국의 모던이즘 上」, 『현대문학』 1956년 4월호 89면.

김종문(金宗文), 박인환(朴寅煥), 고원(高遠), 김수영 등이 여기에 속했고, 이 중 김규동과 이봉래 등이 현대시 담론을 적극적으로 개진했다. 김수영은 후반기 동인에 속했으나 이후에 후반기 동인에 속하지 않은 것처럼 말했고, 또 모더니즘 안에서 사고했으나 다른 이들과 달리 자신의 시를 '현대시'의 전범으로 두지 않았다. 그는 1961년에도 한국에는 아직 "시인다운 시인"이 없다고 했고 '뉴 프런티어'가 되기 위해서는 북한 작가들의 작품도 출판과 연구가 허용되는 '언론의 자유'가 필요하다고 했다.[2] 「'金日成萬歲'」의 메시지와 같은 맥락인 이 발언은 여느 후반기 동인의 인식과 갈라지는 지점이다. 다른 후반기 동인들이 서구의 시론을 토대로 '현대시'를 선취했다고 믿었던 반면, 김수영은 한국의 현실을 고려하며 그 '현대시'의 발견을 계속 미루었다.

김수영은 모더니즘 안에서 현대시 문제의 손쉬운 해결을 거절했다. 조지훈은 모더니즘 밖에서 현대시와 근대시의 단절을 재고했다. 서로 상반된 방향에서 논의를 개진했으나 이들에게는 모두 '일군의 모더니스트'들에 대한 거부감이 있었다. 이 두 사람은 일군의 모더니스트들과 논쟁을 벌였던 서정주와 달리 이들과 거리를 두며 자신의 시론을 심화시켰다. 1950년대 막바지에는 김춘수(金春洙)의 『한국현대시형태론』(해동문화사 1958)과 조지훈의 『시의 원리』(신구문화사 1959)가 발간되었다. 혼란스러운 당대의 시론을 정리하기 위해 김춘수는 시의 '형태'에 주목했고, 조지훈은 아예 '원리'로 돌아간 것이다. '형태'에 주목하건 '원리'에 주목하건 김수영처럼 '모더니즘'의 현현을 그 안에서 계속 미루건, 여기에는 '현상'에 대한 반성의 뜻이 담겨 있다. 김수영은 조지훈에게, 조지훈은 김수영에게 무조건적인 반감을 가질 수 없었다.

"모든 대립되고 착종된 시론의 공통한 바탕으로서의 시의 통일된 자

---

2 김수영 「시의 〈뉴 프런티어〉」, 『김수영 전집 2―산문』, 민음사 2003, 241면.

리"[3]에 『시의 원리』의 좌표가 설정되었다. 조지훈은 현상을 초월한 동양의 '도'와 서양의 '이데아'에 주목하여 동양과 서양의 '원리'를 소통시켰다. 이 원리가 바로 그가 생각한 시의 공통된 바탕이다. 그가 보기에 당대 모더니스트들이 제출한 시론은 이 바탕 전체를 고려치 않고 서구의 이론에만 편향되게 기댄 결과물이었다. 그는 그중에서도 "발레리류의 주의력"에 기댄 지성의 강조만이 모더니스트들의 시론에 넘실거렸다고 진단했다.[4] 그는 질문했다. 영감이나 감정은 모더니즘의 어디에 있는가? 그는 동양사상과 서양사상의 통일을 중시한 것처럼 감성과 지성의 통일을 중시했다.

카프시대의 '뼈다귀 시'에 빗대어 조지훈은 모더니즘 시를 "껍질의 포엠"이라고 부른 뒤 그것의 기형성을 비난했다.[5] 뼈다귀의 시이건 껍질의 포엠이건 이들은 조화와 통일의 시론을 펼친 그에게는 왜곡된 현상으로 보였다. 그는 시의 인공성에 거부감을 느끼고 자연스러운 시, 의식작용으로서의 '자연'을 따르는 시를 주장했다. 그에게 이런 시는 "질서와 조화의 세계" "하나의 우주" 자체였다. 그는 "혼돈(chaos)이 질서와 통일과 조화를 이룬 것이 우주(cosmos)이듯이 시정신은 하나의 광대한 도(道)로서 카오스가 코스모스로 나아가는 길이 된다"[6]고 하였다. 코스모스의 세계관 안에서 '근대시'와 '현대시'의 단절은 있을 수 없는 일이었다.

1960년대에 이르러 김수영 역시 '창궐'과 '폐해'라는 말로, 1950년대 후반기 동인들 중 당대까지 모더니즘을 발전시킨 시인은 아무도 없다고 지적하며 그들의 시도를 얕잡아 평가했다.[7] 조지훈이 '자연스러움'에 주목

---

3 조지훈 『시의 원리』, 신구문화사 1959, 4면.
4 같은 책 65면 참조.
5 같은 책 51면 참조.
6 같은 책 19면.
7 김수영 「참여시의 정리」, 앞의 책 386~89면 참조.

하여 '편향'과 '인위'를 배격했듯이, 김수영도 '온몸'을 중시하며 형식과 내용, 또는 손과 머리가 함께 움직이기를 요구한 것이다. 거의 비슷한 문제의식을 지녔으나 결론은 판이했다. 조지훈이 코스모스를 주장했다면, 김수영은 카오스야말로 시인이 추구해야 할 미덕이라고 일컬었다. 그의 시론의 결정체인 1968년의 「시여, 침을 뱉어라」는 "무한대의 혼돈에의 접근"을 언급하는 것으로 시작하여, 시인에게 기존의 관념을 "파산"시킬 것을 요구하는 단계를 거쳐, "자유의 과잉을, 혼돈을 시작"해야 한다고 주장하는 것으로 끝이 난다.[8]

김수영에게 '혼돈'은 결국 자기갱신의 다른 이름이다. 시인이 쓰는 시론을 그가 싫어했던 까닭도, 시인이 지닌 기존관념이 시의 자유로운 창작 행위를 간섭할까 걱정해서였다. 그에게는 그것이 곧 창조 대신 답습, 용기 대신 안일을 따르는 일로 여겨졌기 때문이다. 그가 끊임없이 주장했던 민주주의는 생각의 자유를 위해서였고, 그가 끊임없이 희구했던 자유는 자기갱신의 전제조건이었다. 갱신을 위해 자유가 필요했고 자유를 위해 민주주의가 필요했다. 그는 이와 같은 생각을 가지고 좋은 시의 조건을 '이미' 마련했던 문협 정통파의 어떤 나태함을 거부하고, 자신의 시가 '현대시'의 정답이라고 여겼던 1950년대 일군의 모더니스트들의 시를 부정하며, 자기갱신의 노력 없이 '무의미'를 해답으로 내세운 김춘수를 비판했다.

오든의 참여시도, 브레히트의 사회주의 시까지도 종국에 가서는 모든 시의 미학은 무의미의—크나큰 침묵의—미학으로 통하는 것이다. 이것은 예술의 본질이며 숙명이다. 그런데 김춘수의 경우는 이런 본질적인 의미의 무의미의 추구를 하는 것이 아니라, 먼저부터 〈의미〉를 포기하고 들어간다. 물론 〈의미〉를 포기하는 것이 무의미의 추구도 되

---

8 김수영 「시여, 침을 뱉어라」, 같은 책 397~403면 참조.

겠지만, 〈의미〉를 껴안고 들어가서 그 〈의미〉를 구제함으로써 무의미에 도달하는 길도 있다.[9]

"크나큰 침묵"의 미학은 이념의 '파산'을 다룬은 표현이다. 김수영은 병을 앓기 전의 김광섭(金珖燮) 시에 나타난 관념 지향성을 싫어했으나 병을 앓고 난 후 김광섭이 발표한 시의 한 구절을 상찬한 적이 있다. 잔잔해 보이는 구절을 두고 그가 꺼낸 말은 시에 "죽음의 깊이가 있다"는 것이었다.[10] 그에게는 '침묵'과 '무의미'와 '파산'과 '죽음'의 의미가 비슷했다. 이때의 침묵은 '파산'의 측면에서는 소멸 이후의 침묵이겠으나 '갱신'의 측면에서는 생성 이전의 침묵이다. 그는 소멸과 생성을 한데 묶어 처음과 끝을 없애고 과정과 운동을 중시했다. 자기갱신과 시쓰기의 과정 자체가 그에게는 무척 중요했던 것이다. '무의미'를 지향하더라도, 무의미 자체가 아니라 무의미를 향하는 과정이 그에게 소중했다. 그가 보기에 김춘수의 '무의미 시론'은 숙고와 갱신의 과정이 생략되어서, 즉 "〈의미〉를 껴안고 들어가서 그 〈의미〉를 구제함으로써 무의미에 도달하는 길"이 아니어서 수긍할 수 없는 견해였다.

혼돈을 향한 운동을 중시하는 시각은 원리를 중시한 조지훈 시론의 시각과 상반된다. 조지훈은 질서도를, 김수영은 무질서도를 좋은 시의 척도로 삼았다. 조지훈은 시인의 정성을 조화의 원리에 견주어 가늠했으나, 김수영은 시인의 정성을 혼돈을 일으키는 정도로 판단했다. 한편의 시를 평가할 때에도 조지훈은 이데아의 구현 정도를 중시했지만 김수영은 운동의 흔적을 중시했다. 만일 시의 의미에 모호한 구석이 있다면 조지훈은 이를 이데아와의 거리 때문에 빚어졌다고 판단하겠으나, 김수영은 혼돈

<hr>

9 김수영 「변한 것과 변하지 않은 것」, 같은 책 367면.
10 김수영 「생활현실과 시」, 같은 책 267~68면 참조.

을 바탕으로 했기 때문이라고 여길 것이다. 조지훈은 완성된 시론이지만 김수영은 미완의 시론이다. 완결을 중시하기 때문에 조지훈의 시론은 어떤 이들에게 귀감의 대상이지만, 미완을 중시하기 때문에 김수영의 시론은 많은 이들에게 참여의 대상이다. 오늘날 문예지에 추모 특집으로 김수영이 주로 거론되는 까닭도 그의 시가 독자의 참여를 끊임없이 유도하기 때문일 것이다.

조지훈과 같은 시각에서는 시 안의 매개가 중요한 것이 아니라 취지가 중요하다. 매개는 생략 가능하고, 오히려 노출되었을 경우 미숙한 표현으로 여겨지기 쉽다. 그러나 김수영과 같은 시각에서는 취지를 괄호에 넣을 수 있을지언정 매개를 생략하기는 힘들다. 또 매개를 가까스로 생략했다고 하더라도, 매개를 매개로 여기는 그의 인식작용 자체를 기어이 노출시킨다. 김수영에게는 그것이 곧 과정이며 운동이기 때문이다. 가령 어떤 '나'가 나무와 전봇대를 보고 직립이라는 유사성을 찾아내거나 발견하거나 깨달았다고 가정하자. 앞의 '나'는 이 인식의 과정을 생략한 채 '나무는 전봇대다'라는 언술을 마련한다. 여기에 '나'라는 기호 표현은 굳이 들어갈 필요가 없다. 이 'A = B'의 언술 형태는 그 자체로 완결된 것이다. 그러나 뒤의 '나'는 이를 괄호에 넣는다. 그것이 드러났을 경우 정답으로 간주되어 운동은 멈추게 된다. 정작 중요한 것은 깨달음, 발견, 찾음의 인식 과정이다. '나'는 이 인식의 운동 과정을 드러내기 위해 자연스레 노출되는 기호이다. 뒤의 '나'에게는 '나무가 서 있다'와 '전봇대가 꽂혀 있다'는 진술이 더욱 중요하고, '나는 나무와 전봇대의 직립을 본다'는 행위가 더더욱 중요한 것이다.

　　욕망이여 입을 열어라 그 속에서
　　사랑을 발견하겠다 도시의 끝에
　　사그러져 가는 라디오의 재갈거리는[11] 소리가

사랑처럼 들리고 그 소리가 지워지는
강이 흐르고 그 강 건너에 사랑하는
암흑이 있고 3월을 바라보는 마른 나무들이
사랑의 봉오리를 준비하고 그 봉오리의
속삭임이 안개처럼 이는 저쪽에 쪽빛
산이

사랑의 기차가 지나갈 때마다 우리들의
슬픔처럼 자라나고 도야지우리의 밥찌끼
같은 서울의 등불을 무시한다
이제 가시밭, 덩쿨장미의 기나긴 가시가지
까지도 사랑이다

—김수영 「사랑의 변주곡」

(『김수영 전집 1—시』, 민음사 2003, 이하 같은 책) 부분

「사랑의 변주곡」의 도입부 경우, 'A = B' 형식의 언술은 "이제 가시밭, 덩쿨장미의 기나긴 가시가지 / 까지도 사랑이다"와 같은 구절에서 실현되어 있다. 그런데 김수영은 이를 문장으로 엮으며 그간의 과정을 암시하는 "이제"를 포기하지 않는다. "이제" 속에는 이 소단위 결론을 내기 위한 인식의 운동 과정을 고수하는 그의 고집이 들어 있다. 구체적으로 그것들은 한국 현대시사에 가장 인상적인 도입부 중 하나라고 생각하는 "욕망이여 입을 열어라 그 속에서 / 사랑을 발견하겠다"를 포함하여, "라디오의 재갈거리는 소리가 / 사랑처럼 들리고" "3월을 바라보는 마른 나무들이 /

---

11 『김수영 전집』 초판이나 개정판에는 "재갈거리는"이라 표기되어 있으나, 김수영의 육필 초고에는 "재잘거리는"으로 되어 있다.

사랑의 봉오리를 준비하고" 등이다. 발견하고 들리고 준비하는 과정을 거쳐 드디어 '가시가지 / 까지도 사랑이다'란 깨달음이 탄생한다. 과정과 결과, 혹은 "이제"의 앞과 뒤, 이 시의 개성은 어디에서 확보되는가? 뒤의 깨달음에 이끌려오는 질문, '왜?'의 의미 생성 가능성을 김수영은 시의 뒷부분에 아들에게 전하는 말과 "복사씨" "살구씨" 등에 대한 의미 부여로 스스로 차단했다. 과정을 거쳐 결과에 도달했는데, 그 결과는 시 후반부의 깨달음에 대한 보조적인 역할에 머문다. 뒷말의 형식은 일반적으로 깨달음의 의미를 담지만 여기에서는 앞말들에 대한 부연 역할을 한다. 중요한 것은 발견하고 들리고 준비하는 과정 자체이다.

'이제' 하면 자동적으로 떠오르는 또다른 시, 서정주의 「국화 옆에서」의 "인제는"과 견주어보면 앞말과 뒷말의 위상이 도드라진다. 임우기는 「국화 옆에서」를 분석하며 "구체적인 맥락이 없이 '인제는'의 결과만이 그려진다"고 했으며, 황현산(黃鉉産)은 그 원인을 "인제는"이라는 방언에 두고 "'인제는'에 실리는 토착정서는 늘 그렇게 생각하며 그렇게 살아온 사람들의 인습적 감정의지 아래 논리와 시비를 건너뛸 수 있는 힘까지 거기에 덧붙여"준다고 해석하였다.[12] 또 황현산은 최근의 글에서 서정주의 "정서적 논증력"과 달리 김수영의 시에는 "마술적인 정서장치의 후원이 없다"고 하였다.[13] 다시 「사랑의 변주곡」의 "이제"와 연관시켜보자면, "이제"가 발견하고 들리고 준비하는 과정을 되새기는 역할을 한다면, 「국화 옆에서」의 "인제는"은 봄과 여름과 가을에 겪은 수난의 과정을 "머언 먼 젊음의 뒤안길"로 받아내며 무화시킨다.

　　복사씨와 살구씨와 곶감씨의 아름다운 단단함이여

---

12 황현산 「시적 허용과 정치적 허용」, 『포에지』 2000년 겨울호 11면 참조. 임우기의 언급
　　도 황현산의 이 글에서 재인용했다.
13 황현산 「김수영의 현대성 또는 현재성」, 『창작과비평』 2008년 여름호 179면 참조.

고요함과 사랑이 이루어놓은 폭풍의 간악한

신념이여

(…)

아들아 너에게 광신을 가르치기 위한 것이 아니다

사랑을 알 때까지 자라라

인류의 종언의 날에

너의 술을 다 마시고 난 날에

미대륙에서 석유가 고갈되는 날에

그렇게 먼 날까지 가기 전에 너의 가슴에

새겨둘 말을 너는 도시의 피로에서

배울 거다

이 단단한 고요함을 배울 거다

복사씨가 사랑으로 만들어진 것이 아닌가 하고

의심할 거다!

복사씨와 살구씨가

한번은 이렇게

사랑에 미쳐 날뛸 날이 올 거다!

그리고 그것은 아버지 같은 잘못된 시간의

그릇된 명상이 아닐 거다

—「사랑의 변주곡」 부분

　　인식 과정의 중요성은 '사랑의 변주곡'의 방점을 '사랑'에서 '변주'로 옮겨놓는다. 사랑을 찾았는가? 시는 답을 유보시킨다. '나'는 사랑을 찾은 것처럼 보이나, 또한 찾은 사랑의 의미 해석을 아들에게 미루었다. 그가 사랑을 "복사씨와 살구씨와 곶감씨"에 비유했을 때 여기에는 깨달음과

162

동시에 유보의 의미가 담긴다. 그는 "단단함"에 힘입어 '사랑＝여러 씨들'이라는 깨달음을 얻었다. 그런데 이 씨들의 의미에는 이미 미래 어느 시점의 '만개'와 '결실'이 첨가되어 있다. 그것은 또한 아들과 아들이 찾을 사랑의 내용으로 치환된다. 그는 사랑의 내용을 찾았으나 그 찾은 내용으로 인해 사랑을 유보시킨 처지가 되었다. 그는 사랑의 형체는 물려줄망정 사랑의 내용은 아들에게 설명할 수 없다. 자신이 찾은 사랑의 내용을 아들에게 알려주면 사랑을 찾는 운동은 정지한다. 한편, 아들은 사랑이 있기는 있다고 하는데, 그것의 존재를 믿는 것이 "광신"이 아니긴 한데, 어디 있는지 찾아야 하는 운명에 처해 있다. 아이들이 꼭꼭 숨어버린 숨바꼭질 놀이의 술래. 김수영 시 속의 술래는 계속해서 찾아다니기만 한다. 그가 고안한 놀이는 찾아다니는 것을 목적으로 한다. '사랑'은 '변주'를 위해 움직인다. 사랑은 미리 갖춰진 해답이 아니라, 시에 등장하는 용언들을 빌려 쓰자면, 발견하게 하고 알게 하고 깨우치게 하고 배우게 하고 기다리게 하고 의심하게 하는 동력원이다.

김수영은 '사랑'이라는 어휘를 습관적으로 썼다. '사랑'과 같이 습관적으로 쓰인 시어가 몇개 더 있다. 일찍이 김현(金鉉)이 김수영의 시에서 '자유'를 핵심어로 부각시켰고, 김주연(金柱演)도 '자유'에 주목했다. 유종호(柳宗鎬)와 정현종(鄭玄宗)은 '비애'나 '설움'에 집중했고, '죽음'에 관한 연구도 지속되었다. 최근 이문재(李文宰)는 '얼굴'을 주제로 김수영의 시를 논한 바 있다. 여기에 '혁명'이 빠질 수 없다. 김수영 시에서 자주 보이는 이 시어들은 무의식적인 것이 아니라 의지에 의해서 형성된 것으로 보인다. 그는 오늘의 생각과 내일의 생각이, 오늘의 지식과 내일의 지식이 같은 것을 못 견뎌했다. 이들 시어는 반복적으로 사용되더라도 의미가 하나로 수렴되지 않는 것들이다. 「사랑의 변주곡」의 '사랑'에서처럼 명사의 형태로 의미 해석을 유도하는 이들은 계속 나열되거나 겹쳐 등장하며 그 의미의 다의성과 모호성을 증폭시키고 기존의 의미를 교란한다.

물론 이 나열과 겹침이 진리의 부정이나 해체와는 관계가 없다. 수사학적으로 기표는 미끄러지고 있으나, 의미론상으로 진리는 감추어져 있을 뿐 해체되지는 않는다. 그는 스스로 그것의 발견을 계속 미루었다. 그는 스스로 의미를 괄호에 넣고 그것을 추적하고 그것에 대해 안타까워하고 서러워하기를 계속했다. 나열과 겹침의 의미는 그의 시에서 인식 과정의 운동 형태이다. 이들 핵심어는 의미가 고여 있는 명사가 아니라 스스로의 뜻을 계속 지연시키거나 증폭시키는 움직이는 명사이다. 그는 다음과 같이 말한다. "움직이는 비애를 알고 있느냐"(「비」).

한편 무의식이라고는 할 수 없으나 의지의 개입이 덜한 습관성 어휘들이 김수영 시의 용언에 모여 있다. 이들은 운동의 모호한 결과가 아닌 운동의 역동성 자체를 드러낸다. 그는 부정의 "아니다" "않다", 결핍의 "없다" 등을 유독 많이 썼다. 많은 경우, 이 부정과 결핍의 기호들은 기지의 것을 거부할 뿐만 아니라 미지의 것을 찾아가는 과정 속에서 출현한다. 이들은 자신의 사고를 개진하는 과정의 부산물이다. 그는 감춰진 의미를 넘겨짚은 후, 이를 부정하고, 의미에 허기진 뒤, 다시 새 의미를 넘겨짚는다. 그는 스스로 감춘 의미의 주위에서 맴돈다. 김수영의 초기작 「아메리카 타임지」(1947)의 한 구절 "뱃전에 머리 대고 울던 것은 여인을 위해서가 아니다"의 진술 뒤에 울던 이유가 밝혀져 있을까? 총 4연인 시는 1연의 "또 하나의 해협을 찾았던 것이 어리석었다"와 2연의 "올바로 정신을 가다듬으면서"를 지나, 3연에서 이 부정문이 나오고, 4연의 "와사의 정치가들을 응시한다"로 끝난다. 울던 이유는 감춰져 있다. "아니다"의 부정은 어리석음을 뉘우치고 정신을 가다듬은 뒤 다시 응시하는 도약의 구름판 구실을 한다. 바꿔 말하면 그는 도약하는 의식작용을 위해 부정한 것이고, 이 부정은 의식의 움직임, 그중에서도 의식의 도약을 위해 마련되었다. 1954년 작 「구라중화」도 마찬가지이다. 시는 "저것이야말로 꽃이 아닐 것이다"라는 부정으로 시작해서 "사실은 벌써 멸하여 있을 너의 꽃잎 위에 /

164

이중의 봉오리를 맺고 날개를 펴고/죽음 위에 죽음 위에 죽음을 거듭하리/구라중화"로 끝이 난다. '구라중화'는 꽃이 아니라고 부정된 뒤 다른 규정을 얻지 못한다. 꽃을 환기하는 꽃잎과 봉오리는 마지막 연에도 그대로 있다. 그의 부정은 기존의 관념을 쓰러뜨리지 않고 거기에 의미를 두텁게 하는 역할을 한다. 구라중화는 시의 마지막에도 여전히 꽃이지만, 또한 거듭되는 죽음을 내재한 채 날개(꽃잎)를 펴는 이상한 꽃이기도 하다. 죽음의 반복과 여기에 날개를 펴는 비약의 준비, 그는 두번의 부정을 통해 기어코 이 의미를 '구라중화'에 덧붙인다. 죽음을 위해서 날개를 펴고, 죽음을 거듭한 뒤 날개를 펴는 죽음의 모호한 의미.

    노란 꽃을 받으세요 원수를 지우기 위해서
    노란 꽃을 받으세요 우리가 아닌 것을 위해서
    노란 꽃을 받으세요 거룩한 우연을 위해서

    꽃을 찾기 전의 것을 잊어버리세요
        꽃의 글자가 비뚤어지지 않게
    꽃을 찾기 전의 것을 잊어버리세요
        꽃의 소음이 바로 들어오게
    꽃을 찾기 전의 것을 잊어버리세요
        꽃의 글자가 다시 비뚤어지게

    내 말을 믿으세요 노란 꽃을
    못 보는 글자를 믿으세요 노란 꽃을
    떨리는 글자를 믿으세요 노란 꽃을
    영원히 떨리면서 빼먹은 모든 꽃잎을 믿으세요
    보기 싫은 노란 꽃을

「꽃잎 2」는 「풀」의 출현을 예비했던 시편으로 꼽히는 작품이다. 시어의 반복, 그로 인해 파생되는 어떤 주술적인 효과(황동규). 그러나 이 시에서는 어휘가 반복되더라도 기존의 의미가 떨어져나가는 주술성은 느껴지지 않는다. "노란 꽃을 받으세요" "꽃을 찾기 전의 것을 잊어버리세요" 등은 반복된다. 여기에 대고 하는 질문 중 얻을 게 거의 없는 것이 '무엇'과 '왜'이다. '우리가 아닌 것은 무엇인가' 또한 '왜 비뚤어지지 않게 잊어야 하는가' 등이 그것이다. 김수영은 같은 시에서 "우리가 아닌 것을 위해서" 위아래에 "원수를 지우기 위해서" "거룩한 우연을 위해서"를 배치하며 그 뜻의 모호성을 증폭시켰으며, 각각의 구절 앞에 "노란 꽃을 받으세요"를 반복해서 주의를 돌리게 했다. 그리고 시의 마지막에 "보기 싫은 노란 꽃"을 믿으라고 하며 그 뜻을 다시 모호하게 완결했다. "비뚤어지지 않게"는 곧 "비뚤어지게"와 대응한다. 의미는 계속 움직이고 있다. '무엇'의 질문과 '왜'의 질문에 대한 해답은 쉽게 내려지기 힘들다. 또한 반복을 통해서 의미가 약화되는 것이 아니라, 애초에 뜻을 파악하기 힘든 어휘들을 잇대거나 반대되는 의미의 진술을 적절히 배치하는 것으로 의미는 모호해졌다. 반복되는 것은 "받으세요" "잊어버리세요" "믿으세요"이다. 주어 없이 뜻이 분명하지 않은 목적어만 존재하는 이들의 되풀이는 요구와 망각과 믿음의 뜻만 시에 남게 한다. 홀로 남겨진 이들은 생각하기 위해 필요한 요구—망각—확신의 과정을 대변하며 의식 과정의 운동성 자체를 강조한다.

김수영 시의 용언 중 가장 많은 비중을 차지하는 시어는 '찾다' '생각하다' '알다' '보다' 등이다. 물론 많은 이들이 주목한 '사랑하다'도 있다. 인식의 과정을 그대로 드러내는 이들 어휘의 잦은 출현을 김수영 시어의 특질로도 말할 수 있을 것이다. 이들은 의미의 발견과 함께 의미의 발견 과정을 시에 기입한 그의 시적 개성을 그대로 보여준다. 이 중 '찾다'를 예로 들자면, 찾은 것은 거의 없고 무엇인가 찾으려 하고 찾고 있는 모습이 시에 나타난다. 거의 유일하게 찾은 것은 동시대인들이 실제로 찾은 1960년의 '혁명'인데, 그것 또한 영원히 이룩하자는 말을 잇대놓아 유보의 의미를 첨가했다. "우리가 찾은 혁명을 마지막까지 이룩하자"(「기도」).

그는 "너의 얼굴"(「너를 잃고」), "명정"(「지구의」), "설움이 역류하는 야릇한 것" "자기의 시간"(「방안에서 익어가는 설움」), "부박한 꿈"(「구슬픈 육체」), "민주주의"(「우선 그놈의 사진을 떼어서 밑씻개로 하자」)를 찾는다. 이 중 명확한 의미를 가지고 있는 것은 없다. 찾는 대상은 모호한 성격을 지녔다. 물론 "만년필"(「절망」), "코 풀 수건"(「의자가 많아서 걸린다」) 등의 뜻은 명확하다. 그러나 이 구체적인 대상도 사실 그 의미가 뚜렷한 것은 아니다. 만년필은 "피투성이가 되어 찾던" 것이다. 만년필을 피투성이가 되어 찾을 때 실제 대상은 만년필이 아니라 만년필로 쓸 무엇을 뜻하게 된다. 그 '무엇'은 제시되지 않았다. "코 풀 수건"이 삽입된 시의 맥락에서 중요한 것은 '수건'이 아니라 "의자가 많아서 걸린다"의 반복이다. 그는 '걸리다' '울리다'를 시에서 되풀이한다. 걸리고 울리는 것이 많다는 것을 강조하기 위해, 수없이 걸리고 울리기 위해 수건을 멀리 놓은 것처럼 보이기까지 한다. 물론 이때의 '걸리다'의 반복도 주술성과는 관계가 멀다. 이 또한 의미를 약화시키는 주술성의 효과보다는 의미를 강화시키는 과정의 반복이라고 말할 수 있을 것이다.

> 풀이 눕는다
> 비를 몰아오는 동풍에 나부껴
> 풀은 눕고
> 드디어 울었다
> 날이 흐려서 더 울다가

다시 누웠다

풀이 눕는다
바람보다도 더 빨리 눕는다
바람보다도 더 빨리 울고
바람보다 먼저 일어난다

날이 흐리고 풀이 눕는다
발목까지
발밑까지 눕는다
바람보다 늦게 누워도
바람보다 먼저 일어나고
바람보다 늦게 울어도
바람보다 먼저 웃는다
날이 흐리고 풀뿌리가 눕는다

──「풀」 전문

    그의 시 이력과 관련해서 「풀」에 접근하는 방법은 크게 두가지가 있다. 하나는 「풀」이 그의 시편에서 '예외적인 작품'이며, 마지막 시가 되었다는 점을 '행복한 우연'으로 여기는 견해이다. 사실 김수영의 사후에 우리에게 도착한 「풀」은 느닷없어 보인다. 그는 인식의 과정을 노출하고자 인식의 대리 주체 '나'를 즐겨 드러냈다. 그런데 「풀」에서는 인식 주체의 존재 여부마저도 불명료하다. 그것은 시에서 "발목"으로밖에 확인할 수 없으며, 이 "발목"도 인식 주체의 것인지, 아니면 인식 대상의 것인지 확정짓기 힘들다. '나'의 발목이란 해석도, "풀"의 발목이란 해석도 크게 어긋나는 것은 아니다. 풀의 발목으로 볼 때 관념을 최대로 억제한 '순수시'로

「풀」을 규정하는 견해가 제출된다.

다른 하나는 후기작 「꽃잎」 1, 2, 3과의 연속선상에서 보는 견해이다. 「풀」은 1968년 작이고, 「꽃잎」 연작은 1967년 작이다. 그 사이에 「원효대사」 「의자가 많아서 걸린다」 등이 있다. 「꽃잎」 연작 중 특히, 앞의 인용 시 「꽃잎 2」는 갑자기 부정적 의미가 삽입된 "보기 싫은 노란 꽃을"로 끝이 나 꽃의 의미를 찾다가 멈추게 했다. 이 꽃의 의미를 시 안에서 계속 찾는 것은 고단한 일이다. "비뚤어지지 않게" "비뚤어지게" 등에 착안하여 그 의미를 '시쓰기' 등으로 연상할 수는 있으나 이 시에서는 앞에서 말한 것처럼 "받으세요"와 "잊어버리세요"의 반복이 불러들이는 의미와, 여기에 담긴 요구의 뜻을 추적하는 일이 더욱 요긴해 보인다. 「의자가 많아서 걸린다」는 '걸리다'와 '울리다'의 무수한 반복을 거쳐, "관청" "철조망"과 "우리집"이 서로 "닮아 가고 있다"는 비관적인 깨달음과 함께, "기꺼이 기꺼이 변해가고 있다"라는 진술로 마무리된다. 「원효대사」는 '나'가 텔레비전 드라마 「원효대사」와 외화 「제니의 꿈」을 번갈아 시청하다가 이 둘이 "왔다갔다 앞뒤로 좌우로／왔다갔다 웃고 울고 왔다갔다" 하는 것에서 움직임을 느끼고, 이런 데에서나 움직임을 포착하는 자기 자신에 대해 비애를 느낀다. "찾아보지／않아도 있을 줄이야"의 마무리는 의식의 정지 상태에 대한 탄식이다. 이 세 편의 시에서 술어는 반복해서 등장하고, 그 등장으로 인해 대상의 의미는 계속 움직인다.

이와 같은 시들과 「풀」은 동사들의 반복 면에서 연속성을 가진다. 각각의 시어에 의미를 설정한 뒤 시를 분석하는 일은 이 동사들의 움직임을 막는 것이다. 가령 풀과 바람에 민중과 외세의 의미를 씌우고, 눕고 우는 행위에 억압의 의미를, 일어나고 웃는 행위에 극복의 의미를 넣으면, 바람보다 더 빨리 눕고 더 빨리 우는 풀의 동작을 해석하지 못하게 된다. 이 난국의 타개책 중 하나가 풀과 바람의 대립구도 아래 사람을 발목의 주인으로 설정해, 의미가 어긋나는 일정부분을 이 사람의 몫으로 할애하는 것이다. 왜 먼저 우는가? 왜 빨리 우는가? 제삼자의 설정은 이와 같은 질문에 이를 풀밭에 서 있는 사람의 심경을 대변한 표현이라고 말할 수 있게 한다. 사람의 설정과 풀과 바람의 의미 투여는 명사에 의지하여 시의 구도를 설정하고 의미를 해석하려 한다는 점에서 동일한 것이다. 자유와 죽음을 동일시하고 의식의 운동 과정을 중시한 김수영의 시와 시론을 고려하면 눕다/일어나다, 울다/웃다의 반복은 바람과 풀의 고정된 의미를 흔들어 그 의미를 서로 주고받을 수 있게 한다. 이때 바람이 외세라는 해석을 지지하는 '흐린 날'과 "비를 몰아오는 동풍"은 그 움직임의 역동성을 더하는 역할을 맡게 되며, "눕는다"로 시작해 "눕는다"로 끝나는 것에서 도출되는 어떤 비극성은 「원효대사」에 담겨 있는 정지에 대한 비애, 「꽃잎 2」의 마지막 "보기 싫은 노란 꽃을"에서 보이는 비극성과도 연관된다. 이때의 비극성은 다시 설움과 비애와 죽음의 뜻을 공유하게 되는 것이다.

—『너머』 2008년 가을호

시에서 삶으로, 삶에서 시로

◆

진이정·김영승의 시

풍경이 풍경을 반성하지 않는 것처럼

곰팡이 곰팡을 반성하지 않는 것처럼

여름이 여름을 반성하지 않는 것처럼

속도가 속도를 반성하지 않는 것처럼

졸렬과 수치가 그들 자신을 반성하지 않는 것처럼

바람은 딴 데에서 오고

구원은 예기치 않은 순간에 오고

절망은 끝까지 그 자신을 반성하지 않는다
―김수영 「절망」(『김수영 전집 1 ―시』, 민음사 2003) 전문

여덟 행으로 된 1965년 작 김수영(金洙暎)의 「절망」이 물리적인 길이보다 더욱 짧게 느껴지는 까닭은 주어와 목적어가 같고 구문이 같은 구조로 반복되기 때문이다. 앞부분의 술어는 모두 "반성하지 않는 것처럼"으로 고정되어 있고 그 대상은 행마다 다른 말로 바뀌어 등장한다. 서로 다른 이들은 반성하지 않는다는 말에 질책의 뜻이 담겨 있으리라 예측하게 하는 것

들이다. "풍경"과 "여름"이 없다면 그 예측은 아마 확신으로 바뀔 것이다.

이들 모두는 정말 반성하지 않는 것들이다. 반성은 이성이 있는 인간들이 하는 일이므로 이 모든 말의 반복은 사실 확인에 지나지 않는다. 만약 "반성하지 않는 것처럼"이란 말에 질책의 뜻이 담겨 있다면 그 질책은 마지막 행과 제목의 '절망'에서 확인할 수 있듯 시인 자신을 향하고, 사실 확인의 뜻이라면 이 세계에 반성에 할당된 영역이 협소하다는 것을 가리킨다. 어느 쪽이라도 이 말은 이성이 장악하지 못하는 영역을 환기한다.

"예기치 않은 순간"에 오는 구원은 이성의 영역을 결정적으로 좁히는 역할을 한다. 그러니까 이성의 바깥 영역에 구원이 있는 것이다. 시적인 것의 자리도 아마 여기일 것이다. 구원이라는 말이 불편하다면 예기치 않은 것이므로 '미지'라고 바꾸어도 좋을 것 같다. 이성이 제어할 수 있는 영역은 이때 기지의 영역이 된다. 시의 제목이기도 한 '절망'은 미지의 영역을 용인할 수밖에 없는 이성의 감정이다. 미지는 다른 세계를 꿈꾸게 하고, 절망은 그 꿈꾸는 사람을 이 세계 안에 가둔다. 미지는 삶 안에 균열을 내며 더 좋은 삶에 대한 믿음을 형성하고, 기지는 그렇게 형성된 믿음을 삶 속에 집어넣는다.

시적 실천은 기지와 미지가 주고받는 역동적인 교차 운동이다. 시는 다른 어떤 말보다 미지의 영역을 크게 보여준다. 한편 시적 실천의 극단적인 모습은 모든 것을 기지로 상정하여 우연을 제거하려는 시도와 많은 것을 미지로 상정하여 필연성을 줄이는 시도에서 나타난다. 앞의 실천은 필연으로만 이루어진 삶 자체가 없다는 점에서 그 자체가 미지로 남고, 뒤의 실천은 시에 나타난 혼란스러움 그 자체가 미지의 모습을 드러낸다. 실패로 끝날 수밖에 없는 이 시도는 의도하지 않게 시와 삶 사이에 가로놓여 있는 심연을 보여준다. 이 시도는 실패의 과정을 여실히 보여주기도 하는데, 그 과정조차 실패라 여길 수는 없을 것이다. 시와 삶을 일치시키려는 노력 자체가 시적 실천으로 독자에게 인식되기 때문이다.

나는 구호 식품에 의존해 있으므로, 시인이다

일본에서도 시인은 거지란다

내겐 적정량의 범죄가 필요해

그리곤 반성은 필요치 않으리라

나는 게으름 중독에 걸려 있어, 나는 나태사할지도 몰라

나는 미련이 없다, 그래서 살아 남았다

나모라 다나다라 야야, 아아 멀고 먼 인생의 비단길이여

깊고 깊은 미묘한 진리여,

숨 넘어가기 직전, 그대의 이름을 꼭 한번 부르리

아버지의 사십구 재, 바라춤이 아름다웠다

블루스의 달인이던 당신은 만족했으리라

나도 죽거들랑, 누군가 춤추어 다오

마누라가 나타나기까지, 나는 목욕하지 않으리

원효대사는 바로 내 해골바가지로 물을 드셨던 거다

고구려 병사가 나의 국적을 물었다

전 허망한 나라에서 왔습니다요,

다행히 말이 통했다

나도 허망한 나라에서 살고 있어

착한 고구려 병사는 나를 봐주었다

어디에나 인간은 있다

나도 또 울었다 그리고 국내성을 향해 절했다

나라가 망하니, 나의 절만 남는구나

분황사에서 불공을 마저 드리리라

—진이정 「거꾸로 선 꿈을 위하여 4」

(『거꾸로 선 꿈을 위하여』, 세계사 1994, 이하 같은 책) 부분

　허망한 나라에 살고 있다고 생각하는 시인과 망한 고구려 병사의 처지
는 같다. 이들이 의사소통할 수 있었던 까닭도 구호 식품에 의존해 살아
야 하는 가난의 동병상련 때문일 것이다. 진이정의 많은 시는 이렇듯 사
회적 상상력을 바탕으로 하고 있는데, 그가 사후에 누린 작은 축복이 여
기에서 비롯되지는 않았을 것이다. 그의 이러한 상상력은 다른 구절들의
의미를 종합하기 쉬운 마지막의 위치에 있기도 하지만, 그의 시 구절은
그 쉬운 길로 가지 않고 작은 의미 단위로 잘게 쪼개져 독립적인 기능을
한다. 단문으로 구성된 굶주림, 범죄 욕망, 게으른 삶, 닿을 수 없는 진리,
아버지, 원효대사, 고구려 병사의 정황들이 석 줄을 넘지 않으며 재빠르게
전개되고 있다.

　자신이 느끼고 있는 허기는 다른 나라의 배고픈 시인들과 함께 묶여 소
단위 의미를 형성한다. 범죄 욕망에 관한 이야기는 그에 수반되는 죄의식
과 이를 반성하지 않겠다는 다짐과 묶여 또 하나의 의미 단위를 이룬다.
독립된 것처럼 보이는 하나의 구절, 하나의 정황은 시 전체를 쉽게 요약
하지 못하게 만들고 스스로 활기를 띠고 있다. 의미들의 위계는 여기에서
거부된다. 시어들은 어느 한 개념에 수렴되는 종차 혹은 유속의 질서를
거스르는 동시에 그 언어들이 활약하는 짧은 순간을 미래의 어떤 기획의
담보로 저당 잡히지 않는다. 어떠한 말도 하지 않은 것이 아니라 모든 말
을 한 것과 같은 그의 시에는 주어진 과제를 처리해야 하는 의무감과 거
기에서 벗어나려는 욕망의 이분법이 없다. 물론 이성이 작동하지 않는 것
은 아니다. 굶주렸기 때문에 범죄를 저지르고 싶고, 몸이 아프기 때문에
게으르게 보일 수밖에 없다. 하지만 이와 같은 인과성은 시의 배면에 깔
려 있고 혼란스러운 말들은 시의 전면에 배치되어 있다. 그 까닭은 그가
잡념처럼 보이는 생각까지도 말의 형식을 빌려 의미를 주고 싶게 하는 소
멸의 시간을 눈앞에 두었기 때문이다.

의식의 수면 위로 떠올랐다 이내 사라지는 잡념은 우연한 것으로 여겨져 끝내 미지의 영역에 남아 있기 쉽지만 주어진 시간이 얼마 없었던 진이정에게는 그렇지 않았다. 그는 그 우연한 생각에도 필연성을 주고 싶었다. 그는 짧은 순간에 일어났던 생각을 말의 형식을 빌려 시어로 등재시킨다. 그 시어는 많은 이에게 혼란스럽게 보이겠지만 거기에는 자신의 우연한 삶에도 필연성을 두고 싶은 진이정의 마음이 있다. 그의 마지막 매 순간들은 이와 같은 방식으로 시의 세계로 진입한다. 삶과 말을 일치시키려는 그의 노력은 둘 중 어느 하나를 포기하는 것으로 다른 하나가 온전해질 수밖에 없다는 점에서 끝내 실패의 기록으로 남았으나 그 실패는 결국 삶과 시를 일치시키려는 실천의 기록이기도 했다.

아버지를 이해할 것만 같은 밤,

남인수와 고복수의 팬이던 아버지는

내 사춘기의 송창식을 끝내 인정하지 않으셨다

그런 아버지를 이해할 것만 같은 밤,

나는 또 누구를 인정하지 못하는 것일까

나부턴 열린 마음으로 살고 싶었다

이 순간까지도 나는, 서태지와 아이들

그 알 수 없는 중얼거림을 즐기려고 애써 왔다

허나 당신을 이해할 것만 같은

밤이 자주 찾아오기에

나는 두렵다

나는 무너지고 있는 것일까

—「애수의 소야곡」 부분

남인수의 「애수의 소야곡」을 듣고 자란 세대는 송창식의 「왜 불러」에 진심으로 공감하지 못한다. 송창식을 듣고 자란 세대가 서태지와 아이들의 「난 알아요!」를 인정할 수 없는 것과 마찬가지 이유이다. 설득력 있는 수많은 근거를 대며 다른 세대가 즐긴 노래의 우수성을 입증하려 하여도, 고개를 끄덕이기는 하겠지만 그 세대의 구성원이 다른 세대가 누렸던 즐거움을 똑같이 누리기는 힘들다. 여전히 자신이 속했던 세대의 노래가 상대적으로 우수하다는 생각이 남아 있는 것이다. 자신의 감수성 형성에 기여하지 못한 노래는 계속 이해할 수 없는 영역에 남아 있지만, 다른 세대의 노래를 이해하려고 할 때 자기 세대의 노래에 대한 굳건한 확신은 충격을 받는다.

말의 모습이 아니라 말이 전하는 뜻에 주목하도록 유도하는 정돈된 목소리와, 아버지와 자신과 뒤의 세대를 가르는 데에서 확인할 수 있는 것은 아직 이성적인 그이다. 이성의 영역이 무너지면 목소리 또한 들뜰 것이며 그 결과 혼란스러워 보이는 진술들이 시에 범람할 것이다. 그는 자신의 기억을 지울 수 없기 때문에 자신의 세대를 떠날 수 없고, 그 때문에 차이와 구별이 없는 "열린 마음"의 상태를 가질 수 없다. 대신 그 마음이 있다는 전제로 다른 세대의 노래를 이해하려는 모습을 보일 수는 있는데, 시에서는 그 결과가 "두렵"고도 "무너지고 있는 것" 같은 느낌으로 나타난다. 타인을 이해하는 것은 굳건한 자아에 스스로 균열을 내는 행위와 다르지 않다.

달리 말하면 그의 두려움은 "열린 마음"이 마련한 것이다. 열린 마음이 없다면 굳이 다른 세대의 음악을 공감하려 할 이유도, 거기에서 또 무너지는 것 같은 느낌이 들 필요도 없다. 하지만 그와 같은 상태에 놓이는 것은 불가능하다. 그는 여전히 정돈된 목소리로 흔들림에 대해 말하고 있다. 미지의 영역은 이때 두가지 층위로 나뉜다. 그가 진심으로 받아들이지 못하는 다른 세대의 노래는 표면에서 그를 흔들고 있으며, 결코 도달할 수 없는 "열린 마음"은 순수한 성질을 띠며 이면에서 그에게 지속적인 실패를 가져다준다.

「애수의 소야곡」에서 그가 당면한 난제는 흡사 양쪽의 언어를 앞에 둔 '번역가의 과제'와 닮아 있다. 번역가는 얼핏 가늠할 수는 있으나 끝내 밝히지 못하는 순수언어와 견주며 원본의 언어와 번역본의 언어를 풍요롭게 한다. 서로 다른 언어의 뜻을 통하게 하는 것은 모든 언어에 잠재되어 있는 순수언어이다. 하지만 순수언어는 현실에 없기 때문에 모든 번역을 불완전한 상태로 남게 하고, 그럼에도 불구하고 모두의 인식 속에 있기 때문에 그 불완전성에 운동의 뜻을 덧씌운다.

진이정의 시에는 혼란스러운 말이건 정돈된 말이건 삶의 매 순간을 고양시켜 시적 순간으로 전환하려는 기획이 들어 있다. 그의 시적 실천은 삶이 시 쪽으로 접근하는 방향을 따른다. 그러나 같은 방향을 취한 대개의 낭만주의 시의 특성이 그의 시에는 보이지 않는다. 삶을 시적인 것으로 전환하고자 하는 노력은 같으나 그는 이상향을 먼 미래에 두는 방법 대신 소멸의 시간을 그 앞에 두었다. 그가 예견한 앞날은 무언가를 이루었거나 이루지 못한 자신의 모습 대신 자기가 없는 미래로 꾸며져 있다. 그의 연작 제목이기도 한 '거꾸로 선 꿈'은 뒤집힌 낭만주의자가 꾼 꿈이기도 한 것이다.

형이 사다준
예쁜 소녀 같은 선풍기가
고개를 수그리고 있다

어린이 동화극에 나오는 착한 소녀 인형처럼 초점 없는 눈으로
'아저씨 왜 그래요' '더우세요'
눈물겹도록 착하게 얘기하고 있는 것 같았다

(…)

이 더운 여름
반지하의 내 방
그 잠수함을 움직이는 스크류는
선풍기

신축 교회 현장 그 공사판에서 그 머리 기름 바른 목사는
우리들 코에다 대고
까만 구두코로 이것저것 가리키며
지시하고 있었다

선풍기를 발로 눌러 *끄지* 말자
공손하게 엎드려 두 손으로 *끄자*
—김영승「반성 743」(『반성』, 민음사 1987, 이하 같은 책) 부분

김영승(金榮承)의 경우, 진이정과 반대 방향에서 시적 실천의 과정을 보여준다. 진이정이 삶을 들어올려 시와 일치시키려 했던 반면 김영승은 시를 끌어내려 삶과 일치시키려 했던 것이다. 그의 시에는 촉박한 시간의 기운이나 흔히 '시적인 것'이라 부르는 수사 없이 다양한 삶의 양태들이 범상한 언어로 나타나고 있다. 직접적인 감정 표현이 자제되어 있는 그의 말은 대체로 가지런하다. 그의 말은 일상적인 대화나 일기나 산문과 섞여 있어도 눈에 띄지 않을 것 같다. 이는 그의 시가 비교적 성공적으로 삶 속에 침투해 들어갔다는 증거 중의 하나이다.

그가 설정한 기지와 미지의 영역은 각각 시대에 노출된 기억과 은폐된 기억이다. 『반성』이 출간되었던 1980년대에 대한 기억은 대개 경제성장

178

과 군사독재로 양분되어왔으나 그는 이 풍요와 폭압의 이분법을 의심하며 그 구분으로 소외되었던 시간들을 드러내었다. 「반성 743」에서 기지의 영역은 구두코로 지시하는 목사와 그의 지시를 따르는 공사장 인부의 갈등으로 나타난다. 억압과 피억압의 구분은 그 시대를 파악하는 손쉬운 방법이다. 하지만 김영승은 상황을 조금 더 복잡하게 만든다. 억압과 피억압의 관계를 지상의 상황으로 설정한 뒤 거기에 자신이 살고 있는 반지하의 삶을 삽입하여 대비시킨 것이다. 반지하의 설정은 억압과 피억압의 대립 구도를 함께 묶어 지상을 반목의 질서가 유지시키는 세계로 인식되도록 유도하고, 그 틈에 온정과 존중의 질서가 유지되는 세계가 있었다는 것을 일깨워준다. 반지하의 삶은 은폐되어왔었던 미지의 기억인 것이다.

한편 형이 사다준 선풍기를 발로 *끄지* 말고 "공손하게 엎드려 두 손으로 *끄자*"는 구절은 약자의 연대를 환기한다. 억압과 피억압의 대립 관계뿐만 아니라 상호 존중의 연대가 더해져 그 시대의 삶은 완성된다. 그가 약자의 입장에 서 있기 때문에 이분법적 삶의 국면은 다양해진다. 약자는 강자와 함께 있을 때 억압받는 대상으로 한정되지만 약자와 함께 있을 때 서로를 배려하는 주체가 된다. 미지의 영역은 대상에서 주체로 자리를 옮기며 형성되는 다양한 관계 그 자체이다. 그의 시에 자주 보이는 페이소스 또한 그가 주체의 자리에 있기에 나타나는 현상일 것이다. 그는 미지의 영역이 당대에도 있다는 것을 말하며 주체와 대상, 억압과 피억압의 이분법을 교란시킨다.

너는 왜 그렇게 티를 내나
너는 왜 그렇게 기어코 티를 내야 하나

술 취하여 쓰러져 가는 나를
너는 왜 연탄집게로 때려야 하나

　왜 갈빗대를 부러뜨려야 하나

　함박눈이 펑펑 쏟아지던 날 밤
　너는 왜 그 순결함을 더럽히게 했냐
　왜 눈 위에 나의 핏방울로
　술 취한 나의 핏방울로
　너를 절대로 해치지 않는 나의 핏방울로

　너의 그 고운 이름을 써놓게 했느냐.

—「반성 744」 전문

　억압과 피억압의 관계가 「반성 744」에서는 연탄집게를 집어 때리는 '너'와 술에 취해 갈빗대가 부러질 정도로 맞은 '나'로 제시되어 있다. 김영승은 이와 같은 이분법 사이에, 눈 위에 피로 "너의 그 고운 이름을 써놓"는 '나'의 행위를 기입한다. 이 "고운"이라는 말에는 상대방이 오래 지녔던 이름과 일시적으로 범했던 폭력을 구분하여 그를 이해하려는 마음이 들어 있으며, 눈 위에 피로 이름을 쓴 행위 자체에는 피해자가 상대방에게 잠깐이라도 가졌을 원한에 대해 반성하려는 마음이 들어 있다. 가해자와 피해자의 구분, 즉 주체와 대상의 구분은 이 말에 의해 흐릿해진다. 억압의 주체는 언제나 억압의 대상이 될 수 있으며 억압의 대상은 언제나 억압의 주체가 될 수 있다는 사실이 새삼 여기에서 환기된다. 일인칭과 이인칭과 삼인칭이 서로 교환될 수 있다는 가능성을 인정할 때 비로소 공동체가 구성된다는 점을 감안했을 때, 그의 시가 도달한 곳은 공동체 안의 삶이라고 할 수 있다.
　보통 시에서 실천의 의미는 과정이자 대상으로 여겨져왔다. 그 의미가 가장 느슨한 경우는 시쓰기 자체를 시적 실천으로 상정했을 때이다. 이때 실천은 과정의 의미를 띤다. 실천의 의미가 가장 뚜렷한 경우는 공통 이념을 설정한 뒤 거기에 다가가는 시쓰기를 실천으로 파악했을 때이다. 억압 주체가 뚜렷했던 과거에 현재와 미래는 단절되어 있었다. 핍박받고 있는 현재를 보상할 더 좋은 미래를 설정할 때, 실천의 뜻은 더 좋은 세상에 대한 믿음을 공유하는 시인들의 것으로 고정된다. 이 경우 미지의 영역 또한 더 좋은 세상으로 그 의미가 뚜렷해진다.

이 글은 모든 시쓰기를 실천으로 설정한 길과, 함께 품은 더 좋은 세상의 실체화를 실천으로 파악한 길을 피해왔다. 그 대신 일상의 시간과 시 쓰는 시간을 따로 두지 않은 실천의 길에 주목했다. 사실 기지와 미지의 영역이 충돌하고 교란되는 일은 어떠한 시에서나 나타나는 현상이다. 전통적인 시이건 리얼리즘 시이건 전위적인 시이건 미지의 영역을 어떻게 파악하고 어디에 두는지에 따라 그 모습이 다를 뿐, 말과 말이 이루는 파동은 언제나 미지의 영역을 개척한다. 이들 시 중 일부는 생각으로 말을 대신하거나 말로 삶을 대신하거나 미래로 현재를 대신하기도 한다. 이 과정에서 구분할 수 없는 것이 구분되고 더 중요할 수 있는 것이 누락되기도 한다. 이 글은 이렇게 소외되기 쉬운 말과 시간, 말과 삶의 관계를 다루되 그 사이가 가장 좁았던 예를 살펴보려 했다. 이 둘을 일치시키기란 규모로 보나 성질로 보나 불가능하다. 그래서 이 기획은 언제나 실패한다. 그런데 이를 과연 실패로 보아야 할까?

진이정의 방법을 따르는 시들은 여전히 보이고 있다. 이 방법의 시적 실천이 전통적인 시 작법을 따르는 시의 실천보다 근본적이고도 빠른 실패를 가져온다는 점을 알면서도, 그리고 다른 어떤 시보다 외로운 길이라는 것을 알면서도 이 길에 선 시인들은 말들의 혼란을 자초하며 시간의 질을 높이고 있다. 김영승의 방법을 따르는 시들도 없는 것이 아니다. 우선 김영승이 여전히 시를 쓰고 있다. 이들은 자신의 삶을 시대적 삶과 잇대어 놓고 그 불편함에 대해 불편하지 않게 말하며 그 시간을 두텁게 하고 있다. 이 길 또한 소위 시적인 것을 조성하는 방법을 따르지 않는다는 점에서 외롭기는 마찬가지이다. 이렇듯 시와 삶을 일치시키려는 시인들의 노력이 지속적으로 보인다는 점을 따로 두고서라도 이 길을 실패로 보기는 어렵다. 실패의 기록 자체가 시적 실천의 방법 중 하나일 뿐만 아니라 그 안에 들어 있는 것이 집중된 시간과 은폐되었던 삶의 진실이기 때문이다.

─『시와시』 2011년 봄호

장자(長子)의 그림, 처남(妻男)들의 연주

◆

문태준·황병승의 시

1. 두 사내 이야기

나무에 둘러싸인 사람이 사내1이다. 사내1의 주위에는 가죽나무, 팽나무, 개복숭아나무, 아카시아나무, 배나무, 팥배나무, 탱자나무, 호두나무 등이 있다. 그곳은 삼림욕장이나 식물원이 아니기 때문에 숲이나 마을 어귀이며, 관람객이 지나치지 않기 때문에 보이는 사람들은 토착인이다. 토착인들이 살기 때문에 그곳은 도시가 아니고, 도시가 아니기 때문에 농촌이다. 농촌이 대개 그러하듯 그들은 아마 사내1의 친족들일 것이다. 사내1의 친족들은 그들이 함께 사는 농촌이 점차 사라져가고 있기 때문에 대개 사내1의 기억 속에 사는 과거의 사람들이다. 과거의 사람들 사이사이에 서 있는 나무들은 사람들이 마을을 떠나거나 삶을 떠나기 이전부터 그 자리를 지키고 있었던 현재의 나무들이다.

사내1에 번호 1을 매긴 것은 사내2가 있기 때문이다. 사내2는 다카하시 미츠, 니노셋게르미타바샤 제르니고코티카, 여장남자 시코쿠, 주치의 h, 메어리, 앨리스 부인, 프랑스 이모, 고양이 짐보, 대야미의 소녀 등에게 말을 건넨다. 이들이 사는 곳은 현실이 아닌 듯하다. 사내2는 지금 이들이 등장하는 책이나 비디오를 보거나 음악을 듣는 것 같다. 실제로 존재하지 않는 이들과의 대화이기 때문에 그의 말은 독백이며, 독백이기 때문에 그는 골방에 있다. 그는 골방에 있기 때문에 자연을 호명하지 않고, 자연을 호명하지 않기 때문에 도시에 산다. 사실 그는 자신이 도시에 사는지 교외에 사는지 시골에 사는지 신경쓰지 않는다. 앨리스가 사는 이상한 나라에 있기 때문에 그에게는 친구가 없으며 가족이 없으며 과거가 없다. 그를 사내라고 불렀으나 사실 그의 성(性)은 확실치 않다. 친구에게 누나라고 불러도 되느냐고 물어보니까 사내라고 짐작해본다.

사내1과 사내2는 만날 수 없을 것 같다. 이들을 낳은 시인이 문태준(文泰俊)과 황병승(黃炳承)이기 때문에 더욱 그러하다.[1] 한명은 서정시의 중심에 서서 문단의 관심을 한 몸에 받고 있으며, 다른 한명은 서정시의 주변부에서 시의 전통에 무관심한 일군의 젊은 시인들과 함께 서 있다. 어쩌면 사내1과 사내2의 대비는 문태준과 황병승의 대비를 넘어 전통시와 실험시의 대비로 보일 수도 있겠으나, 정작 이 글의 관심은 이들의 시가 지닌 힘과 그 힘에 내재하는 공통된 시의식에 있다.

2. 걱정 많은 장자와 불쌍한 처남들

문태준의 사내1은 장자로 보인다. 사내1이 직접 이야기한 적은 없으나 그리 짐작해본다. 가족에 대한 장자의 책임감은 부모의 범위를 벗어나기 마련이며, 사내1의 책임감이 그와 같기 때문이다. 그는 고모(「화령 고모」),

---

1 이 글에서 다루는 텍스트는 문태준 시집 『수런거리는 뒤란』(창작과비평사 2000), 『맨발』(창비 2004), 『가재미』(문학과지성사 2006), 황병승 시집 『여장남자 시코쿠』(랜덤하우스중앙 2005)이다. 작품을 인용할 때는 작품명만 표시한다.

외할머니(「옛 집터에서」「맷돌」), 조모(「그믐이라 불리던 그녀」), 외할아버지(「사라진 뱀 이야기」), 큰아버지(「태화리에서 1」) 들을 시에 불러낸다. 또한 「가재미」에서 그는 산소마스크를 쓰고 암투병 중인 그녀가 큰어머니이기 때문에 병원을 찾는다.

> 김천의료원 6인실 302호에 산소마스크를 쓰고 암투병 중인 그녀가
> 누워 있다
> 바닥에 바짝 엎드린 가재미처럼 그녀가 누워 있다
> 나는 그녀의 옆에 나란히 한 마리 가재미로 눕는다
> 가재미가 가재미에게 눈길을 건네자 그녀가 울컥 눈물을 쏟아낸다
> 한쪽 눈이 다른 한쪽 눈으로 옮아 붙은 야윈 그녀가 운다
> 그녀는 죽음만을 보고 있고 나는 그녀가 살아온 파랑 같은 날들을 보
> 고 있다
> 좌우를 흔들며 살던 그녀의 물속 삶을 나는 떠올린다
> 그녀의 오솔길이며 그 길에 돋아나던 대낮의 뻐꾸기 소리며
> 가늘은 국수를 삶던 저녁이며 흙담조차 없었던 그녀 누대의 가계를
> 떠올린다
> 두 다리는 서서히 멀어져 가랑이지고
> 폭설을 견디지 못하는 나뭇가지처럼 등뼈가 구부정해지던 그 겨울
> 어느 날을 생각한다
> 그녀의 숨소리가 느릅나무 껍질처럼 점점 거칠어진다
> —「가재미」 부분

친척들은 장자를 존중한다. 사후에 그들은, 적어도 그들의 부모는, 장자에 의해 모셔진다. 자신의 뿌리가 보존되는 것을 확인하면서 그들은 생물학적 죽음이 주는 당혹감에서 탈출한다. 자신의 피가 뿌리를 매개로 자신

의 육체를 우회하여 다른 가지로 뻗어나가리라 추측하면서 그들은 재생을 믿게 된다. 그들의 유일한 밑천인, 그러나 그들이 가지고 사라져야 하는 삶의 기억들도 보존되는 피에 얹혀 되살아나기 시작한다. 장자는 친척들에게 종교적 제사장의 의미를 지니는 것이다.

「가재미」의 장자도 이러한 친척들의 기대를 저버리지 않는다. 그는 죽음이 임박한 그녀의 현재에 그녀의 이력들을 생생하게 끌어내어 그녀의 과거와 지금 이 순간에 놀라운 활력을 부여한다. 죽음만을 보고 있는 그녀의 옆에 누워보는 행위는 위로이자 연민에서 비롯된 것이다. 비록 같은 자세를 취하더라도 죽음을 목전에 둔 이와 그것을 바라보는 이의 거리는 여전히 존재한다. 그는 누워 "가재미"가 되어보지만 곧 일어나 병실을 나갈 것이다. 그러나 죽음을 목전에 둔 그녀 앞에서 "그녀가 살아온 파랑 같은 날"의 이력을 이끌어내고, 그녀가 걸은 "오솔길"과 그녀가 들었던 "뻐꾸기 소리"와 그녀가 삶던 "가늘은 국수"를 떠올렸을 때 그녀의 과거는 장자의 입을 통해 다시 살아난다. 흡사 죽은 자의 목소리를 불러내는 무당과도 같은 그에게 홀려 그녀는 생물학적 죽음 앞에서 복원된다.

그런데 그녀의 죽음 직전에 마지막 삶의 불꽃이 타올랐던 이유 한편에는 사내1이 자신을 직접 장자라고 말하지 않았다는 사실도 있다. 장자라고 말하는 것과 하지 않는 것의 차이는 크다. 장자라는 인식이 상징계에서 각인되기보다는 무의식의 차원에 놓여 있어서 적어도 그에게는 의식적으로 장자가 지닌 일반적 상징을 전용할 의도가 없는 듯하다. 이러한 시의 화자처럼 시의 대상들도 일반적이고 관습적 의미를 배제한 채 새로운 감각을 획득하려 한다. 가령, 큰어머니는 대모신이 아니라 "김천의료원 6인실 302호"에 누워 있는 환자로 제시되어 있으며, 그녀가 지닌 저 기억들도 시 밖에서 의미를 가져오지 않는다.

　　세상 한곳 한곳 하나 하나가 저녁에 대해 말하다

까마귀는 하늘이 길을 꾹꾹 눌러 대밭에 앉는다고 운다

노란 감꽃 핀 감잎은 등이 무거워졌다고 말한다

암내 난 들고양이는 우는 아가 소리를 업고 집채의 그늘을 짚으며 돌
아나간다

나는 대청에 소 눈망울만한 알전구를 켜 어둠의 귀를 터준다

들에서 돌아온 아버지는 찬물에 발을 씻으며 검게 입을 다물었다
—「저녁에 대해 여럿이 말하다」 전문

"아버지"가 "찬물에 발을 씻"고 있다. 아버지는 흔히 질서와 규율을 강
요하고 쾌락본능을 억압하는 상징적 의미로 쓰이지만 여기에는 그러한
뜻이 배제되어 있다. "까마귀"와 "감잎"과 "들고양이"와 "나"는 울고 말
하고 돌아나가고 알전구를 켜며 어둠이 내려앉은 대상들을 낯설어하는
데, 이러한 소란스러운 모습들 사이에서 아버지는 입을 다물어 어둠을 삼
켜버린다. 나를 포함한 다른 이들이 저녁에 '대해' 말하지만, 그는 말하지
않고 저녁이 '되어'버리는 것이다. 움직이고 말하는 대상들을 침묵으로
감싸안는 아버지는 죽음의 세계를 입안에 담고 있다. 태초에 말이 있었으
나, 그전에는 침묵이 검은빛을 띠고 있었다. 인간이 겪어야 하지만 체험할
수 없는 죽음의 세계는 아버지가 찬물에 발을 씻으면서 감각화된다. 물론
삶을 관장하는 생생한 죽음은 아버지의 상징적 의미이다. 그러나 이것은
이미 만들어진 도식의 상징이 아니라, 시가 지닌 의미들이 일궈낸 감각적
상징이다.

문태준의 장자가 친척들을 찾아가며 그들의 과거를 현재로 불러오는 반면에 황병승의 사내2는 가족을 끊임없이 지운다. 이들은 시에서 지워지기 위해 등장한다. 이들은 시인과 불화를 겪거나 자신의 부재를 강조한다. 아버지는 가족들이 제삿날 향이나 피워올리게끔 이미 죽어 있고(「존재의 세 가지 얼룩말」), 머리맡에서 검정 쌀을 씻으며 소리없이 웃는 어머니도 사실 재작년에 돌아가셨다(「이파리의 저녁식사」). 지금 여기에 없는 이들은, 없기 때문에 스스로의 의미를 시 안에서 건져올리지 못한다.

가족을 부정하고 싶어하는 그는 전통적 가족제도 안에서 처남의 자리에 위치해 있다. 처남으로 보이기 때문이 아니라, 그가 말했기 때문에 처남이다. 그로 인해 처남이 가지는 정치적·상징적 의미가 적극적으로 활용되기 시작한다.

친구에게, 라고 적어봅니다
비 내리는 오후 유리창이 침을 흘려댑니다 배가 고파서
사실 가정을 갖는 일에는 늘 실패합니다
책임감은 언제나 그림자의 발뒤꿈치로 달아나고
하루는 그림자와 손을 맞대고 다짐합니다 서로에게 본보기가 되자고
찬 벽이 싫어서 얼른 손을 떼었지만
오늘 밤은 얼굴이 조금 가렵습니다
뭐랄까, 나는 낭만적인 사람에 가깝다고 해야 할까요. 부끄러운 줄도
모르고,
사람들은 자신이 만든 음악에 취해 왕관을 꿈꾸고
새 옷과 구두를 장만하지요
나는 그렇게 하는 대신, 긴 그림자가 사라지는 먹구름의 오후
종이 위에 친구에게, 라고 적습니다
친구여 자네를 누나라 불러도 좋을까, 꾸욱 눌러쓰며 말이죠

매형, 세상에는 참 불쌍한 놈들이 많습니다.
―「불쌍한 처남들의 세계」 전문

사람들 앞에서 '나는 장자야'라고 말하기는 쉽지만 '나는 처남이야'라고 말하기는 어렵다. 처남은 존재하면서 관계하는 것이 아니라, 관계하면서 존재하는 대타적 호칭일 뿐이다. 장자는 의젓함이나 책임감 같은 권위를 인정받으며 관계를 넘어서 독립적으로 쓰일 수 있다. 그러나 처남이라고 하기 위해서는 그를 수식하는, 매형에 해당하는 누군가가 필요하다. 그러나 황병승은 매형에 해당하는 수식어 없이 처남을 시의 주인공으로 내세운다.

처남의 위치를 택하면서 사내2는 자유와 유희를 확보하고 권위를 공격하게 된다. 다시 말하면 권위를 포기하고 자유와 유희를 얻는다. 아내의 남동생인 처남은 나와 사돈관계이다. 아내의 오빠가 아니며 나와 피가 섞이지 않은 처남은, 오빠가 지닌 권위와 혈족 내에서 맺어지는 상속의 영역 바깥에 놓여 있다. 그는 자유롭다. 그런 처남이 "가정을 갖는 일에는 늘 실패"한다. 그러나 실패라는 말에서 절망감보다 무덤덤함이 더 느껴지는 이유는, 우선 가장의 책임을 떠맡지 않아도 된다 싶은 안도감에서 비롯되었겠지만, 여기에 이어지는 본능에 충실한 발화도 한몫 거든다. 배가 고프다고, 얼굴이 조금 가렵다고 말하는 화자에게 슬픔은 표면으로 떠오르지 않는다. 만약 즉각적인 슬픔을 느낀다면, 자신의 쓸모없는 처지를 깨닫지 못하는 처남을 보면서 생겨나는 독자의 연민일 것이다. 어른보다는 아이의 마음을 가진 처남을 화자로 내세우면서 오빠와 혈족과 가장의 권위는 심드렁해진다.

수식 없는 '처남'의 독립적 활용이 일상적 지각의 문법적 층위를 건드린다면, 처남이 지닌 이데올로기는 시의 장르적 권위를 흔든다. 처남이 시

장자(長子)의 그림, 처남(妻男)들의 연주　189

에서 놓인 위치가 화자이기 때문에 더욱 그렇다. 일인칭의 힘이 강력한 시 장르에서 처남이라는 대타적 호칭이 바로 그 일인칭이 되면서, 일인칭 권위자는 소수자의 위치에 서게 된다. 여기에는 '처남'이 아니라 '처남들'이라는 제목도 한몫 거든다. 일인칭의 권위가 처남의 세계로 떨어지고, 떨어진 권위는 접미사 '들'에 의해 분산되기까지 한다. 황병승의 화자는 한목소리를 내는 것이 아니라 시 한편 안에서도 여러 목소리로 교차한다. 황병승은 권위의 가장 밑부분에서 자신의 느낌을 설파하지 않고 즐긴다. 그는 일반상식을 흔들기 적합한 권위 없는 자들의 유희의 목소리를 지녔다.

　　웃으면 좋다는 거고 인상 쓰면 싫다는 거지 어렵게 생각하는 습관을 버려
　　문어는 만화에서처럼 코가 달렸고 먹물을 발사하지

　　언젠가 나는 소문이 싫어 고양이 수염을 잠깐 달았지만
　　그림자에 지나지 않았어 아직은 별명을 쓰는 친구들이야 모두들 체스를 좋아해
　　앞치마 두른 동물들은 모두 일하러 가고 이렇게 큰 풀밭은 처음 봐
　　나른한 텐트 속에 버려진 네 두 다리는 꼭 투명한 푸딩 같구나
　　언젠가 너도 꼬리를 감추고 잠깐, 흔들린 적 있겠지
　　늙은 마초(macho)들! 앞에서 멍청하고 냄새나는 여자애들과
　　시키면 시키는 대로 손잡고 노래 부르던 시절
　　그땐 얼마나 얼굴이 화끈거리던지 그림자에 지나지 않았어
　　　　　　　　―「핑크트라이앵글배(盃) 소년부 체스 경기 입문(入門)」 부분

"어렵게 생각하는 습관을 버려"의 어조는 심각하지 않다. 엄숙함을 배제하는 처남의 목소리는 문어의 모습을 희화화하는 것으로 이어지는데,

190

이때 짓는 그의 웃음은 자못 의미심장하다. 현실의 모습을 바탕으로 문어의 모습을 재현하는 것이 기존의 글쓰기 방식이라면, 이 시에서는 현실의 문어가 만화를 바탕으로 "코가 달렸고 먹물을 발사"한다. 또한 마음을 표현하기 위해 표정을 짓는 것이 아니라, 표정에 마음이 담겨 있다고 말한다. "웃으면 좋다는 거고 인상 쓰면 싫다"는 것이다. 이면의 생각을 추적하는 행위는 처남의 세계에서는 쓸데없는 짓이다. 엄숙함과 진중함은 "어렵게 생각하는 습관"일 뿐이다.

만화적 상상으로 현실을 구성하는 처남의 웃음은 전쟁 게임인 체스보다는 실제 전쟁을, 꼬리가 아닌 머리를, 풀밭이 아닌 일터를, 동성애자가 아닌 마초를 공격한다. 그의 아군은 자신을 옥죄는 실명을 버리고 아직도 별명을 쓰는 친구들이다. 어쩌면 그의 가족은 "동성애 운동과 게이 프라이드의 상징 마크"인 핑크트라이앵글을 가슴 혹은 모자에 새긴 친구들일지도 모르겠다. 사심없이 대화하고 서로에게 안녕과 평화를 기원하는 존재를 가족이라고 일컫는다면 말이다. 지금 이들은 소수자가 되기 위해, 혹은 소수자가 만든 게임의 장에서 놀고 있다.

3. 처남들의 밴드, 그들이 연주하는 실험음악

처남은 지금 '이상한' 나라에 살고 있다. 루이스 캐럴의 『이상한 나라의 앨리스』에 등장하는 체셔고양이가 있기 때문에, 앨리스가 있기 때문에, '정상적' 세계에 살고 있는 사람들은 처남들의 세계를 '이상한' 나라라고 한다(「Cheshire Cat's Psycho Boots_7th sauce ─ 여왕의 오럴 섹스 취미」「Cheshire Cat's Psycho Boots_8th sauce ─ 앨리스 부인의 증세」「앨리스 맵(map)으로 읽는 고양이좌(座)」). 그들이 자진해서 그곳으로 갔는지 아니면 끌려갔는지 추측하기는 어렵다. 그러나 목소리를 높이건 입을 다물건 낯선 곳에 모여 있다는 사실만으로 그들은 정상적 세계를 향해 발언하는 것이 된다. 그 내용이 세계의 다양성과 인간의 본능인 쾌락의 인정이라고 짐작하기는 어렵지 않다. 그들은 이 세계에 발을 딛기 위해서, "누군가 내 필통에 빨간 글씨로 똥이라고"(「여장남자 시코쿠」) 쓰는 것을 피하기 위해서 낯선 곳을 만들었다. 발은 낯선 세계에 있어도 눈은 이 세계를 향해 있는 그들의 시는 문제적이며 정치적이다.

황병승의 시에서 매력적인 부분을 말하기 위해서는 그들이 속한 소수자들의 시에 관한 일반적인 이야기가 필요할 것 같다. 어른에 대한 아이, 남성에 대한 여성, 백인에 대한 황인과 흑인, 이성애자에 대한 동성애자 등이 주인공인 소수자들의 시는 자신이 설 자리를 만들기 위해 기존의 권위를 흔드는 전략을 세운다. 압축에 저항하여 확산과 요설이, 상징계에 저항하여 상상계와 환상이, 일인칭 권위자에 저항하여 복수 화자와 시점이 마련된다. 그들의 무기는 기존의 시에서 반복되어 나타나는 엄숙함과 지겨움을 겨냥한다.

그러나 지겨움을 없애기 위해 만들어낸 그들의 시가 오히려 지겨워지기 쉽다는 것이 문제이다. 이 세계를 떠난 외계의 언어들은 이 세계와 소통하기를 갈망함으로써 이 세계에 할 말이 생기게 되고, 이 세계를 다시 찾는다. "지상에서 멀어질수록 달고 맛있는 건 참 많구나, 나는 이름들을 기억하느라 머리가 아팠죠(1987-) 오늘 밤은, 두통 속에서 어느덧 지구를 한 바퀴 빙 돌아 처음으로, 텅 빈 집터로 다시 돌아왔습니다(1994-) 스물다섯, 눈을 조금 떴고 귀가 먹었죠,"(「어린이_행진곡」)

그들의 귀환은 그 자체로 목적이 아닌 할 말들의 수단이 되는 시어들을 들여온다. 이 과정에서 환상은 너무도 빨리 합리적 세계의 우의(寓意)로 수렴되고, 상상은 정신분석에서 흔히 사용하는 총-남성의 성기, 서랍-여성의 자궁과 같은 도식적 상징의 결말로 향한다. 복수 화자와 요설은 중심 없는 파편들로 흩어진다. 뻔한 것들로 가득 찬 시는 결국 낯익은 일상 지각을 확장하려는 시의 근원적인 의도를 배반하게 된다. 이러한 문제들을 해결하는 길은 시의 일인칭 권위자를 인정하지 않고 산문의 영역으로 건너가거나, 일인칭 권위자를 인정하며 그 권위가 고착되지 않도록 경계하는 것이다. 시인인 황병승은, 또 그의 처남들은 물론 후자의 길에서 음악을 연주하려 한다.

우리는 똥이 막 나오려고 하는 순간의 감정, 이 세상에서 가장 부끄러운 감정으로 음악을 만들었네 사라지려는 힘과 드러내려는 힘의 긴장 속에서 악기를 연주하고 노래를 불렀지 우리가 생각하는, 우리들만의 익스페리멘틀(experimental)이라고, 라고나 할까
—「밍따오 익스프레스C코스 밴드의 변」 부분

그들은 "사라지려는 힘과 드러내려는 힘의 긴장"을 느끼며 확산과 응집 중 어느 한쪽만을 좇지 않는다. 음악을 만드는 순간이 '똥 누기'에 비유되자 창조의 순간은 배설의 순간이 된다. 창조가 응집이라면 배설은 확산이고, 창조가 권위를 가진 말이라면 배설은 그 권위를 깎아내리는 시도이다. 여기까지는 그들이 음악이나 시의 창조 행위를 야유하고 조롱하는 것처럼 보인다. 그러나 그들은 배설하면서 "부끄러운 감정"을 느낀다. 조심스럽게 배설하기 때문에 권위는 무시되는 것이 아니라 조심스러움의 형식으로 존중된다. 그들의 "익스페리멘틀"은 시의 권위자인 일인칭에게 벗어나려는 시도가 아니라 일인칭을 존중하되 유연하게 하려는 실험인 것이다.

요설 사이에 감정을 집약하는 진술을 삽입하고 수단으로 기능하기 쉬운 말들을 물질화하며 그들의 실험은 이어진다. 화자의 전언에 종속되지 않는 구절들은 독자적인 생명력을 가지게 되면서 황병승의 시는 처남들이 속한 세계의 시들이 빠지기 쉬운 함정을 비껴간다. 가령 "사라지려는

힘과 드러내려는 힘의 긴장"이라는 말이 "똥이 막 나오려고 하는 순간의 감정"의 수식을 받지 않는다면, 이 말은 그들의 미학을 전달하기 위해 쓰인 하나의 도구에 지나지 않게 된다. 그러나 이 독특하고도 적확한 수식이 있기 때문에 "긴장"은 발화되자마자 공허하게 사라지는 관념어가 되지 않고 구체적인 물질이 된다. 우리는 그 긴장의 모습을 연상하고 웃을 수 있으며, 구절들을 발화한 일인칭 주체도 굳은 표정을 풀고 다양한 표정을 지을 수 있다.

흰색-검은색-초록으로 가는 은밀한 순서 울게 만드는 것을 나는 증명할 것이다

—「원 볼 낫싱」 부분

안녕 파티에 올 거니 눈이 크구나 짧고 분명하게 종이 인형처럼 말하는 여자친구 하나 갖고 싶은 계절이에요

—「이파리의 저녁식사」 부분

열매들이 떨어질 땐 너희들이 먹어도 좋다는 게 아니고 우리들이 또 한번 포기했다는 뜻이다, 가을

—「에로틱파괴어린빌리지의 겨울」 부분

그것으로 좋았네 내 손으로 처음 사과를 깎아 먹었을 때처럼, 나는 겸손해졌죠

—「대야미의 소녀_황야의 트랜스젠더」 부분

우리는 이상하게 예쁘게 지구에 남아
밤 풍경을 바라보는 쓸쓸한 궤도에서

마치 마치 마치, 하며 구르는 주사위……

—「앨리스 맵(map)으로 읽는 고양이좌(座)」부분

  인생의 뻔한 비유처럼 읽힐 저 일생의 은밀한 순서는 제목 "원 볼 낫싱"의 도움을 받아 야구장 전광판에 스트라이크-볼-아웃 카운터가 천천히 늘어났다 지워지는 순서의 구체성을 얻는다. '짧고 분명하게 말하는 여자친구'로 끝났다면 구절은 화자의 바람을 그대로 전하는 수단에 머물렀을 것이다. 그러나 "짧고 분명하게 종이 인형처럼 말하는 여자친구"로 진술되며 종이 인형이 가지는 속성에 의해 "짧고 분명하게"는 결단력과 동시에 서늘함의 의미를 거느리게 된다. 세번째 시에서는 에로스와 타나토스가 결합한 이탤릭체 제목 *에로틱파괴어린*의 모호한 의미가 나무의 열매에서 얻은 결실과 포기의 의미에 의해 분명해지고 있다. "겸손"이라는 막연한 관념은 "내 손으로 처음 사과를 깎아 먹었을 때처럼"에 의해 분명한 감각으로 인지되며, 각진 주사위가 구르는 모습에 "마치"라는 부사가 들어앉으면서 무심코 바라보았던 현상을 다시 한번 생각하게 한다.
  이제 처남들이 구성원인 '밍따오 익스프레스C코스 밴드'의 연주가 어떤 장르인지 추측할 수 있을 것 같다. 이들은 헤비메탈같이 내지르는 창법을 구사하거나 블루스같이 자신의 감정을 밑바닥까지 드러내지 않으며 절정부를 위해서 도입부를 희생하지도 않을 것 같다. 이들이 연주하는 장르는 차라리 내지르면서도 삼키고, 도입부와 절정부의 위계가 없는, 그렇기 때문에 다소 지루하지만 처음부터 끝까지 긴장을 놓지 않는 프로그레시브, 또는 인디밴드의 유쾌한 음악이다.

장자(長子)의 그림, 처남(妻男)들의 연주 195

4. 붓을 든 장자, 독립된 묘사들

장자는 지금, 자신의 권위가 굳어버릴까 걱정이다. 권위자가 내놓을 수 있는 교훈을 노골적으로 설파하거나, 깨달음 속에 선생의 태도를 교묘하게 숨기거나, 쉽게 수정될 거짓 반성을 늘어놓는 일 등을 그는 선택할 수 있다. 그러나 타인의 기억을 현재에 끌어올려 지금 이 순간의 질을 높이고자 했던 그의 초심은 이와 같은 방법을 취하는 순간 사라질 것이다. 교훈과 깨달음과 거짓 반성은 자기과시에 머물 뿐 타인에 대한 배려까지 나아가지 못한다. 그는 선생이 되기를 싫어하며, 장자의 운명을 거역해 처남이 될 수도 없다. 그 자리에서 자신의 고착을 막는 방법 이외에 그가 택할 수 있는 길은 없다. 장자는 일인칭 화자의 권위를 지키면서 인식 대상의 권위 또한 높이는 방법을 택한다.

백담사 뜰 앞에 팥배나무 한 그루 서 있었네

쌀 끝보다 작아진 팥배들이 나무에 맺혀 있었네

햇살에 그을리고 바람에 씻겨 쪼글쪼글해진 열매들

제 몸으로 빚은 열매가 파리하게 말라가는 걸 지켜보았을 나무

언젠가 나를 저리 그윽한 눈빛으로 아프게 바라보던 이 있었을까

팥배나무에 어룽거리며 지나가는 서러운 얼굴이 있었네

—「팥배나무」 전문

「팥배나무」에서 장자는 열매를 위해 진혼곡을 부르는 데 공을 들이고 있다. 그는 열매들이 "쪼글쪼글해진" 현상의 원인을 "바람에 씻겨"에 둔다. 열매들이 시간의 저편으로 사라지고 있으나 장자는 사라짐의 과정에 씻김의 의미를 덧씌워 저편의 시간을 이쪽에서 예비해야 할 것으로 만든다. 씻김의 행위는 없음을 전제로 한 버려지는 것보다는 있음을 전제로 한 준비하는 것이다. 이것은 장자가 열매에게 하는 풍장(風葬)이며, "서러운 얼굴"을 그리워하는 자신에게 하는 위로이기도 하다. 그는 시에서 일인칭 권위자로서 얻은 자신의 권능을 깨달음과 반성에 부리는 대신 사라져가는 열매를 되살리는 데 쓰고 있다. 이러한 위로는 친척들에게도 했던 방식 그대로이다. 문태준은 장자의 범위를 이웃들과 자연물에게로 확장한다. 장자는 이제 이웃들의 장자이면서 자연의 장자이다. 물론 대상의 범위를 확장하는 일은 화자의 권위를 강화하기 위해서가 아니라 화자를 긴장하도록 하기 위해서이다.

그는 자신의 감정을 드러내는 문장도 물음의 형식인 "있었을까"로 닫고 있다. 화자의 판단과 규정은 지연되며, 나무와 열매가 주체인 문장들의 의미는 화자의 감정이 드러난 문장으로 수렴되지 않고 확산한다. 그는 같은 목적으로 주체를 가장 느슨하게 규정하는 술어 "있었네"를 반복하기도 한다. "팥배나무"를 곧바로 자신의 판단 영역으로 옮겨 심지 않는 그는 그저 잎을 떨구고 있는 나무를 무연히 바라보고 있을 뿐이다. 같은 서술어의 반복은 각 문장의 위계를 형식적으로 없앤다. 중요한 문장과 중요하지 않은 문장이 따로 있는 것이 아니고 낱낱의 문장이 모두 다 중요한 위치에 서게 된다. 인과관계로 엮이지 않는 모든 문장은 모두 원인이며 결과인 독립적 구문이다. 문태준의 시에서는 독립적 의미를 지향하는 문장들의 긴장이 같은 형태의 서술어 반복으로 이루어지는 현상을 종종 찾을 수 있다. 「꽃과 사랑」에서는 큰 꽃이 작은 꽃에게 나누어주는 햇살과 아들

의 식사를 쳐다보는 아버지의 사랑이 "있었다"의 반복으로 연결된다. 아
버지가 지고 갔던 똥장군의 냄새를 현재에 되살리는 「배꽃 고운 길」에서
는 "것이었다"가 변주되고, 외할머니가 돌리는 맷돌을 묘사하는 「맷돌」에
서는 "같다"가 반복된다.

> 큰비 지나간 개천은 가리워진 곳 없어서 마름풀들은 얽히었다
> 작은 소에서 놀던 물고기들은 소식 없이 흩어졌다
> 들길에는 띠풀이 다보록해졌다
> 무너진 고랑에서 일하는 사람들 이맛살에 주름이 들었다
> 젖은 집으로 어물어물 돌아가는 저녁 거위들이 있었다
>
> 사람들은 큰물이 나가셨다, 했다
>
> ──「큰물이 나가셨다」 전문

목소리 내는 것을 자제하며 장자가 이번에는 붓을 들었다. 마지막 연
에서 장자는 인용의 형식을 도입하며 "했다"에만 발화의 직접적인 책임
을 진다. 시를 열었기 때문에 닫아야 하는 것도 자신의 몫이다. 그는 자신
의 권위를 최대한 억제하며 시를 닫기 위한 형식적인 장치만을 담당한다.
장자는 풍문의 발화자인 일반인일 수도 있고 이맛살에 주름이 든 풍경 속
인물일 수도 있는 "사람들"에게 판단의 몫을 위임한다. 섣부른 화자의 감
정이 노출되는 자리를 간접인용으로 폐쇄하며 그는 시 안에 펼쳐진 풍경
들의 모습을 포착하는데, 여기에는 같은 서술어의 반복이 드러나지 않는
대신 낱개의 장면들이 여전히 같은 위계를 지니며 중첩된 풍경을 이룬다.
"마름풀", 흩어진 "물고기", "주름", "거위" 들에서 움직임을 느끼기는
어렵다. 거위만 하더라도, 그들은 '저녁 거위들이 돌아간다'가 아니라 "돌
아가는 저녁 거위들이 있었다"로 진술되며 정지한 모습으로 그려진다. 역

198

동성보다는 고요함을 택한 장자의 그림 그리기는 수묵화를 닮아 있다. 원근법을 사용하여 풍경의 위계를 작성하는 대신, 이 수묵화에는 대상들이 곳곳에 그윽하게 자리 잡아 그 그윽함으로써 한 폭의 그림을 연출한다. 그런데 장자가 수묵화의 붓을 들 수밖에 없는 이유는 "큰물" 때문이다. 생기가 넘쳐났을 앞의 대상들은 큰물이 한번 지나가자 모두 쇠잔해져 있다. 자신의 힘으로는 어쩔 수 없는 사건을 치르면서 피곤해져 있는 그들에게 그는 다시 생기를 얻을 수 있는 색을 칠해준다. '있다'의 느슨한 서술어가 밑그림이라면 "얽히었다" "흩어졌다" "다보록해졌다" "들었다"는 장자가 입힌 이들의 고유한 색이다. 그의 권위는 대상들을 일으키는 데에서 발휘된다. 억지로 대상들을 움직이게 하기보다는 그들의 모습을 빛나게 하는 장자의 배려로써 큰물이 지나가며 피곤해진 이들은 다시 회복할 수 있는 기운을 받는다.

5. 장자와 처남들의 만남

점보다 작은 수묵화를 본 적이 없으며, 0초짜리 인디밴드 혹은 프로그레시브 밴드의 연주를 들은 적 없다. 그림은 최소한의 공간을 확보하여 점·선·면을 배치하며, 음악은 최소한의 시간을 확보하여 음표들을 배열한다. 기본 요소들이 같다는 점에서 장르의 공통된 특성이 나타나며, 그것들의 관계가 다양하게 엮인다는 점에서 개별 작품의 고유한 미가 탄생한다. 장자와 처남들의 만남은 악기로 그림을 그리거나 붓으로 음악을 연주하는 것으로 이루어질 수 없다. 장자는 붓을 들었기 때문에 정지된 순간의 묘사를 기본으로 하고, 처남들은 악기를 들었기 때문에 긴장과 이완의 연주를 기본으로 한다. 그들이 소통하는 지점은 재료를 맞바꾸는 것이 아니라, 재료가 배치되고 배열되는 관습들을 깨뜨리는 데에 있을 것이다.

장자와 처남들은 우연찮게도, 만난다. 오래되었건 새롭건 그들은 자신을 둘러싼 벽을 허물어, 만난다. 아니, 허무는 것으로써 그들은 만난다. 장자를 두른 벽은 전통시가 지닌 동어반복의 위험성이며, 처남들을 두른 벽은 실험시가 가지고 있는 낯익은 상징 활용과 시어 남용의 위험성이다. 전통시의 시어들은 선생의 태도를 밑에다 깔고 곧 잊을 깨달음과 반성을 나타내기 쉬우며, 실험시의 시어들은 환유의 정치성 때문에 존재가 아닌 수단의 시어로 전락하기 쉽다. 문태준과 황병승은 손쉬운 방법을 거절하려는 의식과 나름의 형식으로써 고착된 시 안에 내재된 고정관념을 흔들어 깨운다.

그들이 만날 수 있었던 것은 또한 경계의 삶을 살고 있기 때문이다. 지금 이 시대에 자연이나 소수자의 세계는 자본주의사회의 중심에서 밀려나 있다. 시대와 관계없이 소수자들은 애초에 경계인이었으나 자연은 사정이 다르다. 자연은 자본주의사회에서 점점 입지를 잃어가며 주류의 세계에서 이탈했으며 다시 그 자리를 회복할 기미가 보이지 않는다. 밀려나 있는 자와 밀려난 자의 화법은 다르기 마련이다. 밀려나 있는 자인 처남들이 자신들의 존재근거를 당위의 형식 또는 유희의 형식으로 드러내고자 한다면, 밀려난 자인 장남은 향수의 형식으로 잃어버린 세계를 복원하고자 한다. 그러나 이들은 이제 모두 '밀려나 있는 것'으로 그들을 밀어낸 사회와 문학의 경직성을 흔든다. 경계에 서 있기 때문에 그들은 이곳과 저곳을 동시에 볼 수 있으며, 이때와 저때를 동시에 말할 수 있다. 이 자리가 위태롭다고 해서 장자가 지닌 위로의 붓이 통 속에 놓이거나, 처남들이 연주하는 유쾌한 음악이 그치지는 않을 것이다.

—『창작과비평』 2006년 겨울호

카멜레온의 시들

◆

강정·이병률·조연호의 시

1

　김세영이 쓰고 허영만이 그린 만화 『고독한 기타맨』의 한 장면이다. 밥 딜런의 하모니카를 우연히 얻은 주인공 강토는 그가 딜런 토머스의 영향을 받아 이름을 바꿨다는 이야기를 듣는다. 시집을 구하고자 강토는 서점에 들른다. 책은 없었다. 여직원은 딜런 토머스의 시집을 알지도 못하고 찾지도 않으려는 기색이다. 대신 학생인 강토에게 어울릴 만한 시집 몇권을 추천한다. 거기에는 김소월의 시집도 포함되어 있다. 이때 강토의 말, "나 정도 되는 사람이 어떻게 그런 유치한 책을 읽습니까?"

　강토는 김소월을 너무 얕잡아봤다. 「산유화」만 하더라도, "저만치" 한 어절은 후대의 여러 시인과 평론가를 담론의 장으로 불러모았다. 순환적 세계관에 난 흠집과 그 흠집의 현대성을 그들은 다양하게 읽어내었고, 논의는 생산적으로 진행되었다. 숨겨진 고독이 드러나며 「산유화」의 단순한 외관이 그냥 단순하지 않다는 것을 보여주었고, 당대 문학적 해석의 지평마저 그 세 글자의 해석으로 넓어질 수 있었다. 물려받아야 할지 폐기해야 할지 판단하기 힘든 과거, 막 들어오기 시작한 서구 근대, 이 둘이 접하며 생겨난 갈등의 형상이 선명히 드러났으며, 그 생명력 또한 길었다. 거기에 참여했던 김종길(金宗吉)은 세기가 바뀔 무렵 다시 「산유화」를 꺼내들며, 요즘 시들의 반응을 궁금해했다.

> 자연 가운데서 안주하거나 초월을 찾은 동아시아의 옛 시인들이 자연 가운데도 고독이 있다고 생각했을 리가 있었겠습니까? 제가 앞에서 김소월의 이 작품(=「산유화」─인용자)을 두고 "자연에의 초월이 거의 불가능해진 현대인의 좌절"이 읊어졌다고 말한 것은 이러한 뜻에서였습니다. 한국 시인들을 포함한 동아시아의 시인들이 앞으로 그들의 자연시의 전통을 어떻게 계승할 것인지 또는 포기할 것인지는 두고 보아야 할 문제입니다.[1]

"두고 보아야 할 문제"를 21세기의 한국 시인들은 어떻게 품었을까. 글에 따르면 "자연시의 전통"은 계승되거나 포기되어야 한다. 전생과 현생과 내생이 순환하는 세계관이 꼭 자연을 대상으로 한 시에만 있을 필요는 없다. 자연시가 아니더라도 순환의 인식은 한국시의 여기저기에 퍼져 있다. 강정(姜正)은 "인간도 아니고 인간 아닌 것도 아닌 만물이 때 되면 허물 벗어 다른 생을 낳는"(「들려주려니 말이라 했지만」)다고 했다. 이병률(李秉律)은 "다음번엔 태어나도 먼지를 좀 덜 일으키자 해요 모든 것을 넓히지 못한다 하더라도 말이에요"(「고양이 감정의 쓸모」)라고 했다. 조연호(趙燕湖)는 "상수리 숲에서 물결 소리를 듣기 전까지 나는 윤회가 꼭 둥근 것은 아

---

1 김종길 「자연, 시, 동아시아의 전통」, 『2000 서울 국제문학포럼─경계를 넘어 글쓰기』 1권, 대산문화재단 2000, 61면. 이후 이 글은 김우창·삐에르 부르디외 외 『경계를 넘어 글쓰기─다문화 세계 속에서의 문학』(민음사 2001)에 묶이면서 경어체로 쓰인 종결어미가 예사말로 바뀐다.

니라고 생각했었다"(「철저한 야외」)라고 했다.[2] 윤회는 아직 포기되지 않은 것 같다.

2

태양이 남자를 낳았으니 이제 여자가 태양을 낳을 차례,
—「당신이 만약 미라와 사랑에 빠지고 싶다면」 부분

강정의 시에서 윤회의 구체적 흔적은 '낳다'이다. 그는 끊임없이 낳고 있는 대상을 찾거나, 스스로 낳고 싶어하거나, 어쩔 수 없이 낳는다. "맑은 날의 뱃길에선 태양과 물이／유리알들을 낳는다"(「알을 품은 시인」)라고 했을 때 그의 추적은 끊임없고, "우는 아이만 보면 엄마를 낳고 싶어"(「엄마도 운단다」)라고 했을 때 그의 욕망은 숨김없이 드러나며, "수천 마리 내 육신의 異形들이 터져나온다"(「우주괴물」)라고 했을 때 그는 어쩔 수 없어 한다. 순간적인 착란까지 포함하기 때문에 그의 윤회는 섬세하며, 모성성을 추구하기 때문에 그의 윤회는 풍부하고, 이형들을 생산하기 때문에 그의 윤회는 끔찍하다. 한순간에 여성으로, 짐승으로, 괴물로 바뀌는 이형의 모습이 시들을 혼란스럽게 한다. 그러나 강정의 시에 보이는 변화와 이형에 관한 욕망은 일정한 방향을 지니고 있다. 남자일 경우 여자로, 사람일 경우 괴물로, 몸이나 뼈일 경우 먼지로 변모한다.

대지의 늑골을 상하게 하는 텅 빈 바람이 땅 속을 순회하는 동안, 사

---

[2] 이 글에서 다루는 세 시인의 시가 수록된 시집은 각각 강정 『들려주려니 말이라 했지만』(문학동네 2006), 이병률 『바람의 사생활』(창비 2006), 조연호 『저녁의 기원』(랜덤하우스코리아 2007)이다.

시사철 여자가 태어나고 노쇠한 남자들이 죽어나가요

—「거꾸로」 부분

혈맥 속 검은 유령들을 불러모아
電氣를 먹고 사는 짐승들을 진흙밭에 낳게 한다

—「바닷가 교회」 부분

한낱 시간의 가루에 지나지 않는 내 몸이 허공에서 부서진 불꽃의 잔
해로 우수수 지워지고 있다

—「한밤의 모터사이클」 부분

단단한 대지의 늑골이 상하며 여자가 태어나고, 구체적인 혈맥 속에 유
령들이 모이고, 몸이 부서져 잔해가 되면, 견고한 모든 것은 대기 속에 녹
아버린다(All that is solid melts into Air). 이 '현대성의 경험'은 '낳다'가
가져올 법한 순환론적 세계와 부딪치며 그의 시를 불일치의 세계로 물들
여놓는다. 그는 여성이 되고 싶지만 관념으로 가득한 남성의 목소리를 가
지고 있고, 괴물들을 느끼지만 타인은 그것을 보고 듣지 못한다. 그러니
정확히 말하자면 강정의 시에는 견고한 모든 것이 외계 속에 폭발해버린
다. 그는 통상의 감각적 인식의 세계 너머에 있는 외계의 것들을 감각의
인식 안쪽으로, 특히 몸 안으로 끌어들인다. 자신의 몸이 서서히 사라질지
언정 그의 몸 안에 들어온 것들은 "모든 오장육부에서 터져나와"(「무서운
음악」) "몸을 찢고"(「엄마도 운단다」) "일순간 폭발"(「거꾸로」)한다.

괴물을 낳는 그 순간은 순산의 시간도 난산의 시간도 아니다. 산모도
살리고 태아도 살리기 위해 밖에서 칼을 대는 제왕절개의 시간은 더더욱
아니다. 괴물이 안에서 산모의 배를 찢고 나온다는 점에서, 그것은 리플리
의 배를 가르고 나오는 에일리언의 순간을 환기한다. 괴물이 배를 가르고

나오며 번식의 욕망은 좌절되고 탄생의 가치는 비루해진다. 그가 시 여기 저기에서 곱씹는 몸의 의미도 이와 무관하지 않다. 좌절된 욕망과 비루한 가치 들을 싸고 있는 몸은 단단한 물질이 아니라 흩어졌거나 흩어지려는 껍질이다. "부실해진 육체마저 텅 비우"(「거미인간의 시―새로운 식욕」)라 하고, "온몸이 줄줄 흘러내"(「폭우―다시, 톰 웨이츠에게」)린다 하고, "내 몸을 갈 가리 찢"(「그녀들의 연금술」)으라 하면, 몸은 너덜너덜해져 그가 애써 돌볼 수 없는 지경에 이른다.

> 사방으로 빛을 튕겨대는 거울 속에 오래전 내 얼굴들에 금이 가 있다
> 인간의 박피가 여느 기계의 표면보다 차고 단단해질 날이 멀지 않았
> 는가
> 점액질의 기억들로 부식된 영혼이 여인의 상처입은 성기를 납땜하고
> 태양에서 떨어져나온 빛이 거울들 사이를 날아다닌다
> 튀어오르는 불꽃들을 삼키며 호랑이가 울부짖는다
> 거울 밖으로 날아오르는 파리의 뱃속에서 호랑이 새끼들이 걸어나
> 온다
>
> ―「거울 속 호랑이」 부분

"파리의 뱃속에서 호랑이 새끼들이 걸어나"오는 장면은 전형적인 강 정 식 윤회의 버전이다. 파리의 배는 찢기고, 호랑이는 울부짖는다. "내 얼 굴들"에도 "금이 가 있다". 찢긴 배와 갈라진 얼굴이 혼란스럽다. "인간의 박피"가 다시 단단해지고, "점액질의 기억들로 부식된 영혼"이 "성기를 납땜"한다고도 한다. 인간의 박피가 차고 단단해지면 소진과 재생의 과정 은 끝이 나고, 여인의 상처입은 성기가 납땜질당한다면 번식은 결딴난다. 나의 후손은 더이상 없을 것 같다. 강정의 윤회는 안식을 보장하는 것이 아니라 종말이 가져올 불안을 조성한다.

　지속과 순간, 폭발과 쇠잔, 드러난 냉정함과 감춰진 고통, 출현하는 괴물과 사라지는 몸뚱이, 전통적인 세계관과 현대성의 경험 등, 모순과 혼돈 속에서 좌절된 욕망이 언뜻 보인다. 잠을 자려고 하지만 그에게 찾아오는 것은 불면이듯이(「불면」), 다른 세계를 꿈꾸지만 돌아오는 것은 우주의 괴물이듯이(「우주괴물」), 어떤 목적에 도달하기 위해 부단히 노력하지만 그것은 실패로 귀결된다.

검은 능선들 사이
죽은 짐승의 그림자에 이는 불
비 그친 정원
빗물이 파놓은 둥근 그릇 속에서
내가 떠먹은 달의
시큼한 뒷물
단내 없고 고양이 발냄새 간간이 배어 있는 살점을 타고
혀 속으로 감겨오는 노래
내가 한때 사랑하다 죽인 적 있는,
머리에서 불을 뿜는 狂女의 신음 소리
피 묻은 별들 떼어내고
잠 밖으로 기어오르는 하늘의 비탈에서
증발한 인간들의 머릿수를 세는
먼 이녁의 고함
붉은 이빨 불을 뿜는 아가리 속으로
마침내 사라지시는
인간이 아닌,
내 어머니

―「새벽」 전문

강정의 시는 상징주의자들의 시와 닮았다. 상징주의자들은 다른 세계를 꿈꾸며 자신을 희생시킨다. 주어진 언어를 가지고 시인은 어둠 속에 웅크려 있는 존재의 전의미를 캐내고 싶어한다. 그러나 존재는 자신의 의미를 시인에게 알려주지 않고 실패를 안겨준다. 시인의 손에는 실패한 언어 조각들이 남아 있다. 그러나 완전한 실패는 아니다. 시 한편의 전체적 의미는 파악되기 힘들더라도 좌절의 흔적은 부정의 모습으로 탈바꿈한다. 존재의 흔적을 드러내어 성공의 희열이나 실패의 좌절로 수렴되지 않은 채 노력의 매 순간이 개별적인 작은 존재가 된다.

인용시에서 그는 말로써 자신이 느끼는 새벽을 포착하고자 하지만 말은 자꾸 헛돌고 있다. "불" "정원" "뒷물" "노래" "신음 소리" "고함" "내 어머니" 등이 시도되었다. 새벽의 정체는 밝혀지지 않았다. 그는 실패한 것이다. 실패한 흔적이자 새벽의 파편으로 남은 것들은 바로 흔적과 파편으로 자기 자신을 드러내며 새벽의 올가미를 벗어난다. 각개전투의 끝은 새벽의 정체에 백기를 들고 투항하는 것이 아니다. 끝은 최초의 목적에 저항하는 과정 그 자체이다. 더 큰 의미를 전달하기 위한 수단이기를 멈추고 이들은 스스로 존재가 된다. 시인이 느끼는 새벽은 전체 의미를 드러내지 않았으나 역설적이게도 이들의 도움을 받아 파편적으로나마 "시큼"하게 혀 속에 "감겨"온다.

"태어나면서 전신으로 사라지는"(「불꽃벌레」) 순간, 스스로 존재가 되는 그 순간이 강정에게는 윤회의 순간이다. 강정의 윤회는 생과 생의 교차라는 윤회의 기본조건을 깨뜨린다. 의미뿐만 아니라 구문상으로도 그러하다. 그는 첫 시집과 산문에서 한국어의 결을 잘 살린 문장들을 선보였다. 그러나 두번째 시집에서는 그 결을 일그러뜨린다. 의도적으로 보이는 뻑뻑한 문장들도 그가 인식하는 윤회의 한 단면으로 볼 수 있을 것이다. "단내 없고 고양이 발냄새 간간이 배어 있는 살점을 타고 / 혀 속으로 감겨오는 노래/내가 한때 사랑하다 죽인 적 있는,/머리에서 불을 뿜는 狂女의 신음 소리"나 "피 묻은 별들 떼어내고/잠 밖으로 기어오르는 하늘의 비탈에서/증발한 인간들의 머릿수를 세는/먼 이녁의 고함"에서의 "신음 소리"와 "고함"은 줄줄이 달려 있는 관형어들로 무겁다. 관념적 진술과 더불어 번역문을 닮은 구문 배치는 우리말의 결을 살리려 공들였을 법한 시간을 배제한다. 대신 존재에 닿기 위해 집중한 한순간이 부각되는데, 그것은 기이하게도 낯선 문장들이 되어 정돈된 문장이 가져오는 자동화된 해독의 흐름을 거절한다. 그리하여 난독의 문장성분들은 괴물을 낳아 찢긴 몸, 실패의 흔적으로 남은 독립된 의미와 겹쳐 윤회의 일그러지는 순간을 연출한다.

3

　　몇십 갑자를 돌고 도느라 저 중심에서 마른 몸으로 온 우글우글한 미
　　동이며

—「무늬들」 부분

이병률은 윤회의 제 모습을 보존한다. 어떻게 보면 전통적이라고 할 수 있는 그의 시에는 한순간에 자신의 몸을 찢고 나온 괴물이나 일그러진 윤회의 모습이 보이지 않는다. 다음 생과의 인연을 소중히 여겨 윤회는 둥 그렇게 연출되고, 다른 이와의 인연을 소중히 여겨 연대의 소중함이 배어 있다. 그래서 그의 시들은 때때로 시간을 수십억년 전까지 늘리고, 공간을 중남미나 유럽까지 넓힌다. 그는 시간의 순환을 믿는 것을 넘어 온전한 윤회를 감각의 밑거름으로까지 쓴다.

따뜻한 것이 먹고 싶다며 골목을 돌고 돌아 나를 데리고 찾아간 식
당, 당신은 태연하게 백반을 먹기 시작합니다

(…)

혼자이다가 내 전생이다가 저 너머인 당신은

찬찬히 풀어놓을 법도 한 근황 대신 한 손으로 나를 막고 자꾸 밥을
떠넣고 있다는 생각입니다
—「저녁의 습격」 부분

아무에게도 말하지 않았다
내가 그 빈방으로 들어가 잠시 누워봤다는 것을

아마도 불을 봤으리라
한번 등을 보이면 다시는 돌이키지 못할 만경창파의 연(緣)이 있음도
알았으리라
아마도 그 일로 짜게 울다 갔으리라
—「한 사람의 나무 그림자」 부분

거듭되는 시간 속에 당신과 내가 놓인 첫째 시가 윤회의 전범이라면,
등을 보인 사람에게도 연대감을 느끼는 둘째 시는 윤회의 활용이다. 나와
당신이라는 두 삶의 인연은 첫째 시에서 이 생과 저 생의 시간이 겹치며
두터워지고, 둘째 시에서는 내가 묵은 방과 그가 떠난 빈방의 공간이 합
쳐져 확장된다. 이때와 저때가 한때이고 이곳과 저곳이 한곳이 되어 모든
삶의 양태는 함께 거대한 시간과 공간을 엮는다. 이병률이 지닌 사유의

영역이 이러하다. 너와 나는 나뉘어 있지 않고 서로 어울려 있다. 이병률이 지닌 사유의 고갱이가 이와 같다. 첫째 시에서 "당신"은 또다른 나이면서 동시에 저녁이고, 둘째 시에서 "한 사람"은 제목처럼 나무이면서 동시에 그림자이다. 첫째 시에서 당신이 자꾸 밥을 떠넣는 곳이 생략된 이유도 그곳이 당신 자신의 입이자 나의 입이며 동시에 저녁의 입이기 때문이며, 둘째 시에서 짜게 울다 간 주체가 생략된 이유도 한 사람이 울었고 내가 울었고 그림자가 울었기 때문이다.

"밥을 떠넣고 있다"와 "짜게 울다 갔으리라" 구문은 조금 더 주목해야 할 것 같다. 이들은 모두 시의 마지막 구절이다. 시인은 밥을 '어디에' 떠넣는지, '누가' 울다 갔는지를 밝히지 않았다. 그 빈자리에는 시에 등장하는 대상들이 모두 앉을 수 있다. 그러나 읽기에 혼란스러운 것도 사실이다. 문법 층위에서 보자면 있어야 할 것이 없고, 의미 층위에서 보자면 한 자리가 비어 있는데 여러개가 앉아 있다. 여운이 느껴지지만 어딘가 모자라거나 막연하다. 이때 떠넣는 "밥"과 "짜게 울다"라는 선명한 감각들이 등장하여 시를 마무리한다. 확장된 시공간이 막연한 관념이 아니라 구체적 실감으로 다가온다. 이병률은 윤회의 인연을 믿는 자이며 그것을 육화한 자이다.

과거에 윤회와 인연을 믿는 자들은 순환의 시간에 자기 자신이 포함되었다고 느끼면 편안해했고, 이탈되었다고 느끼면 슬퍼했다. 그러나 김소월은 "저만치"로써 윤회와 인연에 대한 믿음에 균열을 내었다. 이 점에서 김소월의 시는 현대적이다. 이병률은 윤회와 인연을 믿으면서도 슬퍼하거나 슬픔을 인정한 채 담담해한다. 이 점에서 그의 시도 현대적이다.

아주 넓은 등에 기대
한 시절 사람으로 태어나
한 사람에게 스민 전부를 잊을 수 있으면

굽을 만하면 받치고 굽을 만하면 받치는 등뒤의 일이 내 소관이 아니
란 걸 비로소 알게 됐을 때

마음의 뼈는 금이 가고 천장마저 헐었는데 문득 처음처럼 심장은 뛰
고 내 목덜미에선 난데없이 여름 냄새가 풍겼습니다

새 삶과 새 인연은 그의 시에서 손상되지 않지만 제 모습을 다 보이지
도 않는다. 그것들은 주로 뒷모습을 보인다. 첫째 시의 "등"은 얼굴을 묻
는 자리이다. 그는 내생의 등에 기대 한때 가졌던 욕망, 즉 "한 사람에게
스민 전부"를 잊고 싶어한다. 욕망이 등에서 용해되고 있다. 그에 따르
면 욕망의 완성은 대상의 성취가 아니라 욕망의 사라짐이다. 둘째 시에서
"등뒤의 일"은 "내 소관이 아니란 걸 비로소 알게" 될 때 일어나는 것이
다. 내 주변에 있다고 해서 다 내 것이 아니다. 몸과 마음도 마찬가지이다.
사랑이 오거나 갈 때도 그렇다. 사랑이 떠났는데 떠난 사랑을 내 소관이
라고 생각하면 마음이 무너진다. 마음이 무너지면 몸도 무너지거나, 무너
지지 않은 몸을 혐오하게 된다. 내 소관 밖의 세계를 인정하면 마음은 몸
을 보살피고 몸은 마음을 보살필 수 있나보다. "처음처럼 심장"이 뛰게 되
는 것도 내 소관 밖의 세계를 인정해서이니까 말이다. 그에 따르면 사랑
의 역사는 내 소관 밖의 일을 인정하면서 완성된다. 사랑이 옆에 없다는
말이다. 사랑의 역사가, 사랑의 완성이 슬프다.

그는 이렇게 감정의 배후를 보면서 슬픔의 국면을 빠져나온다. 바닥난
감정이 회복되기를 기다리는 것이 아니라 이면을 들추어내어 감정을 개
관한다는 점에서 그는 적극적이다. 배후의 세계는 그에게 모호함으로써

감정의 온 모습을 들추어낸다. 뒷모습이기 때문에 그의 성취는 불완전하다. 그러나 뒷모습은 감정의 이면을 보여주기 때문에 완전하다. 자신의 감정을 개관하는 이병률은 마치 '감정의 현상학'을 연마하는 듯하다. '감정의 현상학'은 자신과 제가 가진 감정의 본모습을 이해하기 위해 관습적인 판단을 중지시킨다. 이 중지의 지점에서 '감정의 현상학'은 힘겹게 어떤 갱신의 계기를 마련한다.

이병률은 감정의 본모습을 보기 위해 앞모습뿐만 아니라 뒷모습을 상상한다. 감정은 윤회와 인연의 신뢰가 낳은 모순된 화법으로 온 모습을 드러낸다. 「뒷모습」에서 그는 "뒤편의 뒷맛"을 맛보며 쌀과 사랑을, 돌아온다는 당신과 떠난 당신을, 조그만 얼룩과 우주의 침묵을 동시에 바라보았다. 「별의 각질」에서 그는 육백년 전 벽에 그린 최초의 그림만이 원본이라 하지 않고, 벽화를 손상시킨 육백년 매 순간도 원본이라고 했다.

장미정원을 걸었다

내 시는 이 한 줄이 전부여야 하는데 무어라 더 쓸 말을 찾는다
그 한 줄의 시는 장미정원에 핀 한 송이 장미가 만들어낸 그늘 때문이었으므로
지난겨울 만난 그늘 한평 이야기를 꺼내려 한다
이를테면 이런 이야기

(…)

그것이 전부인 이야기
장미정원을 걸은 것뿐인데
자꾸 떠밀 것이 있는 이유처럼 그 그늘 오래 나를 따라다닌다

나 오늘 장미의 그늘을 밟았다는 건 내 훗날을 선뜻선뜻 봐버렸다는
이야기는 아닌가
모든 훗날들 그늘로 와서 날 가만히 만지고 가려는 건 아닌가

—「장미의 그늘」 부분

중략한 부분은 꾸바의 피아니스트 루벤 곤살레스(Ruben Gonzales)에
관한 일화이다. 그의 음악을 직접 듣고 싶었던 화자는 결심한 뒤 육년 만
에 꾸바를 찾는다. "그의 어두운 손을 내 심장에 얹고 울리라 맘을 먹"은
것이고 "그의 손을 심장에 찔러넣고 한달쯤 울고 싶어했던" 것이다. 인연
은 중남미에 사는 한 피아니스트의 손까지 뻗어 있다. 피아니스트는 이미
죽어 묘지에 묻혀 있고, 피아노도 이미 치워져 있다. 우는 대신 그는 그곳
을 그늘이라고 생각한다. "그늘 한평"은 꽃밭이 가린 그의 묘이면서 피아
노가 치워진 자리이다. "그것이 전부인 이야기"이다.

생전의 그의 연주, 울고자 했던 마음, 꾸바까지 가고자 했던 욕망, 이런
것이 그에게는 양지였을까? 피아니스트를 떠나보내고 혼자 남아 있어서
그는 슬프다. 그도 언젠가 떠나리라는 것을 예감해서 더욱 슬프다. 그러
나 한 슬픔과 다른 슬픔이 표면과 이면이 되어 온전한 슬픔을 이룰 때 슬
픔은 내 안의 감정이 아니라 개관의 대상이 된다. 인용 부분은 그늘을 본
자의 목소리이다. 그에게 드리워진 그늘 한평은 감정의 끝, 욕망의 이면을
보여주어 그의 어조를 담담하게 한다. 장미정원을 거닐며 한 줄이 전부인
시를 써야 한다고 생각하고, 가장 화려한 꽃잎과 그늘이 모여 장미를 이
루는 것을 보고, 오늘의 나와 먼 훗날의 나를 함께 보는 이 감정의 현상학
자는 담담하다. 슬픔을 없애서가 아니라 슬픔을 개관해서이다. 아마 윤회
와 인연의 믿음이 그 바탕을 이루고 있을 것이다. 이병률의 시는 윤회의
갈라진 틈까지 포용하고 있다.

4

이 생에서 너의 발이 너무 고단했으니 다음 생에는 앞발을 가진 것으
로 태어나거라, 이렇게 말했었지.

―「근친의 집―혼종(混種)」 부분

조연호는 이 생과 다음 생의 간격을 보존하는 점에서 이병률과 닮았
다. 그러나 존재의 배후를 들추어내기보다는 자신의 고단함을 증명하려
는 듯, 자신을 처단하려는 듯, 다음 생을 마련한다는 점에서 이병률과 다
르다. 지금 두 발은 고단하다. 네발이라면, 괜찮을 듯하다. 네발 달린 짐승
은 중력을 네 갈래로 나누어 두 발 달린 인간보다 피곤하지 않지만, 그의
시에 등장하는 짐승은 그 편안함과 함께 비천함의 뜻도 지닌 것 같다. "혼
종"은 낮은 단계에서 높은 단계로의 발전을 뜻하는 것이 아니라, 낮은 단
계와 높은 단계의 뒤섞임을 뜻하기 때문이다. 조연호는 변신의 결과가 짐
승이라는 점에서 강정과 닮았다. 그러나 이것이 다음 생에 태어나거나 이
미 그러한 상태를 보여준다는 점에서 강정과 다르다. 조연호의 짐승은 한
순간에 살갗을 찢어 태어나는 짐승이 아니라 윤회의 틀을 지키는 짐승이
다. 자신의 몸을 상하게 하지 않아 온건해 보이지만, 다음 생까지 짐승으
로서의 처단을 끌고 가기 때문에 잔혹하기는 마찬가지이다.

점성(黏性)이 가장 모자란 눈물로
죽은 오빠를 따라가는
유정하고 유정한 것

그러나 말이지, 죽은 뒤에도 계속 자라는 손톱과 머리털이

사람이 가졌던 기억에서부터 자란다는 것은 미처 몰랐다.

—「근친의 집—제씨의 꿈」 부분

그렇군요. 저는 태어나지 않은 것으로부터 빚어진 것이로군요. 다음 생의 잎새와 열매로 이것저것 참으로 비좁습니다. 저는 지난 계절과 또 한번 맞절을 하고 또 한번 배우자가 됩니다. 천국과 지옥은 점점 다양해지고 머릿수가 많아지고요, 저는 꼬리를 떼어내고 모든 구멍으로 어둠을 기다립니다.

—「근친의 집—부계(父系)」 부분

기억까지도 윤회한다는 생각은 매혹적이다. 새 몸으로의 환승을 믿는 자들은 헌 몸에 대한 애도의 순간에 "점성(黏性)이 가장 모자란 눈물"만 짧게 흘려도 될 것 같다. 그러나 "사람이 가졌던 기억"이 "죽은 뒤에도 계속 자라는 손톱과 머리털"의 뿌리라는 인식은 어떤가. 윤회를 온전히 믿을 때 기억은 다음 생으로 건너가고, 인연을 믿을 때 기억은 타인에게 옮겨간다. 윤회를 믿는 자들은 신비주의자이지만, 이와 견주어 인연을 믿는 자들은 합리주의자이다. 신비주의자이건 합리주의자이건 그들은 기억 보존의 법칙을 믿는다. 따라서 이들은 낙관주의자이다. 조연호도 기억 보존의 법칙을 믿는다. 그러나 그에게 기억은 사라지지 않지만, 움직이지도 못하는 것이다. 다만 죽은 몸에 들러붙어 손톱과 머리털을 길러낼 뿐이다. 그는 인연은 아예 믿지 않고, 윤회에 거는 기대도 적다. 이것은 비관적 신비주의자의 태도이자 가장 참혹한 기억의 처단 방법이다. 그에게 다음 생은 기억이 치르는 참혹함의 기간을 더 늘리려 준비된 다른 시간이기 때문이다.

비관적 신비주의자의 생에 대한 태도는 「근친의 집—부계(父系)」에서 더욱 분명해진다. 전생과 내생이 있는데도 조연호에게 현생은 비좁다. 전생은 현생의 자양분이 아니다. 그는 스스로 "태어나지 않은 것으로부터 빚어진 것"이라 하며 일반적인 전생의 의미를 깎아내린다. 내생도 현생의 안식처가 아니다. "다음 생의 잎새와 열매로 이것저것 참으로 비좁"다고 하니 내생은 현생의 불안감만 더할 뿐이다. 천국과 지옥은 "점점 다양해지고 머릿수가 많아지"는 곳이다. 그렇다고 현생이 그의 마음에 드는 것도 아니다. 꼬리가 달려 있는 것으로 보아 그는 자기 자신을 짐승처럼 여기고 있다. 그에게는 전망이 없다. 위축된 한 개인이 지금 여기에서 "꼬리를 떼어내고 모든 구멍으로 어둠을 기다"리고 있다.

사진 앞에서 조카들은 두 번 절하고 울다가 웃다가 편육과 새우젓을 먹었다

여름의 분수는 더 이상 허공을 아물게 할 힘이 없고 이번엔 풀밭이 사라질 시간

날마다 살아갈 날의 지도를 한 장씩 잊어도 네겐 딱 하나 잊지 않는 게 있었다

네 피를 가득 담던 혈액 주머니처럼 반드시 꼭 한 번 계절은 표정이 없어진다는 것

—「철저한 야외」 전문

그가 전생의 뿌리가 주는 자양분을 거절하고 내생에 열릴 잎새와 열매를 포기하자, 현생은 존재증명을 하지 못한 채 근본 없는 전생과 비좁은 내생 사이의 틈, 혹은 균열로서 존재하게 된다. 그것은 어두운 허방의 세계이자 구멍의 세계이다. 그는 어디에도 이 균열로서의 "허공을 아물

게 할 힘이 없"다고 말한다. 자라나던 것들이 어둠으로 빨려들어간다. 유년의 세계가 노년의 세계이고, 생성의 때가 죽음의 때이다. 철모르는 어린 "조카들"은 상갓집에서 "두 번 절하고 울다가 웃다가 편육과 새우젓을 먹"고, "풀밭이 사라"지고, "계절은 표정이 없어진다".

탄생, 만개, 원숙, 소멸의 변화무쌍한 변화가 사계절이 지닌 여러 표정이라면 조연호의 사계절은 표정이 없거나, 굳이 따지자면 소멸 하나만 띤다. 봄은 "죽은 네 엄마들"이 함께 오는 계절이다(「네 개의 문조(文鳥) 알」). 여름은 "지리멸렬의 다산(多産)과 사산(死産)"(「X」)을 거듭하며 "자기 발끝에만 갇혀 있"(「근친의 집―모계(母系)」)다. 가을은 "포기와 권태의 방"을 가지고 있다(「베개의 책」). "종(種)의 냄새가 서서히 기억에서 지워지는 시간"(「사라진 그녀들」)인 겨울은 "삭제의 방식으로 광장에 얼마간 서 있어야 했다"(「벌레를 쥐고 태어난 아이(1983~1986)」). 소멸의 봄과 여름과 가을과 겨울이 교차하며 생을 이룬다.

서로를 향하는 동안만 구름에겐 이별이 생긴다. 사랑한 후에는 작은 꺾쇠로. 차별받는 후에는 농담의 사전으로. 넌 제비를 뽑았다.

향기 많은 꽃들이 네 머리만큼 자라 벌들을 통에서 꺼내기 시작하면 주방 아줌마는 물이 가득한 욕조의 모습으로 우리를 기다렸다. 첨벙거리며 후회 없이 바닥을 다 훑고 듣지도 보지도 못하는 동물로 숲이 가득 채워지는 날. 여름은 당근의 붉은 뿌리처럼 하나씩 뽑히며 사라지고 있었다. 구석에 서서 작은 귀를 흔드는 것으로 나의 은신술은 완성된다. 여기까지는 내 몸이 기생식물이었을 때의 길. 이제부터의 길은 내가 숙주(宿主)일 때를 향해 열린 곳.

    (…)

하지만 우리는 너를 잊고 싶지 않아. 나 혼자서 바람에게 그렇게 말해본다. 그날은 왼손잡이용 글러브처럼 오른쪽으로 날아오는 것들과 마주하던 일요일. 우월의 표시로, 연대의 표시로 너는 모자를 벗고 세계관이 없는 제비를 하나 뽑았다. 겨울의 지하에서 여름의 지상으로. 수레처럼.

—「변신 이야기」 부분

"당근의 붉은 뿌리처럼 하나씩 뽑히며 사라지고 있"는 여름이다. 기생식물은 이 즈음해서 숙주로 변신한다. 기생식물은 더부살이하기 때문에 숙주의 눈치를 보고, 숙주는 영양분을 뺏기기 때문에 기생식물을 두려워한다. 어느 것 하나가 절대적인 우위를 보이지 못하는 조연호의 변신 이야기에는, 그러므로 성장이나 완성의 의미가 빠져 있다. 또한 이 시는 변신의 바탕에 깔려 있을 법한 선형의 시간을 '수레바퀴처럼' 원형으로 말아 진담을 농담과, 오른쪽을 왼쪽과, 결단의 계기들을 제비뽑기와, 고귀해 보이는 것을 비천한 것과, 태어난 것을 죽은 것과 연결한다. "차별"뿐만 아니라 "우월의 표시" "연대의 표시"는 "세계관이 없는 제비"뽑기에 의해 가치가 무너졌고, "겨울의 지하에서 여름의 지상"으로 돋아났던 식물들은 헛도는 '수레바퀴'가 되어 다시 지하로 파묻힐 것이다. 몸소 겪는 자에게 계절의 변화는 연대기이겠으나, 밖에서 보는 자에게는 헛도는 정지 상황이다. 이 시는 몸소 겪는 자에게는 변신 이야기이겠으나, 밖에서 보는 자에게는 착종의 그림이다. 조연호의 시는 질서가 잡히기 전 혼돈의 상태가 아니라 질서를 끝낸 무질서의 상태를 보여준다. 강정의 시가 변신의 순간을 포착한다면, 조연호의 시는 변신 이후의 상태를 보여준다. 이병률이 갈라진 금까지도 포용하는 윤회의 선순환을 그려낸다면, 조연호는 윤회의 갈라진 금을 더욱 벌려 틈을 만들고 심연을 만들고 구멍을 만들어 그 안에 들어간다. 그는 윤회의 악순환을 그려내고 있다.

5

『카멜레온의 시』는『고독한 기타맨』과 같은 시기에 김세영이 쓰고 허영만이 그린 만화이다.『고독한 기타맨』보다 일년 전이니 1986년 작이다. 이번에도 강토가 주인공이다. 여기에도 서점 장면이 나온다. 강토는 정신적 스승인 친구 나라가 "아무나 읽어서는 안되는 책"이라 하고 보여주지 않은 로트레아몽의 시집『말도로르의 노래』를 사려 서점에 들른다. 이번 여직원은 서가에서 책을 찾아본다. 눈에 띄지 않자 노래책인가 묻고, 불온서적 아닌가 다시 묻는다. 그러고는 프랑스의 화가 로트레끄의 전기를 찾아준다. 시인의 이름도 시집 제목도 확실치 않기 때문에 강토는 그 책을 구입한다. 그리고 실망한다.

만약 강토가 이십년 뒤에 태어났다면 실망하지 않았을 것 같다. 1980년대는 강토에게도 불행한 시대였다. 당대는 영문 모를 불안감에 휩싸인 십대에게도 역사적 인식을 상당히 요구했던 시기이다. 강토가 강정과 이병률과 조연호의 시집을 읽었더라면 딜런 토머스나 로트레아몽의 시집이 아니더라도 자신이 겪는 청소년기의 이유 모를 불안을 확인할 수 있었을 것이다. 내면을 찢는 아픔이 강정의 시에, 슬픔의 배후가 이병률의 시에, 이유 모를 고단함의 상태가 조연호의 시에 펼쳐져 있다. 김소월이 찾아낸 균열의 실재는 이들의 시에 풍부하게 변용된다. 윤회와 인연의 세계를 바탕으로 현대적인 감수성이 드러날 뿐만 아니라, 상징주의자와 감정의 현상학자와 비관적 신비주의자의 모습까지도 그곳에서 찾을 수 있다. 카멜레온이 둘레에 맞춰 피부색을 정하듯, 이들은 내면세계에 맞춰 둘레를 변용한다. 과거와 현대가 연대하고, 밖의 사고와 안의 사고가 내통하고, 전

통과 실험이 서로를 북돋고 있는 모습 덕분에 강토는 자신이 겪는 불안의
실체를 파악하고 마침내 자신의 불안에 대응할 수 있었을 것이다.

—『문예중앙』 2007년 봄호

미래의 서정에게

◆

김성규·서효인의 시

1

김성규(金聖珪)의 첫 시집『너는 잘못 날아왔다』의 제목은「불길한 새」의 한 부분에서 따왔다. 시의 내용은 대략 이렇다. 눈이 내리고 바람이 부는 해안가에 검은 새 한마리가 처진 날개를 흔들며 날아간다. 바람이 불어 해송이 휘청댈 때마다 새의 울음소리가 들려온다. 시의 마지막에 이르러 저 구절은 연이어 두번 반복된다. 첫번째 "너는 잘못 날아왔다"는 새가 일인칭에게 들려주는 말일 수도 있고 일인칭이 새에게 건네주는 말일 수도 있다. 두번째에는 그 목소리가 한층 가라앉아 누구의 것이건 시인의 내면이 환기된다. 잘못 날아온 주체는 '너'이지만 그 '너'에는 '나'가 포함되어 있는 것이다.

서효인(徐孝仁)의 시집『소년 파르티잔 행동 지침』마지막 부분에는 '마

---

* 이 글에서 다루는 두 시인의 시가 수록된 시집은 각각 김성규『너는 잘못 날아왔다』(창비 2008), 서효인『소년 파르티잔 행동 지침』(민음사 2010)이다.

스크 X' 연작이 이어진다. 연작의 끝이자 세번째 시인 「마스크 3」에는 "자판기 앞에서 잠시 잠깐 고민에 빠지던 나는, 누구지?"라는 구절이 있다. 마스크를 쓴 무명 프로레슬러의 삶에서 시작한 연작은 얼떨결에 유명해진 마스크 X의 상황을 그리는 것으로 끝난다. 많은 이들이 유행처럼 마스크 가면을 쓰기 시작했는데, 그로 인해 실제 표정은 찌그러져 있을지라도 그들이 쓰고 있는 마스크의 표정은 한결같다. "나는, 누구지?"라는 말은 같은 표정을 짓고 다니는 이들의 익명성을 환기한다. 마스크는 그들의 실제 표정을 가릴 뿐 아니라 그들의 정체성까지도 사라지게 한다.

말하고 있는 자신의 존재를 의심하는 것은 사실 이 시대에서는 흔한 일이다. 정답이 사라진 시대를 사는 사람들은 늘 자신이 누구인지, 제대로 살고 있는지 되묻는다. 그러나 김성규가 시집을 열기 전에 제목으로, 서효인이 시집을 닫으면서 질문으로 이 의심을 반복했을 때, 이 시대의 공동운명을 환기하는 것으로 그 뜻이 모두 수렴되는 것은 아니다. 그들의 질문이 놓인 곳은 시집이다. 특별히 인물을 만들 필요 없이 자신을 직접 내세우는 것이 보통의 일이며, 뜻이 닿지 않았던 것을 마음대로 뜻이 되도록 해도 괜찮은 것이 시이다. 자신의 말이 세계를 이루는 시는 일인칭의 왕국이라고 해도 과언이 아니다. 하지만 이들은 바로 그 일인칭을 시에서 의심하고 있다.

2

서효인 시의 배경은 비교적 명확하다. 마치 일인칭 자아에 난 균열을 메우기 위해 그런 것은 아닐까라는 생각이 들 정도로 둘레 세계의 모습은 선명하다. 그는 슈퍼마켓, 이미 망한 가게, 미장원, 속독학원 등에 둘러싸여 있다. 그리고 그곳을 재구성한다. 장소뿐만 아니라 그를 포함한 캐릭터

도 뚜렷하다. 프로레슬러, 건담, 블랑카, 골키퍼 등 그는 뚜렷한 목소리로
뚜렷한 곳에서 뚜렷한 이들을 부르고 있다.

공허에 포위된 밋밋한 경기에서 나는 축구공을 본다 예정된 실패를
기다리며 자세를 낮춘다 상대방의 은빛 킥 모션을 몇 안 되는 관중이
쳐다보건만, 이삼류로 구겨진 내 자세는 아무도 보지 않는다 유일한 그
가 온다 손을 뻗어도 닿지 않을 구석으로 빠르게 온다 희망도 아마 구
석에 있겠지 나는 벌레처럼 몸을 날리겠지만 너는 나의 게토를 차지한
채 마음껏 뒹굴겠지 지금 온다 (…) 공의 궤적은 페루를 향해 날개도 없
이 떨어진다 작별인사의 손짓을 따라 객사(客死)처럼 나를 던지지만 나
의 몸은 골망에 때려잡힌 한 마리 파리, 몹쓸 흔적이다 몸을 날려 손을
뻗어도 닿을 수 없는 구석 웅크리고 있던 내 희망이 공에 맞아 숨진 시
간은 로스 타임, 버려진 시간
―「FC 게토의 이삼류 골키퍼」 부분

주인공이라 할 수 있는 이삼류 골키퍼는 게토와 같은 곳에 있다. 골을
허용하자 그는 "예정된 실패"였다고 생각한다. "버려진 시간"인 로스 타
임에 "희망"이 사라져버린 것이다. 이렇듯 그는 자신의 감정을 에둘러 말
하지 않는다. 버려졌다고 느낄 때 버려졌다고 말하고, 희망이 없어졌다고
느꼈을 때 희망이 없다고 말하고, 실패했다고 느낄 때 실패했다고 말한다.
그가 에둘러 표현하는 것은 인물의 심리가 아니라 인물의 캐릭터이자 인
물이 놓여 있는 장소이다. 이삼류 골키퍼, 전자오락 캐릭터, 애니메이션
주인공 그리고 축구장, 지구 밖 외계 등의 장소가 그와 같은 예이다. 에둘
러 표현되었다는 것은 분명하지 않다는 것과 같은 뜻이 아니다. 단지 시
에 표현된 말과 시가 품은 뜻의 거리가 있다는 것이다. 축구장의 본래 뜻
은 적자생존을 강요하는 세상이며, 이삼류 골키퍼는 그와 같은 세계에 살

고 있는 대다수의 사람들이다. 세계를 바꾸자 억압상은 좀더 뚜렷해졌다. 시공간을 초월한 지구 밖을 다룰 때에도 그것은 명확히 지금-이곳의 세계를 가리킨다. 다른 세계, 다른 캐릭터를 지금-이곳의 인물들로 바꾸어 생각할 수 있게 하는 것은 저 명확한 감정 표현 덕분이다. 그것들은 지속적으로 지금-이곳을 환기한다. 시적 의미는 직접적으로 제시하는 감정과 에두른 세계의 격차에 의해서 발생한다.

눈여겨볼 다른 부분은 그의 목소리가 지닌 어조이다. 시집을 관통하는 그의 목소리는 대체로 명랑하다. 표제시 「소년 파르티잔 행동 지침」에서 그는 폭력적인 상황에 대처하려는 파르티잔의 다짐을 "등에 누운 참고서 아래에 붉고 뜨거운 바람의 계곡을 기억해요. 그리고 궐기해요. 배운 대로, 그렇게, 뿅"이라고 표현했다. 이 목소리의 명랑함은 고난을 극복하는 캔디형 인간의 것이 아니다. 그는 자신의 처지를 모른 체하지도, 극복하려 하지도 않는다. 스스로 극복하기에 세계의 억압체계는 매우 견고하다. 그는 단지 거기에 굴복하지 않으려 할 뿐이다. 그 결과가 명랑한 목소리이다.

이 명랑한 목소리는 십대 때부터 형성된 것으로 보인다. 그의 시에는 폭압적 상황에 노출되었으나 거기에 기죽지 않는 십대의 모습이 자주 보인다. 그는 장학사의 방문에 대비하기 위해 늦도록 유리창을 닦았던 일을 회상하며 "유리창은 지워지지 않는 지문이 되어 깔깔깔"(「장난치기 좋은 날」)이라고 말했으며, 전화벨 소리를 "콜록 콜록 콜 콜"(「저녁의 전화벨」)이라 표현하기도 했다. 전자오락에서의 승부는 연전연승이었으나 "리얼한 거리"에서는 "연전연패"(「거리의 싸움꾼―분노 조절법 초급반」)였다. 교사는 "이글이글한 분노의 원심력을 당구 큐대나 야구방망이나 담양대뿌리 등에 부착해"(「분노의 시절―분노 조절법 중급반」) 체벌했다. 그가 "앞으로도 빌어먹을, 일어나지 않을 밀레니엄, 안녕"(「밀레니엄 송가―분노 조절법 고급반」)이라며 기대할 것 없는 미래를 예감한 시기는 십대 말이었다. 상상과 달리 현실은 냉정했고, 그 냉정한 현실이 지속되리라는 것을 그는 십대 때

부터 알았다. 그는 여기에서 명랑한 목소리를 가다듬었고 그것이 곧 '분
노 조절법'이라고 생각했다.

 김성규 시에 나타난 기억 내용은 분명하지 않다. '나'의 누이는 죽은 것
같고(「꽃밭에는 꽃들이」), 동생은 누워 있는 것 같지만(「황소」) 이에 대해 시인
은 명확하게 말하지 않았다. 다만 명확한 것이 있다면 꿈틀거리는 벌레들
과 그것들이 파먹는 동물 시체의 모습이다. 그의 시에는 서정적인 목소리
로 몽환적인 공간을 연출하는 시도와 냉정한 관찰자의 시선으로 사실적
인 공간을 드러내는 시도가 번갈아 나타난다. 시간의 순서가 무시된 몽환
적 공간이건 피가 낭자하고 시체와 벌레 들이 그득한 사실적인 공간이건
그곳이 범상해 보이지 않는 것은 한가지이다.

 사내가 들것에 실려나온다
 쏟아지는 빗줄기 속

 상가 입구에서 노파가 팔을 떨고 있다
 3층 베란다 유리창이 깨져 있다

 (…)

 물 위로 떠다니는 불빛
 사내의 목에 감긴 흰 붕대에서
 스며나오던 핏물,
 우산에서 한 방울씩 빗물이 떨어진다

 내 이마를 짚어보았다
 차갑게 식어 있었다

소리를 질렀다
목소리가 나오지 않았다

―「목소리」 부분

　이마는 차갑게 식어버렸고 목소리는 나오지 않는다. 목소리의 주인은 시체 중 하나이다. 근처에는 팔을 떠는 노파와 핏물이 스며나오는 사내가 있다. "상가 입구"와 "3층 베란다" 등 구체적인 장소가 제시되어 있으나 이러한 곳을 찾기는 어려울 것 같다. 이와 같은 사건은 드물게 발생한다. 시인은 시에서 자신의 심리를 노출하기보다는 냉정한 관찰의 시선을 유지한다. 서효인은 자신의 처지에 대한 감정을 노출하는 것으로 다른 세계와 캐릭터를 이 세계와 포개놓는 반면, 김성규는 그로테스크한 장면의 제시로 시의 세계와 이 세계를 어긋나게 잇대놓는다.

　그는 세구의 시신이 발견된 독산동의 동굴을 찾거나(「독산동 반지하동굴 유적지」), 술집과 병원의 간판이 홍수 속을 떠다니고 모두들 익사체로 인사하는 풍경을 본다(「장롱을 부수고 배를」). 홍수가 지난 뒤에는 소독차가 지나가고 쥐떼가 밤마다 돌아다니고 진흙을 물고 있는 개의 시체가 널브러져 있다(「홍수 이후」). 그의 시선은 이렇듯 줄곧 폐허를 응시한다. 황폐한 시의 세계가 우리가 살고 있는 세계라고 단정하기는 어렵지만, 이와 같은 모습을 이 세계가 품고 있지 않다고도 말하기 어렵다. 지금-이곳과 유리된 기괴한 세계는 악취미의 결과에서도 찾을 수 있을 것이다. 그러나 그곳에서 당사자들의 불행을 찾기는 쉽지만 관찰자의 마음에 배어 있는 무참함을 찾기는 어려운 일이다. 김성규의 시의 대상과 주체 모두는 그와 같은 마음을 공유한다.

3

　김성규가 바라보고 있는 현장을 지금-이곳에서 찾을 필요는 없을 것 같다. 그는 이 시간과 저 시간을 함께 보는 데 익숙하다. 끔찍한 사건이 일어난 현장이건 모든 것이 쓸모없어진 폐허이건 범상치 않은 장면들은 그가 미리 본 미래일 가능성이 높다. 그는 직접 이와 같은 장면을 다가올 미래라고 말하기도 한다. 나날의 세계는 시간이 지날수록 그가 제시한 장면들로 대체될 운명에 처해 있다. 이때 그의 모습은 미래를 예측하는 예언자가 아니라 파국을 앞당겨 보는 운명론자에 가깝다. 폐허를 그린 시를 다시 보자.

어디쯤까지 떠내려가야 배가 멎을까
잠을 자다 빠져나와 보니
모두들 익사체로 인사하는 밤
두꺼비만한 달이 구름을 밟고 기어나와
물속에 잠긴 도시를 비춘다
과자봉지와 죽은 돼지가 진흙에 섞이고
들판의 곡식들이 죄지은 사람처럼 고개 숙이면
지상에 꺼진 가난의 등불은 다시 타오르리라

—「장롱을 부수고 배를」 부분

줄 풀어진 개처럼 아이들이 뛰어나온다
머리에 하나씩 새집을 짓고
헝클어진 강변을 덮어가는,
무섭도록 풀이 무성한 구월의 오후

—「홍수 이후」 부분

홍수가 난 상태이거나 홍수가 끝난 상태이다.「장롱을 부수고 배를」에
는 홍수로 집들이 떠다니는 풍경이 그려지는데, 희망이라고 부를 만한 어
떤 기미도 보이지 않는다. 세상은 물로 덮여 있으며, 달은 익사체가 떠다
니는 지상을 훤히 비추고 있다. 시인이 이곳에서 펼쳐 보이는 미래의 모
습은 궁극적으로 어딘가 있을지도 모르는 희망의 불씨까지 앗아버리는
역할을 한다. "과자봉지와 죽은 돼지가 진흙에 섞이고/들판의 곡식들이
죄지은 사람처럼 고개 숙"일 때, 즉 물이 가라앉고 지상이 드러났을 때, 타
오르는 것은 희망의 불씨가 아니라 "가난의 등불"이다. 폐허는 그가 예측
한 미래에서 완성된다.

「홍수 이후」의 첫 구절에 아이들이 등장하고 그 비유가 "줄 풀어진 개"
인 까닭도 미래와 연관되어 있을 것이다. 폐허에서 희망을 찾는 이들의
시선은 새로운 생명의 징후에 모이기 마련이다. 하지만 시에서 그와 같은
새 생명은 개의 비유를 얻고 있다. 이 개는, 생략한 부분에 제시된 "부드러
운 혓바닥에 더 부드러운 진흙을 물고 있는 개"의 운명을 떨치지 못한다.
"줄 풀어진"이라는 수식이 가진 뜻은 자유가 아니라 자유를 무력화시키
는 운명인 것이다. 홍수의 임무는 방주에 앞날을 걸고 죄를 심판하기 위
해 내린 성경 속 큰비의 임무와도 다르고, 외부에서 도착해 모든 갈등을
일거에 해결하는 기계장치로서의 신의 그것과도 다르다. 김성규의 시에
서 홍수는 모든 죄를 심판하거나 모든 갈등을 해결하기보다는 그 갈등조
차 무화시키는 거대한 운명을 환기한다. 김성규는 모든 가능성이 제거된
시간을 이곳에 당겨 제시하고 있는 것이다.

    검버섯 핀 노인의 손을 잡고 일어서는 아이, 사탕을 떨어뜨립니다 개
미들이 의자 주위에서 머뭇거립니다 아이의 그림자에 발이 걸린 듯 노
인이 넘어집니다 지팡이를 손목에 묶어주던 햇살이 실뱀처럼 달아납

니다 개미들이 사탕을 덮고 있습니다 노인의 손을 잡아당기며 아이가
울음을 터뜨립니다 소리를 타고 날아오른 참새 한 마리, 발갛게 일어선
저녁노을을 뜯어냅니다 부리에 묻은 피가 하늘로 흘러나옵니다 얼마만
큼 울어야 저 아이는 활짝 핀 저승꽃을 떠올릴까요

─「만삭(滿朔)」 부분

아무도 그 울음소리 들어줄 수 없을 때 눈은 천천히 녹아 흐를 것이
네 대륙의 눈과 얼음으로 꽝꽝 빛나는 도시

언젠가 지상을 덮은 눈이 녹으면,
아이들은 자라 다시 어른이 되고
사내들은 여자의 몸을 더듬어
그 몸에 숨겨진, 어둡고 긴 겨울을 찾아갈 것이네

─「빛나는 땅」 부분

「만삭(滿朔)」에서 아이의 입속에 있던 사탕은 지금 개미떼 밑에 있다.
아이는 노인의 손을 잡아당기며 울음을 터뜨린다. 시인은 예측한다. "얼
마만큼 울어야 저 아이는 활짝 핀 저승꽃을 떠올릴까요". 얼굴에 검버섯
이 핀 아이의 모습은 기괴하지만, 아이가 노인이 된 뒤에 핀 검버섯은 자
연스럽다. 아이가 잡아당긴 손은 그와 함께 있는 노인의 것이겠으나, 그
노인은 늙음의 상징이기도 하다. 아이는 늙음의 손을 잡아당기며 운명을
재촉하고 있다. 시인은 잊고 싶지만 거부할 수 없는 늙음과 죽음을 이 시
간에 초대한다. 그것은 사건의 현장을 관찰할 때만큼이나 냉정한 일이다.
「빛나는 땅」의 그는 폭설로 뒤덮인 곳에서 눈이 녹은 뒤의 세상을 가정하
고 있다. 그 세상은 재생이나 부활의 공간과 거리가 멀다. 마지막 예측은
다음과 같다. "어둡고 긴 겨울을 찾아갈 것이네". 그에게는 새로운 시작이

새로운 끝과 같으며, 성숙이 쇠퇴와 같다.

　이 두편의 시에서 미래의 모습은 예측의 형식으로 제시되고 있다. 그것은 충격을 줄이기 위한 완충장치 역할을 한다. "늙고 또 늙어야 하네/걸레가 된 옷을 붙잡고/사람이라는 것을 잊어버릴 때까지"(「사람이라고 말할 수 없는」)라는 진술은 직접적이기는 하지만 충격적이지는 않다. 그러나 삶과 죽음, 유기물과 무기물, 먹음과 먹힘이 한 장면에 제시된 구절은 충격적이다. "꿀맛 나는 피를 허겁지겁 빨아먹을 파리떼/다시 뛰어가려고 다리를 떠는 두더지"(「꿀단지」)에서는 잔인함이, "새들/굶주린 사내의 귓바퀴를 발톱으로 움켜쥐고/달팽이관에 상처 없는 알을 낳는다"(「거식자(拒食者)」)에서는 비정함이, 사슴이 망치에 맞아 땅에 흘린 피를 두고 "마른 땅에 핏방울만한 싹들이 돋아나기 시작했네"(「그리고 비가 내리기 시작했다」)라고 한 데에서는 기괴함이 두드러진다. 이와 같은 감정은 그러한 예측의 형식을 생략하고 현재와 파국의 시간이 병치되면서 나타난다.

　항문에서 바람이 거세게 불어옵니다. 당신의 등을 밀어냅니다. 그럼 이제 당신 차례, 꽃의 슬픈 유래나 강물의 은결 무늬에 대한 노래에 항문이 간질간질하던 당신, 구타의 음악 소리에 볼기짝이 꽃처럼 붉어져 혼자 타오르고 있던 당신, 무거운 가방에 매달려 참고서를 완주하던 당신, 바로 당신. 붉은 엉덩이를 치켜들고 만국의 소년이여, 분열하세요. 배운 대로, 그렇게.

　(…)

　생뚱한 바람이 거대한 치마를 들어 올려 아이스크림 한입 베어 먹기 전까지 우리의 항전은 끝나지 않아요. 근엄한 얼굴로 인생의 진리를 논하는 정규군의 향연에 더 이상 뒤를 대지 않을 테니 그리 알아요. 부릉

부릉 분열하는 파르티잔들이 습격을 거듭하는 이상한 트랙에서, 소년
들이여, 등에 누운 참고서 아래에 붉고 뜨거운 바람의 계곡을 기억해요.
그리고 궐기해요. 배운 대로, 그렇게, 뻥

— 서효인 「소년 파르티잔 행동 지침」 부분

서효인의 시에서 의미가 생성되는 곳은 두개의 어긋남에서이다. 명확
한 감정과 에두른 세계의 어긋남, 그리고 폭력적 공간과 경쾌한 목소리의
어긋남. 표제시의 어조 또한 경쾌하다. 시에는 제도교육을 받던 소년 시
절과 사회생활을 시작한 청년 시절이 함께 제시되고 있다. 소년 시절에는
꽃과 강물의 노래를 불렀다. 그러나 이내 곧 구타가 시작됐다. 할 수 있는
일은 무거운 가방을 들고 참고서를 외우는 것뿐이다. 소년은 이렇게 폭력
과 낭만적인 세계를 기억에 새긴다. 십대가 지나자 그는 기득권층에 편입
되지 못했다. 정규군은 인생의 진리를 논하고 있으나 그는 그럴 여유가
없다. 그는 정규군에 대항하는 파르티잔이 된다. 전망 없는 시대를 살아
가는 이들이 지닐 수 있는 유일한 무기가 명랑이라고 판단한 것처럼 그는
시종일관 경쾌한 어조로 조롱하는 듯한 말들을 시에 쏟아낸다.
　경쾌한 목소리가 불러들이는 오해는 이런 것이다. 목소리의 주인은 세
상사가 고단하지 않은 부유한 이들, 고단한 세상사를 외면하는 철모르는
이들, 고단한 세상을 제 힘으로 극복하려는 낭만적인 이들이 될 수 있다.
그러나 시 속에 마련된 여러 장치들, 가령 『공산당 선언』의 패러디와 파르
티잔 용어, 그리고 시인이 직접 밝힌 "꽃처럼 붉어져 혼자 타오르고 있던
당신"의 원작자 조태일(趙泰一) 시의 좌표를 고려하면, 그의 목소리는 폭
력적인 억압 대상에 저항하기 위해 가다듬은 것이라 판단된다.

　클라인 씨(氏)의 병을 떠올리자면 나의 뇌하수체는 병 속을 이리저리
떠도는 거리의 악사, 성장판을 자극하는 그의 노래는 자라나는 손과 발

미래의 서정에게　231

이 함께 느끼는 기쁨과 슬픔 함께 느끼는 희망과 공포 그날은 생리혈도

길게 났다 나는 계속 컸다

이마와 광대뼈가 튀어나온 얼굴을 들면 손이 닿는 곳에 림이 있었다
수많은 난장이가 쏘아 대던 작은 공들은 쉬지 않고 리-바운드되었고
나는 언니들의 패스를 얍, 얍, 받아서 작은 공들을 얌, 냠, 얹어 놓았다
왼손은

거들 뿐 나는 계속 컸다

뫼비우스의 띠를 떠올리자면 나의 몸은 성장의 바통 속에 갇혀 계속
넘겨졌다 호르몬은 빠른 속도로 온몸의 코트를 돌고 돌았다 가슴에서
삑삑, 마루 긁히는 소리가 났다 언젠가 백보드에 입술이 닿는 그날이
오자 감독과 언니들은 나를

피했다 나는 계속 컸다

—「슬램, 성장기」 부분

성장은 대개 긍정적인 뜻으로 여겨지지만 여기에서는 비정상성을 두드
러지게 하고 있다. 뇌하수체의 질병을 앓고 있어 끊임없이 성장을 강요받
고 있는 '나'에게 그것은 "기쁨과 슬픔"이자 "희망과 공포"이다. 계속되는
성장은 그에게 장애다. 그것은 키 큰 사람이 환대받는 농구장에서도 마찬
가지였다. 다른 선수와 감독마저도 그를 피할 정도였던 것이다. 그는 생략
한 부분에서 이소룡과 헐크 호건과 만화 『슬램덩크』를 인용하며 경쾌한
어조를 유지하고 있으나 시에서의 상황은 그렇지 않다.

시의 구절과 모티프는 "클라인 씨(氏)의 병" "뫼비우스의 띠", 그리고
"난장이가 쏘아 대던 작은 공"에서 조세희(趙世熙)의 『난장이가 쏘아올린
작은 공』을 가리키고 있다. '난장이'는 외형적인 성장만을 부추기던 시대
와 대비되어 짓눌린 빈민계층을 대변했고, '작은 공'은 끝내 현실 앞에서
꺾어야 했던 꿈을 상징했다. 이 시는 정확히 조세희 소설의 반대편에 서
서 같은 대상을 비판한다. '난장이'와 달리 끊임없이 성장할 수밖에 없는
인물을 상정함으로써 외형적 성장에 집착하는 세계의 기형성을 야유하는
것이다. 안팎의 구분이 없는 이차원의 뫼비우스 띠와 삼차원의 클라인 씨
병은 소설에서는 출구 없이 갇혀버린 당대 도시빈민의 삶을 은유하지만,
시에서는 성장과 휴식의 구분 없는 이 세계와 자기 자신을 동시에 가리킨
다. 소설과 역할은 반대이지만 공격 대상은 같다. 이러한 의식에서 조성된
목소리가 경쾌한 목소리인 것이다.

4

다시 처음 질문으로 돌아가자. 서효인은 "나는, 누구지?"라고 말했고,
김성규는 "너는 잘못 날아왔다"라고 말했다. 서효인의 말 속에 들어 있는
쉼표는 머뭇거림과 단절을 뜻한다. '나'는 대명사이지만 '누구'가 가리키
는 것은 고유명사일 것이다. 고유명사는 정체성을 확립하고 대명사는 타
인과의 관계를 형성한다. 어느 하나가 고장나도 공동체는 유지되지 못한
다. 아니면 그 자신이 공동체에서 누락된다. 서효인의 시에서 '나'는 고유
명사와 관계를 이루지 못한 채 '모두'가 되어버렸다. 관계를 이루는 '모
두'가 '나'의 자리에 있을 때, 사회는 유아론적 세계가 되거나 익명의 세
계가 된다. 그 세계는 잘못된 세계이다. 서효인은 그릇된 이 세계를 혼자
힘으로 개선하거나 거기에서 빠져나올 수 없다는 것을 잘 알고 있다. 그

는 경쾌한 목소리로 자신이 속한 세계를 야유하는 쪽을 택한 것이다.

　　(당신은 유대인이지요) 예, 유대인입니다. 하나뿐인 신을 믿지요. 저
는 분명했습니다. 하나뿐인 신을 믿는 셈이죠. 평자들은 모호한 멜로디
를 좋아했습니다. 신은 하나뿐인 대신에 한없이 모호한 것을 그들은 모
릅니다. 그들이 제 노래를 좋아하지 않는 단 하나의 이유입니다. (…)
세상은 진부하고 이미 모호합니다. 우리는 이제 분명하게 말할 필요가
있다는 겁니다. 빚을 갚으라고, 그러지 않으면 죽는다고 (당신이 수전
노라고 생각하십니까.) 관대하지 못한 이미지와 파렴치한 스타일을 가
졌으니 그럴 수도 있겠죠. 저는 더럽습니다. 가슴을 조금씩 파고들어 간
을 잘라 내도 좋습니다. 말장난이거나 노래이거나 저는 세상에서 몇 단
어를 빌려 왔고 이제 와 갚지 않으면 손가락이 잘려 나갈 것을 잘 압니
다. 그것이 리얼, 이니까요.

—「수전노 솔레니오」 부분

　　시집의 마지막 시이다. 세속적인 가치를 추구하는 수전노인 일인칭
'나'는 대부업으로 크게 성공하였다. 그는 유일신을 신봉할뿐더러 부의
축적도 마다하지 않는다. 이 둘은 그가 보기에 모호하지만 분명한 것들이
다. 그는 분명한 것들을 좋아한다. "평자들"이 그를 싫어하는 까닭은 그가
좋아하는 모든 것이 못마땅하기 때문이다. 그들은 신을 명확한 존재가 아
니라고 여기고 부의 축적을 평가절하하고 명확한 것을 단순한 것이라고
여긴다. 그들은 분명한 것보다는 모호함 그 자체를 신뢰하는 듯해 보인
다. 시에는 신과 세상, 유대인과 평자들, 모호함과 분명함 등이 대립 관계
로 설정되어 있다. 그는 분명함을 매개로, 즉 "리얼"을 매개로 신과 세상
을 함께 긍정하고 분명함과 모호함을 동시에 인정한다. 어느 한편이 아니
라 이 둘을 함께 지향하는 이 발언은 서효인이 시집에서 추구하는 가치와

닮아 있다. 에둘러 말하되 세계의 억압상을 명확히 인식하며, 일상적 언어를 사용하여 경쾌하고도 분명한 목소리로 세계를 풍자하는 서효인의 시를 염두에 둔다면 이 수전노는 시인 자신을 환기한다. 마지막 시 「수전노 솔레니오」는 시인의 시론이기도 한 것이다.

> 처녀의 시체가 호두나무에서 내려진다
> 눈 위에 눕혀진 그녀의 얼굴이 차갑게 빛난다
>
> 이듬해부터 가지가 찢어지도록 호두가 열린다
> 나일론 줄에 목을 감고 있던 그녀의 뱃속
> 아이가 숨을 헐떡이며
> 죽어간 것을 사내들은 알고 있다
>
> 노인들은 손바닥에 검은 물이 들 때까지
> 마당에 앉아 호두껍질을 벗긴다
> 어두워지면 검은 손이 나타난단다
> 이야기를 듣던 아이들이 손바닥을 바라본다
>
> (…)
>
> 치맛자락처럼 펼쳐진 호두나무가 쓰러진다
> 참새 발자국만한 눈송이
> 지상에 웅크린 지붕을 밟고 가는 날
> 아무도 나무 위의 세상을 묻지 않는다
>
> ―김성규 「존재하지 않는 마을」 부분

김성규의 말 "너는 잘못 날아왔다"에서 눈여겨볼 곳은 두군데이다. 하나는 '나'의 흔적이 담겨 있는 '너'이며, 다른 하나는 '잘못'이다. '잘못'의 대상이 방향을 뜻할 때 그 '잘못'은 '날아왔다'와 함께 묶여 옳은 방향을 전제로 두게 된다. 세상에는 옳은 방향으로 날아갔을 때 도달할 좋은 곳이 하나쯤 있다는 것이다. 그는 낭만주의자일까. 세상의 어디에 이상향을 지정한 뒤 방향을 틀면 그곳에 닿으리라는 믿음이 그에게 있는 것일까. 하지만 그의 시에는 전망이라고 할 것이 좀처럼 보이지 않는다. 한편 '잘못'은 비행의 방향뿐만 아니라 비행 그 자체를 부정할 수 있다. 잘못된 것은 방향이 아니라 존재 그 자체의 출현인 것이다. 이때 '나'는 어디로 날아가도 잘못 날아간 것이 된다. 그는 비상은 없고 추락만 있는 세계에 있는 것이다.

인용시의 "호두나무"는 애 밴 처녀가 목을 맸고, 그 아래에서 노인들은 호두껍질을 벗기기도 하였다. 아이들과 노인들은 호두껍질을 매개로 교차하고 있다. 호두나무가 쓰러지자 사라진 것은 나무의 역사가 아니라 나무 주위에 있는 인간의 역사이다. 그것들은 대개 끔찍한 사연들을 안고 있었다. 나무를 제거한다고 해서 기억이 사라지는 것은 아니다. 그와 같은 일들은 다른 형태로 이 세계에서 반복될 것이다. "아무도 나무 위의 세상을 묻지 않는다"는 구절은 그렇게 기억과 미래를 봉합한 채로 은폐된 사건을 환기한다. 나무와 얽힌 일들이 대체로 비극적인 것이긴 하지만 나무를 베면 "웅크린 지붕" 밑에 사는 사람들의 희망이 담긴 "나무 위의 세상"도 사라진다. 남게 되는 것은 비정하고 전망이 부재한 이 세계이다. 새가 '잘못 날아온' 까닭은 날개를 쉬게 할 나무가 없기 때문이다.

5

서정성은 흔히 '세계의 자아화' 또는 '동일성의 시학'으로 요약된다. 세계가 자아 속으로 들어와야 하는 것인지, 자아라는 개념이 이 시대에 세계를 끌어들일 만큼 견고한 것인지, 대상과 주체의 동일성보다는 차이에서 발생하는 역동성에 주목해야 하는 것은 아닌지, 저 간명한 정의에는 여러 논란이 불거져나올 수 있다. 이러한 논란이 가라앉아도 문제는 남는다. 그렇게 주어진 결과가 시쓰기의 첫번째 강령이 될 때, 서정의 개념이 확고해질 때, 자아와 세계는 모두 고정된 것으로 파악되기 쉽다. 하지만 실제로 자아는 늘 불안하며 세계는 늘 변화한다. 불안한 자아와 변화하는 세계는 의미를 주고받으며 시의 새로운 면모를 매 순간 요구한다. 서정은 고정된 개념이 아니라 변화를 용인하는 형식이다.

김성규와 서효인의 시는 나름의 방식으로 자아와 세계의 관계를 형성했다. 그렇게 드러난 자아와 세계의 모습은 모두 이중적인 성격을 보였다. 자아는 위태로워 보였으나 이면에서는 나름의 방식으로 세계에 대응하고 있었다. 그들은 경쾌하거나 냉정한 목소리를 가지기까지 했다. 세계의 모습 또한 겉으로는 평온해 보였으나 개인에게 가한 세계의 압력은 거셌다. 김성규의 시에서도 서효인의 시에서도 세계는 극복할 대상이 아니라 받아들여야 하는 운명이었다. 서효인 시의 자아는 억압의 모습을 선명히 하기 위해 세계를 재구성했다. 김성규는 미래의 참상을 시에 끌어들여 세계 속 운명을 명확히 드러냈다.

억압하는 세계의 모습은 예전의 시에서도 보였다. 이때 시는 비슷한 목소리로 세계의 폭력에 저항했다. 억압 기제가 사라지자 많은 이들이 '공유했던 현실'도 사라졌고, 시를 읽는 이들도 차차 줄어들었다. 기존의 목소리에 저항의 의미를 담았던 시들은 많은 경우 소위 전통 서정의 길로 나아갔다. 그들이 말한 자연과 인간은 추상적인 색채를 띠었는데, 그것이 진리의 세계인지 아니면 그들이 마지못해 찾아든 피난처인지 불확실했다. 각자의 철학과 깨달음이 그 안에 있었고, 현실이라고 할 만한 것들은 추상화되었다. 모든 질문은 마음속에 들어 있는 우주와 모든 것을 받아들이는 자연 앞에서 쓸모없어졌다.

서효인과 김성규는 다시 세계의 억압상을 시에 끌어들였다. 많은 이들이 동의할 수 있는 불화가 서정 속에 보이기 시작한 것이다. 출구가 마련되지 않았다는 점에서 억압의 성격은 이전보다 조금 더 근본적이라고 할 수 있을 것이다. 경쾌한 목소리로 완고한 세계를 견디는 서효인의 시와 냉정한 목소리로 파국을 끌어들인 김성규의 시의 목소리와 세계는 견고하다. 세계와 불화하는 목소리는 이제 다양해졌다. 두 시인의 시가 질문하는 지점은 여기일 것이다. 세계와 불화하는 또다른 목소리는 어떤 것이 있을지, 위태로운 목소리를 날것으로 드러낼 수는 없는지, 늘 변화하는 세계를 날것으로 보여줄 수는 없는지, 그와 같은 시도들이 서정의 세계에 포섭될 수 있는지, 아니면 서정의 세계를 넓힐 수 있는지 등.

—『실천문학』 2011년 여름호

디스토피아를 떠나서

최승자의 시

1

최승자(崔勝子)는 어떤 자리에서 유럽 도시의 좁은 골목길 위로 보이던 하늘에 대하여, 하늘이 도랑처럼 흐르고 있었다고 회상한 적이 있다. 그는 허무의 세계 안에 있었던 것일까? 머리 위에서 언제나 희망을 보여주던 하늘이 땅에 박히면 쳐다볼 곳이 사라지지 않는가. 아니면 그는 현실주의자가 된 것일까? 전망은 그렇게 쉽게 보이는 것이 아니라고 강변하듯, 하늘까지 이 지상의 누추한 것들의 항목에 등재시킨 것일까?

최승자가 말했던 당시는 2000년대 중반이었고, 그때는 최근 그의 말을 되짚어보면 정신이 가장 위태로웠을 시기였다. 지상과 하늘이 아닌, 우주를 자신의 세계로 설정한 『연인들』(문학동네 1999)이 발간된 지 이미 오년이 지났고, 그 이후의 시집 『쓸쓸해서 머나먼』(문학과지성사 2010)이 발간되기까지 또 오년이 남아 있었던 시기가 그때였다. 그는 일년 뒤 요양을 위해 서울을 떠난다. 그는 자신을 거의 돌보지 않았다. 가끔 시에 대하여 말할 때에는 정신을 집중시키려고 노력하는 모습을 보였으나 그 노력에는 늘 피곤이 묻어 있었다. 그가 반짝이는 눈으로 이야기를 끌고 나갈 때는 점성술이나 타로에 대해 말할 때였다. 한때 치열하게 대면했던 현실은 그와 불화를 끝낸 지 오래였다. 허무주의를 낳은 절망과 현실주의가 품은 전망이 그의 말에 묻어 있을 리 없었던 것이다.

허무주의자와 현실주의자는 하나의 뿌리에서 생겨난 두 열매와 같다. 이들은 땅에 머물러 있으면서 세상을 쳐다보고 있는 자이다. 그 점에서 이들은 지상을 가꾼 사람이며 그것을 열정을 가지고 기억하는 사람이다. 이들은 지상의 모습을 어떻게 보는가에 따라서 갈라진다. 도랑에 흐르는 물을 어떤 이는 멈추지 않는다고 생각하고 어떤 이는 덧없다고 생각한다. 멈추지 않는다고 생각하는 이는 현실주의자이다. 지금-여기에 흐르는 물은 언젠가 그곳에 흐르는 물과 연결되어 있다. 전망 없는 현실주의란 없으므로 현실주의자는 늘 낙관적 이미지를 미래에 심어놓는다. 덧없다고 생각하는 이는 허무주의자이다. 지금-여기에 흐르는 물은 앞으로 지금-여기에 없을 것이다. 하지만 언젠가 그곳에 그 물이 닿을 것을 그는 부정하지 않는다. 허무주의자 역시 전망까지는 아니더라도 미래의 모습 하나 정도는 만들어놓는다. 그 미래상은 잿빛으로 물들여져 있다. 아직 덧없음의 마음이 가시지 않았기 때문이다.

디스토피아라고 부르는 미래상의 모습이 이와 같을 것이다. 이 시대의 절망이 디스토피아를 만들었고, 그 미래가 그의 생각을 정립한다는 점에서 디스토피아는 현재의 마음과 끈끈하게 이어져 있다. 그 세계를 떠올리는 사람에게 연상의 밑천은 그가 살고 있는 이 세계이다. 따라서 그것은 역사주의적 관점을 따르며, 또한 유토피아와 같은 뿌리를 두고 있다. 유토피아이건 디스토피아이건 이들은 이 시간에 경고의 목소리를 들려주기 위해 조성되었다. 두 미래를 그린 텍스트에는 그 시대상을 우리에게 들려줄 사람 하나쯤은 설정되어 있기 마련이다. 그는 왜, 무엇을 말하고 누구에게 들려주는가. 이 시대는 그 두 미래와 긴밀하게 연결되어 있다.

최승자는 처음에 디스토피아를 이 세계와 겹쳐놓고 시를 썼다. 미래와 현재가 그때까지는 이어져 있었다. 그 이후 그는 다른 세상에서 이 세상을 굽어보는 길을 택하였다. 우주의 질서를 가늠하는 것으로 누추한 시간을 견디고자 했으며, 미래의 전망이 들어가는 자리에 그 우주의 질서에 순응하는 자신을 밀어넣었다. 그로 인해 우리 시에는 드물게도 디스토피아가 아닌 디스토피아를 떠난 세계가 펼쳐졌다. 그것은 그 자체로 이 세계에 위협이었으며 동시에 위안이었다.

2

최승자는 『이 時代의 사랑』(문학과지성사 1981)부터 『즐거운 日記』(문학과지성사 1984), 『기억의 집』(문학과지성사 1989), 『내 무덤, 푸르고』(문학과지성사 1993)까지 줄곧 시간을 화두로 시집 제목을 골랐다. '시대'나 '일기'가 대변하는 현재 시간은 '기억'의 과거와 '무덤'의 미래로 두께를 얻는다. 당시 말하길 꺼렸던 치욕적인 체험을 드러내었던 그의 시들은 기존에 조성된 시어 등재 자격 요건을 완화하는 한편, '이 시대'를 호명하는 것으로 둘레 세계의 아픔과 소통하고 있었다. 자신의 시간과 타인의 시간이 겹쳐 있다는 것을, 자신의 시간이 타인의 시간이 되리라는 것을 그는 예감했다. 비록 무덤으로 미래가 인식된다고 해도, 그 이후의 시들에 무덤 바깥의 신비로운 세계가 펼쳐진다고 하더라도, 그의 부정적 인식은 시가 갖추어야 할 부정성과 맞물려 시대의 폭력에 대한 부정성으로까지 확대되었다.

첫 시집 『이 時代의 사랑』에 수록된 「개 같은 가을이」의 "죽었다 깨어난 목소리"란 대목에서 확인할 수 있듯이 그는 깨어 있음의 반대편에 잠이 아닌 죽음을 두는 것으로 각성의 시간 뒤에 배수진을 쳤다. 이런 인식은 계속된다. "자고 싶어도 죽고 싶어도/누울 곳 없는 정신은 툭하면 집을 나서서/이 거리 저 골목을 기웃거리"(「오늘 저녁이 먹기 싫고」,『즐거운 日記』)는 까닭도 이와 같을 것이다. 부릅뜬 눈에 비친 세계는 어떤 것이었을까? "이 세계는,/내 눈알의 깊은 망막을 향해/수십억의 군화처럼 행군해 온다" (「無題 2」,『즐거운 日記』)고 했을 때, 그에게 둘레 세계는 폭압적인 것이었다. 1980년대 '군화'는 개인의 범위를 넘어서는 시대적 폭력의 상징이었다.

어머니 어두운 뱃속에서 꿈꾸는

먼 나라의 햇빛 투명한 비명

그러나 짓밟기 잘하는 아버지의 두 발이

들어와 내 몸에 말뚝 뿌리로 박히고

나는 감긴 철사줄 같은 잠에서 깨어나려 꿈틀거렸다

아버지의 두 발바닥은 운명처럼 견고했다

나는 내 피의 튀어오르는 용수철로 싸웠다

잠의 잠 속에서도 싸우고 꿈의 꿈 속에서도 싸웠다

손이 호미가 되고 팔뚝이 낫이 되었다

—「다시 태어나기 위하여」(『이 時代의 사랑』) 부분

　폭력의 강도는 깨어 있는 시간뿐만 아니라 간혹 잠든 시간까지도 침범할 정도로 세다. 어렵게 잠든 그는 "햇빛"마저 "투명한 비명"으로 바꾸고 "아버지의 두 발"이 자신을 짓밟는 악몽에 시달린다. 그 느낌은 "운명처럼 견고했다". 따뜻한 어머니와 무서운 아버지의 설정은 자신이 당시 겪고 있는 이름 모를 고통을 덜기 위해 마련된 것으로 보인다. 고통의 강도는 말하지 않을 때보다 말할 때 줄어든다. 그는 고통의 원인을 시대적이며 보편적인 상징에 맡기며 응전의 태세를 갖춘다. 개인의 고통이 보편적 정서와 맞닿는 것이다. 독백의 영역 밖까지 싸움터가 확장됨으로써 내밀한 꿈의 공간은 소통하는 현실공간으로 바뀐다. "뒤뚱거리"면서도 이 세상을 “관통해”(「이제 가야만 한다」, 『기억의 집』) 나가고자 하는 의지가 여기에서 비롯된 것이다.

그는 “용수철”에서 언제든지 다시 일어날 수 있는 끈질김을, “호미”와 “낫”에서 날카로움을 빌려 자신의 몸을 무기화한다. 그러나 그가 금속성의 물체에서 취한 것은 비단 각각의 자질만은 아니다. 그는 또한 이들이 도구라는 점에 주목한다. 피와 손과 팔뚝이 모두 개인의 것이라면 호미와 낫은 개인을 벗어나 누구나 사용할 수 있는 것이다. 개인의 몸이 도구로 바뀔 때, 개인이 겪는 고통과 그에 대한 응전의 의지 또한 보편적인 세계의 것으로 확대된다. 그때 그가 체험하는 내밀한 시간은 우리의 시간으로 변모한다.

모두 함께 미래를 낙관하며 그린 세계를 유토피아라고 한다면, 그에 따르는 맹목적 욕망을 모두 함께 걱정하며 그린 미래를 디스토피아라고 부를 수 있을 것이다. 유토피아이건 디스토피아이건 그 밑에는 ‘우리’로 묶이는 공통 욕망이 깔려 있다. 이 시대는 이 욕망을 산업화와 도시화가 조장한다. 기술은 우리를 장밋빛 미래로 인도할 것인가, 잿빛 미래로 인도할 것인가. 장밋빛 미래에는 기술이 인간을 떠받들지만 잿빛 미래에는 기술이 인간성을 말살시킨다. 최승자는 잿빛 미래를 이 세계로 당겨 잿빛 현재를 발견한다. 많은 시인들의 염려에 최승자도 동참한 적이 있었다. 그는 이 시대의 디스토피아에 살아남은 증언자의 역할을 했다.

거두절미하고, 밤이 온다.
반신불수의 밤, 그러나 영혼불멸의 밤.
반짝이는 눈을 가진 쥐새끼들은
포식의 탁자 위에서 공영 방송과
분 냄새 나는 잡지들과 주식회사
경영 방침을 논의하며

한 사회의 아마도 광대한 몇 바퀴의 헛바퀴와
한 개인의 아마도 무수한 개미 쳇바퀴가
여전히 맞물려 돌아가면서
잘 구도된, 또 하나의 완벽한
폐허를 향해 전진해 가고,

여의도는 뒤로 벌렁 누운
거대한 다족류의 벌레.
그 무수한 발끝마다 네온사인을 달고
허공을 향해 수만 개의 발가락을 꼬물거리면서
입으로는 하루종일 먹었던 온갖 더러움을
게거품처럼 조용히 게워내고

여의도 허공 가장 깊숙한 곳에선
神의 형상을 한 거대한 검은 아가리가
이 세계의 남은 뼈를 아득아득 씹고 있다.

—「여의도 광시곡」(『즐거운 日記』) 부분

『즐거운 日記』 때의 목소리이다. 여의도를 "뒤로 벌렁 누운" 자본의 외설로 판단한 것은 그 안에 권력의 목소리만 내는 "공영 방송"과 공허한 욕망을 부풀리는 "잡지들과 주식회사"가 있기 때문이다. 권력과 자본의 욕망 앞에서 인간성은 무력해진다. 그는 개인의 삶을 "개미 쳇바퀴"에 비유하며 인간성이 말살된 모습을 여의도에서 발견한다. 내밀한 체험의 증언이 줄어든 대신 시대에 대한 비판의식은 늘어났다. 앞의 시집을 염두에 두었을 때 이는 시인 최승자의 처음의 목소리라고 보기 힘들다. "더러움을/게거품처럼 조용히 게워내고"와 같은 거침없는 표현은 자신이 아니라 세상을 향한다. 그가 보고 있는 세상은 미리 당겨진 디스토피아의 세상이다. 욕망이 들끓는 곳에서 그는 "폐허를 향해 전진해 가고" "神의 형상을 한 거대한 검은 아가리가/이 세계의 남은 뼈를 아득아득 씹고 있다"는 인식으로 그 안에서 먼 미래상을 예감한다. 도시화와 산업화의 비전이 결국 폐허에 다다른다는 미래상은 여느 디스토피아의 버전과 다르지 않다.

둘레 세계에 대한 비판적 시선은 다른 시인에게서 많이 찾을 수 있다. 그것은 보통 과거와 현재와 미래가 이어져 있다는 전제 아래 조성된다. 최승자의 이후 시가 비판적 시선을 벗어난 까닭은 이러한 시간관에서 벗어났기 때문일 것이다. 『내 무덤, 푸르고』에서 발단되었다고 여겨지고 『연인들』에서 본격적으로 나타나는 시간에 대한 환멸과 무위성은 비판적 인식이 적극적으로 나타난 『기억의 집』 이전부터 그 징후를 드러내고 있다.

> 많은 사람들이 흘러갔다.
> 욕망과 욕망의 찌꺼기인 슬픔을 등에 얹고
> 그들은 나의 창가를 스쳐 흘러갔다.
> 나는 흘러가지 않았다.
> —「끊임없이 나를 찾는 전화벨이 울리고」(『즐거운 日記』) 부분

> 어떤 아침에는, 이 세계가
> 치유할 수 없이 깊이 병들어 있다는 생각.
>
> 또 어떤 아침에는, 내가 이 세계와
> 화해할 수 없을 만큼 깊이 병들어 있다는 생각.
> —「어떤 아침에는」(『기억의 집』) 부분

그때 비로소

개울들 늘 이쁜 물소리로 가득하고

길들 모두 명상의 침묵으로 가득하리니

그때 비로소

삶 속의 죽음의 길 혹은 죽음 속의 삶의 길

새로 하나 트이지 않겠는가.

—「未忘 혹은 備忘 8」(『내 무덤, 푸르고』) 부분

「끊임없이 나를 찾는 전화벨이 울리고」의 "나는 흘러가지 않았다"는 다른 많은 사람들과 자신을 가르고 있다. 욕망과 슬픔을 가지고 있는 이들이 "많은 사람들"이고, 욕망과 슬픔 바깥에 있는 사람이 "나"이다. 타인과 자신의 연대는 세상을 비판하는 데에는 유용했다. 하지만 그는 사람들에게서도 들끓는 욕망을 발견한다. 욕망은 시간을 따라 흘러가고, 그는 시간에서 벗어난다.

「어떤 아침에는」에서도 세계와 "나"는 동떨어져 있다. "병들어 있다는 생각"이 처음에는 이 세계를 향하더니 그다음에는 세계와 자신과의 사이를 향한다. 처음의 생각이 시대 비판적인 시선에서 비롯되었다면 그다음 생각은 시대에서 소외되는 시선에서 비롯된 것이다. 그는 시간과 불화를 겪으면서 동시에 소외된다. 앞의 시와 그리 다르지 않아 보이지만 차이가 나는 부분도 있다. 첫째 시에서 그의 의식은 온전히 한 말의 뜻에 실려 드러나지만, 둘째 시에서 그의 의식은 리듬에 기대 드러나기도 한다. 같은 문장 구조를 반복하는 것으로 아침은 다시 밝아오고 그 아침에 떠오르는 불화의 느낌은 동일한 문장 구조 속의 "생각"에 영향을 받는다. 비약과 대조를 도드라지게 하는 비슷한 구문 구조는 생략한 시의 마지막 부분 "(내가 나를 모독한 것일까,/이십 세기가 나를 모독한 것일까.)"에서도 확인된다. 시인의 자의식은 줄어들고 시의 리듬은 도드라진다.

「未忘 혹은 備忘 8」에서도 반복이 의미를 이끌고 있는 모습이다. "비로소"와 "가득하고" 사이의 비슷한 문장 구조, "삶 속의 죽음의 길"과 "죽음 속의 삶의 길"의 어순을 바꾼 반복 등은 의미의 생성이 시인의 의식과 함께 문장 자체의 흐름에 많이 의지하고 있다는 것을 일러준다. 현저하게 분량이 짧아진 시들로 채워진『내 무덤, 푸르고』에서는 대상과 인식의 불화보다는 침묵과 말의 긴장이 더욱 짙게 나타난다. 이전의 시집에서 보였던 둘레 세계와 거리를 두고 생겨난 비판적 시선은 이제 거의 지워지고 뭉뚱그린 삶 덩어리와 침묵과의 관계가 대신 떠오르는 것이다. 그는 자신이 살았던 둘레 세계를 거두고 간신히 입을 연 뒤 말의 반복에 의미를 의탁하며 침묵 속으로 자진해서 들어갔다. 그러므로 '무덤'은 기존 시간을 마감하는 장소이면서 다른 시간으로 떠나는 출발점이다. 시 제목에서 알 수 있듯이 그에게 '잊을 수 없는'과 '잊기를 준비하는'은 같은 뜻이다. 기억은 지워지고 있고, 미래는 무덤으로 귀착된다. 과거와 미래가 사라지면서 현재는 깊이를 잃어버린다. 얄팍한 시간은 욕망에 순응하는 의식에서 떠오르는 현상이기도 하지만 욕망의 시간을 떠나버린 무의식에서 나타나는 현상이기도 하다. 그는 앙상하게 남은 그곳의 시간을 떠날 채비를 하고 있다. 그에게 남아 있는 것은 중얼거림이다. 실제로 그의 시는 오랜 침묵에 빠지게 된다. 디스토피아의 증언자 임무도 이제 사라질 채비를 하고 있다.

3

오년이 지났다.『연인들』이 발간되었다. 무덤이 사라지고 신화가 들어섰다. 그는 이 시집 말미에 그동안 "음양오행론, 서양 점성술, 유대 신비주의 카발라, 타로 카드 등"에 골몰했다고 증언한다. 실제로 그는 어떤 힘에 이끌려 어느 계절에는 한 종류의 음식만 먹었고, 어느 계절에는 위아래 검은색 옷만을 계속 입기도 했다고 한다. 자신의 체험을 그대로 시에 드러내었던 시인이 자신의 몸을 실험하고 있었던 것이다. 자기의 둘레 세계를 벗어버리고 무시간의 시간으로 찾아가, 마치 밤하늘에 떠 있는 별에 선을 그으며 별자리를 그리듯이, 우주의 질서를 파악하고자 그는 노력하였다. 이 시도는 더 큰 자아에게서 생겨나는 원대한 포부에서 비롯된 것이 아니라 버림받은 자아에게서 발견되는 최대한의 생존 노력에서 비롯된 것이다.

어느 입술이 내게 밤새
천체의 서(書)를 읽어주었다.
어느 손이 밤새 내 머릿속에
천체의 서(書)를 써넣었다.

나는 지금 어떤 문법을 고르고 있다.
나는 지금 우주의 조직,
마디마디를 짚어보고 있다.
너는 있니, 너는 있니, 어디에?

숲의 나무들은 제 그림자처럼
침묵을 거느리고 서 있다.
언제나 네게로 가는 중인 나는
이슬 묻은 맨발이고,
내가 부르는 노래들,
그 노래들의 푸른 틈새로
언뜻언뜻 하늘빛이 비쳐든다.

시간은 지금 무풍이다.

—「유라누스를 위하여」(『연인들』) 전문

그는 해왕성을 뜻하기도 하고 우주를 뜻하기도 하는 '유라누스'를 섬기고 있다. "내 주파수는 온통 유라누스에 맞춰져 있"(「시간은」, 『연인들』)는 상태에서 그는 새로운 섭리를 따르려 애쓰고 있다. 반복되는 리듬에 맞춰 말을 부려놓으며 "어떤 문법을 고르"는 그는 직역을 하는 번역자와 닮아 있다. 그는 천체의 기운을 지상의 말로 바꾸기 위해 "천체"의 문법을 익히고 있다. 그가 맡은 임무는 삶과 죽음이나 나와 세계가 아니라 지상과 우주를 소통시키는 것이다. 자신의 의견이 많이 드러나는 의역이 아닌 자신을 죽이는 직역으로 그는 "너는 있니, 너는 있니, 어디에?"라고 묻는다. 그는 '너'를 드러내기 위해 "우주의 조직,/마디마디를 짚어보고 있"는 중이다. 따라서 지상의 나무에 드리워져 있는 "침묵"은 모든 것이 사라진 뒤의 침묵이 아니라 모든 것이 태어나기 이전의 침묵이다. 또한 "무풍"의 시간도 바람이 휩쓸고 지나간 뒤의 정적이 아니라 바람이 불기 이전의 것이다.

박꽃이 필 때는 박꽃으로 웃고
박꽃이 질 때는 박꽃으로 울고

수많은 바람이 지나도
억겁은 억겁 순간은 순간

수천 세기 묶인 다리는 풀리지 않고
그저 바람이 지날 때면 박꽃
박꽃으로 울거나 웃을 뿐

한 사내가 머리를 쓸어 넘긴다.
바람은 그의 등 뒤로 분다.
한 세기를 분다. 수천 세기를 분다.
한 사내가 영원히 머리를 쓸어 넘기고 있다.
─「한 사내가 영원히 머리를 쓸어 넘기고 있다」(『쓸쓸해서 머나면』) 전문

십년 뒤 쓴 「한 사내가 영원히 머리를 쓸어 넘기고 있다」에는 바람이 불고 있는 장면이 연출된다. "바람은 그의 등 뒤로 분다"라는 구절에서는 어쩔 수 없이, 「역사철학 테제」를 쓰면서 파울 클레의 「앙겔루스 노부스」를 보고 있는 벤야민이 떠오른다. 벤야민은 그 그림을 보면서 등 뒤에 부는 바람이 천상으로 오르려 해도 지상의 폐허에서 눈길을 떼지 못하는 천사에 주목한다. 그는 역사주의와 역사유물론을 가르며 기존의 시간관에서 조성된 것이 전자라면, 그것을 떠나 구원의 순간의 힘을 얻어 시간을 재구성하는 것을 후자라고 말했다. 그의 인식은 메시아의 구원에서 형성된 것이다. 메시아가 구원하는 것은 자신이면서 동시에 기존의 역사에서 누락된 폐허 속의 이미지들이다. 등 뒤에서 부는 바람은 지상을 폐허로 만들었으나 잔해들까지 없애지는 못하는 역사주의 시각이다. 벤야민은 과거가 미래를 구성하고 미래가 과거를 구성하는 것이 역사주의라고 보았다. 한편 메시아는 그 일직선상의 시간관은 부수고 새로운 역사를 다시 쓰게 한다. 그가 폐허에 눈을 떼지 못한 것도 메시아의 구원에 대한 믿음 덕분이다. 벤야민은 천상으로 갈 필요가 없었다. 메시아가 그곳에 있었기 때문이다. 최승자에게는 메시아가 없었다. 따라서 구원에 대한 믿음도 없었다. 그는 텅 빈 그 자리로 자진해서 갔다. 그곳에서 그는 이 지상의 폐허를 무념무상한 마음으로 바라보고 있다. 이러한 그의 마음을 절망으로 읽을 수 있을까? 그의 시에는 욕망이 없으므로 절망도 없다. 말의 뼈대만

을 남긴 채 그 욕망의 상흔만을 우리에게 보여주고 있다. 그 상흔의 이미
지가 수천 세기를 견디며 "영원히 머리를 쓸어 넘기고 있"는 한 사내이다.
먼 미래의 설정이 지금 이 시간을 가꾸듯이, 멀리 간 그의 시선 덕분에 이
세계를 폐허로 인식하는 사람들은 이 시간을 견딜 수 있게 되었다.

—『딩아돌하』 2010년 여름호

주춤주춤 늙어가는, 모호한 성장기

◆

황병승의 시

『여장남자 시코쿠』(랜덤하우스중앙 2005)가 아직 세상에 선을 보이지 않았을 때, 황병승(黃炳承)의 시들은 인터넷상을 떠돌았다. 그것이 특별한 일이 될 수 있었던 까닭은 그의 시가 여느 시처럼 낱개로 떠돌 뿐만 아니라 어떤 수집자들에 의해 묶여 소개되기도 했기 때문이다. 그러니까 황병승 시의 가치와 좌표를 설득력 있게 설명했던 이장욱(李章旭)의 해설「체셔 캣의 붉은 웃음과 함께하는 무한 전쟁(無限戰爭) 연대기」가 나오기 이전에 이미 독자들은 설명할 수 없는 그의 기운을 감지했으며, 거기에 자신의 열의를 더해 그 야릇한 느낌을 종합하고 이해하려 했던 것이다. 황병승 시에 대한 이러한 호의는, 그의 시집이 세상에 나온 이후 조성된 반감이 깎아내리려 했던 지점을 옹호하는 것에서 비껴갔다. 그의 시를 탐탁지 않게 여겼던 눈들은 여러 소수자의 목소리, 장황한 길이, 다채로운 글꼴, 산재된 다양한 언어, 하위문화에 대한 지나친 관심 등을 한때 들떴다가 가라앉곤 했던, 부정과 이탈을 목적으로 만든 전대의 실험들과 동일시했다. 그러나 당시의 호의는 이러한 시적 개성을 옹호하는 데 그치기보다는 그것을 배경으로 돋아 있는 모호한 지점에 쏠려 있었다. 당시의 시를 보자.

> 호주머니를 잃어서 오늘 밤은 모두 슬프다
> 광장으로 이어지는 계단은 모두 서른두 개
> 나는 나의 아름다운 두 귀를 어디에 두었나
> 유리병 속에 갇힌 말벌의 리듬으로 입 맞추던 시간들을.
> 오른손이 왼쪽 겨드랑이를 긁는다 애정도 없이
> 계단 속에 갇힌 시체는 모두 서른두 구
> 나는 나의 뾰족한 두 눈을 어디에 두었나
> 호수를 들어올리던 뿔의 날들이여.
> 새엄마가 죽어서 오늘 밤은 모두 슬프다
> 밤의 늙은 여왕은 부드러움을 잃고
> 호위하던 별들의 목이 떨어진다
> 검은 바지의 밤이다
> 폭언이 광장의 나무들을 흔들고
> 퉤퉤퉤 분수가 검붉은 피를 뱉어내는데
> 나는 나의 질긴 자궁을 어디에 두었나
> 광장의 시체들을 깨우며
> 새엄마를 낳던 시끄러운 밤이여.
> 꼭 맞는 호주머니를 잃어서
> 오늘 밤은 모두 슬프다
> ──「검은 바지의 밤」(『여장남자 시코쿠』, 이하 같은 책) 전문

시집이 발간된 이후 비판적 시각은 다른 텍스트가 개입한 흔적이기도
한 "밤의 늙은 여왕"과 "호위하던 별들"의 등장에서 구심력에 반하는 원
심력을 감지한 뒤 불편해했고, 분수를 "퉤퉤퉤"로 묘사한 것과 "질긴 자

궁” 등의 등장을 악의적인 왜곡으로 여겨 또한 불편해했다. 그리고 소통의 부재에 대한 문제 제기가 이어졌다. 황병승의 시를 모아서 읽었던 독자들의 호의는 같은 부분을 원심력과 자연스러움으로 고쳐 읽었기 때문에 비롯한 것만은 아니었다. 그들은 슬픈 시간을 “유리병 속에 갇힌 말벌의 리듬으로 입 맞추던”으로, 애정이 없는 것을 “오른손이 왼쪽 겨드랑이를 긁는다”로 묘사하는 데에 감탄하고 공감했다. 어떻게 슬픈 시간과 애정 없음에 대한 감정을 저렇게 구체적으로 드러내는가. 그들에게 황병승의 시는 소통이 부재하는 것이 아니라 소통이 확장하는 하나의 예였다. 자신의 모호한 느낌을 구체적으로 드러내주었기 때문이다. 황병승을 비롯한 2000년대 시인들을 평가하는 과정에서 구축된, 낯섦에 대한 반감과 낯섦 자체의 옹호, 소통의 부재에 대한 비판과 부재의 소통에 대한 찬동 등 이분법의 인식 틀에 재고를 요구하는 것도 이와 같은 이유 때문이다. 그러나 이것으로 매력의 모든 것이 해명되지는 않는다. 자신의 느낌을 소통의 확장이라고 여긴 독법은 반대편에서 비판하는 지점을 기존 시의 바깥 영역으로 설정하고, 그럼에도 불구하고 기존 시의 안쪽 영역을 고수하는 면이 보인다는 것으로 황병승 시의 매력을 해명하는 기제를 따른다. 문제는 조금 더 근본적이다.

그의 시는 기존 시의 영역을 확장하는 것에서 그치지 않고 그 영역 자체를 모호하게 만들어 재편한다. 가령 반복해서 등장하는 구절 “오늘 밤은 모두 슬프다”에서 “모두”는 무엇을 뜻하는가. 슬퍼하는 “모두”에 “밤”은 배경이 되는가, 주체가 되는가. 서른두살의 나이를 통과하는 사람들은 밤 시간에 모두 슬퍼하는가, 아니면 그가 서른두살임을 인식하는 그때 모든 밤이 슬퍼하는가. 서른둘의 나이가 빚어내는 슬픔은 시 전체를 지배하고 있다. 전체 정조를 염두에 두면 “모두”는 서른둘을 통과하는 사람을 뜻할 것이다. 이러한 해석에 기반을 둔 경우 일인칭 감정 노출에 충실한 시의 영역은 굳건해진다. 하지만 “밤의 늙은 여왕은 부드러움을 잃고” “검

은 바지의 밤이다”“새엄마를 낳던 시끄러운 밤이여” 등의 구절은 이 시
의 전체 정조가 사람의 슬픔이라도 이미 그 슬픔이 밤에 양도되었음을 일
러준다.

이때의 밤은 ‘호주머니를 잃어버린 검은 바지’와 동일시되어 있다. 호
주머니는 어떤 내밀함을 간직하고 있다. 그리고 그것은 낮보다는 밤, 어른
보다는 아이, 광장보다는 밀실이 상징하는 바와 가깝다. 서른두살은 대개
내밀함을 기억 속에 간직하게 유도하고, 어른이 된 한 개인을 낮의 광장
으로 밀어넣는다. 어른인 그는 사회 속에서 관계를 맺는 데 주력하게 되
는데, 기억 속 내밀함은 정체성의 한 부분을 이룬다. 그런데 이 ‘호주머니
를 잃어버린 검은 바지’가 밤과 동일시되면서 관계 맺기를 두려워하는 마
음이 드러난다. 밤이 되어도 거기에는 자신을 자신이게 하는 내밀한 것이
없다. 광장에 대한 두려움이 밤 속에 호주머니를 삭제시킨 것이다. 정체성
에 대한 모호함은 이렇게 찾아온다. 시 속의 의미를 헤집고 들어갔을 때
남는 것은 정체성의 부재이다. 실체는 없고 관계만 있는 「불쌍한 처남들
의 세계」도 이와 같은 심정을 대변한다. 거기에서 나온 주체들이 소수자
들이다. 이들 모두의 마음은 슬프다. 황병승 시의 슬픔은 강력한 일인칭의
감정에서 비롯하기보다는 일인칭이 지워지는 것에서 비롯한다. 야릇한
매혹이란 이 새로운 주체들의 감정에 대한 모호한 공감이었다.

황병승이『여장남자 시코쿠』를 발간했을 때, 시의 주체들은 비로소 모
였다. 여장 남자 시코쿠는 트랜스젠더 대야미의 소녀와 동료였다. 이들 옆
에 불쌍한 처남, 프랑스 이모 등이 있고, 모두 모여 밍따오 익스프레스C
코스 밴드를 결성했다. 앨리스 맵에 표시된 소수자라고 불러도 좋을 이들
의 말은 때로는 굵은 글씨로 때로는 기울어진 글씨로 등장하며 시에서 난
장을 벌였다. 그들의 목소리는 섞여 나타나되 독자성을 유지했다. 개별적
인 슬픔의 목소리가 모이자, 그것은 단발적인 감정의 토로에 그치지 않고

슬픔의 연대를 형성했다. 또한 이들은 존재 자체로 낮과 광장과 어른의 세계에 대한 저항의 의미를 가지게 되었다. 모호한 목소리는 뚜렷한 목소리를 더욱 뚜렷이 하였다. 낮과 광장과 어른의 세계는 주류세계로 호명된 것이다. 물론 소수자들은 하위문화의 영역을 차지했다. 이들은 자신의 슬픔을 배면에 옮겨놓고 짐짓 주류세계를 외면하듯 웃음과 재미를 찾았다. 밍따오 익스프레스C코스 밴드의 경우 자신의 목소리를 "똥이 막 나오려고 하는 순간의 감정"(「밍따오 익스프레스C코스 밴드의 변」)이라고 불렀다. 시에 고귀한 의미가 담겨 있어야 한다는 믿음을 깨뜨리려 저속하다고 여겨지는 시어를 배치한 시도는 김수영(金洙暎)과 최승자(崔勝子)와 김영승(金榮承)의 시에서도 찾을 수 있지만, 그 시어 속에서 저속함이란 자의식을 지운 것은 황병승 시부터가 아닐까 싶다.

그의 시에는 특별한 신념 자체를 촌스럽게 여기는 태도가 보인다. 주류세계에 대한 그의 무기는 반항하는 것이 아니라 존재하는 것이다. 그러므로 저 밴드는 한편으로는 언더그라운드의 위치에 있지만 다른 한편으로는 인디밴드의 역할을 한다. 1980년대에 활약했던 언더그라운드 음악은 주류문화를 의식하며 그들보다 우위에 있다는 자긍심을 가지며 연주했으나, 1990년대 중반 이후에 등장하기 시작한 인디밴드는 주류문화라 불리는 것에 아랑곳하지 않으며 자신이 하고 싶은 음악을 연주한다. 밍따오밴드의 위치는 언더에 있으나 그들의 성격은 인디와 가깝다. 두가지 모습을 모두 가진 이들의 목소리는 강력한 일인칭의 서정으로 구축된 시의 영역을 재영토화한다.

한국 근대시사 초창기 시의 영역은 주지하다시피 김소월(金素月)과 이상(李箱)을 양극단으로 설정하여 조성되었다. 가장 서정적인 김소월과 가장 실험적인 이상은 다른 시들을 그 사이에 둘 수 있게 하였다. 불완전하게나마 정치와 역사를 말할 수 있게 된 1960년대에 이르러 한국시는 내용을 풍부히 하여 두께를 확보하였다. 여러 실험이 있었고 여러 서정이 있었으나 이들의 공통 전제는 강력한 일인칭 화자였다. 김소월은 말할 것도 없고, 이상이 과학과 수학을 시에 도입했을 때에도 도표와 수식을 배치한 일인칭의 힘은 지워지지 않았다. 김수영이나 박노해나 황지우(黃芝雨)도 마찬가지이다. 그러나 2000년대 황병승은 일인칭의 강력한 힘을 중요하게 여기지 않는 것으로 거기에 균열을 내었다. 그 가치를 따지는 일과는 별도로 이 점은 여러 2000년대 시인들을 아우르는 '낯선 감각'의 실체로 여겨지기도 하였다. 의미의 확장 가능성을 일컫는 시의 애매성은 뚜렷한 의미를 전제로 이루어지는 것이지만, 황병승 시에서 애매성은 뚜렷하지 않아 보이는 의미를 전제로 발생하였다. 방향을 바꾸어서 이해했을 때, 이 것은 주류 언어로 환원되지 않겠다는 의지의 표명으로도 읽을 수 있을 것 이다. 이러한 특성은 황병승 시를 표현이 모호하고 뜻의 갈피도 잡을 수 없는 헛소리로 받아들이게도 하였다. 앞서 보았듯, 성장의 두려움에서 비롯한 모호함의 출현 이유를 간과한다면, 황병승의 시에 자폐적, 소통 불가능이라는 오명을 붙이기는 쉬운 일이다.

    1
눈을 씻고 봐도 죄인이 없으니
나라도 표적이 될래요 이름도 창녀로 바꿨죠, 대야미의 소녀

이곳은 작은 마을, 그녀는 정육점에서 그럴듯한 유방을 달지는 못했네
칼솜씨는 쓸 만했지만 바느질은 형편없었죠, 대야미의 소녀

그것으로 좋았네 내 손으로 처음 사과를 깎아 먹었을 때처럼, 나는 겸손해졌죠

(……)

그곳에 키스해줘요 불이 나도록
그곳이 못 쓰게 되도록 그곳이 멍해지도록
우유 마셨나요? 우유 마셨어요?
험악한 얼굴의 풋내기 아저씨
다정한 말투는 마나님에게
점잖은 충고는 조카들의 어깨에

키스해줘요 그곳에 불이 나도록
그곳이 못 쓰게 되도록 멍해지도록
내 뺨을 내 뺨을 갈겨봐요
당신이 쏘고 싶은 구멍에 대고
당신을 당신을 털어놔봐요
장전(裝塡)했나요? 장전했어요?

2

이곳 대야미에 번듯한 전철역이 들어서고 공장과 건물들
각양각색의 죄 많은 눈 코 입들이 이주해오기 전까지
대야미의 소녀는 작은 마을 대야미에 살았네

한때 아무것도 모르는 소년이었을 때, 말이죠
마구 벌을 내렸죠. 오로지 용서받고 싶어서……
클린트 이스트우드를 좋아했어요 지금도 그때를 떠올리며
정육점에서 뿌리째 잘라준, 이 쬐그만 녀석을 허리춤에 차고는
잔뜩 속상한 표정의 사내를 흉내내곤 하죠, 웃음……

웃음…… 대야미의 소녀.

—「대야미의 소녀_황야의 트랜스젠더」 부분

　밀실의 세계와도 같은 작은 마을 대야미는 본래의 모습을 잃어버리고 공장과 건물 들이 들어선 도시로 편입되었다. 대야미의 소년이 소녀가 되는 이상한 성장의 시간이 이 시기에 맞춰 기록되어 있다. 그것이 이상하다고 한 까닭은 트랜스젠더로의 변환만을 지칭하지는 않는다. 트랜스젠더로의 성장기라면 소년은 성인 여성이 되어야 할 텐데 여전히 소녀로 남아 있기 때문이다. 광장과 어른의 세계는 트랜스젠더로의 변환에서 한번, 소녀로 남아 있는 것에서 다시 한번 부정적인 대상으로 환기된다. 광장의 세계로 나아가야 하는 소년은 그 세계로 나아가는 대신 남근을 자른 뒤 허리에 차고 소녀로 남았다. 대야미 소녀에게 성장은 사회로의 편입이 아니라 사회에서의 누락을 뜻한다. 그리고 그는 말한다. 클린트 이스트우드를 동경했다고. 「용서받지 못한 자」에 나오는 마초를 표상했던 배우를 흉내냈던 소년은 이제 대야미처럼 사라졌다. 그러나 이 소녀는 자신의 처지에 대해서 슬픔을 직접 토로하지 않는다. 이탤릭체 부분에서 그는 자신의 슬픔을 비속한 노래 가사로 정화시키는 아이러니를 만들어낸다.

　다른 글꼴이 제시되고, 트랜스젠더 주체를 내세우고, 저속하다고 여겨지는 시어들을 나열하고, 시 구절들이 의미를 분명히 드러내지 않는 점은 황병승 시에 대한 혐오감의 근거들이다. 한편 호의를 가진 독자는 아마 남근을 자를 때의 느낌을 "그것으로 좋았네 내 손으로 처음 사과를 깎아 먹었을 때처럼, 나는 겸손해졌죠"라고 제시한 부분에서 자신이 겪은 불안한 성장에 대한 막연한 느낌이 비로소 선명해졌다고 여기며 저 불안한 감정에 동감을 표할 것이다.

　그리고 여전히 하나의 뜻으로 환원되지 않는 구절들이 남아 있다. 대개 아이러니에 기원을 둔 이들은 불안함을 겸손함으로 표현한다거나, 웃음

소리를 적는 대신 "웃음"이라고 쓰는 데에서 나타나는데, 여기에서 두터운 의미들이 생성한다. 또다른 한편으로 시에 여러 인근 텍스트들을 끌어들인 데에서도 의미가 두터워진다. 저 저속해 보이는 노래 가사, 클린트 이스트우드, 「용서받지 못한 자」, 지명 대야미 등은 시의 이해를 위해 알아야 할 다른 층위의 맥락을 구성한다. 그래서 그 뜻을 명확히 하고자 참조할 사전은 하나로는 부족하다. 이 과정에서 역설적으로 황병승 시가 지닌 의미의 모호성과 확장성이 드러난다. '무엇'의 정체는 단 하나의 사전으로 해결되지 않는다. 비속어, 영화, 하위문화 등을 대상으로 한 여러 맥락의 사전이 필요한데, 많은 독자들은 그 일이 고되기 때문에 '무엇'의 정체를 밝히는 것으로 시의 감상을 마쳤다고 여긴다. 황병승의 시에서는 주석을 단 다음에야 비로소 확장하는 의미들의 운동을 살필 수 있다. '무엇'을 해결하는 것으로 감상이 끝나는 시는 대개 그 가치가 떨어진다. 정답으로 문제를 해결하는 것이 아니라 질문을 유도하여 문제 상태를 지속시키는 것이 문학의 속성이기 때문이다. 대개의 좋은 시들은 '무엇'이 명료하지만 황병승의 좋은 시는 그 '무엇'이 불명료하다. 주체의 불명료함을 대변하기 위해서 그런 것인데, 하지만 이 두가지 '무엇'은 계속 의미를 생성한다. 황병승 시의 잡다한 맥락을 푸는 데 성공했다면 시 이해 과정에서 그 단계는 마지막이 아니라 처음 부근이다.

  황병승이 이년 후에 『트랙과 들판의 별』(문학과지성사 2007)을 발간했을 때, 그의 입장은 분명해졌지만 그에 대한 비평적 열의는 가라앉은 듯했다. 그의 시편들이 개인 황병승의 기록이 아니라 황병승의 친구들, 앞서 말한 목소리의 주체들의 것이라는 점은 명확해졌다. 시인과 동일시되는 개인의 체험과 성장을 주로 말하는 여느 시와는 달리, 또한 전위라고 할 수 있는 시들의 시어가 소재 측면에서 나열된 것과는 달리 그는 여전히 소수자의 위치에서 그들의 목소리를 들려주었다. 주류 언어에 굴곡을 내는 방법은 주지하다시피 매우 강밀한 언어나 과장된 언어의 제시이다. 황병승은 주류 언어가 보기에는 낯설게 느껴지는 이와 같은 시어들을 계속해서 발설했다. 동시에 그는 다양한 층위의 언어들을 도입하며 시어의 범위를 넓히는 한편 주류 언어의 자리를 상대적으로 협소하게 만들었다. 그럼에도 그에 관한 비평적 열의가 잦아든 것은 평자들이 그 언어들의 범위를 멀리서 가늠한 것으로 자신의 임무를 완수했다고 생각한 것은 아닐까. 계속해서 재구성되는 주체의 자리는 전위나 실험에 배치하는 것으로 고정되지 않는다. 그는 전위나 실험의 모습을 계속 바꾸어놓는다.

알코홀릭alcoholic, 그것은 연약한 한 존재가 자신을 열정적으로 위로하고 있다는 뜻이다

나빠질 때까지, 더 나빠질 때까지

스스로 대답해야 하는 존재들, 끝없이 질문하는 존재들과도 같이, 지구 바깥에, 허공에 집을 짓는 사람들

그런 시절이 있었지
그때는 나도 너처럼 말수가 적었고
감당할 수 없는 질문엔 얼굴을 붉혔다
험한 말을 늘어놓지도 않았고 가끔 술을 마시기는 했지만
즐기는 편은 아니었어…… 대신 호주머니에 돈이 좀 있을 때
꿈꾸는 약을 샀지 매일 밤 계속될 것만 같은 아름다운 꿈들
돌이켜보면 조금은 지루하기도 했던 것 같군
아름답다는 건 때로 사람을 맥 빠지게 만드는 어떤 결심
같은 것이기도 하니까

종교를 갖는다는 것, 찬물로 세수를 해라 이 엄마가 죽도록 때려줄
테다

공허해질 때까지, 더없이 공허해질 때까지

(…)

웨이트리스waitress, 네가 먹을 음식과 네가 먹다 남긴 음식을 치워주
겠다는 뜻이다

나빠질 수 없을 때까지, 더 이상 나빠질 수 없을 때까지
　　　　　　──「그리고 계속되는 밤」(『트랙과 들판의 별』, 이하 같은 책) 부분

시의 서사는 한편의 이야기를 구성하면서 동시에 해결되지 않는 잉여
를 남겨 다른 시편의 맥락과 닿게 한다. "나빠질 수 없을 때까지, 더 이상
나빠질 수 없을 때까지"에 요약되어 있는 성장의 느낌 속에 굵은 글씨와
가는 글씨에 담긴 의미들은 수렴되지만, 마지막 웨이트리스를 언급하는
부분은 다른 시 「웨이트리스」와 연계된다. 앞선 시집에서 서사의 내용은
파악하기 힘들었으나, 이제는 조금 더 뚜렷해져 잉여라는 것을 파악할 수
있게 하였고, 그것을 다른 시편들과 연결시켰다. 소수자들의 연대는 더욱
공고해졌다. 그리고 성장하는 것에 대해 아랑곳하지 않는 것으로 드러났
던 아이러니는 '나쁨'의 의미를 얻으며 뚜렷해졌다. 이 뚜렷함은, 주류 언
어로 조금 더 가까이 갔다는 것을 뜻하는 듯하다. 하지만 그의 시에는 중
심으로 한발짝 옮기는 움직임과 동시에 다른 한쪽으로는 바깥을 지향하
는 움직임이 보인다. 인용시에는 그것이 질문과 대답의 역학 관계로 구성

262

되어 있다. 아이의 시절은 끝났다. 질문의 시간이 마감되었기 때문이다. 대답의 시절이 찾아왔다. 어른인 그는 "스스로 대답해야 하는 존재들"이 되었다. 하지만 그는 이 대답을 "끝없이 질문하는 존재들"이 있는 위치와 동일시했다. 그곳은 "지구 바깥"이며 "허공"이다. "종교"는 신도에게 대답의 역할을 하지만 그에게는 "공허"의 역할을 한다. 결국 그는 "꿈꾸는 약"으로 지탱했던 아름다워지는 것에 대한 꿈을 포기하고 공허에 몸을 맡긴다. 그 과정이 바로 "나빠질 수 없을 때까지, 더 이상 나빠질 수 없을 때까지"이다.

그는 성장에 몸을 맡기되 여느 성장이 담보로 하는 꿈을 좇는 과정을 외면한다. 그것은 이전보다 조금 더 강해진 하드코어 장면들의 빈번한 노출로 이어진다. 부카케, 알코올, 만레이 필름, 오토바이 질주 등 마니아의 세계에 찾아드는 것으로 그는 성장의 시간을 거역한다. 그는 늙는 것에 대해 이렇게 말한다. "두리번 두리번거리며, 빵 주세요 빵 먹고 싶습니다 배고픈 개들이 주춤 주춤 늙어가는 저녁"(「춤추는 언니들, 추는 수밖에」). 쾌락의 향유라고 할 수 있는 곳에 그가 있다. 늙는 것을 견디는 장소가 그곳이다. 그러나 이를 탐닉의 세계에 빠져들었다고 갈음하는 것은 무언가 설명이 부족한 것 같다. 무엇에 탐닉하고 있는 사람에게는 자의식을 발견하기 힘들지만 그에게는 공허의 자의식이 짙게 묻어나기 때문이다. 그는 탐닉하는 것으로 세계의 비정상성을 드러내는 동시에 정상적인 성장 세계의 비정상성을 함께 드러낸다. 여전히 밤은 계속되고 있고, '호주머니'는 지금도 없다. 예전에 그는 낮의 세계에 편입되는 자신에 대해 슬퍼했으나 그 세계에 들어선 지금은 밤과 호주머니 시절까지도 "조금은 지루하기도 했던 것 같"다고 회상한다. 어른의 시간을 견디는 그의 모습은 우리에게 잘 활용하는 것이 아니라 잘 견뎌야 하는 것이 시간이라고 말해주는 것 같다.

—『서시』 2010년 봄호

3부

'몸' 만들기 도전기

◆

정진규『몸詩』이후

1

과연 '몸詩'를 쓰는 것이 가능할까? 정진규(鄭鎭圭)가 오랜 시간 공들인 시론과 시에서 일부러 한발짝 떨어져 다시 묻는다. 여러 말의 종류 중에서 시의 말이 몸과 가장 닮아 있다는 것은 사실이다. 시어는 '물질'과 '존재'로 비유된다. 그래도 시어가 말이 아닐 수는 없다. 몸과 견줄 때 말의 위치는 그 반대편에 있다. 저 비유 대상들, '물질'과 '존재'는 말과 몸이 앞에 있으면 당연히 몸을 택한다. 이 선택 관계에서 말은 관념이자 상징이고, 몸은 육체이자 물질이 된다. 몸이 말의 영역에 들어와서 성공하기 가장 쉬운 길이 있긴 하다. 관념과 상징으로 변모하여 말이 지닌 본래 기능에 순응하는 것이다. 몸과 친연성이 있는 생태성과 여성성이 이를 증명한다. 여성주의와 생태주의는 담론의 꽃을 피웠다. 그러나 거의 동시에 나온 여성시와 생태주의 시들은 어떤가. 이들은 뼈대만 남긴 채 이미 고사했거나 여전히 스스로 만들어놓은 모순에 의해 자신과 독자를 어리둥절하게 한다. 여성과 생태는 관념의 길에 들어서 많은 말을 이끌었으나 물질의 길에 들어서자 스스로 말이 없게 된 것이다. 시에서 여성과 생태의 위치는 가장 밑이거나 뒤이어야 한다. 앞에서 관념화된 채로 그것을 외치는 순간 '시'도 '여성'도 '생태'도 무너져버린다. 모든 시가 여성성을 지지한다는 생각으로, 모든 시가 생태시라는 생각으로 그들은 밑에서 시쓰기의 기반이 되거나 뒤에서 시쓰기를 후원해야 한다. 시는 여전히 말의 한 종류이지만 가장 '몸' 가까이에 있기 때문이다.

'몸詩'도 마찬가지이다. '몸詩'가 조금이라도 몸의 기능을 발휘하려면 시쓰기 의식의 가장 뒤편에 있어야 한다. 그런데 정진규는 그것을 시집 제목으로 뽑아올리고 그것을 이십년 가까이 변주하고 있다.『도둑이 다녀가셨다』(세계사 2000)를 제외한『알詩』(세계사 1997)『本色』(천년의시작 2004)『껍질』(세계사 2007) 등 근 십년간 발간된 시집 제목이 지향하는 의미는『몸詩』(세계사 1994)와 크게 다르지 않다. 또한 이 시집들은 다른 시집의 경우 해설이 들어갈 시집의 끝자리에서 그의 산문을 볼 수 있다. 정진규는 그를 둘러싼 시론들을 선도하고 있는 것이다. 바탕이 되어야 할 담론이 여러모로 시쓰기의 지향점으로 설정되어 있다. 이와 같은 정황은 정진규의 시쓰기 작업을 거의 불가능에 가까운 일에 대한 도전처럼 여기게 한다. 창조적 직관이 뚫고 나아가야 할 이성의 장막이 이렇게 공고한데 '시적인 것'은 어떻게 성취될 수 있는가. 그에게 '몸'이나 '알'이나 '본색(本色)'이나 '껍질'은 시쓰기가 도달해야 할 목표이며 동시에 그것의 바탕이다. 그의 시는 이들을 '향해서', 그리고 동시에 '딛고' 씌어진다. 그러므로 궁금한 것은 그 불가능의 흔적과 도전기이다.

2

정진규의 시론은 일찍이 완성되어 있고 시는 여전히 도전하고 있다. 이 말은 '몸詩'에 관한 논의가 처음에는 덜 여물었으나 지금은 나름 성취되었다는 진화의 의미를 담고 있지 않다. 그의 시론은 제기되었을 당시 이미 온전했다. 오히려 그것은 이후 제출되는 많은 정진규론의 넓은 장을 제공했고 또한 평들의 방향을 이끌었다. 시는 그 장 안에서 "황홀"(「詩論」, 『本色』)한 상태를 보여주거나 여전히 뉘우치고 반성하는 시인의 고뇌를 보여준다. 이 말은 정진규의 시론을 '답습'과 '변덕'의 자리와 멀리 떨어뜨려놓는다. 산문시의 형태가 근 이십년 동안 지속된다고 하더라도 그것이 동일한 몸짓을 되풀이하고 있다는 판단을 내릴 수 없게 하고, '몸'과 '알' 또는 '알'과 '껍질'에 일견 반대의 뜻이 담겨 있다고 하더라도 이들이 자신이 마련한 시론을 뒤집는 것이 아니라는 점을 일러준다. 모색의 방법이나 주력하는 목표가 조금 다르더라도 적어도 '몸詩' 이후 그가 시쓰기의 바탕으로 두고 있는 사유의 장은 넓고 견고하다.

시의 의미는 그의 글에 의해 더욱 모호해지는 면이 있다. 시 또는 시집 제목의 둔중한 말을 풀어야 할 숙제로 여기고 해답을 그의 산문에서 찾고자 하는 시도는 실패한다. '몸'이건 '알'이건 '껍질'이건 '본색'이건 이들은 정진규의 산문 안에서 의미의 자기증식 과정을 거치며 일반적인 의미와 갈라진다. 일상에서는 대립되는 말들, 가령 '채움'과 '비움'은 그의 세계 안에서는 '채움으로서의 비움' '비움으로서의 채움'으로 변모한다. 비교적 최근 시집 제목 중 하나인 '본색'도 일상언어의 영역에서는 서로 대립하고 있으나 여기에서는 서로 이어져 있다. 그의 시에는 이율배반의 말이 종종 나타난다. 그의 시세계 안에는 구분은 있으되 분리는 없다. 대립하는 말은 있으되 그 대립은 처음부터 이어져 있는 것이다. 구분하고 분별하기 이전의 '몸' '알' '본색'은 따라서 남자와 여자가 분리되기 이전의 세계를 그린 『향연』의 자웅동체를 연상시킨다.

평에서도 그의 포용하는 태도는 한결같다. 가령 『껍질』의 해설 자리에 펼쳐져 있는 '몸'에 관한 그의 산문은 그동안 제출된 몸에 관한 평들의 담론을 아우르며, 본래 가졌던 자신의 '몸'에 관한 개념을 다시 상기시키고 있다. 그가 새로 받아들인 것은 여성성으로 읽거나 지양 과정을 거쳐 도달한 '몸'에 관한 의견이고, 새삼 확인한 것은 여러 개념이 분화되기 이전 상태에서 실감할 수 있는 '몸'에 대한 믿음이다. 이 둘은 포용하고 있는 모습을 띠지만 사실 대립되는 개념이다. 앞의 몸은 구분된 세부들을 끌어모으고 있으나 뒤의 몸은 세부들이 구분되기 이전의 원 형태를 보존하고 있다. 즉, 앞의 몸은 하나로 수렴되는 관념이지만 뒤의 몸은 감각이 발현하는 장소이다. 그러나 정진규는 이 상반된 의미가 담긴 신체성을 모두 포섭했다.『알詩』에서도 그는 두개의 논의를 포용하며 '알'을 확산시킨다. 징후를 보이는 곳, 말들의 자궁으로서의 역할로도 이 '알'은 충분히 말의 기원으로서 위상을 지닌다. 하지만 그는 이것에 만족하지 않으며 "미완으로서의 존재가 아니라, 그것 자체가 완성이며 원형"이라며 '알'에 "소우주"(「자서」,『알詩』)의 공간성을 마련한다.

3

　'비가시적인 세계'에 속한 것들은 감각과 관념이 분화되기 이전의 '비분리 상태'에 있다. 이 두개의 부정어 '비(非)'는 말하는 이의 위치와 숙명 그리고 한계를 보여준다. 그가 지향하는 곳이 비분리와 비가시의 세계라는 것을 말하자, 그가 놓여 있는 곳은 분리의 세계이자 가시적인 세계가 된다. 그는 부정의 어법을 활용해야 지향하는 상태를 말할 수 있다. 그는 거기에 도달하거나 그것을 맛볼 수 없다. 그는 말의 세계에 있다. 이 안에 있으면서 저 세계에 대한 염원을 거두지 않을 때 저 세계는 말의 옷을 입고 이 세계로 들어와 기존의 말들과 충돌한다. 그것들의 한 예가 이율배반의 시어들이다. 정진규의 시에 대한 평도 그의 시를 규정하기 위해 '비움으로서의 채움'이나 '있되 없기' 등 모순의 언어를 쓴다. 바꿔 말하면, 비가시적인 세계의 흔적들은 이율배반을 일으키는 한쪽 축이다. 말의 세계에서 그 흔적은 지시적 기능을 마비시키는 역할을 한다. 이를 아우르는 것이 분리되기 이전을 말한 그의 시론들이다.

길이 열릴 때 보면 밝음이 늘 어둠 안쪽에서 몸을 키워 키를 키워 밤을 새워 어둠 밖으로 길을 내놓던데, 엄지발가락 하나가 상해 있던데, 어렵게 거미줄 뽑듯 시작하던데, 오늘은 그렇게 보이지가 않았다 直方으로 왔다 길이 밝음 그대로 몸이 되어 덩어리로 그냥 걸어나왔다 낙산 의상대 가서 바다에서 뜨는 해를 새롭게 만났다 어둠과 이미 한평생 잘 살고 나온, 한살림 차렸던 흔적이 역력한, 이미 싸움을 끝낸, 피냄새가 나지 않는 해를 새로 보았다
—「몸詩·86—낙산 의상대 가서」(『몸詩』, 이하 같은 책) 전문

하지만 그의 시는 이 고향이 다른 두개의 언어가 종종 어긋난 상태를 유지한다. 시론에서는 이음새 없는 합일의 상태를 그려내고 있으나 시에서는 약간의 굴절이나 틈이 보이는 것이다. 『몸詩』의 첫 시부터 이와 같은 모습이 나타난다. 의상대에서 일출을 목격하는 순간을 말한 위의 시에서 그의 시론이 투영된 구절과 그것을 실현하고 있는 구절은 다른 위치에 있다. 그는 아침의 해를 "피냄새가 나지 않는 해"라고 판단한다. 이 판단은 깨달음에서 비롯된 것이다. "싸움을 끝"내도 "피냄새가 나지 않는" 신성한 위치에 "해"가 올라 있다. 깨달음은 '몸'의 영역이 아니라 '말'의 영역에 속한 것이다.

경험에 의해 얻은 판단, "밝음이 (…) 어둠 밖으로 길을 내놓던데" "엄지발가락 하나가 상해 있던데"와 같이, 밝음이라는 시각적 감각에서 도출된 관념이 다시 재감각화하는 순간이 오히려 몸이 지향하는 의미와 어울

린다. 몸으로 수렴되는 것은 깨달음이지만 정작 몸이 지향하는 것은 '상해 있는 발가락'이다. 지향과 실현의 어긋남은 그의 시에 반복되는 특징 중 하나이다.

4

그의 시에 어긋남을 유인하는 기제의 역사는 깊다. '몸詩' 이전 그가 고심했던 시론은 소위 '견자'론이었다. 그는 시인협회상 수상 소감에서 '견자'가 되고 '불가시의 세계에 대한 존재론적인 파악'을 하려는 열망을 밝혔다. 초기 정진규 시의 모호함이 이 견자의 시론에서 비롯되었다고 보는 견해가 제출되기 시작했다. "돌발적인 이미지와 비유의 중첩, 새로운 것의 발견을 위한 모색에서 오는 분열적 양상"과 같은 다른 진단도 있었으나 이 의견에도 '비가시적 세계'가 폐기된 것은 아니었다.[1] '새로운 것의 발견을 위한 모색'은 '비가시적인 세계에 대한 존재론적 믿음'과 그리 멀리 있지 않은 말이다. 보이지 않는 것을 찾으면 새로운 것이 된다. 시의 모호함은 보이지 않는 세계를 증명하는 데 할애되고 있는 언어의 속성 때문에 일어난다. 이 견자의 시선은 그의 초기시를 난해하게 하고 '몸詩' 이후의 시들 중 일부에 굴곡을 새겨넣는다.

'몸詩'론이 이어졌다. '견자'와 '몸詩'는 반대되는 면이 있다. 한쪽에서는 '저 세계'를 보려고 하고 한쪽에서는 '이 세계'를 중히 여긴다. 몸을 귀하게 여긴다고 해서 '견자'의 자세가 시에 쉬이 사라질 것이라는 생각은 순진한 것이다. 앞의 「몸詩·86—낙산 의상대 가서」에서 확인했듯이 몸이 중요하다고 말하고, 몸의 중요성을 다루는 시를 쓸 때, 그것은 관념적인

---

1 강웅식 「말씀의 집, 몸, 알—정진규의 시세계」, 『작가세계』 1999년 가을호 62면 참조.

형상으로 변하기 쉽다. 그렇지 않은 경우 저 세계를 보는 '견자'의 시선은 이 세계에 들어서면서 대상을 잃어버린 채 퇴화한 모습의 흔적을 남긴다. 저 세계는 사라지고 '보는' 행위만 남는 것이다. 종종 그는 이 세계의 대상을 '보고' 거기에서 몸의 중요함을 깨닫는다. 그는 '몸'과 '알'과 '본색'과 '껍질'이 화두가 된 통합된 세계를 '보려고' 한다.

  속으로만 입고 있던 상처를 요즈음엔 몸에도 내고 다닌다 흉하다고 사람들은 피한다 그럴수록 나는 나의 꽃이라고 향내가 있다고 다가가 부벼댄다 (…) 꽃이 피는 순서는 밖에서 안이 아니다 고마우신 햇살과 단비도 있으셨겠지만 안에서 밖이다 일단은 고여서 밖이다 눈으로도 그대로 볼 수가 있다 보이지 않던 것이 보이는 것이 되는 빠듯한 충만의 순서! 나는 그걸 아직 믿고 있다 상처가 꽃이 되는 순서! 그걸 아직 믿고 있다

—「몸詩·55—상처」 부분

  그래서 그는 '보는' 행위가 필요 없는 경우에도 적극적으로 시선의 흔적을 기입하곤 했다. 「몸詩·55—상처」가 그 한 예이다. 안에서 밖으로 꽃이 핀다는 인식을 기반으로 자신의 몸에 난 상처를 꽃과 동일시하는 이 시에서 사실 눈은 필요 없는 감각기관이다. 상처를 봐야만 둘을 동일시할 수 있는 것은 아니다. 그런데 그는 "눈으로도 그대로 볼 수가 있다 보이지 않던 것이 보이는 것이 되는 빠듯한 충만의 순서!"라고 기어코 말한다. 어쩔 수 없이 보는 것이 아니라 볼 필요가 없는데도 보는 것이다. 인식의 전환은 세계를 내 몸 안에 끌어들이는 과정이 아니라 내 몸이 세계로 퍼져 나가는 방향을 따른다. 그리고 감각의 전환보다는 인식의 전환이 더 시를 지탱하고 있다. 정진규 시의 핵심 부분은 체화가 아닌 대상화하는 지점에 있는 것이다.

'몸' 만들기 도전기　273

쩌억 벌리고 있는 살들의 입, 입술들의 바다, 대음순 소음순들의 바다, 분홍바다, 속은 차마 들여다보지 못했다 햇살들은 살들의 끝에 그 정수리에 쥐눈을 하나씩 달고 반짝거리며 떼로 달겨들고 있었다 그러나 웬 까닭이냐 적멸이 가득 넘쳤다 만져지도록! 지난 봄 도봉산 진달래 꽃바다, 거기서 나는 혼절했다 내 혼마저 지웠다 알마저 지웠다 애를 지웠다

―「도봉산 진달래 꽃바다―알 51」(『알時』, 이하 같은 책) 전문

지난 늦봄 우리집 담장 위에서 마지막으로 붉은 生理를 끝낸, 마지막답게 기저귀도 차지 않고 세상에! 부끄러움도 없이 골목길 가득가득 마구 적시던, 넝쿨장미를 오늘 다시 본다 이파리들이 깊고 푸르다 넝쿨이라는 말은 뻗어나간다는 말이 가장 정확하게 몸이 되어 있는 말이다 보이는 말이다 그는 놓여 있는 모든 길들을 지우고 제 몸이 손수 길이 되는 길이다 길 자체이다 지금도 그렇게 그는 뻗어나가고 있을까 새순이 돋던 자리를 꽃이 피어나던 그의 자리를 지금은 어떻게 바꾸어가고 있을까 지금도 그는 그렇게 길을 트고 있을까 그 길은 어떤 몸일까 자주 막히는 내 몸이 푸른 이파리들 속으로 손을 넣어 그 자리를 만졌다 어쩔 도리가 없었다 아, 둥글다 열매는 둥글다 마침내 이르고 있는 모든 길은 둥글다 열매는 자신의 길마저 지운다 천천히 제 몸으로 환한 봉분 하나 만들고 있었다

―「넝쿨장미―알 52」 전문

위의 시들은 앞 시와 정반대의 지점에 있는 것처럼 보인다. 몸이 밖의 대상과 동일시되는 것이 아니라 바깥의 풍경이 몸의 일부로 뒤바뀌고 있다. 시에 나오는 살과 입술과 대음순과 소음순은 모든 몸의 붉은 부분이

274

다. 진달래꽃들은 "만져지도록"이라는 직접적인 매개를 거쳐 관능적인 몸의 일부분으로 전환한다. 풍경이 사랑하는 몸으로 바뀌자 곧 그는 "혼절"할 듯한 합일의 순간을 겪는다. 그런데 이 에로틱의 정점을 포함하여 풍경이 몸으로 변모하는 과정 모두를 떠받치고 있는 것이 시각이다. 그는 등산길에 올라 능선의 진달래꽃을 '보고', 그것을 몸의 일부로 인식하고 있는 것이다. 결국 이 시는 시각에 기대어 있다는 점에서 앞의 시와 동일한 기제를 가지고 있다고 할 수 있다. 저 마지막 "알마저 지웠다"라는 말이 몸의 사랑보다는 인식의 깨달음으로 느껴지는 이유도 여기에 있을 것이다.

시집에 나란히 위치한 「넝쿨장미─알 52」도 비슷하다. 시의 핵심 부분, 넝쿨줄기가 뻗어나가는 모습에서 길을 찾고 또 거기에서 "모든 길들을 지우고 제 몸이 손수 길이 되는 길"이라 말한 곳, 또 물론 상상이겠지만 제 몸에 손을 집어넣어 둥근 열매에서 둥근 봉분을 떠올리는 곳, 이 두 부분의 잠언과 같은 말은 장미넝쿨의 관찰에서 비롯된 것이다. 열매와 봉분을 함께 보고, 길을 '내는' 몸이 아니라 길이 '되는' 몸에 관한 이 깨달음은 '몸／알詩'에 관한 논의와도 상응하고 있으며, 또한 퇴화한 '견자'의 시선과도 맞닿는다.

5

이율배반의 언어, 관념과 감각의 불일치는 그의 시에 어긋남과 굴곡을 새긴다. 그렇다면 동어반복, 답을 기다리지 않는 질문 등은 그가 이루고자 하는 세계를 시에 드러내려는 의지의 표현일 것이다. 그는 이율배반의 언어를 사용하던 때부터 동시에 동어반복을 구사했다. 『몸詩』의 한편에는 "풀잎은 풀잎인 채 감나무는 감나무인 채 물푸레나무는 물푸레나무인 채

달팽이는 달팽이인 채 새들의 발톱은 발톱인 채 그대로 거기 있었다”(「몸詩·21─너무 속이며 살아왔구나」)라는 구절이 있다. 그것들이 죽었다고 말했던 자신에 대한 뉘우침이 시의 기본 감정이다. 최근의 시집 『本色』에도 물푸레나무를 대상으로 한 “물푸레나무를 물푸레나무라고 말할 수 있을 때까지 잘못 놓인 다리들을 거두어내자”(「詩論」)라는 구절이 있다. 이 동어반복은 그의 시에 뉘우침을 이끌거나 지향하는 목표로 자리 잡고 있다. 그는 자신의 판단을 최소화하고 대상을 있는 그대로 두기를 원하는 듯하다.

동어반복은 비가시적인 세계의 개입을 막는 하나의 방편이다. 주어와 술어가 묶인 ‘물푸레나무는 물푸레나무이다’와 같은 진술은 대상을 순정하게 드러내고 훼방꾼 역할을 하곤 했던 관념화한 저 세계에 대한 믿음의 개입을 차단한다. 하지만 이 말로 인해 말의 지시적 기능은 고장나고 이를 둘러싼 맥락의 구성 과정도 멈추게 된다. 동어반복의 세계에서 말들은 어떤 목표를 위한 수단으로 기능하지 않는다. 그들은 지시의 수단으로 쓰인 뒤 버림받지 않는 대신 ‘나’를 포함한 어떤 외부의 말에도 손을 벌릴 수가 없게 된다. 그들을 규정할 수 있는 것도 없으며 그들이 규정하는 것도 없다. 그들은 서로 연대하여 결국 이 세계 안에서 스스로를 물질화한다. 비가시적인 세계와 가시적인 세계의 우열, 저 세계와 이 세계의 우열 등의 흔적은 자연스럽게 지워진다.

일본 觀心寺엘 부랴부랴 다녀왔다 새삼 마음을 觀하고자 함이 아니라 거기 있다는 별무덤이 궁금해서였다 늦으면 天上으로 회수될 것 같았다 형상이 아니라 필시 상징이 분명할 그 실체를 감히 觀코자 함이었다 하늘 놔두고 왜 하필 땅에 내려와 묻히었을까 별똥별들의 부스러기일까 식은 빛들의 부스러기일까 땅을 하늘이라 믿는 구석이 그들 별들에겐 있었던 모양이다 땅이 하늘이 되고 하늘이 땅이 된, 하늘과 땅이 한 몸이 된 그 長大한 무덤을 겁도 없지 나 觀하고자 함이었다 무엇을 보았

276

다 하느냐, 거기 있지 아니한가, 나 다만 묻고 답하였을 따름이다

──「별무덤」(『껍질』, 이하 같은 책) 전문

하지만 '물질화'는 여전히 말을 몸처럼 다루겠다는 비유이다. 동어반복이라고 해서 말이 몸이 될 수는 없다. 말과 몸의 동일시가 실패한 흔적이 정진규의 시에서는 '보는' 행위라고 했다. '보는' 행위는 그에게 극복 대상이었다. 그런데「별무덤」에서 정진규는 그 보는 행위를 더욱 적극적으로 쓰고 있다. 감춰지고 극복했을 만한 시기에 오히려 다른 문자와 견주어 더욱 눈에 띄도록 한자로 '觀'이라 쓰기까지 한 것이다. "새삼 마음을 觀하고자 함이 아니라 거기 있다는 별무덤이 궁금해서였다"고 하며 짐짓 부정하고 있으나, 사찰의 이름이 '觀心寺'인 점도 그를 일본으로 이끌었을 것이다. 그는 여기에서 '보다'의 의미를 적극적으로 묻는다. 이 질문은 그가 개진한 시론을 참조하면 이렇게 들리는 듯하다. 말과 몸의 간격은 어떻게 해야 좁힐 수 있는가.

'보다'의 뜻이 적극적으로 탐색된다고 해서 '몸詩'의 출현이 부정되는 것은 아니다. '견자'는 붙잡히지 않는, 기미로만 존재하는 저 세계에 자신의 시선을 닿게 하고자 한다. 그 세계의 드러냄이 '견자'의 최종 목적일 것이다. 그것이 조금이라도 보인다면 성취감과 깨달음이 시에 밴다. 앞의 시들이 그런 예이다. 하지만「별무덤」의 경우 대상의 드러냄을 목적으로 하지 않는다. 별무덤을 보러 간다고 말하고 그것이 왜 궁금한지 말하고 거기에서 원래 한 몸이었던 하늘과 땅을 느꼈지만, 실제로 그가 '觀心寺'에서 '본' 장면은 건너뛰고 있다. 질문을 하고 대답을 듣는 일반적인 문답법이 아니라 계속 질문하고 이어진 질문을 대답으로 간주하는 그런 진술이 시에 채워져 있는 것이다. 그는 말한다. "무엇을 보았다 하느냐, 거기 있지 아니한가, 나 다만 묻고 답하였을 따름이다". 자문자답으로 대상과 나의 거리가 좁혀지고 별과 하늘이 한 몸이 된다. 여기에 '보는' 행위는 스

스로 물질화한다. 그리고 그것은 스스로 계속 묻는 운동을 끝없이 추동하는 보조 기능을 한다. 단지 바깥 풍경을 보다가 마음을 본다고 해서 이 운동이 지속될 수 있는 것은 아니다. 스스로 몸이 된 '觀'이야말로 질문을 계속하게 하고 운동을 지속하게 하는 필요조건인 것이다.

삽이란 발음이, 소리가 요즈음 들어 겁나게 좋다 삽, 땅을 여는 연장인데 왜 이토록 입술 얌전하게 다물어 소리를 거두어들이는 것일까 속내가 있다 삽, 거칠지가 않구나 좋구나 아주 잘 드는 소리, 그러면서도 한군데로 모아지는 소리, 한 자정子正에 네 속으로 그렇게 지나가는 소리가 난다 이 삽 한 자루로 너를 파고자 했다 내 무덤 하나 짓고자 했다 했으나 왜 아직도 여기인가 삽, 젖은 먼지 내 나는 내 곳간, 구석에 기대서 있는 작달막한 삽 한 자루, 닦기는 내가 늘 빛나게 닦아서 녹슬지 않았다 오달지게 한번 써볼 작정이다 삽, 오늘도 나를 염殮하며 마른 볏짚으로 한나절 너를 문질렀다

—「삽」 전문

'삽'을 발음하자 입속에 머금은 공기가 그의 세계가 된다. 그 발음은 관념보다는 물질에 가깝다. 입술을 다물자 삽이라는 소리는 입속에 머문다. 그리고 입속은 무덤이 되고, 삽은 관을 덮는 도구가 된다. 삽을 발음한 뒤 삶과 죽음이 합쳐지고 여기와 거기가 합쳐진다. '보다'라는 말은 사라지고 소리가 가득 찬 세계, 그리고 문지르는 세계, 즉 접촉의 세계가 들어선다. 구별이 희미하다는 점에서 그가 「삽」에서 그리는 세계는 도취의 세계이기도 하다.

하지만 입속의 무덤은 '삽'에서 물질성을 빼앗고 그것을 죽음이라는 관념의 대리물로 머물게 하려 한다. 그는 '삽'의 독자성을 유지하기 위해 그 세계 안에서 그것의 물질성을 재확인해야 한다. "문질렀다" "작달만한"

"닦아서" 등은 삽의 물질성을 확인하려는 노력의 표현이다. 도취의 상태가 속성의 변화에 의한 것이 아니라 안의 세계와 밖의 세계의 위치 전도로 이루어진다. 이때 이 시는 그 자체로 새로운 세계를 만들어내게 된다.

「삽」이 정진규의 비교적 최근 시라서 그의 시가 시론이 제기한 과제들을 점진적으로 성취하고 있다고 생각하는 것은 조금 섣불러 보인다. 이와 같은 발전의 시각은 이전의 시를 서투르게, 최근의 시를 성숙하게 여기기도록 이끈다. 그러나 도취의 순간은 착실한 발전의 단계를 밟고 이루어지는 것이 아니다. 최근 시집 『껍질』에도 이 '보는' 행위는 계속 보이고, 이전의 시집 『몸詩』에도 도취의 순간은 간혹 연출된다. 놀라운 점은 일회적으로 나타나는 도취의 순간이 정진규의 시 창작 전시기에 걸쳐 꾸준히 등장한다는 것이다. 그는 지금도 자신이 마련한 장에서 반성과 뉘우침을 거치며 그 한순간의 도약을 기다리는 중이다.

—『시에』 2009년 봄호

시간의 골상학

◆

고형렬의 시

고형렬(高炯烈)은 『나는 에르덴조 사원에 없다』(창비 2010)에서도 여전히 하나의 전언에 이르기 위해 여러 절차를 밟고 있다. 서둘러 뜻을 파악하기를 원하는 독법을 거스르는 그의 시쓰기 방식은 예전부터 이어온 것이다. 따라서 특정한 대상이 그를 주저하게 한다고 이해하기보다는 차라리 그 자체가 그의 시적 개성이라고 해야겠다.

물방울이 정지한다, 어찌할 것인가, 바람이 떨고 있다, 나는 경험한다
날개를, 나를 경험한다, 마침내 나는 유리창이다, 아 너무나 작은, 물방
울의 날개여

나는…… 날개의 나는, 찢어지고 절망한다, 이 불완전한 문장을 지울
수만 있다면, 저쪽에 오롯이 그것들의 날개를 펼칠 것인데
—「어느날은 투명유리창의 이것만이」 부분

물방울이 위태로워 보이듯이 그도 힘겹게 말을 이어가고 있다. 그런데

유리창을 자신과 겹쳐놓는 기제는 여느 시에서도 많이 볼 수 있는 것이다. 일반언어가 관장하는 공동체는 너와 나의 구별과 자리바꿈의 가능성을 전제로 구성되지만 시의 언어는 이와 같은 전제를 창조적 직관으로 부수고 한순간 그 둘의 일치를 연출한다. "나는 유리창이다"라는 발화는 이러한 시의 기제를 모범적으로 따르고 있다. 그렇다고 이것을 고형렬의 시적 개성이라고 보기는 어렵다. 그것은 오히려 그 뒤에서 찾을 수 있다.

일반적으로 구별되는 대상을 잇대었다는 점에서 이 작업 뒤에 찾아오는 감정은 성취감이어야 할 것이다. 그러나 그는 인식의 확대에서 오는 성취감과는 다른 감정을 느낀다. 유리창과 자신이 겹쳐지며 생겨난 "날개"를 느낀 뒤 그는 비상의 욕망을 품기보다는 그 날개가 찢어질지 모른다고 걱정한다. 그는 의심하는 것 같다. 어쩌면 자신이 만든 문장이 마법을 이룬 것이 아니라 속임수를 쓴 것은 아닐까. 마법은 현실을 바꾸지만, 속임수는 현실을 그대로 둔 채 보는 이의 눈을 가릴 뿐이다. 속임수는 눈을 현혹하면서 세상을 누락시킨다.

그는 "오롯이 그것들의 날개를 펼"쳐 "저쪽"에 닿고자 한다. 그러나 그곳에 가기 위해서는 "불완전한 문장을 지"워야 한다. 마법의 세계인 줄 알았는데, 침묵의 세계였다. 그 침묵이 관장하는 세계는 애초부터 있는 무(無)의 세계가 아니라 말의 한계를 인식하는 곳에서만 환기되는, 그러므로 말이 결코 도달할 수 없는 부재의 세계인 것이다.

이 부재의 세계, 말에 의해 소외된 세계에 대한 인식은 논리와 규율에 의탁해 뻗어가는 말의 행로를 방해한다. 고형렬의 시가 중언부언한다고 비친다면, 그것은 예전부터 이 소외의 힘이 계속해서 작용해왔기 때문일 것이다. 『나는 에르덴조 사원에 없다』에서 그 힘은 말 자체의 무력감과 관련하여 더욱 짙게 드러난다. "새벽까지 저 하늘에서 불을 밝혀놓고／언어의 꿈을 꾸는" 시인이 "끝없이 지워도 지워지지 않는 영혼 반복"의 고통을 감내하면서 도착하는 곳은 "시가 도달할 수 없는 핏빛 절망의 벽"(「우스

꽝스러운 새벽의 절망 앞에」)이다. 자신이 써내려가는 시의 언어가 일반규범에
포함된다는 의식 아래에서 그는 말을 뱉는 순간 마법이 일어나는 것이 아
니라 분별과 위계의 벽이 생겨나는 것을 체험한다.

이 책은 다시는 장미로 돌아가지 않을 것이다
이 작은 책의 글을 돌 속에 영원히 간직할 것이다
나는 이제 이 언덕에서 다른 꿈을 꾸지 않는다
어젯밤 어떻게 장미가 책이 됐는지 통 알 수 없어
무엇으로 그것들이 내게 다시 돌아왔는지
어느날 반투명의 책이 되는 몇송이 장미들이
내가 이해할 수 없는 것들로 갑자기 찾아왔던 것
낙망 속에 기다림도 없는 빛과 어둠 속에서
—「장미가 책이」 부분

시가 만드는 마법의 순간은 의도에 의해서 연출되지 않는다. 그 순간은
우연을 따를 뿐이다. 하지만 우연은 그 순간에 도달하기 위해 거듭되었던
실패한 시도를 간직한다. 붉은 장미가 책으로 태어나도 그는 이유를 알 수
없다. 이해의 순간 너머에서 그 순간은 '갑자기' 찾아오기 때문이다. 장미
로 대변되는 세상은 책으로 대변되는 시의 세계에 그렇게 찾아온다. 그런
데 왜 그 책은 세상을 조금은 비추는 '반투명'의 모습을 하고 있는 것일까.
그는 일반언어의 규율을 인식하고 스스로 그 안에 자신을 가둔다. "나
는 너의 이름을 보고 싶어 만지고 싶어"(「옥수수수염귀뚜라미의 기억」)에서 자
신의 바람을 '너'가 아니라 "너의 이름"에 풀어놓는 것도 그의 인식이 말
의 영역 안에서 이루어진다는 것을 보여주는 예라 할 수 있다. 시의 언어
는 일반언어가 애써 분별해놓은 특성을 무화시킴으로써 자신의 특성을
확보하지만, 고형렬의 의식은 자신의 언어가 그 분별과 위계를 따른다는

282

절망감으로 가득하다.

나는 지금 에르덴조 사원에 없다
이 문장은 성립하지 않고 시상이 전개되지 않는다
나는 지금 에르덴조 사원에 없다는 말은
상상할 수 없는 걸 상상하므로 항상 제기되는 문제다
그러나 나는 에르덴조 사원에 있다
증명할 길이 없지만 나는 지금 에르덴조 사원에 있다
에르덴조 사원에서 에르덴조 사원을 생각하거나
나는 지금 에르덴조 사원에 없다고 생각하는 사람을
생각하려다가 생각을 못하고 놓친다
그들은 먼 나의 생각 사이를 교묘하게 빠져나간다
문장 성립은 둘째치고 나는 늘 이렇다
나는 이 사유 자체의 어려움에서 벗어나지 못한다
나는 에르덴조 사원에 없다는 말이 꼭 성립해야 하는가
(…)
허나 에르덴조 사원에 없는 내가 너무나 고독하다
음률을 맞추며 고통스러워하는 자의 행보
왜 나는 에르덴조 사원에 없는 나를 생각하고 있는가
나는 이 문장을 떠올리며 슬퍼한다
에르덴조 사원에 없는 나는 어디를 헤매고 있는지
그런데 그대여 왜 그대는 에르덴조 사원엔 없는 건가
―「나는 에르덴조 사원에 없다」 부분

그는 에르덴조 사원에 갔을 것이다. 그리고 에르덴조 사원은 추억으로 남아 있을 것이다. 하지만 그의 시에서 체험과 추억은 중요하지 않은 듯하다. 현재 양평에 있는 나와 과거에 에르덴조 사원에 있던 나는 긴장을 이루지 않는다. 문제는 "나는 지금 에르덴조 사원에 없다"라는 문장이 "성립하지 않"는 까닭이다. 그는 문장이 성립하지 않는다고 말했으나, 사실 그 문장이 성립하지 않을 이유는 없다. 부재를 인식하는 자기 자신에 초점을 두면 그렇다. 나는 여기에 있기 때문에 거기에 없는 것이다. 하지만 거기에 없는 나를 양평의 나와 별개로 생각하면 이 문장은 성립되지 않는다. 거기에 없는 나를 여기에 있는 내가 증명할 길이 없기 때문이다. 거기의 나와 여기의 나는 분열된다. "나는 저 지상의 내가 없어지는 것을 알고 있었다"(「파산자」). 말한 사람과 말 속의 사람으로 분열되면서, 전자는 후자를 놓아준다. 후자의 나는 문장 속의 나이면서 동시에 에르덴조 사원을 한때 방문했으나 지금은 어디에 있는지 알 길이 없는 나이다. 말하는 나는 그 부재를 파악하기보다는 어디 있는지 모를 그의 고독과 고통을 가늠한다. "나는 에르덴조 사원에 없다는 말이 꼭 성립해야 하는가"라는 의문은 문장 속의 나를 풀어주는 동시에 독자로 하여금 나의 행방불명에서 배어나오는 슬픔을 맛보게 한다.

  말하는 이의 기득권을 반쯤 포기하고 말해지는 이의 처지를 헤아리면서 진술 속도는 느려진다. "나는 지금 에르덴조 사원에 없다"라는 진술은 사건을 예기하지만 그다음 행은 "이 문장은 성립하지 않고 시상이 전개되지 않는다"이다. 사건의 시간 속으로 몰입하려 하는데, 그 사건을 말하는 시간이 개입한다. 이와 같은 방해는 간혹 뒤틀린 문장으로 드러나기도 한다. 가령 "소리는 사라지고 벌써 있지 않다"(「옥수수수염귀뚜라미의 기억」)를 의역하면 '소리는 벌써 사라졌다'일 것이다. 하지만 앞의 문장은 일반 언어의 자연스러움을 포기하는 대신, "벌써"로 과거를 환기하고 "있지 않다"로 부재를 사유하는 현재를 개입시킨다. 그는 시간이 착종되고 문장이 뒤틀리는 것을 감수하면서까지 문장 속에 갇힌 자신을 환기하며 시 쓰는 현재를 드러낸다.

나는 가끔 이 남양주시 메인도로를 통과했다
남양주시는 모른다, 이런 문장은 맞는 문장이 아니다
나는 이 안되는 문장을 계속 만들려고 한다
나는 남양주시가 남양주시청과 남양주경찰서를
결코 모른다는 생각, 나는 이 이상한 생각에 막힌다
—「비정치적 남양주시」 부분

이 지상의 마지막 저녁 해가 지고, 이 시를 발표할 땐
과거형으로 고쳐야 할까? 서쪽 하늘을 쳐다보는 이곳은
지구의 북반구 극동 반대편보다 이미 일몰을 맞는
서울 동쪽 작은 구릉,

정치와 시는 언제나 맞은편에서 미래의 이곳을 본다
나는 순간, 이 나라를 입에 담고 싶지 않아졌다
고 말하고, 사진기를 어루만진다
—「서서 별을 사진찍다」 부분

시집 『나는 에르덴조 사원에 없다』에서 시 쓰는 현재가 드러나는 부분을 찾는 일은 그리 어렵지 않다. 이를 강한 자의식의 표현이라고 이해하는 것은 온당하지만 충분하다고는 할 수 없다. 그것은 시인의 자부심을 드러내기 위해 쓰이기보다는 시 쓰는 순간 세상과 말이 부딪쳐 어떻게 말이 패배하는지를 보여주려는 듯 그 자리에 있다. 시 쓰는 순간의 개입은 그의 말을 단호하게 이끌기보다는 주저하게 한다. 가령 「비정치적 남양주시」에는 틀린 문장을 적고 그래도 어떻게든 문장을 만들려고 하는 그가 그려져 있다. 이 과정에서 말의 진행은 더뎌진다. 「서서 별을 사진찍다」에

는 지금 이 순간이 언젠가는 과거가 되리라는 인식이 드러난다. 이 인식에는 여유가 아니라 체념이 묻어 있다. 그는 시간이 흐르면 불안정한 현재가 안정되기보다는 박제된다고 여기기 때문이다.

틀린 문장이라고 생각하건 과거형으로 고쳐야 한다고 생각하건 이들은 일반언어의 문법에 기대어 내린 판단이다. 그는 일반언어, 즉 공동체의 규율에 맞춰 시쓰기를 생각하고 있다. 그러나 바꿔 생각하면 시 쓰는 순간의 삽입은 일반언어의 규율에 균열을 내는 작업이기도 하다. 그는 그 규범의 세계에 그대로 안착하는 것이 아니라 자신의 방법으로 그 안에 균열을 내고 있다.

그래서 두편의 시에 걸쳐 있는 '정치적'이라는 말도 일반언어, 즉 공동체의 규율로 읽힌다. 둘 이상이 모여 공동체를 이루면 규율과 윤리와 정치가 생긴다. 일반언어의 규율에 기대어 사태를 판단하지만 남양주시의 비정치성과, 정치의 관할영역을 넘어서는 "미래의 이곳"의 설정은 공동체를 교란한다. 그가 지우고 고쳐 쓰는 시가 정치의 "맞은편"에 있다고 쓰고, 경찰서나 시청을 모르는 남양주시를 비정치적이라고 표현하더라도 사정은 마찬가지이다. 협소한 뜻을 반대편에 배치할 때 그에 대응하는 시의 자리도 협소해진다. 그가 시 쓰는 시간을 드러내며 말문이 막히는 까닭도 이 명확한 반대 관계를 통해서는 설명할 수 없는 기운을 감지해서일 것이다. 남양주시는 '개체'의 언어가 닿을 수 없는 곳에 있어서 비정치적이다. 또한 지금 이곳의 '피사체'를 찍기 위해 사진기를 어루만지는 것도 정치의 영역을 벗어난 곳에 그것들이 있기 때문이다.

문득, 통화권이탈지역으로 들어오고 말았다
소란한 세상을 닫아건 잎들의 무늬를 읽는다
그대 잠시 두리번, 결락된 감각을 찾는가
소리없는 엽록체의 통화권이탈지역은

동물들의 울음과 이동이 찍히지 않는 영토
이 영역은 우리에게 불가침지역에 해당하며,
소통의 소란은 작은 묵상도 헝클어놓는다
나는 주머니 속의 열쇠를 저 밖으로 던진다
고리가 열리고 날개가 파닥이면 나는 그제사
그들의 이름을 부를 기회를 놓치게 된다

(…)
여기서 그 모든 분란의 소통은 차단되었다
빛은 떠나고, 혼돈이 거니는 어둠 한쪽
완전 통화권이탈지역에서 너와 나는 오래전
서로 잃어버린 것을 조용히 만지고 있다

—「통화권이탈지역」 부분

그는 통화권이탈지역에 들어선다. 그곳에서는 공동체가 유발하는 "소통의 소란"에서 벗어날 수 있으며 일반언어가 돌보지 않던 "잎들의 무늬"와 "결락된 감각"을 찾을 수 있다. 그는 "그제사" 소란을 야기하는 이들의 "이름을 부를 기회를 놓치게 된다". 이름을 벗어던진 그곳에서 그는 혼자만의 시간을 가지고 자신과 비슷한 처지에 있는, "내부의 분석을 원치 않"는, "빛과 어둠으로 일생 한두 차례 말하"는 것들을 본다(「꼭 말해야만 하나요?」). 그런데 그는 혼자만의 시간을 '고요'라고 하지 않고 '혼돈'이라고 표현하고 있다. 그에게 고요와 소란은 반대 뜻이지만 고요와 혼돈은 같은 뜻이다. 다만 어찌할 수 있음과 어찌지 못함의 차이가 이 둘을 가를 뿐이다. 그는 혼돈을 어찌할 수 없이 수용하고, "혼돈이 거니는 어둠" 속에서 현재의 불안함을 드러내는 대신 과거의 기억들을 불러들인다. 마치 정돈된 과거형의 문장 사이에 시 쓰는 현재를 삽입하여 그 뜻을 쉽게 파악하지 못하게 하는 것과 같이, 그는 현재의 순간과 "서로 잃어버린 것"을 대면시켜 혼란을 유발한다.

　실제로『나는 에르덴조 사원에 없다』가 이전 시집과 가장 다른 점은 혼자 있는 시간의 빈번한 노출이다. 그는 내부로 침잠하고 있다. 이전의 현실을 고발한 생태시나 북이 배경인 시를 염두에 두면 고형렬은 이제까지 자신을 둘러싼 세계에 대한 관심을 놓지 않았다고 할 수 있다. 바로 전 시집인『밤 미시령』(창비 2006)의 분위기도 그 까닭에 지금보다는 덜 쓸쓸했다. 그러나 이번에는 사라지거나 소외된 것들에 관심이 쏠려 있다. 푸른미선나무 달개비 형광물고기 옥수수수염귀뚜라미 자생란 등, 이들은 시의 분위기를 웅성거림으로 채우기보다는 이들을 발견할 정도로 고요한 혼자만의 시간을 환기한다.

　십년 전 시집에 실린「고양시 백석동 1344 서안아파트 505동 703호」(『김포 운호가든집에서』, 창작과비평사 2001)에서 그는 "어머니도 아내도 없는, 밖에 멀리 봄이 오는 텅 빈 절간 같은 방에 혼자 남아" 있었던 적이 있다. '가구'처럼 할 일 없이 남아 있는 그가 하는 일은 가족을 생각하는 것이었다. 그는 옆에 없는 아이와 어머니와 아내를 생각하고 또 기억을 되살리며 공동체의 일원이 되었다. 그러나 이번 시집의「손톱 깎는 한 동물의 아침」에서는 비록 그때와 똑같이 혼자 아파트에 남아 있기는 하지만 가족에 대한 생각은 표현되어 있지 않다. 오직 흐린 날 발톱을 깎으며 자신이 동물에 지나지 않는다고 여기는 한 사람이 있을 뿐이다. 아니, 더 나아가 그는 "내가 동물의 기억을 하는 것이 아니라 / 원래 나의 동물이 인간의 나를 기억하겠느냐"는 생각에 미친다. 혼자 남겨진 시간에 그는 타인과의 관계를 끊고 자신을 버린 뒤 말이 필요 없는 동물성을 끄집어낸다.

　　젖은 신문처럼 젖어버린 한 시간이
　　쭈그려앉아 콩나물을 다듬는다

시간은 손톱으로 꽁지를 끊는다
나는 유리창처럼 낯선 시간이 된다
시간은 옛날 물레의 모습으로
흐린 창가에 아침부터 앉아 있다
실로 현생의 시간은 눈처럼 가까워
시간은 과거를 기억하지 않는다
시간은 한 남자의 시간이 아니다
어두운 베란다 창가에 시간은 혼자
무릎을 세우고 원숭이처럼 앉아
한 양푼의 콩나물을 다듬고 있다
명태 눈껍질 같은 콩나물 눈껍질
콩나물 눈껍질 같은 시간의 눈동자
한낮처럼 창밖을 지나가는 생은
텅, 두개골과 등뼈로 앉아 있다
낯익은 시간만 빈 몸으로 남아 있다

─「시간」 전문

그에게 시간은 보내는 것도 쓰는 것도 아니다. 그 대신 시간은 그와 마주하고 있기도 하고 겹쳐 있기도 한다. 그는 자신을 비우고 "빈 몸으로 남아 있"는 시간을 그 자리에 앉힌다. 시간은 콩나물을 다듬고 있다. 콩나물 눈껍질과 명태 눈껍질 안에 있는 시간의 눈동자가 뼈로 남아 있는 그의 생을 바라본다. 육신은 사라지고 뼈로만 남아 있는 한 사람의 생을 보면서, 시간은 골상을 관찰하며 그 주인의 성격과 기질을 판단하는 골상학자의 역할을 맡는다. 시간이 보고 있는 그는 자주 혼자 있으며 말의 세계에 갇히거나 내부로 침잠한다. 골상학자는 대상이 다른 대상과 이루는 관계보다는 대상의 모습에서 개성을 추출하는 데 관심이 있다. 그의 최근 모습이 시간을 골상학자로 만든 것이다. 시간이라는 골상학자의 눈에 비친 그는 과거가 없고 미래도 없으며 공동체를 벗어나 있다. "송장뼈의 송장뼈들"을 인식하며 죽음은 "꿈을 망각으로 처리하기 위한 게임"(「한번 불러본 인간 송장의 노래」)이라고 말하고, "어떤 기억도 몸을 찾아오지 말길 원했"(「로마 아침 K호텔에서」)다고도 말한 그를 염두에 두면 자연스러운 결과이다. 그에게는 단지 뼈만 남아 있다. 하지만 대상이 없으면 아무것도 하지 못하는 골상학의 속성을 감안하면, 그는 시간을 쓰지는 못하더라도 그것에 압도되지는 않을 것 같다. 말의 한계를 인식하면서도 결국 그는 시를 쓰고 있지 않은가. 그런데 도대체 그의 영혼과 육신은 어디에 있는가. 에르덴조 사원에 없는 '나'는 지금 어디에 있는가.

―고형렬『나는 에르덴조 사원에 없다』, 창비 2010

베어진 나무의 자세

◆

김영승의 시

베어진 나무도
그 자체로 大만족으로
그냥 안개에 젖어 있다

—「새벽」(『서정시학』 2007년 봄호) 부분

고종석(高宗錫)은 1980년대 김영승(金榮承)의 시를 보면서 "20년 저편의 전장(戰場) 어느 곳에 부상당한 그를 떨어뜨려 놓고 와버린 몰인정한 전우가 된 느낌"(「압수된 개인성을 찾아」, 『모국어의 속살』, 마음산책 2006)이 든다고 했다. 이장욱(李章旭)은 돈 끼호떼에 빗대어 그의 시쓰기를 "한 아웃사이더의 격렬한 인파이팅"(「김영승과 풍차」, 『나의 우울한 모던보이』, 창비 2005)이라고 했다. 이남호(李南昊)는 그의 시를 두고 『반성』(민음사 1987)의 해설에서 "풍요로운 시대"에 누락된 "백수의 기록"이라고 쓰기도 했다. 부상당하고 부딪치고 누락되는 것으로 김영승은 시대의 풍요와 야멸참을 완성하였다. 그는 부상자이고 돈 끼호떼이고 백수이고 또 "베어진 나무"일망정, 전사자나 패배자는 아니다.

이십여년 동안 이 '아름다운 폐인'은 '찬란한 극빈'을 지니며 살아왔고, 그 시간의 흔적이라고 할 수 있는 그의 시들은 여전히 읽히고 있다. 이상(李箱)이나 김수영(金洙暎)의 시가 연구의 대상에 그치지 않고 감동의 대상이 되는 것과 같은 이유일 것이다. 실험과 파격 자체가 아니라 그렇게 모험할 수밖에 없었던 개인적인 고뇌와 그 고뇌의 사회성으로써 이들의 시가 유효하듯이, 김영승의 시도 비시적인 어휘가 아니라 그 비시성을 이끌어오는 개인적인 아픔과 그 아픔의 사회성으로써 여전히 읽힌다. 그의 감각은 윤리적이다. 그의 시의 어떤 특성은 고종석이 느끼는 '반성'의 감정을 거쳐 미(美)와 추(醜)라는 쾌감의 영역에 진입한다. 그리고 그 윤리는 때때로 표현의 아름다움 이전에 독자에게 다가온다.

김영승 시의 윤리는 우리가 알고 있으나 쓰지 않는 영역을 시어로 개척하는 데에서 생겨나기보다는, 우리가 알고 있고 또 쓰고 있는 영역을 되새기는 데에서 생겨난다. 그의 시는 세계와의 불화를 형식에 담아 낯설기보다는 오히려 그 형식이 너무 평범해서 낯설다. 그는 "경험도 감정도 꿈도 생각도, 그 말투도 호흡도 리듬도 그 어느 것도 조작하지 않는 그러한 시를"(김영승·김진수 대담 「나의 시는 영원한 자동기술이다」, 『포에지』 2000년 겨울호) 쓴다. 시어들은 자신의 짜임새의 흔적을 탐사하려는 시도를 허용하지 않으며 독자를 향해 통째로 접근한다. "베어진 나무도/그 자체로 大만족으로/그냥 안개에 젖어 있다". 독자는 "그 자체"의 시어 앞에서 자기 언어를 확인하는 것에 머물지 않고 자기 언어라고 생각했던 믿음에 난 균열을 인식하는 데까지 나아간다. 망각이라는 황무지를 지각의 영토로 개간한 개척자가 아닌, 지각의 영토에 포함되어 있던 안전한 인식들의 허위를 폭로한 한 내부 고발자가 지금 새벽 숲을 거닐고 있다. 앞의 인용에 이어지는 부분이다.

오늘 새벽은

내 인생 최초로
상쾌한 새벽이다

차곡차곡 쌓여진 소나무는
솔잎을 속눈썹처럼 깔고

　김영승의 시는 때때로 어지럽다. 일상어와 비속어와 관념적인 한자어들이 함께 또는 각각 나타난다. 「반성·序」처럼 긴 시도 있으나 「반성 16」처럼 짧은 시도 많고, 자동기술에 따라 쓰여 쉽게 그 뜻을 파악할 수 없는 시가 보이는 한편 압축된 감정을 제시해 뜻이 명확한 시도 보인다. 또한 과장되어 보이는 어조도 쉽게 찾을 수 있으며 순정한 어조도 자주 나타난다. 「새벽」에서는 시집 『반성』에서 좀처럼 모습을 보이지 않던 관찰의 시선까지 느껴진다.

　이들은 자신/타인에게 비판과 연민의 거리를 두는 시와 타인에게 밀착하는 시로 정돈할 수 있을 것이다. 계열이 다른 어휘들이 섞여 있고 과장된 것처럼 느껴지는 시는 대개 자동기술의 긴 호흡으로 자신/타인과 거리를 확보하고, 단정한 형태이며 순정하게 느껴지는 시는 일상어의 짧은 호흡으로 타인에 대한 존중의 감정에 밀착한다. 그러나 그 어느 것도 '조작되지 않는 언어'의 기획을 거스르지는 않는다. 순간 떠오르는 상념들을 모두 기록하겠다는 심정을 느낄 수 있기에 자동기술은 조작되지 않은 언어이며, 타인을 재단하거나 판단하지 않겠다는 의지를 읽을 수 있기에 순정한 어조 또한 조작되지 않은 것이다. 이들은 같은 뿌리에서 나온 다른 줄기이다.

　나는 이제 번데기에서 탈바꿈하여 주어진 영광과 축복으로서의 최초의 경쾌하고 찬란한 비상을 한, 그러나, 이 세상의 또다른 모습으로서의

개가(凱歌)처럼 한 번도 피를 빨아 보지 못하거나 또는 한 번도 꽃 위에
앉아 보지 못하고 죽어간, 아니 죽임을 당한, 모기나 나비나 벌에 대해
서도, 한 고귀한 생명의 요절로서 애도(哀悼)하고자 한다.

—「권태·5」(『권태』, 책나무 1994) 부분

　　과일을 잘 먹는 당신
　　과일을 잘 먹어서, 고맙습니다

　　낮잠을 잘 자는 당신
　　낮잠을 잘 자서, 고맙습니다

　　옷을 공산당 여맹위원장같이 입는 당신
　　옷을 공산당 여맹위원장같이 입고 다녀서, 고맙습니다.

　　고맙습니다
　　아픈 당신,

　　아퍼서, 고맙습니다

—「희망 989」(『문학사상』 1999년 5월호) 전문

「권태·5」에서 "나"는 변태에 성공했으나 곧 죽어버린 곤충에 대해서
"한 고귀한 생명의 요절로서 애도(哀悼)"를 보낸다. 그러나 그는 "영광"
"축복" "비상" "고귀" "요절"과 같은 과장되어 보이는 시어들을 사용하
여 그 애도를 믿지 못할 것으로 만들어버리기도 한다. 곤충과 처지가 비
슷한 자신에게 보내는 것이기도 한 이 애도는 슬픔의 거리를 이렇게 확보
한다. 「희망 989」에서 "당신"에 대한 존중은 단정한 묘사에서 비롯한다.

반복되는 "고맙습니다"에 자신의 감정을 집중한 채, 나머지 부분에서는 '당신'을 담담하게 묘사하며 자신의 판단이나 감정의 노출을 최대한 자제한다. 여기에는 과장이나 비시적인 어휘들의 쓰임이 없다. 차분한 진술은 대상에 대한 감사의 마음과 최대한 밀착하고 있다. 이 둘은 모두 조작되지 않은 언어이지만 상반된 모습으로 독자에게 다가선다.

「새벽」의 2, 3연은 과장된 어조와 차분한 어조가 공존하는 부분이다. "내 인생 최초로/상쾌한 새벽이다"에서 "최초"는 "내"와 연관되어 자신이 느낀 그 순간의 상쾌한 감정을 그대로 드러낸다. 그러나 그가 맞이했던 새벽 모두가 어두운 순간의 연속이라고 믿기 어렵기 때문에 '최초'라는 말을 접한 독자는 그 뜻이 과장되었다고 의심한다. 이어지는 "차곡차곡 쌓여진 소나무는/솔잎을 속눈썹처럼 깔고"의 어조는 관찰의 시선으로 차분하다. 소나무와 솔잎은 "차곡차곡 쌓여진"과 "속눈썹" 같은 수사들을 얻게 되고 시인의 태도는 방금 전의 과장된 어조와 충돌한다. 같은 심급에서 나왔으나 서로 다른 계열의 어조가 부딪치는 이 부분은 "베어진 나무"와 '숲'의 관계를 상징적으로 드러낸다. 「새벽」의 나머지 부분이다.

누워 있다 뺨을
맞대고 엎드려 있는
소나무는 소나무를

그러나 잘려 있다

숲은 자라나는 나무들이 모여 있는 것으로 그 뼈대를 완성한다. 그러나 위의 나무들은 모여 있으되 "누워 있"고 "엎드려 있"고 "잘려 있"다. 일반적인 숲의 모습과 「새벽」 속 숲의 모습은 상반된다. 누워 있는 소나무들끼리 모여 서로 의지하고 있다는 표시로 "뺨"이 쓰였다. 이들은 "속눈썹"

과 같은 솔잎을 깔고 또 서로 "뺨을/맞대고 엎드려 있"다. 잘려 있는 것들 끼리의 연대이다. 여기에서 뺨은 공존과 연대의 표시이지만 「둥글게 둥글게」라는 동요를 부르며 "따귀를 맞아본 적 있는가"라고 묻는 「반성 591」(『반성』)에서는 불화의 표시였다. 그 시에서 동요의 노랫말과 폭력의 기억이 겹쳐지며 순진한 세상 속에 감추어져 있는 시대의 폭력이 드러났었다. 「새벽」에서는 "잘려 있"는 것으로 숲의 일원인 소나무가 사실 숲에서 누락된 존재임이 드러났고, 「반성 591」에서는 "따귀를 맞"는 것으로 즐거운 노래를 부르며 자신의 아픔을 위장해야 하는 누락된 자의 슬픔이 명확해졌다. 그의 시는 시대가 덮어두고 싶어하는 바로 그 위치를 선점하면서, 미적 문제를 논하기 이전에 윤리적 문제를 드러낸다. 이 폭로는 그가 계급적인 위치 또한 뚜렷이 인식했다는 데에서 더욱 힘을 얻는다.

시어가 미적 영역에 진입하기 이전에 윤리적 문제를 드러낼 때 예술의 영역에서 배척하는 당위의 언어가 되기 쉽다. 김영승은 미적인 언어로 윤리성을 묻기도 하지만 윤리적인 언어를 시에 끌고 들어와 미적으로 승화시키기까지 한다. 그의 시는 일상언어의 주변에서 타자의 목소리를 들려주는 시들과 닮아 있기도 하지만 한편으로 일상언어의 중심에서 타자의 목소리를 들려주곤 한다. 미적인 것이 곧 윤리적인 것임을 보여주는 '미적 윤리'와 그의 시에 담긴 미학이 정확히 포개지지 않는 이유이기도 하다. 그의 시는 다만 아름답고 추한 것과 옳고 그른 것이 어디에선가 통하고 있다는 사실을 알려줄 뿐이다. 그 위치가 정확히 어디인지 파악하는 것은 남겨진 과제이다. 낯설기도 하지만 평범하기도 한 김영승의 시가 불편하다.

—『현대시학』 2007년 6월호

쉼표의 미학

◆

유홍준의 시

1

‘나는, 웃는다’는 아슬아슬해 보인다. ‘나는’과 ‘웃는다’ 사이에 찍힌 쉼표는 주체-‘나’와 속성-‘웃다’를 간신히 기워놓은 흔적인 듯하다. 양쪽에서 조금만 잡아당겨도 둘은 쉽게 뜯어질 것 같다. 좀처럼 어울리지 못했으나 어쩔 수 없이 만나고 있는 듯, 둘은 어색하게 붙어 있다. 쉼표의 뜻과 역할이나 불화의 원인과 만남의 모습 등 구문 안에서 솟는 여러 궁금증은 좀처럼 시선을 뒤로 돌리도록 허락하지 않는다. 그 점에서 이 아슬아슬함은 이 구문을 유난히 돋보이게 한다. 쉼표 없는 매끄러운 구문 ‘나는 웃는다’에 한동안 시선이 머물 필요는 없을 것이다. 그곳은 기착지도 휴게소도 아니며 다만 거쳐가는 정거장이다. 최종 목적지는 여러 정거장을 지난 다음에 나타난다. 의미들은 왜 웃는지, 무엇 때문에 웃는지, 웃음 뒤에 어떤 상황이 펼쳐질지 풀어주는 다른 구문들과 함께 최종적으로 ‘나’의 상황을 이해하는 쪽으로 수렴될 것이다. 시의 언어는 아슬아슬하며 독립적인 특성을 지닌다.

구문 사이에 있는 쉼표가 그렇다고 시적 의미의 출현을 보증하는 것은 아니다. 즉, 쉼표가 있다고 해서 시적 의미가 없는 것보다 더 많이 생성되는 것은 아니라는 뜻이다. 시적 언어의 특성은 문법 층위에서 형성되지 않는다. 더욱이 문법을 비틀어 일상 지각에 충격을 주는 실험으로 쓰이기에 쉼표의 사용은 너무 쉬워 보인다. 과도한 감정의 표현으로 느낌표가 종종 쓰이듯, 여운을 대신하여 말줄임표가 때로 쓰이듯, 집중하라는 시인의 강요로 쉼표 또한 쉽게 쓰인다. 이러한 부호들의 쓰임은 일상 지각의 영역 안에 놓여 있는 것이다. 어쩌면 쉼표는 안의 세계를 가지고 있는 틈이 아니라 이것과 저것을 억지로 구분한 선일 수도, 이미 아문 상처의 흔적일 수도 있다. 이들을 판별하기 위해서는 시집 안에 있는 시편들의 도움을 받아야 한다.

2

쉼표는 알리바이 같다. 부재를 증명하는 일은 존재를 인정하는 일이다. 그 자리에는 지금 자취를 감췄지만 어떤 말이 있었다. 그것을 채워보자. 나는 억지로, 그럼에도 불구하고, 가까스로, 웃는다. 이러한 해석은 '자기 앞의 현실과 싸우는 시'(김수이)로 유홍준의 시를 보는 시각과 어느정도 포개진다. 웃음을 유발하는 화해보다는 갈등을 일으키는 싸움이 그를 지탱했을 것이다. 그는 싸워야 살아갈 수 있는 현실 앞에서 웃을 수 없다. 첫 시집 『喪家에 모인 구두들』(실천문학사 2004)이나 두번째 시집 『나는, 웃는다』(창비 2006)나 사정은 마찬가지이다. 아버지의 부재가 엮어놓은 결핍의 과거, 상처투성이의 현재, 죽음의 예감으로 가득 찬 미래가 섞여 현실을 이루었다. 웃음을 띨 수 없는 현실 앞에서 짓는 그의 웃음은, 그렇다면 의지의 소산이다. 암울한 현실을 견디고 극복하려고 그는 처해 있는 상황과 반

대로 웃고 있는 것이다. 쉼표는 이 둘의 간격을 증명한다. 그것은 현실과
의지, 절망과 웃음, 어둠과 밝음, 내용과 표현 사이에 있다. 그것은 아이러
니가 발생하는 지점이며 동시에 시적인 것이 발생하는 장소이기도 하다.

이렇게 파먹힌 얼굴
이렇게 파먹힌 뒤통수로
이렇게 쪼아먹힌 눈 이렇게 갈라터진 흉터로
누가 내 뒤통수에 빨간 소독약 묻힌 솜뭉치를 쑤셔넣다 놔둔 거야
누가 내 웃음에 주삿바늘을 꽂아놓은 거야 누가
내 웃음에 링거 줄을 꽂고 포도당을 투약하는 거야
누가 바퀴 달린 이 침대를 밀며 달리는 거야
복도처럼 아득하게 웃는다 미닫이처럼
드르륵 웃는다 하얀 시트가 깔린 이 수술대 위에서
배를 잡고 웃는다 이 흉터 같은 입술
이렇게 붙었다 떨어졌다 하는
흉터 같은 입술로, 누가
흉터 위에
립스틱을 바르는 거야
누가 이 흉터끼리 뽀뽀를 시키는 거야
—「나는, 웃는다」(『나는, 웃는다』, 이하 같은 책) 부분

"누가 바퀴 달린 이 침대를 밀며 달리는 거야/복도처럼 아득하게 웃는
다 미닫이처럼/드르륵 웃는다"와 같은 구절은 그 간격에서 생겨난 감각
적인 웃음이라 할 수 있다. 웃음은 나의 표정으로 곧바로 환원되지 않고
복도의 아득함과 미닫이의 드르륵거림에 의해 여러 감각을 지닌 자율적
주체로 상정된다. 이 자율성은 표현과 내용이 들러붙거나 너무 동떨어지

지 않은 채 일정한 간격을 유지했기 때문에 확보될 수 있는 것이다. 상처 받은 삶을 대신한 "수술대" "흉터" "파먹힌 뒤통수" 같은 표현은 내용과 너무 많이 들러붙어 있다. 여기에는 상상이 개입할 여지가 별로 없다. 또한 인용 부분 앞에 제시된 머리를 대표하는 "수박덩어리"의 연상은 삶과 너무 동떨어져 있다. 삶을 '대신'한 "흉터"나 머리를 '대표'한 "수박덩어리"는 그 간격을 곧바로 확보하지 못한다. 그러나 '대신'과 '대표'를 밑천으로 태어난 위의 구절에서 웃음은 독립적인 감각을 얻는다. 이는 전 시집의 시들과 조금 다른 모습을 띤다.

전 시집의 표제작을 떠올려보자. 시적인 것은 상가(喪家)가 죽음이고, 신발이 삶이라는 것을 전제로 생겨난다. 시적인 것은 명징한 표현들이 도달하는 최종 의미의 폭넓은 사유의 영역에서 발생한다. 『나는, 웃는다』에는 표현과 내용 사이의 벌어진 틈에서, 즉 첫 시집에서는 전제였던 것이 의심되면서 시적인 것이 생겨난다. 그리하여 결국 고된 현실을 살아갈 수밖에 없는 자의 어쩔 수 없는 웃음이거나 또 그것을 견디려는 웃음으로 수렴될지라도, 웃음은 복도의 아득함과 미닫이의 드르륵거림이라는 새로운 감각을 얻어 "흉터끼리 뽀뽀"하는 장면을 연출하게 된다.

3

쉼표는 하나의 형상일 수 있다. 이는 쉼표의 뜻보다는 모습에 먼저 주목한다는 것이다. 유홍준의 시에서 쉼표는 싸움 뒤에 남은 흉터처럼 보인다. 언어와 현실의 고투는 그에게 삶과 죽음의 투쟁으로 뭉뚱그려 인식되어왔다. 첫 시집에는 해설을 맡은 유성호(柳成浩)가 이야기했듯 "일상 속에 녹아든 죽음의 흔적"이 가득 차 있다. 죽음은 일상을 긴장시키기도 했으나 반복해서 등장했기 때문에 피로감을 일으키기도 했다. 과연 이 시대의 시에서 죽음이라는 시어가 시인이 반복해서 느끼는 만큼 독자에게도 생생하게 느껴질까. 죽음이라는 시어는 희망이나 인생, 또 별이나 섬 등의 낱말이 그렇듯 켜켜이 묻어 있는 관념들을 털어낼 때 새로워질 수 있다. 죽음이 나날의 삶을 긴장시키는 것은 엄연한 사실이지만 그것을 체험해본 자가 없다는 데에서, 또 체험 저쪽의 것도 이쪽으로 끄집어내는 데 능숙한 시인들에 의해 많이 다뤄졌다는 데에서, 시에서 새롭기는 힘들다.

그는 이 시집에서 여전히 죽음을 다루지만 삶과 죽음이 투쟁한 흔적인 흉터로, 또 그 흉터의 먼 흔적인 침묵으로 우회하여 말하기 시작한다. 그러자 그곳에서 뜻밖의 의미들이 생겨난다. 「그의 흉터」에서 "그로부터 도무지 떨어지지 않"으며 "한 인간을 잠그고 있"고 "외부에서 열지 못하는" 흉터는 죽음과 많이 겹친다. 그러나 이제 죽음이 두렵지 않다는 것을 마지막 구절 "흉터 속에 그가/열쇠를 움켜쥐고 들어가 웅크리고 있다"에서 확인할 수 있다. 흉터-죽음은 여전히 그를 둘러싸고 있어서 무섭다. 열쇠가 그 안에 있어서 더욱 무서워 보인다. 하지만 열쇠는 그가 직접 들여놓은 것이다. 그는 지금 그것을 움켜쥐고 있다. 그가 이 무서운 운명에 순응하거나 좌절하기보다는 그것과 더불어 살아갈 것 같은 이유가 여기에 있다.

> 세심하게 꼼꼼하게 개다리소반을 수리하시던
> 아교의 교주 아버지 보고 싶네
> 내 뿔테안경 내 플라스틱 명찰 붙여주시던
> 아버지 만나 나도 이제 개종을 하고 싶다 말하고 싶네
> 아버지의 아교도가 되어
> 추적추적 비가 오는 아교도의 주일날
> 정확히 무언지도 모를 나의 무언가를 감쪽같이 붙이고 싶네
>
> ─「아교」 부분

아교는 시에서 새 제품을 만드는 데 쓰이지 않고 고장나고 상처난 것을 이전의 상태로 되돌리는 데 쓰인다. "개다리소반"이나 "뿔테안경"이나 "명찰"은 어딘가 부러지고 상처나 있는 것들이다. "나"도 정확히는 모르지만 어딘가 부러지고 상처나 있다. 그것을 붙이고 싶은 의지가 예전에 아버지가 '불 피워 녹이던' 아교의 추억에서 생겨난다. 아버지는 단 한번도 그의 시에서 닮고 싶은 존재가 아니었다. 첫 시집부터 아버지는 이곳의 세계, 즉 어머니와 누이와 함께 있는 세계를 결핍의 세계로 몰아넣고 여기에 대신 죽음을 끌어들인 장본인이다. 그는 이제 아버지를 닮고 싶어한다. 이 닮고 싶은 욕망에는 "아교도"라는 표현 때문에 추종의 의미가 덧붙겠지만 그렇다고 수락이나 용인의 의미가 사라지지는 않을 것이다. 죽음이 둘러싼 현실을 그는 인정하고 있다. 이는 상처난 '나'를, 흉터가 있는 '나'를 용인하는 일이기도 하다.

더욱 완전한 백지에 이르고자
없애고 없애고 또 없애는 것이 제지공의 길이다, 제지공의 삶이다,
마치 거지의 길이며 성자의 삶 같다

그러므로,

오늘도 백지를 만드는 제지공들은 자꾸만 문자를 잃어간다, 문맹이
되어간다
문명에서 — 문맹으로

휴일 없이
3교대 종이공장 제지공들은 출근을 한다

—「문맹」 부분

죽음을 직접 응시하기보다는 흉터를 응시하면서 그는 용인의 자세를 취한다. 강박적으로 그를 짓눌렀던 죽음도 침묵으로 변환하면서 시인은 너그러운 자신을 발견한다. 문명을 무언가를 이루는 일로 보는 사람은 삶을 성취를 향한 도정이라고 생각한다. 문명을 더 찬란하게 한 종이는 여전히 쓸모가 있다. 그러나 "휴일 없이/3교대"로 돌아가며 종이를 제작하는 제지공들까지 생산의 성취감을 만끽하며 생활한다고 생각하기는 어렵다. 그들은 3교대로 돌아가며 자신의 삶을 소모시키고 있다. 과도한 노동시간에 얽매여 소모되는 삶을 바라보는 생은 문명의 긍정적인 뜻을 의심한다. 그는 문명의 글자 속에 담긴 뜻을 바로 보려고 한다. 밝음은 색이 아니라 빛이다. 기본 삼색을 덧칠하면 칙칙해지지만 기본 세 빛을 더하면 흰빛이 된다. 흰빛은 무(無)의 세계이자 침묵의 세계이다. 전에 시인은 침묵의 세계를 죽음과 겹쳐서 보았다. 그러나 죽음의 침묵은 검정이 가지고 있다. 흰빛이 지닌 침묵은 죽음의 세계가 아니라 모든 가능성이 잠재되어 있는 상태를 가리킨다. 문자와 문명이 사라져 순백의 세계가 된다고 해도, 나날이 소모되는 제지공의 삶이 대변하듯 그 세계는 다시 얼룩지겠지만, 노동의 과정에서 문맹을 의식하는 것은 조그마한 희망을 찾는 일이다. 그는 삶을 좀더 뚜렷이 보면서 조그마한 희망을 이번 시집에서 찾고 있다.

4

쉼표는 일인칭과 웃음을 연결하는 다리이기도 하다. 유홍준의 시뿐만 아니라 시라는 장르에서 일인칭과 웃음은 어색한 사이이다. 비극과 시를 동일시한 아리스토텔레스의 『시학』에서건 「공무도하가」와 같은 고전 시가에서건 웃음은 시에서 꼭 필요한 표정이나 소리가 아니었다. 간혹 해학

적인 시들도 있으나 거기에도 적게나마 슬픔이 느껴진다. 이번 시집의 표
제시 「나는, 웃는다」에서도 웃음은 뜯겨진 상처를 내보이며 드러나 있다.
그런데 이 어색함은 유홍준의 시에서 일인칭과 웃음 사이에서뿐만 아니
라 이것들을 두르고 있는 그의 상황과 그것을 표현하는 방법 사이에서도
발생한다.

　유홍준 시의 화자는 「문맹」에서 확인했듯이 제지공이다. "내가 다니는
종이공장 / 제지기계는 / 베어링을 돌린다"(「기계는 기계의 염주 베어링을 돌린
다」)나, "24시간 연중무휴 제지기계가 / 고속으로 돌아가는 종이공장"(「소
음은, 나의 노래」)과 같은 구절은 화자뿐만 아니라 실제 시인도 그러할 것이
라고 짐작하게 한다. 그러나 유홍준의 시는 일반적으로 노동현장에서 배
태된 시들의 형태와 시어의 운용 면에서 많이 다르다. 일반적인 노동시에
는 "아버지 굵은 당신의 팔뚝에서 핏줄 한 가닥을 뽑아 나에게 내미신다"
(「포도나무 아버지」), "하늘을 갈망하는 / 세상의 모든 계단이, 지친 허리에 손
을 짚고 / 한숨을 쉰다"(「계단을 찾아서」)와 같은 구절이 보이지 않는다. 그들
에게 이러한 구절은 야릇하게 느껴질 것이다. 진리를 믿는 이들은 진리에
닿기 위하여 마음을 곡진히 표현한다. 그들은 마음과 표현 사이가 저 진
리를 위하여 되도록 좁았으면 하며, 또 투명했으면 한다. 그들의 시각에서
는 팔뚝에서 핏줄을 뽑거나 계단이 한숨을 쉬는 장면은 왜곡된 것이다.

　　벙어리의 어린 딸이 살구나무 위에 올라앉아
　　지저귀고 있다 조잘거리고 있다

　　벙어리가 다시 어린 딸에게 종달새를 먹인다
　　어린 딸이 마루 끝에 걸터앉아 다시 종달새를 먹는다

　　보리밭 위로 날아가는

    어린 딸을
밀짚모자 쓴 벙어리가 고개 한껏 쳐들어 바라보고 있다
─「오월」부분

저 진리, 멀리 있는 진리를 위하여 시어들이 수단으로 전락하는 것을 쉬이 보아온 이들은 노동현장을 삶의 터전으로 삼으며 또한 다른 화법을 가진 유홍준의 시를 노동시의 대안으로 생각할지도 모르겠다. 그러나 다른 화법을 가지고 있다고 해서 그것이 곧바로 노동시의 대안으로 자리할 수는 없을 것이다. 「오월」만 하더라도 다른 화법을 구사하고 있지만 노동현장과는 무관한 시이다. 또한 어린 딸에게 종달새를 먹이는 기괴한 모습은 그의 진술을 투명하게 받아들이지 못하게 한다. 쉽게 시를 이해하기 위해서는 차라리 종달새를 괄호로 묶는 것이 낫다. 식사 대용의 종달새만 없다면 고즈넉한 풍경이 어떠한 방해 없이 연출된다. 벙어리는 어린 딸에게 무엇을 먹이고 있다. 딸은 마루 끝에 걸터앉아 식사를 한다. 벙어리는 무럭무럭 자라는 어린 딸이 대견하다. 여기에는 표현과 내용의 충돌이 없다.

끝까지 괄호 안에 종달새를 묶어둘 수 없는 이유는 벙어리의 염원 때문이다. 말을 못해 답답하게 살아온 벙어리는 어린 딸에게 짐이 되고 싶지 않다. 어린 딸이 닮고 싶어하는 대상은 자신이 아니라 종달새였으면 한다. 종달새는 벙어리와 반대로 조잘거리고 자유롭게 날아다니기도 한다. 마루가 벙어리의 영역이라면 하늘은 종달새의 영역이다. 어린 딸이 마루 끝에 걸터앉은 모습이 벙어리에게는 자신 때문에 꿈을 펼치지 못하는 딸의 엉거주춤한 마음을 대변하는 것 같다. 종달새를 닮아, 아니 종달새와 한 몸이 되어 어린 딸이 마루 끝을 벗어나 자신의 꿈을 펼쳤으면 좋겠다. 보고 듣고 만지고 냄새 맡는다고 한 몸이 되지는 않는다. 먹는 일이, 먹이는 일이 한 몸이 되기 위한 최선의 길이다. 종달새를 괄호 밖으로 풀어주어야 할 때이다. 종달새는 시의 정황을 어지럽게 하기 위해서가 아니라 벙

쉼표의 미학   305

어리의 염원을 담기 위해 나왔다.

　그러나 처음부터 종달새를 벙어리의 염원이라고 생각하면 곤란하다. 어린 딸이 종달새를 먹는 장면을 독자는 엽기적으로 받아들여야 하며 이해하기 힘들어해야 한다. 대체물로서 종달새를 규정하고 시를 읽는 방법은 "지저귀고" "조잘거리"는 것을 거짓으로 여기게 한다. 시의 정황은 평온해질지 모르나 벙어리의 염원 자체는 거짓이 된다. 진리에 이르는 길은 처음의 장면을 생생하고 충격적으로 실감하는 데에서 비롯된다. 충격과 기괴함은 유효하다. 진리의 실체를 믿는 이들이 자신의 믿음을 유지하기 위해 마음의 안정을 고집할 필요는 없을 것 같다. 「오월」은 거짓처럼 느끼고 싶은 상황도 진리에 다다를 수 있다는 것을 증명한다. 만약 유홍준의 시가 대안일 수 있다면, 다른 화법을 써서가 아니라 불투명한 장면 속에서 투명한 진리를 끄집어내는 순간을 보여주었기 때문일 것이다. 유홍준의 『나는, 웃는다』는 여러 변화와 가능성을 제시하는 시집이다.

—『현대시학』 2007년 1월호

가지런히 놓여 있는 척추의 시들

◆

송승환의 시

1

송승환의 첫 시집 『드라이아이스』(문학동네 2007)는 시집 스스로 몇가지 독법을 권유한다. 제목에서, 자서에서, 시의 길이와 시집의 분량에서, 이들은 이끌려나온다. 그런데 이것들의 수용을 지연할 때 시집의 맨얼굴을 마주 대할 수 있을 것 같다. 그 지연의 이유를 짚어보자.

먼저 시집 제목. 드라이아이스는 액체화 과정이 없다. 따라서 눈물의 감상성, 피의 잔혹함 등도 그의 시집에는 직접 노출되지 않는다. 이것이 송승환 시집의 특징이라고 하기는 쉽다. 하지만 이 시집만의 특징이라고 하기는 어렵다. 이런 개성을 지닌 시인들은 한국문학사에 즐비하다. 감상에 대항하여 지성을 강조한 시, 서정과 힘센 자아에 대항하여 무의미시 혹은 사물시가 나타났다. 그러므로 이 헐거운 기준은 차라리 전대의 시인들과의 계보를 짜는 데 도움을 줄 것 같다. 이 글의 많은 부분은 송승환이 잇고 있는 계보를 충실히 작성하는 데보다는 우선 그의 시집에 있는 시적 개성을 파악하는 데 할애할 예정이다.

둘째, 자서 "바라본다". 주어가 없는 저 '바라본다'는 랭보의 '견자'를 떠올리게 한다. 랭보의 시는 수차례 번역되었다. 꼭 그만큼 랭보의 시에 대한 이해는 불가능하게 되었다. 이는 번역자에게도 랭보의 시가, 또한 그것이 거느린 사회적·역사적·종교적 주석을 다는 일이 매우 어렵다는 것을 방증한다. 우리에게는 말라르메의 번역 시집 『시집』(황현산 옮김, 문학과지성사 2005)과 같은 랭보의 번역 시집이 아직 없다. 그러나 한국에서 랭보의 견자는 그 실상이라고 할 만한 랭보의 시도 없이 전가의 보도처럼 쓰인다. 바라보는 태도만 보여도 랭보의 견자에 대한 해설이 붙고, 심지어 미지의 영역을 지우는 시들에서도 견자의 시선이라는 평가가 잇따른다. 랭보의 견자는 거의 모든 한국시의 상찬의 근거가 되어 결국 아무것도 아닌 것이 되어버렸다. 지금 한국시에 견자의 미학이 보인다는 것은 그냥 시를 썼다는 것과 같은 말이다. 그러므로 지금 랭보나 견자와 관련한 유의미한 단 하나의 질문은, 왜 이 시대에 견자가 무의미하게 혹은 무분별하게 또는 뒤늦게 쓰이고 있거나 도착했는지 그 현상을 생각해보는 것이다.

셋째, 압축과 절약. 대개 요즘 시인들은 60편 100쪽 분량을 기준으로 시집을 구상하는 것 같다. 이 시집은 45편의 시에 본문 47쪽으로 짜여 있다. 한편이 대개 시집 한쪽으로 끝나는 간소함은 대부분의 살을 발라낸 뼈대, 시집에 들어 있는 말을 빌리자면 "가지런히 놓여 있는 척추"(「컨테이너」) 같은 시들을 대면하게 한다. 외형적인 압축은 구심점이 확고한 압축의 미학을 기대하게도 한다. 시집의 본문을 보는 순간 이렇게 예상했던 독자는 배반감을 느낄 것이다. 구심력의 표지(標識)인 동시에, 일인칭 장르로 대변되는 시의 그 일인칭 대명사 '나'와 시적 주체의 직접적인 감정 노출은 시집에 등장하지 않는다. 그래서 재빨리 첫번째 특징을 떠올리며 이른바 다시 사물시를 떠올릴지도 모르겠다. 결과는 같다. 문제는 '어떻게'이다. 형상화의 방법.

2

『드라이아이스』는 본문의 내용으로 제목 맞히기 놀이를 유도했다. 가령 "게가 구멍에서 기어나온다 // 파도가 갯벌에 물결을 새겨놓았다"가 전문인 시의 제목은? 본문에는 일반적인 갯벌 풍경에서 도드라지는 "새겨놓았다"라는 술어가 있다. 이것이 힌트의 전부이다. 고즈넉한 풍경이 연상의 영역 전부이지만 답은 '스피커'이다. 본문은 자연풍경이지만 제목은 인공물질, 이 상당한 거리를 실감하면서 제목을 가리고 그것을 맞히는 놀이를 계속했다. 문제는 흥미로웠으나 답을 맞히는 일은 드물었다. '포클레인'으로 추측한 시의 제목은 '아파트'였고, '물' '호수'로 추측한 시의 제목은 '거울'이었다. 제목과 본문 사이의 거리는 매우 멀었다. 흐릿한 연관 관계와 기나긴 인과 고리는 이 둘의 관계를 아슬아슬하게 보이게 했다. 「엔진」을 제외하고는 주로 본문에 답이 없었는데, 제목의 답을 봤을 때 드는 감정은 주로 감탄(그렇군!)이거나 혼란스러움(어째서?)이었다.

이 아슬아슬한 관계는 놀이를 흥미롭게 하기도 하지만 한편으로 시적인 의미를 발생시키기도 한다. 제목을 유추하기 어렵다는 것은 정답이 시의 자리이기도 한 미지의 영역에 놓여 있다는 것을 뜻하기 때문이다. 그것은 흥미로운 놀이이면서 동시에 시적인 것을 부르는 진지한 질문이기도 하다. 다시 「스피커」로 돌아가자. 시의 본문은 갯벌의 풍경을 묘사하는 일상적 언어의 영역을 크게 벗어나지 않고 있다. 하지만 제목 '스피커'와 "구멍에서 기어나온다"가 접속하는 순간, 스피커에서 나오는 음악이 물결이 되고, 갯벌의 넓이가 소리의 영역이 되며, 게는 음표 하나하나가 된다. 그 역도 성립한다. 이 둘의 관계는 서로를 조명하고 있으며, 우리는 음악과 갯벌의 풍경 둘 다에서 일상적 풍경을 벗어난 다른 이해의 영역을 개척하게 된다.

불에 녹은 모래가 직사각형으로 고여 있다 급속히 식은 수면이 튀어
오르는 햇살을 번번이 놓치고 있다 구름 저편까지 비추고도 보이지 않
는 수심의 바닥 찬바람이 불어도 일렁이지 않는 물에 나뭇잎 떨어진다
물 속에서 젖지 않고 떠오르는 나뭇잎 그 위에 눈송이로 내려앉는 새
한 마리 물끄러미 물 속을 들여다본다 가장자리에서부터 얼어붙는 호수

갑자기 돌이 날아와 한가운데 구멍을 낸다
산산이 부서져 날카로운 물방울

―「거울」전문

제목을 가리면 호수에 관한 시이다. '수면'과 '구름', '수심'과 '찬바람',
'나뭇잎'과 '눈송이' 그리고 '새 한 마리'의 모습은 호수나 그 주변의 일
상적 풍경이다. 그런데 이 일상적 풍경을 일상적이지 않게 하는 다른 하
나의 축이 있다. 제목 '거울'은, 시 본문의 호수 표면과 연관되지 않고 오
직 제목과만 쉽게 접속하는 "불에 녹은 모래가 직사각형으로 고여 있다"
와 같은 구절을 불러온다. 이 거울의 속성은 나뭇잎을 젖지 않게 하고 표
면에 구멍을 내고 물방울을 날카롭게 하며 또한 "급속히 식은 수면"이라
는 표현을 가능하게 한다. 호수의 수면과 거울의 표면 양 축이 서로 비추
어 일구어낸 시적인 형상들이다. 달리 말하면, 호수와 거울은 서로를 조명
하며 이질적이지만 시적인 형상들을 재구축하고 있다.

비에 젖은 나무가 녹슬어간다 창공을 가르고 날아온 햇볕이 저물녘
까지 내려친다 뿌리까지 누른다 둥글고 납작한 단 하나의 은빛 이파리
에서 물이 떨어진다 물방울 꽂힌 자리마다 깊게 파인 보도블록 사이로
줄기가 박힌다 꽃은 피지 않는다 무게를 이기지 못한 잎이 툭 끊어진다

310

산에서 가져온 묘목 도로변에 심어졌다

—「압정」 전문

'압정'이란 제목을 염두에 두고 시를 읽을 때에는 처음부터 난감해진다. 압정의 날카로움이 어떻게 시에 발현될 것인가라는 기대가 곧 배반되기 때문이다. 첫 구절부터 압정과는 무관해 보이는 "비에 젖은 나무"에 대한 진술이다. 술어 "녹슬어간다"는 압정에는 친숙하지만 나무에는 낯선 것이다. 즉, '녹슬다'는 '나무'라는 문장의 주어가 아니라 '압정'이라는 시의 제목을 주어로 상정하여 나온 것이다. 그렇다고 문장의 주어 '나무'를 제목으로 대치시켜 읽어야 할까? 이 둘의 관계는 어느 하나가 다른 하나에 종속되어 있지 않고 끝까지 교차하고 긴장하며 유지된다. 이어지는 문장의 의미상 주어 '햇볕' '물방울' '줄기'는 자연물에 포함되지만, 이들의 술어 '내려친다' '꽂힌다' '박힌다'는 '압정'에 일정 정도 지분을 맡기고 있다. 이들은 팽팽히 긴장하다가 "단 하나의 은빛 이파리에서 물이 떨어진다"와 같은 진술에서 어느 것이 어느 것을 대치할 수 없는, 모두에게 통용되는 속성을 이끈다. 그리고 "산에서 가져온 묘목 도로변에 심어졌다"로 시는 마무리된다. 이 시의 결구는 겉으로는 일상적인 진술이지만, 압정과 나무의 상호 작용으로 인해서 일반적 진술의 낯섦을 가져온다. 금속성의 물질과 자연물의 이질적인 상호 운동이 시적 영토를 일구어낸 모습이다.

산과 산 사이에는 골이 흐른다 오른쪽으로 돌아가는 골과 왼쪽으로 돌아가는 산이 만나는 곳에서 눈부신 햇살도 죄어들기 시작한다 안으로 파고드는 나선은 새들을 몰고 와 쇳소리를 낸다 그 속에 기름 묻은 저녁이 떠오른다 한 바퀴 돌 때마다 그만큼 깊어지는 어둠 한번 맞물리

면 쉽게 자리를 내어주지 않는다 마지막까지 떠올랐던 별빛마저 쇳가
루로 떨어진다 얼어붙어 녹슬어간다

봄날 빈 구멍에 새로운 산골이 차 흐른다

—「나사」 전문

위의 시도 같은 기제를 띠고 있다. 나사의 속성과 해빙기의 봄 골짜기. 본문에서 보이는 이미지의 파노라마는 산골 골짜기의 해빙기를 연상시키지만 얼음이 풀리는 모습은 나사의 힘을 받아 낯설어진다. "오른쪽으로 돌아가는" "왼쪽으로 돌아가는" "죄어들기 시작한다" "한 바퀴 돌 때마다" "별빛마저 쇳가루로 떨어진다" "얼어붙어 녹슬어간다" "봄날 빈 구멍"과 같은 말은 나사의 힘을 빌린 것이다. 종속 관계로 수렴되지 않는 의미 생성의 두 축, 사물(나사)과 풍경(골짜기)은 서로 비추어 시의 영역을 확장하고 있다. 송승환의 많은 시들은 본문과 제목, 이질적인 두 대상의 속성을 공유하며 새로운 영토를 일구고 있다.

3

송승환의 시에는 세계와 관계하는 자리에 화자의 정념 대신 사물의 상태가 들어서 있다. 풍경과 사물, 더 정확하게 말하면 그것은 대상으로서의 풍경(본문의 축)과 대상으로서의 인공물(제목의 축)의 관계로 바뀌어 나타난다. 화자는 정념을 갈피 짓지만 그것을 직접 시에 펼쳐내지는 않는다. 그는 사물과 사연을 배치하고 직조하며 오히려 자신의 정념을 숨긴다. '나'를 감추는 이유 또한 비교적 명확해 보인다. 일인칭을 감춤으로써 시인은 자신이 일군 시적 영토의 객관화 또는 보편성을 확보할 수 있다. 이

미 확보된 지각의 영역을 새롭게 일구었다고 표 내는 시들에 대한 반항의 표시. 일인칭을 감추면서 이 오해의 가능성은 누그러진다. 사물의 의미 영역과 풍경의 의미 영역이 부딪치면서 새로운 의미 영역을 확보한다. 그러나 좋은 시는 처음부터 일인칭이면서 동시에 보편성을 확보한 시들이다. 개인적이면서 숨겨진 보편성을 끄집어내는 시. 이러한 시는 매우 드물다. 이 행복한 우연을 송승환은 바라지 않는 것처럼 보인다. 그는 사물들끼리의 필연을 직조하는 작업이 지금 더 필요하다고 생각하는 것 같다.

송승환의 시가 일인칭을 내내 비우는 것으로 일인칭 장르의 특성을 거스르는 일은 상반된 덕목을 불러온다. 일인칭의 권위가 동어반복을 재생산해 안이함을 노출하는 것을 막는 미덕이 있으며 일인칭의 창조적 직관으로 새로운 말의 보편성을 획득할 기회를 앗아간다는 악덕도 있다. 그러나 그의 시에서 미덕과 악덕을 짚어내는 일은 다음 문제이다. 지금 필요한 것은 송승환의 시가 사물과 사물, 대상과 대상의 관계에 의미 증폭의 임무를 양도하면서 생겨난 일인칭 빈자리에 대한 탐색이다.

일인칭은 표면적으로 그의 시에서 사라졌다. 그러나 그것은 이면에서 도사리고 있다. 사라진 것은 기표의 '나'이며, 남아 있는 것은 가려진 '나'의 욕망이다. 발설되지 않은 욕망을 따지는 일은 시에 남아 있는 일인칭의 빈자리와 그 주위에 정교하게 선택되고 배치된 말들의 관계를 짚어가는 과정과 다르지 않다. 시에는 욕망의 흔적 대신 직조된 말들이 남아 있기 때문이다. 황현산(黃鉉産)이 시집 해설에서 "그는 마음이 메마른 것이 아니라 감정이 가장 낮게 가라앉은 순간을 관찰과 생각의 표준으로 삼을 뿐이다"라고 했을 때, 이를 이미지와 시어의 배치를 경유하여 자제된 화자의 감정을 추적해야 한다는 의미로 이해할 수밖에 없는 이유가 이와 같다.

감정의 주체가 가려진 자리에 '낮은 감정'을 추적하는 일은 늘 사후의 일이다. 기억과 단절된 시어들에 기억을 입히는 작업이 그 '낮게 가라앉은 감정'을 확인하는 방법 중 하나이다. 사전의 기억을 사후에 재구하는 길.(황현산은 송승환의 '단절된 기억'을 앞에 두고 그 기억을 채워나가는 방식으로 시의 의미를 두텁게 한다. 그에 따르면 「函」에서 '소년'은 '성냥팔이 소년'과 '시인'으로 인식되며, 「펌프」에서 '펌프'는 그것이 마당에 남겨져 있을 정도로 가난한, 그래서 곧 철거되는 집의 운명을 환기한다. 그리고 「벽돌」에서는 공사장에서 추락한 인부의 운명이 그의 해석에 의해 재구된다)

사실 시에서 '나'라는 표지는 있어도 좋고 없어도 좋은 것이다. 주체의 감정이 일인칭 표지를 거쳐 표출되어야 한다는 규정은 어디에도 없다. 그러나 '나'가 드러나기 쉬운 시 장르에서 그것이 아예 보이지 않을 때 거기에는 시인의 어떤 의도가 깔려 있다고 판단할 수밖에 없다. 그리고 그 없앤 자리를 의미 생성의 한 축인 제목이 줄곧 차지하고 있다면 이곳은 시인의 미학을 엿볼 수 있는 자리가 된다. 그는 '나'를 제목의 축과 바꿔치기했다. 혼란스러운 이미지를 근거로 그의 시를 원심력이 작동하는 시라고 할 수 없는 이유이기도 하다. 그는 수렴되는 구심점에 구멍을 낸 것이 아니라, 또 구심점을 무한히 확장하여 모든 말들을 시에 끌어들인 것이 아니라, 구심점에 놓이기 쉬운 시적 주체의 정념을 제목의 축으로 바꿔치기한 것이다. 왜?

건너편 사람들 틈에 환영처럼 그녀가 있다

한 번 벌어지면 쉽게 채워지지 않는다

선로 위 끊임없이 지하철이 달려온다

—「지퍼」 전문

건너편에 환영처럼 '그녀'가 있는 지하철 플랫폼 풍경이다. 하지만 2연은 지하철역의 풍경으로 이해할 수 없다. "한 번 벌어지면 쉽게 채워지지 않는다"는 나머지 한 축인 제목 '지퍼'의 힘을 빌려야 이해하기 쉽다. 이 두개의 축은 긴장하며 의미를 생성한다. 쉽게 채워지지 않는 것은 첫째 지퍼이면서, 둘째 선로를 사이에 두고 마주보지만 늘 떨어져 있는 이쪽과 저쪽 플랫폼이면서, 셋째 행선지가 반대인 플랫폼 위의 이쪽과 저쪽 사람이면서, 넷째 역행하는 것으로 만날 수밖에 없는 운명을 지닌 이쪽과 저쪽 지하철이면서, 다섯째 앞으로 만날 길 없는 그녀와 감춰진 '그' 또는 '나'이다. 왜 '그' 또는 '나'는 시에서 감추어져 있을까? '그' 또는 '나'를 노출시켰다면 팽팽한 다섯가지 의미 가운데 제일 마지막, 즉 사랑에 관한 짧은 잠언으로 다른 의미들이 수렴될 것이다. 서로를 역행하는 지하철도, 채워지지 않는 지퍼도, 마주보는 플랫폼도, 그 위의 사람들도 '그' 혹은 '나'와 그녀와의 엇갈린 사랑에 관한 은유가 될 것이다. 그것은 시의 풍성한 의미들을 낳은 두 축을 상급에 놓인 최종 의미로 수렴시키는 것이기도 하다.

이 질문은 2연 "한 번 벌어지면 쉽게 채워지지 않는다"에서 두가지 다른 층위의 목소리가 함께 들리는 이유와 맞물려 있다. 제목이 없다면, 저 2연은 사랑에 관한 짧은 잠언으로 읽힌다. 그것은 사랑을 끝낸 자를 부르고 또한 그에 대한 감정적 판단을 부른다. 그러나 제목이 '지퍼'로 제시되면서 저 말은 지퍼를 관찰하며 낸 소리로도 파악하게 된다. 지퍼는 자신의 속성을 빌려주면서 저 말이 감상 어린 잠언으로 수렴되는 것을 간신히 막고 있다. 시는 '나'를 감춤으로써, 사물의 속성을 포개면서, 간신히, 그러나 팽팽하게, 의미를 긴장시키고 있는 것이다. 이와 같은 경우, '나'를 드러내는 것과 감추는 패가 놓여 있다면 선택은 자명하다. 그는 외설처럼 '나'를 싫어한다. 외설은 모든 앞뒤의 이야기, 즉 상징체계를 그 외설적 장면에 복속시켜 아무것도 아니게 한다. 실재를 직면한 자에게는 감정과 논

리의 허무가 찾아온다. 그는 그것을 막기 위해 '나'를 가리고 그 자리를
단단한 인공물로 덮는다. 송승환 시의 윤리는 이 바꿔치기 자체에서도 찾
을 수 있다. 표제시 「드라이아이스」에서도 사정은 마찬가지이다.

> 다시 내린 눈으로
>
> 바퀴 자국이 지워졌다
>
> 찌그러진 자동차가 견인되었다
>
> 앰뷸런스가 아득히 멀어져갔다
>
> 눈물 없이 울던 그녀의 뒷모습
>
> 새벽 안개와 함께 지상에서 걷혔다
>
> 불을 품은 뜨거운 얼음에 데인 적이 있다
>
> 견고한 모든 것은 대기 중에 녹아 사라진다
>
> 하늘 한가운데 구름이 흘러간다
>
> ──「드라이아이스」 전문

'그녀'는 남겨진 이일까, 실려간 이일까? 밤에 교통사고가 있었고 자동
차가 견인되었고 앰뷸런스가 다녀갔다. 그리고 새벽은 이 모든 것을 무심
하게 없앴다. 그리고 갑자기 두 진술, "불을 품은 뜨거운 얼음"에 관한 체

험과 "견고한 모든 것은 대기 중에 녹아 사라진다"는 『공산당 선언』의 구절이 제시된다. '드라이아이스'의 속성에서 촉발된 구절들. 시에는 드라이아이스가 거느린 말과 교통사고가 환기하는 말이 뒤섞여 있다. 이 두 연상의 교차점이 "지워졌다" "걷혔다"와 같은 술어들이다. 이들은 한 존재가 사라졌다는 서글픔과 그럼에도 세상은 돌아간다는 냉정함의 정서를 함께 불러온다. 그래서 "하늘 한가운데 구름이 흘러간다"가 마지막에 들어선 것은 필연적이다. 구름은 땅에는 없지만 세상에는 존재하는 것이다. 저 흘러가는 구름은 드라이아이스, 새벽 안개, 교통사고를 당한 사람의 피, 그녀의 눈물 없는 울음 등이 이 땅에서 사라져도 그 물기가 어떻게 다른 방식으로 세상에 존재하는지 일러준다.

이 시에도 그녀의 짝인 '그' 또는 '나'가 없다(그녀가 남겨진 이인지 실려간 이인지 모호한 이유이기도 하다). 그리고 그 자리를 '드라이아이스'가 차지했다. 만약 '그' 또는 '나'가 있고 드라이아이스가 없다면 이 시는 조금 낯간지러워진다. '그' 또는 '나'와 그녀의 사랑이 있었고, '그' 또는 '그녀'가 교통사고를 당했고, 그로써 사랑은 갑자기 결딴난다. 『공산당 선언』의 저 유명한 말은 끝장난 사랑의 회오 밑으로, "불을 품은 뜨거운 얼음에 데인 적이 있다"는 말은 한때 뜨거웠으나 냉정하게 끝나버린 사랑의 화인으로 수렴된다. 이 신파를 막는 것이 제목 '드라이아이스'이다. 일인칭의 은폐는 그의 시에서 외설과 신파로 나아가는 것을 막는 최대한의 시작 방법이다.

4

"불을 품은 뜨거운 얼음에 데인 적이 있다"와 같은 구절은 그 자체로 인상적이다. 『드라이아이스』의 다른 시편들에도 이러한 구절은 매우 많다.

송승환의 시는 독자에게 자신이 받은 인상의 실체를 추적하게 하는 통로를 열어놓았다. 그 통로에 진입할지 안할지는 독자의 선택이다. 인상적인 구절의 기제가 제목에서 비롯되었고 제목과 구절의 관계가 섬세하게 짜여 있다는 것을 감안하면서 논리의 통로를 되짚어가면 된다. 그리고 곧 감탄할 준비를 하면 된다.

만약 위와 같은 구절들에 감동했다는 말을 듣게 된다면 이렇게 묻고 싶다. 감동이 아니라 감탄 아닐까요? 또는 그 구절을 둘러싼 시 전체는 어땠나요? 『드라이아이스』는 독자의 감동을 원하는 시집이 아니다. 또한 독자의 동감을 원하는 시집도 아니다. 감동과 동감 사이에 놓인 상징체계의 장에서 그의 시는 굳어 있는 의식에 조그만 상처를 내기를 원한다(시집 뒤쪽의 「A」「H」「G」「函」「Word」「U」 등은 아예 말 자체를 탐색한 시이다). 치열하고 끈질기게. 그러므로 『드라이아이스』에 감동이 없다고 말해서도 안된다.

—『현대시학』 2007년 10월호

작은 혁명의 밤

◆

장이지의 시

1

나는 무엇을 갈망하는지 몰라서
피에 탐닉한다. 피에 물든 달을 꿈꾼다.
검붉은 노래와 울음과 시를 입 안 가득 머금고,

—「젊은 흡혈귀의 초상」 부분

「어딕션」(아벨 페라라, 1995)은 이상한 공포영화이다. 낭자한 피는 흑백필름 속에서 잔인함이 탈색된 채 어둠에 흡수되고, 흡혈귀가 된 주인공은 혐오감을 주기보다는 철학적 질문을 관객에게 던진다. 실존주의와 관련한 '자유의지'에 대해 철학박사 논문을 쓰고 있는 주인공은 베트남, 아우슈비츠, 발칸 반도의 학살 장면을 필름과 사진으로 접한 뒤 반자발적으로 흡혈귀가 되어 피에 탐닉한 뒤 논문을 완성하고 죽는다. 제 영혼이라도 거두는 것이 인류를 덜 오염시킬 수 있다는 듯이 그는 '자유의지'를 '자유의지'의 소멸에 할애한다. 박사 논문은 데카르뜨의 명제를 바꾸며 완성된다. '나는 소멸한다. 그러므로 존재한다' 또는 '나는 전염/중독된다. 그러 므로 나는 존재한다'. 장이지는 「젊은 흡혈귀의 초상」에서 "아벨 페라라 감독의 B급 영화 안쪽으로 난 길을 따라/거리로" 나왔다고 말했다. 「어딕션」은 이 글에서 그의 시집으로 들어가는 입구인 셈이다.

『안국동울음상점』(랜덤하우스코리아 2007)의 시간은 밤으로 시작해서 밤 으로 끝난다. 시집은 어둠으로 물들어 있다. 기억이 몸에서 사라졌다는 말 도 자주 들린다. 낮으로 대별되는 전염된 세상에 대한 혐오가 가득하며, 밤으로 대별되는 중독과 탐닉의 이미지도 섬세하게 배치되어 있다. 그러 나 시집 전체의 목소리가 흡혈귀의 목소리와 겹쳐 있다고 생각하지는 말 자. 그렇게 생각하기에는 시집의 목소리가 대체로 단정하고 또렷하다. 그 에게는 피를 빨아 먹고자 하는 공격성도 없다. 「젊은 흡혈귀의 초상」에서 "피에 탐닉한다"고 했으나 이 말은 "무엇을 갈망하는지 몰라서"라는 구절 에서 이어져 나온 것이다. 탐닉의 대상은 꼭 피가 아니어도 좋을 것이다. 또한 그뒤에 바로 "피에 물든 달을 꿈꾼다"가 나온다. 그는 피의 충전이 아니라 피로 물든 세상을 원한다. 입안 가득 머금은 것은 "검붉은 노래와 울음과 시"이다.

무엇보다 「어딕션」은 오염된 세계에 대한 절망과 중독된 자기 자신을 모두 무화시키며 끝나는 영화이지만,『안국동울음상점』은 오염된 세계에 서 조각나버린 기억과 그것을 쳐다보며 안타까워하는 중독자의 모습을 그려내는 시집이다. 자유의지는 「어딕션」에서 참담한 세계의 실상을 사 유 안으로 끌어들이는 반면,『안국동울음상점』에서 참담한 세계의 실상 속에 사유를 밀어넣는다. 영화에서 사유는 세계에 대해 역설적으로 승리 하지만, 시집에서 그것은 세계와 지속적으로 불화한다. 이 불편한 관계 속 에서『안국동울음상점』의 목소리가 흘러나온다.

2

성찰과 지혜의 상징인 미네르바의 올빼미가 찾아드는 황혼녘은 낮과 밤 사이에 놓인 시간이 아니라 낮과 밤을 가르는 시간이다. 이 반듯한 구분을 통해 올빼미는 낮을 반성하거나 낮에 대항하며 밤을 지새운다. 낮은 밤의 자양분이다. 성찰과 지혜는 지난날을 반성하며 생겨나고 다가올 날의 바른 행동을 예비한다. 그러나 밤의 시간 다음에 다시 밤이 찾아올 때, 계속해서 밤만이 거듭될 때, 그 시간은 성찰과 지혜의 시간이 아니라 미쳐버릴 듯한 환각의 시간으로 뒤바뀐다.

"밤마다 나는 이 시의 입구에서 서성인다"(「꿈에 겐지가 내게 온다」)라는 직접적인 말을 귀담아 듣지 않더라도 시집의 시간은 밤을 떠나려 하지 않는다. 간혹 등장하는 낮은 온전한 햇빛을 받지 못하도록 비가 계속 오거나 구름에 덮여 있다. 낮이 긴 여름이 시작되어도 그 여름은 늦은 가을을 기다리기 위해 온 것이며(「젊은 흡혈귀의 초상」), 간혹 땡볕이 비칠 때에도 '나'는 밖으로 나가는 대신 방문을 닫아버리고 냉장고를 향해 간다. 그리고 냉장고 문을 연 뒤 콜라의 검은 살결을 바라본다(「누드 냉장고」). 어둠이 없다면 어두운 색을 찾아내겠다는 듯, 그래서 어둠을 충전하겠다는 듯, 그는 콜라를 찾아 몸속에 붓는다.

빈 콜라병이 헤엄쳐 간 곳은
두 번 다시는
가서 닿을 수 없는,
시간이 까맣게 질식한
두려운 처소라고.

많은 날이 지나고…….

빈 콜라병이 욕조 바닥으로 가라앉고 있었다.

욕조 가득 빈 콜라병들이 잠겨 있었다.

한 이별을 기리려고

밤의 한없이 투명한 숨이

빈 병 안에 짙어가고 있었다.

간밤엔 슬픈 꿈을 꾸었다.

여태껏 마셔온 콜라보다도 더 많은 눈물이

방 한가운데

축축한 그림자로

주저앉아서는,

왈칵 울음을 쏟아내고 있었다.

—「콜라병 기념비」 부분

"많은 날이 지나"가며 달콤함과 시원함이 콜라에서 빠져나갔다. 남아 있는 것은 어둠을 닮은 콜라의 색깔과 중독성이다. 이별을 했고, 눈물을 참았고, 눈물을 참는 대신 콜라를 마셨고, 욕조 속 빈 병에는 다시 콜라와 비슷한 색을 가진 심해의 어두운 빛이 찾아들고, 참은 눈물은 꿈에서 어두운 그림자가 되어 쏟아진다. 이별한 자는 꿈에서 투명한 눈물을 쏟아내고 각성의 시간에 어두운 콜라를 들이켠다. 콜라병은 한 이별을 기리고 있으나 그는 이별을 기리는 콜라병을 쳐다볼 뿐이다.

이별을 기리는 몫을 콜라병에게 준 뒤 몸은 중독에 빠져든다. 그는 어둠을 들이켜듯 콜라를 들이켠다. 그리고 어둠에서 빠져나오지 못한다. 거기에서 그가 할 수 있는 일이란 두가지이다. 꿈을 꾸며 그 안에서 계속 눈물을 쏟거나, 잠을 자지 않으며 콜라를 마시는 일. 밤은 짓눌린 욕망이 상연되는 무대인 꿈을 감싸며 깨어 있는 시간을 중독의 시간으로 이끈다. 그 끝은 "밤의 한없이 투명한 숨"이 짙어가는, "시간이 까맣게 질식한" 곳이다.

시간이 질식되었다는 것은 과거의 기억을 지웠다는 뜻이다. 중독된 자는 무기력할 텐데 망각의 주체를 너무 힘세게 표현한 듯하다. 차라리 이렇게 말하자. 어둠은 그에게 이별의 아픔 대신 중독을 주었고, 시간을 질식시켜 그에게서 기억과 눈물을 앗아갔다. 기억의 깊이와 이별의 아픔을 가지고 있지 못하는 그의 밤 시간이 이어진다. 그는 그 밤에 밤눈을 기르며 깨어 있거나 기억을 재생시키려 잠을 청한다.

사내는 요사이 얼굴에 응접실 같은 구름을 몇 채 들이어놓더니, 유월에도 그중 햇볕이 좋은 어느 날엔 햇볕에 샤워를 하고 마당가에 서서는, 하필이면 여름풀 더미의 무성한 그늘에 눈길을 주고 있었습니다. 갈맷빛 풀 그늘을 멍멍한 눈길로 보다가는 몰래 풀 그늘을 얼굴에 들이어 놓는 것이었습니다. 그러다가 배추흰나비라도 날아올라치면 그 날개의 부숭부숭한 그늘을 또 탐내는 것이었습니다.

밤마다 달의 뒤편의 검은 물통에서 어두움을 한 통 길어 지니더니, 새벽이슬 앉을 무렵에는 몰래 뒤란에 가서는, 청승맞은 풀벌레의 노랫가락에서 달빛을 털어내고 남은 가장 캄캄한 한 소절을 얼굴에 담아 가지는 것이었습니다.

―「마음이 없는 잠」 부분

햇볕이 든 날이지만 사내는 여름풀의 그늘에 눈길을 주며 고개를 들

지 않는다. 나비가 날아가더라도 그는 "부숭부숭한" 그늘을 쳐다보고 있
으며, 밤이 찾아오더라도 어둠에 대한 갈증이 풀리지 않았던지 "달의 뒤
편"에 가서 어둠을 길어올린다. 얕은 어둠과 깊은 어둠을 분별하는 그에
게는 흡사 「흡혈귀의 책」의 한 구절, "밤이 온갖 사악한 것들과 함께 도래
한다./귀는 예민해지고 세 번째 눈이 이마에서 깨어난다"의 '세 번째 눈'
이 달려 있는 듯하다. 보통의 밤은 시야를 없애지만 이때의 밤은 '세 번째
눈' 덕분에 그 몸을 열어놓는다. 귀는 여기에서도 소리에 민감하다. 그는
그 예민한 귀에 저 "풀벌레의 노랫가락에서 달빛을 털어내고 남은 가장
캄캄한 한 소절"을 담는다.

　제목 '마음이 없는 잠'은 꿈을 꾸지 않는 깊은 잠을 뜻한다. 어쩌면 꿈을
꾸지 '않는'이 아니라 '못하는'의 상태일지도 모르겠다. 꿈의 밑천은 과
거의 일들인데 시집 여기저기에서는 과거와 기억이 없다는 말이 자주 들
린다. 가령 「백하야선(白河夜船)」에 등장하는 중요한 두 이동수단은 모두
망각과 얽혀 있다. "유년의 꿈들을 떠나보낸""망각의 빈 배"에는 직접 이
것이 드러나 있고, "은하철도999"에는 원작의 주인공 철이가 처한 난감한
상황(철이는 마지막 역 안드로메다 라메탈 행성에서 영원한 삶과 기억 중
하나를 택해야 하는 처지에 놓인다)이 이를 환기한다. 기억이 없으면 꿈
도 없다. '마음이 없는 잠'은 곧 '기억이 없는 잠'이다. 그런데 정말 기억
은 없어진 것일까? 잠 속에는 없을지 몰라도 그 흔적은 생략한 부분에서
"붉은 인연의 매듭 자국 같은 것"이 되어 "베개 자국처럼" 나타난다.

　　날마다 하늘 해안 저편엔 콜라병에 담긴

　　너를 향한 음성 메일들이 밀려와.

　　여기 하늘엔 스크랩된 네 사진도 있는걸.

　　너는 낯선 사람들 사이에서 웃고 있어.

　　그런데 누가 넌지 모르겠어. 누가 너니?

있잖아, 잘 있어?

네가 쓰다 지운 메일들이

오로라를 타고 이곳 하늘을 지나가.

누군가 열없이 너에게 고백하던 날이 지나가.

너의 포옹이 지나가. 겁이 난다는 너의 말이 지나가.

너의 사진이 지나가.

너는 파티용 동물 모자를 쓰고 눈물을 씻고 있더라.

눈 밑이 검어져서는 야윈 그늘로 웃고 있더라.

네 웃음에 나는 부레를 잃은 인어처럼 숨 막혀.

이제 네가 누군지 알겠어. 있잖아, 잘 있어?

네가 쓰다 지운 울음 자국들이 오로라로 빛나는,

바보야, 여기는 잊혀진 별 명왕성이야.

—「명왕성에서 온 이메일」 부분

기억들은 사라지지 않고 캄캄한 우주로 멀리 떨어져나와 있다. 『안국동 울음상점』에서 우주는 드넓은 공간이 아닌 끝없는 시간이자 밤의 연장선으로 인식된다. '군함 말리'를 타건 '은하철도 999'를 타건 그 유영은 공간 여행이 아니라 시간 여행의 성격을 띤다. 그것은 사라진 많은 기억을 되찾으려는 행위이기도 하다. 기억의 부스러기들이 "잊혀진 별 명왕성"에서 지구에 있는 '너'를 재구성하려고 애쓰고 있다. "웃음" "쓰다 지운 메일" "고백" "포옹" "사진" "눈물" 등은 잊었던 것이면서 동시에 지금 그가 찾고자 하는 것이다. 이들은 역설적으로 지금 지구에 있는 '너'의 불완전함을 드러낸다. 모든 기억이 "잊혀진 별 명왕성"에 있다. 지구에 있는 '너'는 좀비와 같다.

'너'가 지구에 있다고 해서 우주에 있는 것이 '나'는 아니다. 그러므로 "그런데 나는 어디 있을까요"(「장이지 프로젝트」)라는 말에는 두가지 뜻이 담겨 있다. ‘나’는 어디에도 없거나, 내가 있는 ‘어디’는 지금 찾을 수 없다. 첫째, ‘나’는 어디에도 있지 않다. 목소리의 주체는 좀비처럼 안주할 곳을 찾지 못하며 떠돌 뿐이다. 그 까닭을 짚어가는 과정에서 오염된 세상의 실상이 드러난다. 둘째, 내가 있는 ‘곳’을 모르겠다. ‘나’는 그곳을 찾아야 하는 운명에 놓인다. 그리고 떠돎은 정주를 목적으로 하게 된다.

3

『안국동울음상점』에는 음악, 영화 등 인접 장르의 여러 텍스트가 인용되고 있다. 야유의 목소리가 담겨 있는 텍스트를 제외한다면, 이들은 일정한 유형을 띠고 있다. 그의 시에 선택된 영화감독은 리안이나 왕자웨이가 아니라 차이밍량이며, 그의 필모그래피 중에서 선택된 영화는 「애정만세」가 아니라 「구멍」과 「안녕, 용문객잔」이다. 「안녕, 용문객잔」이 선택되었다는 것은, 원조라고 할 수 있는 후진취안의 「용문객잔」과 대중적이라고 할 수 있는 린칭샤, 량자후이, 장만위 주연의 「신용문객잔」이 배제되었음을 뜻한다. 음악을 보자. 호앙 질베르또가 아닌 베벨 질베르또의 보사노바가, 빙 크로즈비의 음악 중에서는 「화이트 크리스마스」가 아니라 「눈 덮인 버몬트」가 선택되었다. 그리고 A급 공포영화가 아니라 B급 공포영화가 인용되고 있으며, 그것들도 조지 로메로의 것이 아니라 아벨 페라라의 것이다. 그의 취향은 주로 전통이랄 수 있는 것, 대중적이랄 수 있는 것을 피해 형성되었다.

대중을 비껴간다고 해서 이들이 주변부의 목소리를 대변하는 것은 아니다. 힘이 들어간 목소리로 주류 세계에 대항하거나 심드렁한 목소리로 주류 세계를 무시하는 자세가 여기에는 없다. 가령 베벨 질베르또의 ‘탄토 템포’는 지금과 여기를 지우며 “오랜 세월”과 “흑백 사진” 속을 걷고 있

다는 느낌을 갖게 하며(「탄토 템포」), 빙 크로즈비의 「눈 덮인 버몬트」는 공
상에 빠지게 하는 역할을 한다(「까마귀」). 이들은 차라리 지금 여기를 떠나
게 하는 낭만적인 장치로 쓰인다. 그는 이 장치를 배경으로 밤에서 밤으
로 이동한다. 낮의 세계는 주로 은폐되어 있다.

한편 희귀함을 좇는 취향은 기억의 부재와 다시 연루된다. 기억이 없어
진 자는 과거의 일들을 현재의 시간에 유령으로 불러들이거나, 꿈의 세계
로 자진해서 들어가 환각과 얽히거나, 자꾸 희귀한 것을 찾아가며 현실을
유지한다. 시간의 깊이를 잃어버린 사람이 유령과 환각에 시달리지 않고
현실을 지키기 위해서 할 수 있는 일은 끊임없이 수평적으로 이동하는 것
이다. 희귀한 것은 그의 이동을 부추긴다. 그러나 이 도착증적인 증상이
『안국동울음상점』을 덮고 있다고 생각하는 것은 오해이다. 어지러운 장
면들은 '꿈' '환상' '셔벗 랜드' '용문객잔'과 같은 경계 안에서 연출된다.
『안국동울음상점』의 시들은 이곳과 저곳 '사이'에 있지 않고 이곳과 저곳
의 '경계'를 의식한 뒤 넘나든다. 이곳과 저곳의 그 '격차'도 이 대비에서
드러난다.

우주선 군함 말리가 멀리 하늘로 날아오르면서
고동 소리를 냅니다.
영원히 잊힌 멸망한 부족
태즈메이니아 유민(流民)의 사랑 노래 같습니다.
오르골의 기계음이 아름답게 흐르는 거리를
집으로 가는 전철이 칙칙폭폭 가로지르며
고단하게 허정거리며 갑니다.

전철 역사 안으로 전철이 들어오는 소리,
기계적 음성의 안내 방송을 듣는지

소녀 하나가 멍하게 서 있습니다.
멀리 떠난 우주선은 돌아오지 않는데
별의 소리인 듯
귀를 기울이나 봅니다.
사람들이 엇갈리는 유성처럼
그 곁을 지나도
꽃처럼 서서 흔들리고만 있는.

어디선가 포신(砲身) 움직이는 소리,
소녀 하나가 연꽃 위에 서서 도는
오르골의 달빛 음악도 그친,
죽기에도 피곤한 밤입니다.

—「피곤」 부분

　「피곤」은 '이곳'과 '저곳'의 격차가 뚜렷한 시이다. "우주선 군함 말리"의 "고동 소리"와 멸망한 부족 "태즈메이니아 유민(流民)의 사랑 노래"는 낭만적인 정서를 시의 문면에 이끌고 있다. 저 멀리서 아름답게 들리는 소리와 노래는, 그러나 바로 그 멀리 있는 것으로 지상의 황폐한 실상을 드러낸다. '소녀'는 돌아오지 않는 우주선의 소리가 들릴까 귀를 기울이지만 들리는 것은 "기계적 음성의 안내 방송"과 "어디선가 포신(砲身) 움직이는 소리"이다. 그는 지상에 머물며 이 폭력적인 소리를 들어야 한다. 그의 꿈은 우주에 있을지라도 그의 발은 이 땅 위에 놓여 있다. 그는 "꽃처럼 서서 흔들리고만 있"다. 이 흔들림은 뿌리가 박혀 있는 오염된 땅과 꽃이 쳐다보는 순수한 하늘의 격차에서 발생하는 혼란스러움의 표현이기도 하다. 그러나 이 혼란스러움을 소녀가 아닌 독자가 겪을 필요는 없다. 이곳과 저곳의 경계는 「피곤」에서도 잘 그어져 있다. "오르골의 기계음"

이 들리는 곳에서부터 "오르골의 달빛 음악"이 그치는 곳까지가 이 지상의 황폐한 실상이 드러난 부분이다. 오르골은 이곳과 저곳을 가르는 장치이다. 그것은 태엽이 풀리는 동안 낭만적인 음악을 들려주는 한편, 태엽이 정지하면서부터 지상의 소음을 더 예민하게 받아들이게 한다.

뚜렷한 경계는 『안국동울음상점』의 시간이 밤에 머물고 있으나, 목소리가 대체로 단정하고 또렷한 까닭과 연관된다. 오염된 세계에서 최소한의 자아를 지키려는 의지와 다른 차원으로라도 소통되기를 희망하는 간절함이 경계를 설정하게 했다. '차이밍량 감독의 영화 「구멍」(1998)에 부쳐'라는 부제가 붙은 시 「권야(倦夜)」를 생각해보자. 바깥은 전염병이 창궐해 있다. 문을 잠근 '나'는 "찰리 파커의 「어둠 속의 댄싱」"(이 음악이 전화벨 소리인지 전화벨과 함께 들리는 소리인지는 분명치 않다)을 들으며 방 안에서 춤을 추고, 옆집에서 들리는 "등려군(鄧麗君)의 「하일군재래(何日君再來)」"를 들으며 거기에 사는 여자를 궁금해한다. 그는 문을 잠그며 살게 되고, 음악을 들으면서 행복해하고 또한 소통을 의식한다.(차이밍량의 영화 「구멍」에서도 주인공은 전염병으로 휩싸인 세상에 문을 걸어 잠그고 바닥에 뚫린 구멍을 통해서 아래층 여자와 소통한다)

중독에 빠지고, 기억이 삭제되고, 경계가 설정된 원인 중의 하나인 '오염된 세계'에 대한 인식은 낮의 이미지와 겹치며 주로 시집의 4부에 나타난다. 용천역 열차 폭파사건을 다룬 「용천역 부근」, 대구 지하철 참사를 다룬 「몬스터 몽타주」에서 그는 재난의 참상을 적으며 그 안에서 기억하고 싶지 않은 현실과 그 현실에 등장하는 낯선 악몽의 순간을 재현해낸다. 이와 더불어 자본주의의 물신화된 대상을 '철남(鐵男)'으로 알레고리화했으며(「철남」), 낭만적 꿈이 오염된 모습을 "가죽 점퍼를 입"고 "껌을 질겅질겅 씹는" '앨리스'의 모습으로 표현하기도 했다(「가죽 점퍼를 입은 앨리스」). 이들에 대한 비판적 시각은 완고하다.

밤은 그러므로 잔인한 낮을 가리기 위해 끝없이 연장되고 있다. 장이지는 그 어둠 속에서 "기원의 어둠과 망각의 어둠 사이"(「용문객잔의 노래」)를 생각한다. 어둠 속으로 쫓겨들어 기억이 지워졌다고 생각하는(망각의 어둠) 그가 '세 번째 눈'을 열고 어둠의 근원을 좇고자 한다(기원의 어둠). 쫓겨온 어둠 속에서 더 큰 어둠을 좇는 일. 그런데 '기원의 어둠'이란, 말이 있기 전의 침묵의 상태를 뜻하는 것이라서 말을 해야 하는 시인이 결코 도달할 수 없는 곳 아닌가. 그는 다만 자신이 말을 내뱉었던 최초의 순간, 다른 말들이 섞이기 전의 순수했던 상황에 근접하는 것으로 스스로를 위안한다. 순수했던 시절을 기억하는 것은 따뜻한 정서를 불러오지만 그 시절로 되돌아갈 수 없다는 회오 또한 가져다준다. 그의 시집에 자주 등장하는 대상으로서의 '아이'의 등장이 이와 무관하지 않다.

　그것은 다시 미성으로 노래할 수 없다는 것. 유년의 아름다운 기억이 그 빛깔과 향기를 잃기 전에 먼저 소리를 잃는다는 것. 목 안에 득시글득시글했던 개미들이 부끄러워 과묵해져야 했던 어느 봄날의 빛 부스러기들이여.
　깃털 구름을 매단 하늘은 가없는 날개를 펴고, 쪽빛 제비들이 그리는 부드러운 폐곡선, 대지는 봄의 몸을 하느라 아지랑이들을 올리고 있는데,

—「변성기」 부분

아이는 변성기를 거치며 어른이 되어간다. 아지랑이가 올라가는 봄은 다시 찾아와도 아이의 미성은 다시 오지 않는다. 화창한 봄날이지만 하늘은 구름을 매달고 있고, 제비들은 멀리 날아갈 것 같지만 곧 폐곡선을 그리며 다시 원점으로 돌아올 것이다. 어둠과 실패의 기미가 봄날의 화창함에 끼어 있다. 미성과 더불어 사라지는 것은 "아름다운 기억"이다. 그 대신 목에는 "득시글득시글했던 개미"와 같은 이물감이 느껴진다. 앞날을

살면서 느껴야 할 이 이물감은 바로 그가 짊어져야 할 짐이다. 그는 어른
의 세계와 아이의 세계의 사이에서, 아니 그 경계에서, 변성기를 겪으며
아이의 시절을 그리워하고 어른의 시절을 두려워한다.

4

　나선형의 밤이 떨어지는 안국동 길모퉁이, 밤 푸른 모퉁이가 차원의
이음매를 풀어주면, 숨쉬는 것들, 비칠대는 길을 지나 안국동울음상점
에 가리.
　고양이 군은 바닐라 향이 나는 눈물차를 끓이고 나는 내 울음의 고갈
에 대해 이야기할 것이다. 진열장에 터키석처럼 놓여 있는 울음들을 바
라보고 있노라면, 고양이 군은 ‘혼돈의 과일들’이니 ‘그믐밤의 취기’니
‘진흙 속의 욥’이니 ‘거위 아리아’니 ‘뒤집힌 함지(咸池)’니 하는 울음
의 이름들을 가르쳐주겠지.

—「안국동울음상점」 부분

시궁쥐들의 은밀한 대화와
장구벌레들의 행군 소리에도
집의 계략은 숨어 있었네.
마루 밑의 신발들―운동화와 구두,
짝이 다른 슬리퍼 두 짝은
닻을 올리라는 선장의 말을 기다렸지.
포세이돈이라 불리는 늙은 개가
항상 배를 숨기는 일을 즐겼으므로
내 신발들은 약간 초조해졌네.

작은 혁명의 밤　331

(…)

은하의 밤 나는 떠날 수 있었네.
낡은 집이 시인을
동판화 속에 가두기 전에
보풀이 일어난 속옷을 버리고,
정원에서 발견한 에메랄드 빛 구슬과
오래된 해태 타이거즈 모자를 버리고,
포세이돈에게 인사도 하지 않고
머리가 빠져 중세 수사(修士)처럼 된 아비와
처지는 살을 슬퍼하는
찐빵을 많이 닮은 어미를 버리고.

—「오래된 집을 떠나며」 부분

시집 『안국동울음상점』의 아름다운 구절은 몸에서 빠져나간 감정과 기억 들을 곁에 두고 안타까움을 표현할 때 나타난다. 그것은 '기억이 없다'거나 '감정이 없다'와 같은 직접적인 진술의 방식을 따르지 않는다. 그는 '기억'과 '감정'이라는 뭉뚱그려진 명사의 몸을 열어 그 안에 놓여 있는 세부들의 목록을 작성하고 분류한다. 그런 다음 갈피 지은 세부 기억과 감정을 새롭게 호명한다. 더는 내 것이지 않은 기억과 감정 들을 존중한다는 뜻으로.

첫번째 시 「안국동울음상점」에서 울음이 고갈된 '나'는 울음을 사러 '안국동울음상점'에 찾아간다. 울음은 진열되어 있다. 막연한 울음이 아니라 "혼돈의 과일들" "그믐밤의 취기" "진흙 속의 욥" "거위 아리아" "뒤집힌 함지(咸池)"와 같은 고유명을 가진 울음들이다. 이들은 진열된 것

332

으로 '나'의 바깥에 있음을 표시하지만, 이름을 가지고 있는 것으로 '나'와 특별한 관계를 이룬다. '나'와 '눈물'은 떨어져 있어 안타깝다. 그러나 '나'가 눈물을 찾아가고, 상점에 오래 머무르며 그 눈물들을 쳐다보는 것으로 이들의 관계는 곡진해진다. '나'와 '울음들' 사이에 생겨나는 인력은 중독과 탐닉의 세계에 빠져드는 것을 막는다.

두번째 시 「오래된 집을 떠나며」의 '나'는 "나는 떠날 수 있었네"라고 하며 집을 떠난 것에 대해 안도하고 있다. 그러나 이 말을 그대로 믿기에는 집에 남겨진 것들을 회상하는 목소리의 분위기가 애잔하다. 이들은 '기억'이라는 말로 뭉뚱그려져 현재의 시간에 부유하지 않고, 하나하나 호명받는 것으로 기억의 몸을 열어 깊이를 확보한다. "집의 계략"이라고 했으나 '나'는 "시궁쥐들의 은밀한 대화"와 "장구벌레들의 행군 소리"를 기억한다. 또한 신발을 감추던 '포세이돈'이라는 늙은 개의 이름과 "에메랄드 빛 구슬"을 발견하고 기뻐했던 감정도 기억 속에 자리한다. "해태 타이거즈 모자" "머리가 빠져 중세 수사(修士)처럼 된 아비" "찐빵을 많이 닮은 어미"도 내가 버린 것이지만 목소리를 내는 순간 그들은 '나'를 과거로 이끈다. 기억의 깊이를 가진 대상들은 '기억'이라는 일반명사로 환원되지 않는 이름을 가지고 있다. 자유의지는 소멸되지 않고 이렇게 기억을 재생하는 데 할애된다.

너구리 가죽을 뒤집어쓴 12월 바람, 눈은 내리는데,

폭폭 쌓이는데, 너구리 가죽을 뒤집어쓴 할아버지 혼신,

너구리 가죽을 뒤집어쓴 아버지, 수북한 털가죽에

손을 찔러 넣고 체념하지 못한 꿈을 노래하는데,

막걸리 한 잔씩을 걸치고 날생선을 뜯으며.

세상은 머리까지 눈 이불을 뒤집어쓰고 잠꼬대를 하는데,

너구리 가죽을 뒤집어쓴 고양이, 강아지, 수한무,

개그맨, 회사원, 꽃집 아가씨, 약국 아저씨, 농부,

너구리 가죽을 뒤집어쓴 두꺼비, 탐정, 손자놈, 전경 아우들,

썩은 굴참나무 밑 너구리 저택은 흥청흥청.

눈보라가 빗금을 그으며 떨어지는 12월,

(…)

썩은 굴참나무 밑 너구리 저택에도 눈은 시간처럼 쌓이는데,

작은 혁명의 밤이 하얗게, 하얗게 지워지는데,

바람의 말을 자꾸 헛들어도 좋은,

너구리 말로도 그대로 좋은 너구리 저택의 밤.

하얀 눈 위에 찍힌 너구리 발자국,

그리고

천 년만큼 깊이 내려간 쓸쓸함, 눈을 툭툭 털고 들어오는.

—「너구리 저택의 눈 내리는 밤」 부분

    시집의 마지막 시 「너구리 저택의 눈 내리는 밤」은 중독에서 빠져나오고 오염된 세상을 포용하는 또다른 길을 제시한다. 그는 공동체에 대한 백석(白石)의 애정과 백석 시의 리듬을 따르고 있다. 할아버지, 아버지뿐만 아니라, 오염된 세상을 대표하는 국회의원, 조직 폭력배까지 '너구리 저택'에 모여든다. 백석은 망각과 중독의 세계를 견디게 하는 전범 중의 한 예이다. 흥미롭게도, 전통과 전범에 의지하는 그의 모습은 시집 여기저기에 보인다. 장자의 「소요유」(「소요유」)와 노자의 『도덕경』(「해바라기 수트라」)과 미당(未堂)의 시(「수놓는 여자」)와 이백(李白)의 생(「안국동울음상점」)은 그가 믿고 의지하는 전통으로 시에 자리한다. 자유의지는 여기에서도 전염된 세상에 자신을 내던지는 데 쓰이지 않고, 탐닉의 세계에 빠져드는 것을 막는 데 쓰인다.

그런데 너구리 저택 밖에 내리는 눈은 어떻게 이해해야 할까? 가장 먼저 지워야 할 추측은 저 눈을 곧장 희망의 표시로 받아들이는 것이다. 어둠을 조금 옅게 한다고 해서 눈이 곧 빛이 되지도 않고 어둠이 곧장 사라지지도 않는다. 또한 어둠은 그의 시에서 나쁜 의미로만 쓰이지도 않는다. 사람들을 모이게 할 정도의 추위를 대변한다고 생각하기에도 무리가 있다. 저 눈이 환기하는 분위기는 매섭기보다는 따뜻하게 느껴진다. 시 속으로 들어가보자. 눈은 밤에 "빗금"을 긋고 있다. 눈은 "시간처럼 쌓"인다. 눈은 "작은 혁명의 밤"을 하얗게 지운다. 눈은 "천 년만큼 깊이 내려간 쓸쓸함"이다. 너구리는 쌓인 눈을 밟으며 또 몸에 묻은 눈을 "툭툭 털"며 집에 들어온다. 그러므로 눈은, 내 앞에 쌓여 있는 역사이자 앞으로 경험할 미래이고, 내 안에 쌓였다 몸 밖으로 빠져나갈 기억이다. 눈은 다시 '나'에게서 떨어져나가 쓸쓸함을 안겨주겠지만, 그 눈을 밟는 일, 그 눈을 툭툭 터는 일은 '나'를, 어둠의 빗금 속에 언뜻 비치는 세상의 속살을 만지게 할 것이다. 작은 혁명이 지금 '나' 안에서 일어나고 있다.

──장이지 『안국동울음상점』, 랜덤하우스코리아 2007

쉬지 않고 천천히

◆

이근화의 시

　말들이 모여 세계를 조성하는 시가 있는 반면 말들이 풀어져 세계를 환기하는 시가 있다. 두 부류의 시에 담겨 있는 세계는 상반된 면모를 보인다. 앞의 세계는 낯설고 특이한 반면 뒤의 세계는 익숙하고 범상하다. 앞의 세계가 도달하고 싶은 곳이 바로 뒤의 세계일 것이다. 그 바람은, 낯선 것이 익숙한 세계로 용해되는 과정이 아니라 이 세계의 익숙함에 숨겨졌던 진실을 끄집어내는 과정을 따라 실현된다. 두번째 시가 환기하는 세계 역시 우리가 쉽게 동의하는 세계가 아니라 우리가 지나친 진실을 품고 있는 세계이다. 두가지 시 중 어떠한 길을 택하더라도 이 세계는 두터워진다.

　두 시에는 세계의 면모가 다른 만큼 말들 또한 성격이 다르게 나타난다. 앞의 시에서 말들은 세계의 주인이 되는 반면 뒤의 시에서 말들은 세계의 대상으로 남는다. 즉, 앞의 시에서 말들이 이미지의 논리를 엮어 새로운 세계를 연출한다면, 뒤의 시에서는 이미지의 파편으로 남아 세계 속에 놓여 있는 운명의 단면을 보여준다. 앞의 시가 "김밥에 관한 시"라면, 뒤의 시는 그보다 먼저 '나를 이끄는' 김밥을 느끼는 시이다(이근화 「김밥에 관한 시」, 『차가운 잠』, 문학과지성사 2012).

이근화(李謹華)는 두가지 방법에 모두 익숙하다. 그는 앞 시의 기제가 그렇듯 대상에 집중하여 새로운 면모를 발견하며 하나의 세계를 창조하곤 했다. 또한 그는 뒤 시의 기제가 그렇듯 대상을 포착하여 그것을 둘러싼 세계의 면모를 보여주었다. 최근의 시를 읽어보면 그는 뒤쪽의 세계를 그려내는 데 주력하는 것 같다. 구절을 변주하며 이근화 특유의 리듬을 형성하는 시들을 대상으로 이전의 것과 최근의 것을 견주어보면 그렇다.

> 물론 남은 우유를 위해 고양이를 키우는 건 아니지만
> 저기 아침 창가의 이다, 햇살과 먼지 속에 아무렇게나 찢어진 고양이
>
> 나는 쉽게 이다를 잊지만
> 쉽게 잊혀진 이다는 창문의 높이에 익숙하고
> 이다는 창가의 이다
> 장롱 위의 이다
> 본질적으로 지붕인 고양이
>
> ─「본 적 있는 영화」(『칸트의 동물원』, 민음사 2006) 부분

첫 시집에 수록된 시 중 한편인 「본 적 있는 영화」에서 그는 고양이 '이다'를 바라보고 있었다. 그가 반복하여 이다를 호명하며 리듬을 형성하고 있는 동안 떠오르는 것은 이미 인식하고 있던 세계가 아니라 미처 인식하지 못했던 세계이다. 그 세계를 보기 위해서는 이다라는 관문을 거쳐야만 한다. 이다는 눈과 햇살이 상징하는 명징한 세계 안에서 "햇살과 먼지 속에 아무렇게나 찢어진 고양이"로 보이지만, 찢어진 조각들을 맞추듯 한번 또 한번 호명되며 "본질적으로 지붕인" 세계의 모습을 형성하고 있는 것이다. 잊고 있으나 있는 세계는 그렇게 이다에 대한 집중을 통해 드러난다. 이다의 세계는 이다를 둘러싼 세계가 아니라 이다 안에 들어 있는 세

계이다. 그 세계는 이다가 불러 모은 이미지의 연결로 이루어져 있다.

제 별명 국화였던 거 모르시죠?
할머니는 어디 가고
국화만
301동 302동 303동 304동 305동 지키는지
별이 우수수 떨어져 깨질 것 같은
겨울밤인데

시들 줄 모르고
비닐하우스를 만들어준 할머니
고고한 할머니
안경 쓴 할머니
배운 할머니
인사해도 받아주지 않는 할머니
303동 할머니

안녕하세요
저것은 국화 이것은요?

—「저것은 국화 이것은?」(『차가운 잠』, 이하 같은 책) 부분

최근의 시 「저것은 국화 이것은?」의 한 부분도 '할머니'가 되풀이되며 리듬을 형성하고 있다. 그런데 이다의 세계와 견주어 할머니의 세계를 조성하고자 하는 시인의 의지는 덜 보인다. 고고하고, 안경 쓰고, 배운, 인사해도 받아주지 않는 할머니가 그려진다고 하더라도 할머니의 세계는 이 시의 주된 관심사가 아니다. 오히려 자신과 할머니를 두르고 있는 세계,

또는 그 세계에 놓여 있는 자신과 할머니의 공동 운명이 주목된다. 같은 시 다른 부분에 언급된 친척의 결혼, 삼촌의 사망, 아이의 돌맞이 등의 에피소드는 서로, 그리고 국화나 할머니와 별 상관이 없어 보인다. 이들은 할머니의 세계를 보여주기 위해 꼬리에 꼬리를 물고 긴밀히 연결되어 있기보다는, 스러진다는 것의 숙명을 보여주기 위해 느슨히 연결되어 있다. 할머니는 시편의 주인공이 아니라 시인과 그가 놓여 있는 세계를 드러내는 매개인 것이다.

그러나 이 모든 구절들이 그 세계를 드러내기 위한 수단으로 쓰고 있다는 오해는 피해야 할 것이다. 그는 야멸찬 이 세계를 모든 구절들이 품고 있는 질문의 해답으로 상정하지 않았다. 시 제목은 '저것은 국화 이것은?'이다. '이것'에는 이 세계의 진실이 담겨 있다. 그리고 그것은 정답이 아니라 물음의 형식으로 제시되어 있다. 그는 세계의 야멸참을 위해 시를 쓰는 것이 아니라 야멸찬 세계를 살고 있는 이들의 파편성에 주목하여 시를 쓴다. 둘의 차이는 크다.

마지막 식사로는 국수가 좋다
영혼이라는 말을 반찬 삼을 수 있어 좋다

통통 부은 눈두덩 부르튼 입술
마른 손바닥으로 훔치며
젓가락을 고쳐 잡으며
국수 가락을 건져 올린다

국수는 뜨겁고 시원하다
바닥에 조금 흘리면
지나가던 개가 먹고

발 없는 비둘기가 먹고

국수가 좋다
빙빙 돌려가며 먹는다
마른 길 축축한 길 부드러운 길
국수를 고백한다

길 위에 자동차 꿈쩍도 하지 않고
길 위에 몇몇이 서로의 멱살을 잡고

오렌지색 휘장이 커튼처럼 출렁인다
빗물을 튕기며 논다
알 수 없는 때 소나기

풀기 어려운 문제를 만났을 때
소주를 곁들일까
뜨거운 것을 뜨거운 대로
찬 것을 찬 대로

─「국수」 전문

백석(白石)의 「국수」가 있었다. 그 안에 제시된 '이것은 무엇인가'의 답은 모두 '국수'였다. 백석의 국수는 그 위치에서 세계를 조성했다. 국수의 여러 이미지들이 생겨나 서로 연결되자 도란도란 모여 있던 가족과 옛날 조상들의 내력과 추위를 피하려 모여들던 따뜻한 북방의 정서가 만들어졌다. 가족과 조상과 북방은 국수라는 끈으로 긴밀히 묶여 있었다. 그러나 이근화의 「국수」의 경우 각 에피소드는 뚝뚝 끊어져 있는 것처럼 보인다.

그는 국수의 세계를 궁금해하지 않는 것 같다. 이들이 묶여 있다면 그 주체는 국수보다 더 큰 무엇일 것이다. 그리고 그 강도는 매우 느슨할 것이다. 국수는 이근화의 시에서 개별 에피소드의 하나로 위치를 조정한다.

이근화의 「국수」에서 세계는 국수 안에 있지 않고 밖에 있다. 국수에서 촉발되어 마르고 축축하고 부드러운 길을 연상하고 그 길 위에 정체되어 있는 자동차와 멱살잡이하는 사람들을 떠올린다고 해도 이들의 이미지는 국수의 세계를 조성하는 데 할애되지 않는다. 오히려 이들은 그 마르고 축축하고 부드러운 길과 정체되어 있고 싸우는 행위를 통해 그렇게 살고 있는 우리의 운명과 그 운명의 토대인 이 세계를 암시한다.

시의 독해가 지연되는 까닭은 '국수'에 제목에 등재된 만큼의 권위를 기대했는데, 시의 전개가 이를 배반했기 때문이다. 멱살 잡는 장면이 보이다가 느닷없이 "커튼처럼 출렁"이는 휘장이 나왔을 때 그 느닷없음은 국수 이미지의 연쇄를 따라가며 연출되는 세계가 보이기를 기대했던 이들에게 주는 충격이다. 국수와 국수가게 등은 그 생김새의 일부를 길과 커튼 등에 빌려주지만, 그렇게 해서 생겨난 이미지들을 거두어들이지 않는다. 그 이미지들은 방치된 채로 다른 어떤 사연을 암시하고 있는데, "퉁퉁 부은 눈두덩 부르튼 입술"이나 "풀기 어려운 문제를 만났을 때/소주를 곁들일까"와 같은 구절들은 '국수에 관한 시'가 아니라 '국수를 찾아온 삶'으로 독해의 초점을 옮겨놓는다.

그가 「김밥에 관한 시」에서 여러번 말했듯 '김밥에 관한 시'를 쓰기 어려운 이유도 여기에 있을 것이다. 김밥이라는 대상에 침투하여 다면한 속성을 밝히고 그 속성들이 이뤄낸 세계가 시에는 '김밥에 관한 시'로 제시되어 있다. 하지만 그와 같은 시쓰기가 번번이 실패하는 까닭은 그가 김밥에 관한 시를 쓰고 싶기보다는 김밥을 먹고 싶기 때문이다. 이 두 욕망을 대변하는 시가 씌어진다면, 앞에서는 김밥의 세계가 보이겠지만 뒤에서는 먹고 자고 생활하는 나날의 세계가 보일 것이다. 그는 김밥에 관한 시를 써야 한다고 하면서 조선족 아줌마들의 삶에 대해 걱정하고, 이제는 더 만날 수 없는 친구와 김밥 마는 여자를 좋아하던 평론가 형과 그리고 함께 회전초밥을 먹은 남편과 이제는 다 늙은 엄마를 떠올린다. 이들은 한때 함께했지만 떠났거나, 한때 젊었지만 늙고 있는 것으로 느슨히 연결되어 있다. 이들이 넌지시 보여주는 것은 떠나가고 늙고 있는 이 세계에서의 숙명이다. 그의 안타까움과 그리움은 김밥에 관한 시 쓰기를 실패로 끝나게 하는 한편 삶의 진실을 시 위에 부려놓는다.

이근화는 이미지의 논리로 새로운 세계를 그릴 때 그 논리에 안주하며 이 세계를 방치하지 않으며, 이미지의 파편들로 기존의 세계를 환기할 때 이 세계에 그것들을 종속시키지 않는다. 특히 최근의 시에서 그는 시 세계를 이 세계와 떨어뜨려 안온하게 보존하기보다는 계속해서 풀어놓아 마찰을 일으키고 있다. 그는 특정한 어느 한순간을 시적 시간으로 길어 올리기보다는 나날의 삶 모두를 시적 시간과 대면시키고자 한다. 물론 그 대면의 기획은 실패로 끝날 것이다. 삶의 깊은 곳까지 시가 침투한다고 하더라도 그 깊은 곳 역시 삶의 일부이다. 그는 이렇게 말한다. "하루는 플라타너스 열매를 으깨고／하루는 해바라기 큰꽃을 쓰러뜨린다"(「커다란 베개」). 하지만 실패가 거듭되더라도 이 대면의 시간 또한 길어질 것 같다. 그의 시에서 부정성은 폭발하여 산화하지 않는다. 대신 평화롭게 보이지만 위태로운 시간 밑에서 들끓고 있을 뿐이다. 그는 한순간 제 몸을 불사르는 인파이터도, 긴 시간 고독의 레이스를 펼치는 마라토너도 아니다. 그는 언제나 기다리고 있는 불안을 밑에 두고 물살을 헤쳐나가는 장거리 수영선수의 모습을 닮았다.

언젠가 이근화를 포함하여 몇몇 사람과 함께 새벽까지 지난한 작업을 한 적이 있다. 작업은 더뎠고 날은 밝아왔고 몸은 피곤했다. 그 자리에서 얼핏 잠이 들었던 것 같다. 잠을 깨운 건 냉기였다. 이근화는 아파트 8층의 베란다 창문을 열고 난간에 기대어 밖을 보고 있었다. 물끄러미 밖을 내다보는 그의 모습은 매우 익숙해 보였다. 그것은 매일 창문을 열고 밖을 내려다보는 그의 아침을 떠올리게 했다. 그는 그렇게 매일 "나는 나로부터 멀리 왔다는 생각"(「따뜻한 비닐」, 『칸트의 동물원』)을 하고 있었던 것 같다. 뜬금없이 그때 나는 저 사람이 위태롭다는 생각이 들었다. 시간을 정해 몰입하여 시를 쓰는 길이 아니라 매 순간을 시적 시간으로 바꾸는 길 위에 그가 있었다. 시에 대해 고심하는 시인이 아니라 시를 살고 있는 시인을 가까운 거리에서 바라보는 것은 그리 유쾌한 일이 아니다. 그의 시는 축복받겠지만 시인은 언제 평온할 수 있겠는가. 이근화의 친구인 나는 난처했다. 그의 시적 실천을 응원해야 할까?

—『현대시』 2011년 1월호

일요일의 관계들

◆

하재연의 시

달력 속 일요일은 평일과 다른 색깔을 가지고 있다. 이때 사람들은 티브이를 시청하거나 요리를 하거나, 간혹 평일에 만나기 어려웠던 사람을 만나거나 혼자 밖에 나간다. 일요일의 둘레에는 평일보다 적은 사람들이 있다. 일요일에는 일도 쉬지만 관계도 쉰다. 일요일은 평일과 느슨하게 얽여 있고 사람들과 느슨하게 관계한다. 하재연(河在姸)의 첫 시집 『라디오 데이즈』(문학과지성사 2006, 이하 같은 책)에는 일요일이 「팔월의 일요일」 「일요일의 골동품 가게」 「우리들의 일요일」 등 시 제목으로 세번 쓰이고, 「라디오 데이즈」 「여름의 달력」의 본문에도 나온다. 그는 여기에서 티브이를 시청하고 요리를 하고 외출을 한다. 대부분 혼자서이다. 시인은 일요일을 산다.

그래서 애틋한 과거를 떠올리거나 따뜻한 인간애에 동감하고 싶어 하재연의 시집 『라디오 데이즈』를 펼친 독자는 실망할 것이다. 『라디오 데이즈』에는 제목이 환기하는 아날로그적 향수가 없다. 쉰여섯편의 시들에서 과거의 삽화를 끼워넣은 시는 표제시를 포함해서 두어편 남짓하다. 시집 해설을 맡은 이광호(李光鎬)는 하재연의 "초연한 시선"과 "민감한 무

관성"이 "연속성과 동일성"이라는 "서정시의 세계관을 내파한다"고 했
다. 안에서 깨지는 것이 과거와 현재를 잇는 기억인 듯하다. 고봉준(高奉
準)은 하재연의 시선은 '견자의 시선'이며, 그것은 '세계의 불확정성'과
'무관심의 절정'을 드러낸다고 했다. 덧붙여 그 반대에는 '기억'과 '확실
성'이 있다고 했다. 비슷한 말이다. 두 평론가에 따르면『라디오 데이즈』
의 화자는 과거나 기억에 집착하지 않고 세계의 불확실함을 무관심하게
바라본다. 이와 같은 시 때문이다.

간선 도로의 태양이 당신의 오른편 어깨 위로 넘어갈 때
나의 왼편 어깨 위로 그려지는 태양의 궤적,
길의 끝으로 모여드는 소실점이 지니는 안간힘의 깊이,
그 위로 지나는 구름의 무심함에 대해서.
멀리 있는 노을, 멀리 있는 나무, 멀리 있는 집
당신은 소멸을 이야기하였지만
잘못 찍은 물감처럼 풍경이 흘러, 내립니다.
노을이 구름에로
나무에로
집에로
스며들어도
노을은 노을이고 구름은 구름이어서
비행기 지나간 자국이 하늘에 하얗게 남습니다.
당신의 오른편 어깨 위로 간선 도로의 태양이 넘어갈 때
나의 왼편 어깨 위로 지나는 태양의 궤적을
멀리 있는 노을, 멀리 있는 나무, 멀리 있는 집을
나는 생각에 잠기지 않고 지켜봅니다.
당신은 소멸을 이야기하였지만

약 오 분간의 착시에 대해

나는 한동안 당신과 무관하게 기억하겠습니다.

—「간선 도로」 전문

'당신'이라고 불리는 이는 소멸을 이야기한다. 화자는 "오분간의 착시"를 당신과 "무관하게" 기억하겠다고 한다. 바깥 풍경에 당신은 집착하고 화자는 무심하다. 둘은 무관하다. 화자와 당신 사이만 무관한 것이 아니다. 공기는 벤치, 공원, 저녁과 "상관없이" 짧게 흔들리고(「휘파람」), 여름의 거리에서 시인은 돼지의 여름과 "무관하게", 또 호랑나비의 여름과 "무관하게" 늘 추월당한다(「나비 효과」). 관계를 부정하는 시인에게 실존적 기억이나 삶에 관한 애정을 바랄 수는 없다. "내 피가 아무도 더럽히지 않았으면/좋겠다는 생각"(「봄의 교향악」)을 지닌 시인에게 말이다.

『라디오 데이즈』의 시들의 겹문장이 그 안에 속한 홑문장의 뜻과 상관없이 대등함의 표시인 '~고'로 이루어진 것도 이 무관함과 관계가 있는 듯하다. 시간의 앞뒤 혹은 원인과 결과로 짝지어져도, 심지어는 앞과 뒤의 의미가 반대일 때에도 이들은 대등적으로 연결된다. "그대는 죽지 않고 나는 살아 있네"(「아마도 내일은」), "푸른 면도날과 붉은 꽃을 상상하다가"(「라디오 데이즈」), "차에 치인 강아지는 꽃밭에 묻고/우리들은 봄놀이를 갈 거야"(「우리들의 일요일」) 등은 원인과 결과, 시간의 앞뒤를 무시한 문장이다. 위계와 집착이 시간을 앞뒤로 나누고, 원인과 결과를 따지고, 중요하고 덜 중요한 것을 가른다는 생각 때문인 것 같다. 따라서 이들은 무심하게 '동시에' 배치된다. 인용시에서 "멀리 있는 노을, 멀리 있는 나무, 멀리 있는 집"도 원근법과 같은 위계를 구성하지 않는다. 이들은 멀리 있을 뿐이다.

그러나 무심하고 무관한 말투 속에 관계에 대한 욕망과 타인에 대한 관심이 보이기도 한다. 서로 무관한 풍경을 보고 있는 것은 '나'가 아니라

'당신'이다. '나'는 오분간 "노을이 구름에로/나무에로/집에로/스며"드는 착시현상을 기억하겠다고 한다. 서로가 서로에게 스며드는 것을 바라는 심정은 '당신'의 것이 아니라 '나'의 것이다. 또한 태양이 당신의 "오른편 어깨 위로 넘어"가고 나에게는 그 궤적이 "왼편 어깨 위로 그려"진다고 하는 구절을 보자. 둘은 어긋나 보인다. 그러나 태양을 이렇게 표현하기 위해서는 두 사람이 마주보고 있어야 한다. 그렇다면 어긋남을 초연히 바라보는 시가 아니라, 표면적으로 어긋나 있으나 그 이면에 마주보고 있음을 바라는 시가 하재연의 시 아닐까. 또는 마주보고 있는데도 어긋날 수밖에 없는 관계를 안타까워하는 시가 하재연의 시 아닐까.

『라디오 데이즈』의 대부분의 시에는 관계에 대한 욕망이 감춰져 있다. 나와 관계하는 '너' '당신' '그' '그대' '우리'의 등장이 그것을 에둘러 말한다. 3부와 4부 스물여덟편에서 이들은 스물다섯편에 나온다. 1부와 2부 스물여덟편에서 '누구'를 포함하여 이들이 나오는 시는 열여섯편이다. 1부와 2부에는 '무관' '상관없다'와 같이 관계를 부정하는 시들이 서너편 나오기도 하는데, 관계를 인식해야만 부정할 수 있다는 것을 상기하면 이들도 관계에 대한 집요한 탐구의 흔적이라 할 만하다. 그러니까 "차에 치인 강아지는 꽃밭에 묻고/우리들은 봄놀이를 갈 거야"는 단지 무심한 풍경이 아니다. 꽃밭이 차에 치인 강아지에 의해 더욱 화사해지고, 봄놀이가 매장에 의해 더욱 화창해진다. 무심함은 애초에 있었던 마음이 아니라 죽음과 화사함, 매장과 화창함이 관계하고 또 긴장하면서 생겨난 것이다.

　머나먼 나라에서 그가 하이, 하고 인사를 한다 나도 하이, 하고 인사를 한다 거기는 지금 환한가요 내가 물었다 당신은 안녕합니까 그가 물었다

—「스파이더맨」 부분

당신은 대기 속에 있지 않고
나는 땅 위에 있지 않고
우리 모두는 우리의 마음대로

—「봄날의 인사」부분

거리감을 나타내기 위해 쓰인 심드렁한 인사들은 여기에 있는 나와 멀리 있는 당신의 차이를 강조하지만, 그 무심함이 이루는 거리의 저편에는 한때, 이곳과 이때에 함께했던 나와 당신의 날들이 있다. 그는 안녕하냐고 의례적인 인사를 하더라도 나는 "거기는 지금 환한가요"라고 묻는다. 그의 인사에는 그의 마음이 담겨 있지 않지만 나의 인사에는 나의 마음이 담겨 있다. 이곳이 어둡다는 인식과 그곳이 환했으면 좋겠다는 바람이 지금 이곳과 그곳의 거리를 애처롭게 한다. "우리 모두"가 "우리의 마음대로" 했는데 그 결과는 어긋남이다. 우리의 어긋난 거리는 서늘하다. 그리고 우리는 안타깝다.

관계에 대한 욕망이 감춰지고 시인의 과거가 삭제되고 그리하여 과거를 향한 그리움이 억제되면서, 화자와 관계를 맺고 있는 너/당신/그/그대 등은 특정한 이인칭을 벗어난다. 이 이인칭은 한때 특정한 누군가가 차지했으나 지금은 아무도 없는 빈자리이다. 특정한 상대가 떠난 그 자리를 독자가 독점할 수도 없다. 하재연의 이인칭은 특정한 누가 이미 떠난 자리라서 뜨겁지 않으며, 독자만이 그 자리를 독점할 수 없어서 하소연하거나 선동하지 않는다. 약간의 온기가 있으나 대부분 차갑다. 집착이 보이지 않아서 간혹 어떤 시들은 '나'까지도 비어 있는 듯하다. 가령 이런 시이다.

초록색 사과를 깨물던 내가 있고
사과를 네 쪽으로 갈라서 깎기를 좋아하던 당신이 있고

—「여름의 달력」부분

"사과를 네 쪽으로 갈라서 깎기를 좋아하던 당신"이 누구든지 될 수 있 듯, "초록색 사과를 깨물던" '나'도 꼭 시인만은 아닐 것이다. 한때 함께 있었고 지금은 멀리 있는 상대가 있다면 누구든 '나' 혹은 '당신'이 될 수 있다. 아마 모든 독자가 그 누구에 해당될 것이다. 모두이면서 아무도 아 닌 나와 당신이라는 빈자리는 꼭 관계의 굳센 은유인 빈 시소 같다. 한때 우리는 놀이터에 있었고, 지금 놀이터에는 빈 시소가 혼자 있다. 일요일에 놀이터를 찾는다면 나 혹은 당신의 빈자리가 있을 것이다. 어디에든 앉을 수 있다. "당신은 대기 속에 있지 않고" "나는 땅 위에 있지 않"으니 나는 당신을 들어올리고 당신은 나를 들어올릴 것 같다. 나는 나를 들어올려줄 당신의 무게를 기다린다. 그러나 나는 올라가지 못한다. 당신은 월요일의 시소에 앉아 있고, 마주보는 나는 일요일의 시소에 앉아 있다. 나머지 부 분이다.

당신의 자동응답기는
여름의 목소리만 담고 있다.
그리고 당신의 달력은
월요일부터 시작한다.

구름과 초록은 대기로 스며들고
사라지고

내 여름의 달력은
일요일부터 시작한다.

—「여름의 달력」부분
—『현대시학』 2007년 4월호

미래의 서정에게

초판 1쇄 발행/2012년 6월 29일

지은이/김종훈
펴낸이/강일우
책임편집/이하나
펴낸곳/(주)창비
등록/1986년 8월 5일 제85호
주소/413-120 경기도 파주시 회동길 184
전화/031-955-3333
팩시밀리/영업 031-955-3399 편집 031-955-3400
홈페이지/www.changbi.com
전자우편/literat@changbi.com
인쇄/우진테크

ⓒ 김종훈 2012
ISBN 978-89-364-6339-7 03810

＊이 책 내용의 전부 또는 일부를 재사용하려면
  반드시 저작권자와 창비 양측의 동의를 받아야 합니다.
＊책값은 뒤표지에 표시되어 있습니다.
＊이 책은 한국문화예술위원회의 2008년도 문예진흥기금을 받았습니다.